KB020255

쿄코와 쿄지

한정현 소설집
쿄코와 쿄지

펴낸날 2023년 9월 22일

지은이 한정현
펴낸이 이광호
주간 이근혜
편집 김필균 이주이 허단 방원경 윤소진 유하은
마케팅 이가은 허황 최지애 남미리 맹정현
제작 강병석
펴낸곳 ㈜문학과지성사
등록번호 제1993-000098호
주소 04034 서울 마포구 잔다리로7길 18 (서교동 377-20)
전화 02)338-7224
팩스 02)323-4180(편집) 02)338-7221(영업)
대표메일 moonji@moonji.com
저작권 문의 copyright@moonji.com
홈페이지 www.moonji.com

ⓒ 한정현, 2023. Printed in Seoul, Korea

ISBN 978-89-320-4217-6 03810

쿄코와 쿄지

한정현 소설집

쿄코와 쿄지

문학과지성사

차례

일러두기

작품에 나오는 인명과 지명은 국립국어원 외래어 표기법(문화체육관광부 고시 제2017-14호)을 따랐으나, 등장인물 이름의 경우 실제 널리 쓰이는 발음에 따라 표기하였다.

예) 교코→쿄코, 수전→수잔 등.

아돌프와 알베르트의 언어
(등단작)

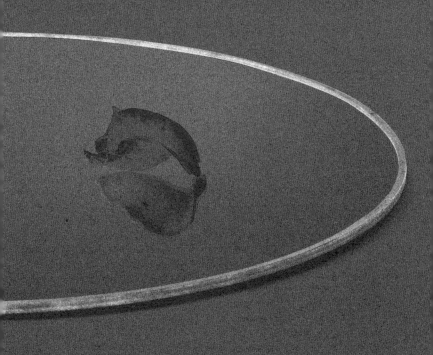

그는 주로 아돌프 히틀러의 『나의 투쟁』이나 알베르트 아인슈타인의 '특수상대성이론'에 관한 책들을 즐겨 읽곤 했다. 그는 책의 여러 페이지에 밑줄을 그었으나 시간이 흐른 뒤 노트에 옮겨 적은 구절은 이런 것들이었다.

수학 법칙은 현실을 설명하기엔 확실치 않고, 확실한 수학 법칙은 현실과 아무런 관련이 없다.

이것은 알베르트 아인슈타인이 특수상대성이론을 완성한 직후 남긴 말이다. 사실 학창 시절 아인슈타인은 수학 낙제생이었다. 그가 새로운 가설을 세울 때마다 그의 곁에서 수학 공식을 대신 풀어준 친구가 아니었다면 사람들은 여전히 뉴턴의 법칙만을 신봉하고 있을지도 모를 일이다. 그런가 하면 『나의 투쟁』의 뒤편엔 이런 구절을 적어놓았다. 알 수 없어요, 내가 누구인지 알 수 없어요. 이것은 아돌프 히틀러가 자신의 가족에 대해 조사했던 나치스의 친위대장 하인리히 힘러에게 한 말이다. 게르만 민족만이 최고라는 믿음을 심어줘야 했던 나치스는 히틀러의 혈통에 대해 조사했다. 그러나 결과는 참담했다. 히틀러의 큰형은 미치광이였고 조카는 그의 집요한 구애를 견디지 못해 자살했으며 동생들은 히틀러에게 총을 겨눈 전력을 가지고 있었다. 히틀러의 아버지라고 알려진 그 오스트리아인은, 그러나 그의 친아버지인지조차도 확실치 않았다. 이 모든 사실은 먼 훗날, 그러니까 히틀러가 자신의 숨겨놓은 여인 에바 브라운과 지하 벙커에서 자살한 후에야 비로소 그녀의 존재와 함께 밝혀진 내용이다. 물론 그는 히틀러와 에바 브라운이 죽은 지 20여 년이 흐른 뒤에야 이러한 내용을 접할 수 있었지만, 그 긴 시간이 무색할 만큼 그 구절을 자주 중얼거렸다. 알 수 없어요, 내가 누구인지 알 수 없어요. 그가 왜 그 구절들에 마음을 빼앗겼는지 그 이유를 정확히 설명할 수는 없었다. 게다가 왜 하필 『나의 투쟁』과 『특수상대성이론』에 심취했는지도 알 수 없었다. 생각해보면 히틀러와 아인슈타인은 2차 세계대전을 겪은 인물이라는 것 외엔 별다른 공통점이 없다. 무엇보다 히틀러는 나치스였고 아인슈타인은 유대인이다.

그는 이 구절들을 반복적으로 읊어대던 시절, 자신이 군인이 되거나 물리학자가 될 거라고 생각했다. 또한 만약 조국인 호주를 떠난다면, 그건 전장에 뛰어들거나 우주를 탐험해야 하기 때문일 거라고 짐작했다. 가능한 일이었다. 그가 그책들에 심취해 있던 시절, 소련의 흐루쇼프는 쿠바에 핵미사일을 배치하기로 결심했고 케네디는 그에 맞서 해상 봉쇄를 선언했으니 말이다. 바야흐로 1960년대였다. 소련과 미국이 경쟁하듯 달에 우주선을 쏘아 올리던 1960년대. 그러나 미국의 젊은이들이 핵보다는 에이즈를 더 두려워하게 되고『나의 투쟁』이나『특수상대성이론』보다는「보니 앤드 클라이드」같은 청춘 영화의 스냅사진이 잔뜩 실린 잡지를 더 즐겨보게 되었을 때 그가 호주를 떠나게 된 건, 아돌프 히틀러나 알베르트 아인슈타인 때문이 아니었다. 물론 그가 군인이나 물리학자가 된 것도 아니었다. 그는 언어학자가 되어 호주를 떠났다. 그가 지원한 국가인 한국은 전장도 아니었고 달의 뒷면도 아니었다. 그저 동북아시아 끝에 위치한, 생소한 언어를 쓰는 작은 나라일 뿐이었다. 그리고 그것이 그가 한국에 대해 아는 전부였다.

한국에 지원하기 몇 달 전까지 그는 박사과정을 마무리하기 위해 학위논문을 쓰고 있었다. 논문의 연구 주제는 호주 북부 원주민들의 언어인 카야르딜드어였다. 모든 언어가 그러하듯 카야르딜드어에도 고유의 법칙이 존재했다. 카야르딜드어 화자들은 자신의 감각이 아닌 나침반의 방위를 기준으로 언어를 구사했다. 그가 카야르딜드어를 배우면서 가장 어렵다고 느꼈던 부분이었다. 어떻게 보면 카야르딜드어를 사용한다는 건, 세상 모든 것에 대한 존중을 드러내는 것이었다. 그가 겨우 자신보다 표현하고자 하는 대상을 우선시하는 자세를 갖게 되었을 때였다. 논문의 마지막 장을 다 채우지 못하고 연구는 중단되었다. 카야르딜드어의 마지막 화자는 어느 순간부터 대화가 어려울 정도로 노쇠해지고 있었다. 마지막 화자의 죽음과 동시에 모든 것을 오해 없이 말하고자 했던 언어 하나가 완전히 소멸했다. 논문은 완성되지 못했고 심사는 기일을 정하지 못한 채 미뤄졌다. 새로운 연구 주제에 대해 언급하는 지도교수를 보며 그는 언젠가 카야르딜드어의 마지막 화자와 나누었던 대화가 떠올랐다. 카야르딜드어를 쓰는 부족에게는 반드시 다른 언어를 쓰는 부족과 혼인해야 한다는 전통이 있었다. 그러한 이유로 가정에서는 평균 여섯 개 정도의 언어가 사용되었다. 다른 부족의 언어를 인정하는 것이 그들에겐 동쪽에서 해가 떠오르는 것만큼이나 자연스러운 일이었다. 대체 왜 그렇게 많은 언어를 사용하죠? 유럽이나 아시아의 많은 국가는 오로지 단 하나의 언어만을 사용한다고 합니다. 그의 물음에 카야르딜드어의 마지막 화자는 진심으로 의아한 표정이 되어 이렇게 되물었다.

"단 하나의 언어로 어떻게 세상 모든 것을 설명할 수 있습니까?"

그는 곧 단일어를 쓰는 유럽과 아시아 국가들에 대해 조사하기 시작했다. 그리고 그중 한국이란 나라에서 언어적 특이점 하나를 발견하게 되었다. 한국어 중 일부가 한국전쟁 이후부터 원래 의미와 다르게 사용되거나 사라지고 있었던 것이다. 남한에서는 빨강, 제복, 동무와 같은 단어들이, 북한에서는 반동분자와 같은 단어들이 사라졌거나 30여 년 전과는 다른 의미로 사용되고 있었다. 그는 여태 한 번도 관심 가진 적 없던 한국이라는 나라에 가기로 결심했다. 물론 그는 한국에 대해서도, 한국어에 대해서도 별로 아는 바가 없었다. 하지만 그건 고려 대상이 되지 못했다. 오랜 시간 연구해온 카야르딜드어에 대해서도 그가 말할 수 있는 건 아무것도 없을 것 같았기 때문이다.

그로부터 3개월 후, 그는 한국 땅을 밟기 위해 짐을 꾸렸다. 데이비드 셰이퍼. 호주 국립대학 문화·역사·언어학 전공. 학생증 위에 씌어진 단 두 문장만이 그를 입증해줄 수 있는 전부였다. 그는 비행기를 타기 전 학생증을 여행 가방 안쪽에 꿰매어 넣었다. 여권을 찾으러 들어갔던 방구석에서 『나의 투쟁』과 『특수상대성이론』을 발견하고는 잠시 서성이기도 했으나 그는 결국 조금 더 가벼운 가방을 들고 비행기에 오르는 편을 선택했다.

한국에 거의 다 도착했을 무렵에서야, 그는 자신이 아버지에게 들르지 않았다는 사실을 깨달았다. 아버지는 죽은 뒤 그 자신이 평생 이와이자어를 가르쳤던 호주 북부 아넘랜드의 한 마을에 묻혔다. 아버지의 꿈은 그곳에 이중 언어·이중 문화 학교를 설립하는 것이었다. 아버지는 그 학교의 가치에 대해 말할 때마다 '간마ganma'라는 은유를 사용하곤 했다. '간마'란, 강을 따라 흘러내려가던 민물 기류가 반대로 유입되는 바닷물과 섞이는 특별한 혼합을 가리키는 단어였다. 그는 아버지를 떠올리면 아버지의 얼굴이나 말투, 행동, 체취보다 '간마'라는 단어가 떠오르곤 했다. 그 또한 어린 시절에는 아버지를 따라 몇 번 그 마을을 방문한 적이 있었다. 그곳은 어머니가 태어나고 자란 곳이기 때문이었다. 그러나 당연하게도 그는 이와이자어를 하나도 알아들을 수 없었다. 언제나 발끝만 내려다보며 입을 다무는 그에게 마을 사람들은 염려의 눈길을 보냈다. 인간은 누구나 태어나면서부터 '아버지의 언어'를 부여받는다고 그들은 생각했다. 그럴 때마다 아버지는 "누구든 이와이자어를 배울 수 있습니다. 이 아이도 곧 여러분과 이야기할 수 있답니다"라고 유창한 이와이자어로 그를 감싸주곤 했다. 당시 마을 사람들과 자유롭게 소통하는 아버지를 보며, 그는 아버지가 제법 성공한 삶을 살았다고 생각했다. '자신과 아들의 언어보다 이와이자어를 더 잘 아는 아버지'로서 말이다. 하지만 그의 생각과는 달리 아버지는 그다지 성공한 삶을 살진 못했다. 아버지는 끝내 그 마을에 이중 언어·이중 문화 학교를 세우지 못했던 것이다. 이와이자어의 많은 화자가 직업을 구하기 위해 도시로 나가면서부터 그들은 영어를 사용하기 시작했고 자연스레 이와이자어는 침묵 속으로 빠져들어갔다. 아버지는 이와이자어를 기록하며 보전하기 위해 애썼지만 그마저도 뜻대로 되지 않았다. 관찰자에 의해 복원된 언어는 완벽할 수 없었다. 아버지는 좋은 청자는 될 수 있었지만 완벽한 화자는 될 수 없었던 것이다. 결국 아버지가 평생에 걸쳐 남긴 것이라곤 이제는 한 명의 화자도 남아 있지 않아 해독이 불가한 언어를 기록해놓은 종이 뭉치들과 그 곁에서 쓸쓸하게 죽어간 늙은 육신뿐이었다.

아버지의 부고를 들었을 때 그는 전날 학교 축제에서 만난 여자와 이제 막 관계를 가지려고 하던 참이었다. 그래도 한달음에 아버지에게 달려갔다. 그러나 아버지의 죽음을 확인하고도 그는 전혀 울지 않았다. 장례식이 끝난 직후에는 성당 구석에서 여자와 관계를 갖는 것까지 성공했다. 도무지 눈물은 흐르지 않았다. 아버지를 생각하면 얼굴이나 체취 대신 '간마', 자꾸만 낯선 그 이와이자어가 떠올랐기 때문이다. 그가 아버지의 유품을 정리하러 집으로 돌아간 것도 장례식을 치르고 한참이 지나서였다. 특별한 이유가 있어서라기보다는 어디선가 이와이자어로 말하는 낯선 방문객이 불쑥 등장할 것 같았기 때문이다.

겨우 집으로 돌아간 그가 아버지의 방문을 열었을 때 다행히 이와이자어로 말하는 낯선 화자는 나타나지 않았다. 다만 데이비드 셰이퍼, 그의 눈에서 눈물이 조금 나왔을 뿐이었다. 곰팡이가 피기 시작한 빵 조각, 그 옆에 말라붙은 딸기잼, 돌돌 말린 채 책상 밑에 던져져 있는 양말들. 평범하기 짝이 없는 중년 남성의 소지품들을 정리하면서 이상하게도 눈물이 조금씩 흐르기 시작했다. 애써 눈물을 참으며 책상 위에 놓인 소지품들을 정리하고 마지막으로 서랍을 열었을 때였다. 그는 서랍 안에 놓인 사진 한 장을 보았다. 사진 속에는 그의 나이 또래보다 어려 보이는 여자와 그와 엇비슷한 또래의 아버지가 서 있었다. 아버지는 감색의 정장 재킷에 붉은 꽃 한 송이를 단 채 최대한 늠름해 보이려 애쓰는 표정이었고 아버지 곁의 여자는 프릴이 많이 달린 하얀 원피스를 입은 채 밝은 표정으로 웃고 있었다. 실밥 정리가 제대로 되어 있지 않은 원피스의 치맛단을 보니 싸구려가 분명했다. 아버지의 정장도 별반 다르지 않았다. 바지 길이가 껑충한 것이 누군가에게 빌려 입은 것 같았다. 건강한 혈색에 새까만 눈썹을 가진 여자는 이 사진을 찍고 2년 뒤에 죽을 거였다. 그는 사진 속 젊은 부부를 보며 이번엔 좀 펑펑 울었다. 그는 아버지의 방에선 낯선 언어로 말하는 이방인만이 나올 거라고 생각했다. 아버지는 이와이자어와 결혼했다고 생각했고 아버지의 가족은 아넘랜드의 원주민이라고만 생각했다. 그는 아버지의 평생이 담긴 상자 하나를 가지고 나오면서 아버지를 이와이자어의 땅이 아니라 어머니의 곁에 묻어줄 걸 그랬다고 생각했다. 생각이 거기까지 미치자 그의 눈에선 주체할 수 없을 정도로 눈물이 흘러내리기 시작했다. 아버지의 언어, 아버지의 여자. 혹은 그의 어머니. 하긴, 이제 아버지는 많이 늙었고 이십대에 죽어버린 어머니는 하얀 원피스를 입은 사진의 여인 그대로였으므로 지금 다시 이들이 만난다고 해도 이제는 어머니가 아버지를 사랑하지 않을 수도 있었다. 그렇게 스스로를 위로하며 아버지의 유품을 정리해서 집을 나온 뒤 그는 두 번 다시 그 집으로 돌아가지 않았다. 아니, 돌아갈 수 없었다. 그가 반드시 돌아가야만 하는 이유가 사라졌기 때문이다.

그는 곧 집을 처분했다. 그렇게 마련된 돈과 아버지가 남긴 보험금이 그의 생활비가 되었다. 박사과정을 이수하고 있었지만 수업은 아예 들어가지 않았다. 어차피 그때 그에게 박사과정이란 그저 당장 일자리를 알아보지 않아도 되는 좋은 핑계 중 하나일 뿐이었다. 학교에 가는 대신 그는 날마다 술을 마시고 여자를 불렀다. 돈이 필요하다고 하는 친구들에겐 그냥 돈을 주기도 했다. 그 무렵 그는 누구와도 거의 대화를 나누지 않았다. 오늘이 무슨 요일이지? 이런 질문조차 낯설어졌을 땐, 이미 몇 년의 시간이 흐른 뒤였고 돈은 모두 탕진한 후였다. 방세를 지불할 돈마저 남아 있지 않게 되자 그는 더 이상 술을 마실 수도 없었고 여자를 부를 수도 없었다. 물론 그의 곁에 남아 있지 않은 건 돈과 술, 여자뿐만이 아니었다. 그의 곁엔 단 한 명의 친구도 남아 있지 않았다. 돈을 빌려줬던 친구들을 찾아가보기도 했지만 번번이 문전박대를 당했다. 심지어 그 친구들 중 한 명이 그를 스토커로 경찰에 신고까지 했다. 혐의 불충분으로 다음 날 귀가 조치되었으나, 문제는 그 스스로 대체 어디로 가야 할지 알 수 없었다는 거였다. 그에게는 더 이상 돌아갈 집이 없었다. 아버지의 평생이 담긴 상자와 지갑 속에 들어 있는 학생증이 그에게 남은 전부였다. 그는 아버지의 상자와 학생증을 번갈아가며 바라보았다. 그 상자와 학생증이 아니라면 그가 누구의 아들인지, 영국에서 왔는지 아이슬란드에서 왔는지 혹은 호주 시민인지 아닌지 그 어떤 것도 증명할 수 없을 거였다. 그는 결국 학교로 돌아가는 쪽을 선택했다. 다시 박사과정을 이수하는 학생 신분이 된다면 대학의 기숙사에 머물 수 있었기 때문이다. 그러나 그가 박사과정을 이수하고도 논문을 쓰지 않는다면 이야기는 달라질 수밖에 없었다. 대학 측에서 본다면 그는 더 이상 편의를 봐주어야 할 학생도, 성과를 기대할 수 있는 연구자도 아니었다. 논문이 중단됨과 동시에 그는 기숙사를 나와야 했다. 그리고 기숙사에 머물 수 없다는 건 결론적으로 그가 반드시 그곳, 호주 어딘가에 있을 이유가 없다는 뜻이었다.

　그가 여행 가방 속 학생증을 떠올렸을 때 비행기는 서서히

고도를 낮추며 착륙을 준비하고 있었다. 그는 안전벨트를 채우며 힐끗 창문 아래를 살펴보다가 다시 앞을 바라봤다. 비행기가 착륙할 때 느껴지는 막연한 추락의 공포 외엔 별다른 감흥이 들지 않았다.

현장 언어학자란, 소규모 집단 사람들이 사용하는 기록되지 않은 언어나 사라진 언어를 발굴하는 사람을 의미했다. 그러나 한국에서 서른 살의 호주인 데이비드 셰이퍼가 현장 언어학자로서 하는 일은 그보다 훨씬 단순했다. 그는 대부분의 시간을 현장보다는 학내 연구실에서 보냈기 때문이다.

그는 애당초 그가 지원한 서울의 대학에 파견되지 못했다. 서울에서 차를 타고 몇 시간이나 남쪽으로 내려가야 닿을 수 있는 도시의 대학에서 근무하게 된 것이다. 그가 파견된 대학엔 언어학과가 없었다. 대학 측에선 그를 국문학과로 배정할지 영문학과로 배정할지를 두고 우왕좌왕하는 모습을 보여주었다. 며칠 뒤 그가 학교 측의 연락을 받았을 때 그는 어학원에 소속되어 있었다. 어학원에서 기초 영어 회화 강의를 하는 것이 그의 주된 업무가 된 것이다. 그는 이전까지 누군가를 가르쳐본 적이 없었다. 언어교육학을 전공한 게 아니기 때문이다. 학교 측으로부터 어학원에 배정되었다는 통보를 받은 날, 그는 어린 시절 참석했던 아넘랜드의 한 부족 장례식에서 아버지와 나누었던 대화를 떠올렸다.

"저 사람들이 무슨 말을 하는 거야?"

이와이자어로 진행되는 장례식에서의 말들을 알아들을 수 없었던 그가 아버지에게 물었다. 아버지는 잠시 그를 바라보다 곧 다시 장례 절차를 기록하며 글쎄, 이렇게만 대답했다. 그런 아버지를 잠시 올려보던 그가 되물었다.

"아빠는 이와이자어를 알아들을 수 있잖아. 늘 이것만 생각하잖아."

어린 시절 그가 잠시나마 아버지를 자랑스럽게 여겼던 때가 있었다. 다른 이들은 알지 못하는 언어를 쓰는 사람들과 어려움 없이 대화하는 아버지가 대단해 보였던 것이다. 가만히 그의 말을 듣던 아버지는 장례 절차를 기록하던 노트를 덮은 뒤 한쪽 무릎을 꿇고 그의 앞에 앉았다.

"알아들을 수 있다고 해서 모두 완벽히 이해할 수 있는 건 아니란다."

그의 머리를 한번 쓰다듬은 후 아버지는 다시 일어섰다. 늘 어떤 것에 대해 생각한다고 해서 그것을 다 아는 것도 아니고. 다시 노트를 펼친 아버지가 매우 정확한 영어 발음으로 그렇게 덧붙였다. 훗날, 그가 언어학을 전공으로 선택할 때 그는 아버지의 그 말을 참고했다. 학창 시절 내내 그는 언어 때문에 늘 곤란을 겪었다. 그의 발음과 문법은 원주민 부족의 아이들과 함께 방과 후 학습을 해야 할 정도로 형편없었다. 그러나 대학을 결정하고 전공을 정할 때 그는 언어학을 선택했다. 항상 이와이자어만 생각하던 아버지도 이와이자어에 대한 그의 질문에는 결국 답변하지 못했다. 그렇다면 전공이라고 해도 완벽히 이해해야 하거나 잘해내야 하는 것만은 아니지 않은가. 그는 그렇게 생각했다. 물론 한국에 온 이유도 그것과 크게 다르지 않았다. 한국의 언어적 특이점은 사실 수단에 불과했다. 그는 어차피 자신의 연구가 마무리되지 못할 거라는 사실을 누구보다 잘 알고 있었다. 그러므로 자신이 한국 남쪽 도시의 대학교 어학원에서 강의를 하든, 사라진 언어를 찾든 그에게는 별로 중요하지 않았다. 한국전쟁 직후 사라지거나 전혀 다른 뜻으로 사용되는 언어를 발굴하겠다는 연구 계획서는 어학원 책상 서랍 속에서 깊은 침묵에 빠져들어갔다.

어학원에 배정된 것 자체는 크게 신경 쓰지 않았지만, 자신의 부족한 지식과 강의 경험에 대해서는 신경 쓰지 않을 수가 없었다. 비록 언어학 전공이었다고 하더라도 그의 세부 전공은 음성언어학이 아닌 데다가 교육학은 배우지도 못했으므로, 그의 영어 강의는 말 그대로 조악하기 그지없었던 것이다. 그는 자신의 강의가 못 미더웠다. 미국식 영어에 익숙해진 한국인들에게 영국식 영어를 사용하는 호주인인 자신의 발음이 아무래도 어색할 거란 생각도 들었다. 그는 난생처음 교육학 책을 구해 공부해보기도 했다. 학생들 가운데 뉴욕이나 시카고를 여행한 적 있는 사람들이 있어 그의 강의를 문제 삼지 않을까 걱정하기도 했다. 하지만 그런 염려도 처음 몇 달뿐이었다. 사람들은 그를 만날 때마다 미국의 날씨, 미국의 아침, 미국의 친구에 대해서만 물었다. 이유는 정확히 알 수 없었지만 몇몇 학생은 조금 사나운 눈빛으로 미국 정부에 대해 묻기도 했다. 사람들은 그를 미국인이라고 생각했다. 처음에 그는 자신이 미국인이 아니라고 말하곤 했다. 호주라는 나라에 대해 설명해보기도 했다. 그러나 얼마간의 시간이 흐르고 난 뒤 최종적으로 깨달은 건, 사람들에게 그는 그저 외국인일 뿐이라는 거였다. 어느 순간부터 그는 더 이상 자신의 나라에 대해 말하지 않게 되었다. 시간이 조금 더 흐르자 이번에는 누가 묻지 않아도 먼저 미국에 대한 이야기를 꺼내기도 했다. 또한 최대한 미국식 영어에 가까운 어조와 발음을 유지하려고 노력했다. 때때로 오해는 진실보다 편리했기 때문이다.

그러니까 사실 그 도시에서 그를 정말 곤혹스럽게 한 건 그의 소속이나 강의, 국적과 같은 것이 아니었다. 오히려 그를 당혹스럽게 만든 건 그 도시 사람들의 대화 방식이었다. 그곳의 사람들에겐 독특한 대화 습관이 하나 있었다. 그것은 일종의 침묵이었다.

사실 그는 한국에 어떤 정치적 문제가 있는지 정확히는 알지 못했다. 퇴근 시간마다 버스를 세워둔 채 되풀이되곤 했던 불심검문에서조차 그는 언제나 제외되었기 때문이다. 그는 그저 텔레비전의 뉴스를 통해서 상황을 대충 짐작할 수 있을 뿐이었다.

그가 있던 도시에서 남쪽으로 한참을 더 가야 하는 항구도시의 미국 문화원이 화염에 휩싸인 지 2개월 남짓이 흐른 시점이었다. 그곳만큼 격렬하진 않았지만 그해 5월 그가 있던 도시에서도 어김없이 시위가 있었다. 그러나 대학 캠퍼스는 이상하리만치 조용했고 모든 수업 또한 정상적으로 진행되었다. 그날도 그는 자신이 맡은 영어 회화반의 수업을 하고 있었다. 당시 그가 맡았던 영어 회화반은 늦은 나이에 대학에 들어온 학생들이 대부분이었기 때문에 수업은 매우 더디

게 진행되고 있었다. 학기의 3분의 1이 이미 지난 후였지만 수강생들은 그날도 여전히 영어로 자기소개를 하고 있었다.

"나의 이름은 김옥희입니다."

그날 수업에서는 옥희라는 여학생이 영어로 자기소개를 했다. 강의실 맨 뒤에 서서 그 모습을 지켜보던 그는 자기도 모르게 옥희라는 이름을 소리 내지 않고 따라 발음해보았다. 옥희, 옥희. 외국인인 그에게 쉽지 않은 발음이었다. 옥희는 감정을 드러내는 일이 거의 없는 조용한 여학생이었다. 평소 웃음을 꾹 참는 것 같은 미소만을 띠고 있었다. 하지만 수업에 참여할 땐 조금 다른 모습이 되었다. 특히 더듬거리지만 정확한 발음으로 의사 표현을 하는 모습은 다른 학생들과는 확연히 다른 점이었다. 그는 그때까지 한국 여자들의 얼굴을 잘 구분하지 못했지만 어느 순간부터 옥희의 얼굴은 정확히 알아볼 수 있었다. 그가 옥희의 얼굴을 확실히 인식할 무렵, 그는 그녀를 보며 종종 자신의 어머니가 입었던 싸구려 프릴 원피스를 떠올렸다. 옥희의 검은 눈은 어머니보다 길고 작았지만 어쩐지 전혀 낯설지가 않았다.

"나에게는 동생이 한 명 있습니다."

자기소개를 부탁하면 대부분의 한국인들은 자신의 이름을 말한 뒤 곧장 가족들에 대해 설명하곤 했다. 이름과 나이,

취미와 거주지를 말하며 자신을 소개하는 호주인들과는 조금 다른 모습이었다. 옥희가 동생에 대해 뭔가 더 이야기하려 했을 때였다. 네 동생은 이제 죽었잖아. 누군가 옥희에게 그렇게 말했다. 그는 곧 의아한 표정으로 옥희를 바라봤지만 그녀의 표정은 마치 숙면을 취하고 일어난 사람처럼 안정적이었다. 잠시 후 옥희가 다시 말했다. 나에게는 동생이 있습니다. 소란스러운 건 아니었지만 사람들은 분명 저들끼리 웅성거리고 있었다.

"혹시 네 동생이 죽었니?"

그는 최대한 조심스럽게 물었다. 과거에 있었지만 현재 더 이상 없는 상태라면 현재형 시제 대신 과거형 시제를 써야 한다는 설명도 조금 망설인 후 덧붙였다. 그러나 옥희는 무언가를 결심한 사람처럼 단단한 눈빛이 되어 '있었다'라는 과거형 시제는 쓰지 않겠다고 했다. 나에게는 동생이 있습니다. 옥희는 반복해서 말했다. 그때 그는 그저 옥희가 동생을 많이 그리워하고 있다고만 생각했다. 그가 잠시 동안 '이와이자어는 과거형과 현재형과 미래형을 모두 한 문장에 표현할 수 있다'던 아버지의 말을 떠올리고 있을 때였다.

"그날 도청 앞에서 네 동생을 본 사람이 있어."

견딜 수 없다는 듯 누군가 일어나 소리쳤다. 순간 웅성거

림은 침묵으로 바뀌었다. 그 침묵은 일종의 강요된 것이었다. 말하지 말아야 할 것을 말하는 자를 목격했을 때의 침묵, 강요된 복종을 거부하는 자를 바라볼 때의 침묵, 부당한 것에 대한 억울함보다는 공포가 더 선명하게 보일 때의 침묵. 그는 사람들이 의도적으로 침묵한다는 것을 알 수 있었다. 물론 그는 일생 동안 그런 침묵을 겪어보진 못했다. 하지만 마주친 적은 있었다. 바로 이 나라에서였고 이 도시에서였다. 이 도시의 사람들은 어떤 순간이 되면 모두 의식적으로 침묵했다. 그는 그 침묵 사이에서 말할 수 있는 자는 오로지 자신뿐이라는 걸 어렴풋하게 느낄 수 있었다. 그러나 그날 그가 했던 일이라곤 옥희를 보며 그저 가슴께를 한번 만져본 것뿐이었다. 뜨거운 무언가가 말 대신 목을 타고 넘어오는 게 느껴졌다.

한국전쟁 직후 남한에서는 '빨갱이'라는 단어가 만들어졌고 '빨갱이'라는 단어는 사라져야 했다. 30여 년이 흐르는 동안 특정한 단어들과 그 의미는 이런 식으로 상실되었다. 가령 '동무'라는 단어는 남한에서 더 이상 '친구'라는 의미로 쓰이지 않았다. 그러한 단어들은 아무도 모르는 사이에 사라지거나 오로지 누군가를 상처 내고 오해하기 위하여 선택되었다. 그런가 하면 어떠한 단어들은 침묵 속에서만 발음되기도 했다. 이 도시의 사람들을 침묵하게 만드는 단어들이 바로 그런 종류였다. 물론 그 단어들 사이에는 옥희의 동생과 같은 사람들의 이름도 포함되어 있었다.

"나에겐 동생이 한 명 있습니다."

침묵 속에서, 옥희가 다시 한번 느리지만 정확한 발음으로 그렇게 말했다.

⁘

처음 호주를 발견했던 영국인들은 토착 원주민인 태즈메이니아인들을 무차별 강간하고 사살했다. 태즈메이니아 여인들은 대부분 발가벗겨진 채 숲 가운데 세워져 야생동물의 먹이가 되었고, 어린아이들은 숨이 붙어 있는 상태로 땅에 묻혔다. 남성들이 생포된 경우엔 성기가 잘리고 가죽이 벗어졌다. 노인들은 산 채로 결박당한 채 부족이 멸망하는 모습을 지켜봐야 했다. 영국인들은 태즈메이니아인들을 사살하기 전 그들에게 영어로 '살려달라'고 외칠 것을 강요했다. 그러나 아무도 살려달라고 말하지 않았다. 대체 왜 살려달라고 하지 않지? 영국인들이 물었을 때 가장 나이 많은 장로가 대답했다. 우리는 이미 여러 차례 말했소, 우리의 언어로 말이오. 태즈메이니아인들이 영어로 살려달라고 하지 않은 건 분노나 적대감 때문이 아니었다. 장로는 그저 피로한 듯, 그러나 당당한 말투로 이렇게 덧붙였다.

"당신들에게 당신들의 아버지가 있듯이 우리에겐 우리의 아버지가 있잖소."

훗날 이 끔찍한 태즈메이니아인 학살 사건은 많은 역사학자와 인류학자의 연구 대상이 되었다. 언어학자들 또한 학살로 인해 많은 부분이 소실되거나 왜곡된 그 부족의 언어를 찾아 나섰다. 데이비드 셰이퍼의 아버지도 그중 한 명이었다. 대학에서 언어학을 전공했던 그의 아버지는 평생 단 한 편의 논문을 남겼고 그것이 바로 태즈메이니아어에 대한 연구였다. 그러나 그 논문은 어느 곳에서도 인정받지 못했다. 늘 미완성인 채였기 때문이다. 살아남은 소수의 태즈메이니아인들은 어떤 순간이 오면 늘 침묵했다. 그들의 언어에서 학살, 영국인, 태즈메이니아어 같은 단어들이 사라졌기 때문이다. 특히 그들은 아버지라는 단어를 결코 사용하지 않았다. 그의 아버지는 논문 안에서 의도적으로 '아버지'라는 단어를 배제한 채 문장을 써나갔다. 논문의 제목은 공란으로 남겨두고 발표했다. 아버지의 논문은 공격과 혹평을 동시에 받았고, 얼마간의 시간이 흐른 뒤에는 더 이상 연구실에 남아 있을 수조차 없게 되었다. 어떤 의미에서 학살은 태즈메이니아인들뿐만 아니라 아버지에게도 일생 동안 지속되었던 것이다. 비록 대학의 연구실에서는 나와야 했지만 아버지는 자신의 신념마저 그곳에 두고 나오진 않았다. 아버지는 호주의 또 다른 소수 언어를 찾아 북부 아넘랜드로 떠났다. 그리고 그곳에서 자신이 평생 발굴하고 기록하게 되는 언어인 이와이자어를 알게 되었고 그의 일생 내내 사랑이라고 부를 수 있는 단 한 명의 여자를 만나게 되었다. 그 여인이 바로 데이비드 셰이퍼의 어머니였던 것이다.

세월이 흘러 옥희와 그가 부부의 인연을 맺은 뒤에도 그들은 그날의 이야기를 좀체 다시 입에 올리지 않았다. 그가 데이비드 셰이퍼였다가 신동일이 되었을 즈음에야 비로소 그날의 이야기를 꺼낼 수 있었다.

"네번째 수업 시간까지도 네 엄마는 영어로 겨우 자기소개만을 할 수 있었단다."

1990년대 중반까지 그가 말할 수 있었던 건 그 정도였다. 그러나 이후부터는 이렇게도 말할 수 있었다.

"그러니까 이 도시에서 자행된 학살에서 너희 외삼촌도 희생되었어."

신동일이 된 후 그는 종종 그렇게 말하곤 했다.

번번이 아버지 핑계를 대곤 했지만, 사실 그가 언어학을 전공했던 건 가장 실패할 확률이 높은 것에 대한 선택이었다. 어떤 것이든 결국 완벽하게 아는 것이 불가능하다면 차라리 영원히 알 수 없는 쪽을 선택하는 편이 낫지 않나 했던 것이다. 호주를 떠날 즈음에는 그런 자신의 선택이 옳다고까지 믿게 되었다. 아버지의 평생이 담긴 이와이자어는 단 한 마디도 제대로 알아들을 수 없었고 도와줬던 친구들에겐 모두 배신당했으며 연구하던 카야르딜드어는 그의 의지와는 상관없이 영원한 침묵 속에 빠져버렸기 때문이다. 그가 '알고 있다'라고 대답할 수 있는 건 하나도 없었다. 그가 한국을 선택했던 건 차라리 아무것도 제대로 알 수 없는 이방인이 나을 것 같아서였다. 그래서 처음에 그는 한국어를 열심히 배우지도, 거리를 부지런히 살피며 걷지도 않았다. 그러나 옥희를 만나고부터 그는 집보다는 바깥에 머무는 시간이 늘어났다. 조금씩 한국에 대해 알고 싶어졌고 한국어를 배우고 싶어졌다. 그의 모든 것이 달라졌다. 아니, 모든 것이 조금씩 명확해지기 시작했다.

옥희.

옥희와 결혼을 결심할 무렵, 그는 처음으로 주변 사람들에게 자신의 이야기를 하기 시작했다. 그러니까 옥희에 대한 이야기였다. 발음의 한계로 그가 자꾸만 오키,라고 발음하면 몇몇 주한미군 출신의 미국인들이 해방촌 뒤의 '오케이 걸'들이 떠오른다며 우스갯소리를 하기도 했다. 그때마다 그는 이상하리만큼 화를 내곤 했다. 옥희는 말이 없고 조용했지만 그렇다고 해서 만만한 여자는 아니었다. 적어도 그에겐 매우 어려운 여자였다. 옥희의 눈썹이 조금만 처져도 그는 종일 연구실 안을 서성이며 불안해했고 옥희가 조금만 크게 웃어도 덩달아 기분이 좋아졌다. 무엇보다 그는 옥희를 알게 되면서 이전보다 자주 아버지와 어머니의 결혼사진을 떠올리게 되었다. 그리고 그때가 돼서야 환하게 웃는 어머니 곁에서 애써 늠름한 표정을 지었던 아버지를 생각하며 고개를 끄덕일 수 있었다. 그의 인생에서 처음으로 아버지와 같은 표정을 짓는 순간이 오고 있다는 생각이 들었던 것이다.

이렇듯 아무런 노력 없이도 어느 순간 깨닫게 되는 것이 있는 반면 아무리 노력해도 나아지지 않는 것도 있었다. 그에겐 한국어가 그랬다. 시간이 흘러도 그의 한국어 실력은 쉽게 나아지지 않았다. 영어 화자인 그에게 한국어 발음은 낯선 것이 많았다. 게다가 그는 직업상 하루 종일 영어를 사용

해야 했다. 영어 회화 강의를 한국어로 할 수는 없는 노릇이었기 때문이다. 물론 어느 순간부터는 그 스스로가 한국어를 배우는 것에 게을러진 것도 사실이었다. 우선 옥희는 영어를 할 줄 알았으며 한국어로 말하는 속도도 매우 느린 편이었다. 부부로 사는 세월이 늘수록 자연스레 대화는 줄어들었다. 그는 자신과 옥희가 말이 없어도 서로를 이해하고 많은 부분을 알고 있다고 생각했다. 그는 한동안 언어에 대한 불편을 느끼지 못했다.

그가 다시 한국어를 배우고 싶다고 느낀 건 옥희의 고등학교 동창들이 놀러 왔을 때였다. 집에 오는 손님은 드물었지만 어쩌다 서로의 손님을 맞게 되면 옥희와 그는 약속이라도 한 듯 번갈아가며 집을 비워주곤 했다. 그날도 그는 꽤 늦게까지 학교의 연구실에 있다가 집에 들어갔다. 이른 퇴근이 아니라고 여겼는데도 대문 너머로 여전히 웃음소리가 넘어오고 있었다. 바깥에서 시간을 좀더 보내야겠다는 생각에 몸을 돌리던 그는 문득 거실 창 너머로 무엇인가 열심히 말하고 있는 옥희를 보게 되었다. 옥희는 곁에 앉은 친구의 팔을 때리며 웃기도 했고 어느 순간엔 열변을 터뜨리는 것처럼 보이기도 했다. 친구들은 옥희의 이름을 자주 불렀다. 옥희야, 옥희야. 순간, 그는 집으로 들어가 다른 이들과 함께 옥희의 이야기를 듣고 싶어졌다. 그리고 '오키'가 아닌 '옥희'를 한 번이라도 제대로 불러보고 싶어졌다. 다음 날, 그는 학교에 가자마자 한국어 강좌를 찾아보았다. 그러나 그해, 그가 맡은 영어 회화반의 강좌 수가 갑자기 늘어나면서 그는 한국어 수업에 참여하지 못했다. 결국 그의 옥희 발음은 그다음 해가 지나고 그다음 해가 되어서도 그대로였는데, 물론 이번엔 그의 직업이나 강좌 개설 여부 때문은 아니었다. 그와 옥희 사이에 아이가 생기면서 그가 한국어보단 가장의 노릇에 집중해야 했기 때문이었다.

옥희와 그 사이에 아이가 태어났을 때였다. 그는 꽤 오랜 시간 바깥에 중요한 물건을 두고 들어왔다가 기억해낸 사람처럼 문득 옷장 안에 넣어두었던 여행 가방을 떠올렸다. 그리고 곧장 여행 가방 안주머니 부분을 뜯어냈다. 그곳에서 그는 앳된 데이비드 셰이퍼의 얼굴이 있는 학생증을 발견할 수 있었다. 여전히 만 서른의 데이비드 셰이퍼가 그곳에 있는 것 같았다. 그는 사진을 보고 옥희를 한번 봤다. 그리고 옥희와 그를 반반 섞어놓은 것 같은 갈색 머리의 아이를 보았다. 그가 아이를 뚫어져라 바라보고 있을 때였다. 피로한 음성으로 옥희가 천천히 물었다.

"호주에서 아이에게 처음 가르치는 말은 뭐예요?"

호주에서는 아이가 처음 글자를 배울 때 동물들의 이름을 익히게 하는 풍습이 있다. 애버리지니어를 쓰는 호주 최대 원주민 부족의 풍습에서 유래된 것이다.

"캥거루."

캥거루? 옥희가 미소를 머금듯 옅은 웃음을 지어 보였다. 그의 아버지도 처음 그에게 글자를 가르쳐줄 때 캥거루라는 단어를 노트 한가득 써서 보여주었다. 캥거루, 캥거루. 머뭇거리듯 더듬거리며 그가 캥거루를 발음하자 그의 아버지는 우선 박장대소했지만 눈가는 촉촉했다. 그때를 떠올리자 그의 얼굴에 슬며시 미소가 번졌다. 그를 바라보던 옥희가 다시 그에게 물었다. 무슨 다른 뜻이 있는 거예요? 잠시 옥희를 바라보던 그가 대답했다.

"아무것도 모른다."

캥거루는 나는 아무것도 모른다,라는 뜻의 애버리지니어였다. 그는 조그맣게 '캥거루'라고 다시 발음해보았다. 그는 그날 집으로 돌아오자마자 아이의 이름을 지었다. 옥희와 그의 첫아이의 이름은 유진이었다. 한국어 이름이었다. 한국인으로 살길 바라는 마음에서였다. 물론 이름이 한국어라고 해서 한국인으로 사는 건 아니라는 걸 그도 잘 알고 있었다. 그러나 평생 동안, 후에 그가 사석에서 언급한 바로는, 그가 데이비드 셰이퍼가 아니고 신동일이 되어서까지 그의 삶에서 정말 잘했다고 할 수 있는 몇 가지 안 되는 일 중 하나가 바로 아이들의 이름을 한국어로 지은 것이라고 했다.

그가 혼자서도 별 무리 없이 공과금을 납부하고 병원에서 진료를 받을 만큼 한국어에 능숙해졌을 즈음이었다. 옥희는 건강검진에서 유방암 말기 진단을 받았다. 곧장 항암 치료를 받았으나 약물은 오히려 옥희를 조금씩 사라지게 하는 것만 같았다. 머리카락은 매일 새로 자라는 것처럼 빠지고 환자복은 나날이 그 치수가 커져갔다. 달라지지 않는 건 옥희의 말수와 미소뿐이었다. 병원에서도 옥희는 별다른 말을 하지 않았다. 여전히 웃음을 참는 것 같은 미소를 지을 뿐이었다. 그도 마찬가지였다. 이제는 그 어떤 어려운 표현도 정확한 문장으로 쓸 수 있고 말할 수 있었지만 이상하게도 그는 옥희에게 아무 말도 해줄 수가 없었다.

옥희가 그의 곁을 떠나던 날, 그날도 그는 학교에서 강의를 하고 있었다. 한국어에는 사실상 존재하지 않는, 동사의 과거 완료형 시제에 관한 내용이었다. 한국인들이 어려워하는 부분 중 하나였다.

"교수님, 영국인들은 인생의 시간을 너무 완벽하게 나누려고 했던 것 같아요."

한 학생이 그에게 말했을 때였다. 그는 달려온 조교로부터 옥희의 부고를 들었다. 곧장 병원으로 달려갔지만 이상하게도 눈물이 흐르지는 않았다. 의사의 사망 판정을 들은 뒤에도 그는 그저 옥희의 마른 발에서 가만히 양말을 벗겨냈을 뿐이었다.

말할 수 없을 땐 침묵하라.

비트겐슈타인의 저 당부를 따르지 않고 무엇이든 언어를 통해 설명하려 했던 인류에게 누군가는 경외심을 표하기도 했다. 언어를 통한 소통의 시도가 결국 다양한 문화를 만드는 원동력이 되었기 때문이다. 그러한 인류의 노력처럼 그도 처음엔 옥희에게 자신의 모든 것을 설명해보고자 애썼다. 그러나 그는 옥희의 이름조차 완벽하게 발음하기가 어려웠다. 어색한 자신의 발음이 신경 쓰였던 그는 차츰 옥희의 이름을 부르는 일을 주저하게 되었다. 이름을 부르는 일이 줄어들자 대화도 함께 줄어들기 시작했다. 시간이 흘러 관계가 익숙해지면서부터는 인정을 이해로 받아들여 더 이상 많은 대화를 하지 않아도 서로에 대해 잘 안다고 믿게 되었다. 아이들이 크면서부터는 옥희라는 이름이 더욱 희미해져갔다. 그뿐 아니라 다른 사람들도 옥희라는 이름 대신 유진 엄마나 유정 엄마라는 호칭을 더 자주 불렀다.

"아버지는 왜 어머니의 이름을 한 번도 불러주지 않으세요?"

담담하게 옥희의 양말을 벗겨내는 그에게 유진이 원망 가득 담긴 표정으로 물었을 때에야 그는 깨달았다. 옥희의 이름을 자주 불러주지 못한 것이 그의 남은 인생 동안 후회로 남을 것임을 말이다. 그는 자신도 모르게 가슴께에 손을 얹어보았다. 오래전 옥희의 자기소개를 듣던 강의실에 서 있던 데이비드 셰이퍼의 모습이 아른거렸다. 눈물 대신 뜨거운 무언가가 가슴을 타고 흘러내리는 것 같았다. 물론 여전히 눈물은 흐르지 않았다. 그건 장례 절차가 진행되는 동안에도 마찬가지였다.

"아버지는 평생 대체 어디에 계시는 거예요?"

울지 않는 그를 보며 유진은 마치 길을 잃은 어린아이처럼 더욱 서럽게 눈물을 흘렸다. 그는 유진에게서 오래전 데이비드 셰이퍼의 얼굴을 보았다. 그리고 아버지가 어째서 그렇게 평생 이와이자어를 보존하고 이해하려고 애썼는지, 그에 비해 왜 아버지 자신에 대해선 한마디도 하지 않았는지, 그제야 조금은 알 수 있을 것 같았다. 누군가를 또다시 떠나보내고 나서야 그는 어렴풋하게나마 아버지를 이해할 수 있었던 것이다. 그래도 여전히 눈물이 흐르지는 않았다. 그는 대답 대신 옥희의 사진을 한번 바라봤다. 옥희는 사진 속에서도 평소처럼 웃음을 참는 듯한 미소만 짓고 있을 뿐이었다.

　옥희의 유골을 납골당에 안치하기 전날이었다. 납골당에 놓아둘 옥희의 소지품 몇 개를 챙기기 위해 그는 집으로 돌아갔다. 집 안은 옥희가 입원하기 전과 똑같았다. 그가 생각하기에 옥희는 딱히 취미가 있지도 않았고 무언가를 사 모으지도 않았다. 아무리 생각해도 옥희가 무엇을 좋아했는지 쉽게 떠오르지 않자 그는 난감한 기분이 되었다. 아버지를 떠올릴 때면 언제나 '간마'가 떠오르는 것처럼, 누군가를 추억하거나 생각하기엔 그렇게 명백한 무언가가 있는 편이 나았던 것이다. 망연히 서서 집 안을 둘러보던 그는 이윽고 안방의 옷장과 서랍을 차례로 열어보았다. 오래 입은 옷 몇 벌과 입원하기 전날까지 입었던 작업복이 잘 개켜진 채 놓여 있을 뿐이었다. 그는 한동안 옥희와 평생을 함께했던 방을 둘러보았다. 옥희가 원래 이 집에 없었다고 해도 이상하지 않을 정도로 그녀의 흔적이 별로 없었다. 그는 옥희를 안 적이 없었던 것 같은 기분에 휩싸였다. 옷 몇 벌만을 챙겨 나오려던 그는 마지막으로 화장대 서랍장을 열어보았다. 아버지의 방문을 열면 낯선 이와이자어의 화자가 나오지 않을까 염려했던 것과는 달리, 옥희의 서랍장에선 아무것도 나오지 않을 것 같아서 불안했다. 그러나 옥희의 서랍을 열었을 때, 그제야 그는 평생 제대로 부르지 못했던 옥희를 어떻게 불러야 할지 정확히 알 수 있었다.

나의 언어.

그는 그때까지 서른 살 데이비드 셰이퍼의 학생증 위에 씌어진 언어가 곧 자신의 언어라고 생각해왔다. 유진의 질문에 선뜻 대답하지 못했던 것도 그 이유라고 생각했다. 그러나 '남편이 좋아하는 반찬, 남편이 싫어하는 것, 남편에게 챙겨주어야 할 것들' 이러한 메모가 가득한 노트를 서랍 안에서 발견한 순간, 그는 비로소 깨달았다. 호주를 그리워했기 때문이 아니라 단지 어느 곳도 조국으로 생각하지 않았기 때문이라는 걸 말이다. 평생 한국과 호주를 떠돌며 찾았던 자신의 언어가 무엇인지 그제야 확신할 수 있었다. 다음 날 그는 옥희의 노트를 유골과 함께 안치하며 주체할 수 없을 정도로 많은 눈물을 흘렸다.

✝

이후 그는 신동일이라는 이름으로 개명하고 귀화 신청을

했다. 그는 신동일이라는 이름과 한국 국적을 얻은 후 5년을
더 살았다. 그 5년 동안 한 달에 한 번 옥희가 안치되어 있는
납골당을 찾았고 오키든 옥희든 그녀의 이름을 불러보았다.
5년 중 2년 남짓은 학교에서의 강의를 이어갔고 이후 거동
이 자유롭지 않을 정도로 몸이 불편해진 나머지 3년 사이 그
는 퇴임하게 되었다. 퇴임 후 2년여 동안 그는 1980년 5월에
사라진 언어들을 정리하여 방송국과 신문사에 보냈다. 그 언
어들 중 일부는 이미 사라진 상태였지만 결코 포기하지 않았
다. 어떠한 것들은 소멸된 이후에야 완벽히 납득되거나 이해
될 수 있기 때문이다. 마치 아버지가 그랬고 옥희가 그랬던
것처럼. 급격히 쇠약해진 마지막 1년, 그는 의사의 허락하에
아버지의 묘를 찾아 호주에 다녀왔다. 돌아와서는 유진과 유
정을 불러 그 어느 때보다 정확한 발음으로 말했다.

"나는 한국에, 옥희의 곁에 있고 싶다."

유진과 유정은 고개를 여러 차례 끄덕이고 나서야 집으로
돌아갈 수 있었다.

그즈음 그는, 죽어서도 아넘랜드에 남은 아버지를 떠올리
며 한 번도 제대로 이해받지 못하고 한 번도 제대로 알 수 없
었던 것들에 대해 생각해보았다. 인생의 절반을 살았던 한국

에 대해 떠올려보았고 나머지 절반가량을 보냈던 호주에서의 날들을 추억했으며 유진, 유정과 함께 보냈던 날들을 더듬어보았다. 반평생을 일했던 대학교와 끔찍한 학살이 자행되었던 도시에 대해 숙고했으며 평생 동안 그의 귓가에 머물렀다 사라진 무수한 언어를 되짚어보았다. 그는 여전히 많은 것을 제대로 이해할 수도, 정확하게 알 수 있을 것 같지도 않았다. 심지어 오래전 호주에 두고 온,『나의 투쟁』과『특수상대성이론』의 뒤편에 적어놓은 그 구절들을 왜 그렇게 즐겨 읽었는지, 왜 하필 그 구절들이어야만 했는지, 그것조차 여전히 제대로 설명할 수 없을 것 같았다. 그러나 이제 그는 눈물을 흘리는 대신 웃을 수 있었다. 적어도 한 가지는 확신할 수 있었기 때문이다.

나의 언어, 나의 이름.

신동일, 이 한국인은 70세의 나이로 자신이 살았던 한국의 남쪽 도시에서 숨을 거뒀고 유해는 아내인 김옥희의 곁에 안치되었다.

쿄코와 쿄지

내 이름은 쿄코(きょうこ), 저는 한국인으로, 한국식으로 하자면 경자입니다. 서울 경(京) 아들 자(子)를 쓴 이름이냐고요? 잠시만요, 그 전에 중요한 것을 이야기해야만 해요. 이름보다 더 중한 것이요. 그런 게 있다니. 네, 그런 게 있게 되었네요. 있게, 되었습니다.

나는 과거에서 왔습니다. 아니, 과거에 있습니다. 아, 그것도 아니에요. 나에게는 이곳이 현재. 나의 소중한 영소에게는 이곳이 나의 과거. 그러면 나는 어느 시간 즈음에 있는 사람, 이게 더 좋을 것 같네요. 영소는 아마 35년이 지난 다음에 이 편지를 보게 될 거예요. 그럼 이건 행운의 편지가 될까요? 영소가 열셋 무렵 유행하게 되는 그 행운의 편지 말이에요. 누군가의 과거가 어떤 이에게는 행운이 될 수도 있는 걸까요? 네, 사실 저는 그랬으면 좋겠습니다. 이 편지가, 그리고 나의 과거가 영소에게 행운으로 기억되면 좋겠습니다.

자, 드디어 다시 이름입니다. 태어난 직후 모부가 지어준 이름은 김경녀. 그 시절 서울로 가야 뭐라도 한다는 생각에 넣은 이름이겠지요. 그래봤자 당시 여성들의 서울이란 대부분 공장 지대였을 텐데요. 어쨌거나 경녀는 스물이 되던 해 김경자로 개명합니다. 경녀의 녀는 女. 나는 처음에 이것을 子로 바꾸어요. 녀(女)가 자(子)가 되어버린 이유는 말하지 않아도 짐작 가능하니까 생략,해볼까도 했는데. 영소, 나의 영소가 그걸 궁금해합니다.

"있지, 엄마. 나 궁금한 게 생기고야 말았어."

영소가 여섯 살 무렵이에요. 유치원을 다녀온 길이었지요. 영소는 어디서 배웠는지 하고야 말았다,는 말을 쓰곤 합니다. 그리하여 궁금한 게 생기고야 만 여섯 해의 영소. 그중 처음이 바로 나의 이름입니다.

"엄마는 왜 경자가 되었어?"

우리는 그날 곧장 집으로 향하지 않았어요. 목덜미에 손수건이라도 둘러줘야 하는 조금은 쌀쌀한 날씨였는데 그만큼

공기도 차분하여 바람을 쐬어주고 싶었던 거죠. 문방구에 들러 한창 유행하던 호돌이 열쇠고리를 영소에게 쥐어주고 동네 놀이터에도 들릅니다. "왜 호순이는 없어?" 이렇게 말하는 영소에게 어라, 그러네, 하고 맞장구를 쳐주기도 하고 그네에도 앉혀줍니다. 영소와 이번엔 모래를 가지고 호돌이를 호순이로 바꿔 만들어요. 그러다가는 또, 생각해보니 나는 무슨 호돌이 반대말로 호순이를 떠올렸나 싶어 아예 새 이름을 지어주자 해봐요. 그리고 그제야 내 이름 이야기를 시작하지요.

내가 경자가 된 건 고등학교를 졸업하던 해였습니다. 당시의 나, 김경녀에게는 어린 시절부터 친구인 혜숙, 미선 그리고 영성이 있었어요. 우리가 언제나 같은 반이었던 건 아니에요. 내 고향은 광주가 아니라 구례이기도 했고요. 또 그때는 중·고등학교도 입학시험이라는 게 있었으니까요. 공부를 아주 잘했던 혜숙이는 수석으로 전남여고에, 그런가 하면 아들은 광주일고에 가야 한다는 전통이 있는 집안 출신의 영성이는 과외까지 받아가며 가까스로 그곳에 입학하게 되었고요. 미선이는 종교적 희망에 따라 살레시오여고로 갔습니다. 참 이상하지요. 그래도 우리 넷은 늘 많은 이야기를 나누었으니까요. 그런데 고등학교를 졸업하니까 심지어 누군가는 도를 넘어야 하는 일도 생긴 거예요. 이번엔 조금 겁이 났어요. 우리 때는 서울이 다 뭔가요, 대구도 멀고 멀었는데요. 88고속도로를 무작정 대여섯 시간이나 달려야 나오는 곳이었던 거예요.

"너희 말이야. 시집가고 장가가고 가정 생기면 다 각자의 길인 거야."

넷이서 길을 걷고 있으면 어른들이 여어, 하고는 저렇게 놀렸죠. 대부분 장난인 기색이었지만 가끔 영성이에게는 한심하다는 듯 혀를 차는 어른도 있었지요. 계집애들하고만 어울려서 사내놈이, 하는 식이었어요. 그 뒤로 나는 그 어른을 보면 절대 인사하지 않았어요. 그런 기억 때문인가요. 사실 장난과 시비는 익숙해졌다고 느꼈거든요. 하지만 정말로 이별 앞에 서게 되니까 그런 장난이나 시비를 더는 받아들이기가 어려웠어요.

"우리 우정을 위해서 혈서를 쓰든가 아니면 나무 아래서 술을 마셔야 그럴듯한 걸까."

영성이가 문득 제안했죠. 영성이는 학교에서 아이들이 돌려 보던 무협지를 떠올린 모양이에요. 그러다 이내 고개를 저었어요. 자신이 즐겨 읽던 고전들도 뒤져봤지요. 되레 기운이 조금 더 빠진 것 같았어요. 영성이에게 왜 그러느냐 물으니 이러더군요. 책을 많이 읽었다고 해서 반드시 좋은 사람이 되는 것만은 아닌 것 같다고요. 고전이라고 불리던 책 속에서 우정을 맹세하는 내용이라곤 남자 대여섯이 모여 피를 보거나 술을 나눠 마시는 게 전부였기 때문이에요. 사실, 나와 친구들도 잠시간은 그런 방법들을 고민했습니다. 그러나,

"세상 어디에선가는 진짜 칼에 베여 죽어가는 사람도 있을 텐데."

신학대에 입학하게 된 미선이 망설였고,

"맞아, 감염의 위험도 있어!"

저 멀리에 있는 의대에 수석으로 가게 된 혜숙이가 맞장구를 쳤습니다.

그렇다면 저의 생각은? 그러게요, 피를 떠올렸을 때 폭력적이지 않은 것이라곤 헌혈, 수혈과 같은 합법적인 의료뿐이었는데…… 여기까지 생각하고 있는데 불쑥, 혜숙이가 이번엔 어쩐지 분노를 다스리는 목소리로 이렇게 중얼거렸어요.

"피로 얽혀서 폭력적이지 않은 게 없어. 집에 있는 가족들만 봐도 그렇잖아? 난 너희랑 피로 얽힌 가족은 안 되고 싶어."

혜숙이의 말에 잠시간 침묵. 사실 혜숙이는 전남대 의대를 희망했습니다. 하지만 장학금을 받긴 어려웠나 봐요. 그때 혜숙이네 오빠가 몇 년째 재수 중이었거든요. 혜숙이는 장학

금을 받지 않으면 대학에 가기 힘들다고 했어요. 우리 중 누구도 혜숙이의 그런 결정에 뭐라고 하지 못했어요. 왜냐면 혜숙이는 집에서 네,라는 말 외엔 거의 하지 않는다고 했거든요. 말대꾸라도 하는 날엔 오빠에게 헛간으로 끌려가 주먹으로 얼굴을 맞는대요. 우리는 그 말을 듣자마자 목이 움츠러드는 것 같은 공포를 느낍니다. 얼굴을 들면 헛간에 쏟아지는 피. 내 가족이 나를 그렇게 때린다면 그것은 무슨 공포일까요. 사실 혜숙이가 그런 말 하기 전까지 우리는 혜숙이네 오빠를 글쓰기 상도 받고 반장도 하는 모범생으로 알았거든요. 사실 저는요, 누군가에게 질문을 하는 타입은 아니에요. 하지만 그날은 참기 어려웠던 것 같아요.

"대체 너네 오빠는 널 왜 때리는데?"

처음이었습니다. 나의 질문도, 내 말에 혜숙이가 아무 대답도 하지 않았던 것도요. 물론 폭력 앞에서 인간은 그 두려움에 압도되어 침묵하기도 한다는 걸, 그때는 몰랐지요.

"자, 그럼…… 방법이, 뭐가 있을까? 피보다 강하게 얽힐 방법 말이야."

영성이가 무언가 제자리로 돌려놓겠다는 듯 말을 이었습니다. 말이라는 게 참 신기합니다. 혜숙이네 오빠에 대한 증오로 맹렬하던 내 신경이 그 방법이라는 것을 향해 뻗어가니까요. 그러다 음악 시간에 선생님께 들은 이야기가 떠올랐어요. 러시아로 간 유명 작곡가가 그의 친구들과 이름 끝을 모두 참 진(眞)으로 바꾸고 진짜의 삶을 맹세했다는 거 말예요. 그러면 우리는 무엇으로 바꾸지? 너희는 정말 무엇이 되고 싶은 거니?

"나는 아들이 되고 싶어."

불쑥 혜숙이가 그렇게 중얼거립니다. 남자? 혜숙이의 말에 이번엔 미선이가 낮게 되물으며 영성이를 힐끗 봅니다. 사실 혜숙이네 오빠에 대해 말할 때마다 미선과 영성이는 말 없이 듣기만 했었습니다. 어느 날엔가 영성이는 자신처럼 말이 없는 미선이를 보며, 우리 베로니카 자매님은 나만큼이나 겁이 많잖아 하고, 자조인지 비난인지 모르겠는 말을 하기도 했습니다. 미선이 또한 그런 영성이를 보는 시선이 복잡했지요. 사실 영성이나 미선이의 그 잠잠한 속은 아무도 모를 일이었지요. 그즈음 나는 아마, 인간의 마음이란 이렇게 하나인 듯 붙어 있어도 결코 알 수 없는 부분이 생겨버리는 것이라고, 영소가 먼 훗날 '생겨버리고야 말았다'고 하는 것처럼, 우리 사이에도 각자의 무언가가 생겨버리고 만 것이라고 느끼고 있었으니까요. 그리고 그 시작은 아마도…… 네, 우리는 가끔 고해성사 가는 미선이를 따라가곤 했는데요. 그날은 혜숙이와 저만 따라갔습니다. 영성이는 제 아빠를 따라서 양복을 맞추러 간 날일 거예요. 한데 영성이네 모부님은 그 애가 종종 내 옷을 입어본다는 건 알고 있을까요? 그런데 또 왜 나는 그런 영성이를 떠올리면 마치 누군가 내 심장을 밟는 것처럼 마음이 아파올까요? 이런 생각을 한편에 담아두고서, 또 한편으로는 베로니카 자매님은 오늘 무슨 죄를 고했을까, 이런 생각도 해봅니다. 그때 한쪽 구석에서 담배를 피우던 혜숙이가 꽁초를 비벼 끈 뒤 내게 손짓을 합니다. 잘 들어봐, 경녀야. 시작은 이러했지요.

"그건 순전히 은유야."

"국어 시간에 나오는 은유? 그 은유?"

"그래, 그렇지."

"뭐가 은윤데?"

"난 아들이 되고 싶은 게 아니라 아들 대접이 받고 싶어."

"아, 근데 그건 나도."

"어라, 그건 너도?"

"어, 아마 그건 미선이도 그럴걸?"

"다들?"

'음, 여자가 되고 싶은 영성이 빼고?' 이 말은 하지 못했어요. 영성이가 여자가 되고 싶다는 것과 혜숙이가 아들 대접을 받고 싶다는 것. 어떤 면에서는 같지만 또 한편으로는 몹시 다르다는 걸 알고 있었습니다. 그 같고 다름에 대한 생각은 오래 지속된 것 같아요. 20여 년이 흐른 다음 영소의 말에도 나는 둘을 떠올렸거든요.

"엄마, 있지, 우리 삶은 말이야. 어쩌면 서로를 가로지르며 나아가고 있는 건지도 몰라."

"가로질러? 서로 연관이 있다는 거야?"

"그렇기도 하고. 아, 엄마. 그렇게 복잡한 표정 하지 말고 그냥, 그…… 우리가 가족인 건 맞고 그렇게 하나로 묶여서 말해지기도 하지만 또 거기서 엄마는 엄마의 역할이 있고 난 딸이라는 역할이 있어서 어떤 면에서는 입장이 달라지기도 하는 것처럼…… 에이, 심각한 거 아니야. 어쨌거나 그렇게 가로지르다 보면 서로 교차되기도 하는 거니까 어딘가에서는 만나는 거 아니겠어?"

알 듯 말 듯한 영소의 말에 나는 다시 그 둘을 생각해봅니다. 영성이가 그렇게 바라던 전교 1등을 하던 여성으로서의 혜숙이. 그러나 아버지가 판사인 집안에서 돈 걱정이라고는 해본 적 없는, 세상이 그렇게 반기는 아들인 영성이. 내가 골똘해 보였는지 영소가 고개를 갸웃합니다. 그런 영소에게 나는 그저 웃어 보이고 맙니다. 하지만 마음속으로는 영소에게 혜숙이와 영성이, 미선이의 이야기를 해주고 싶어요. 이렇게 시작하는 거죠, 이를테면.

혜숙이와 영성이에 대해서 조금 더 말해볼게요. 우선 혜숙이부터요.

광주는 시위가 아주 거센 곳이어서 시내버스에서 30분씩 앉아 있는 건 일도 아니었는데요. 어느 날 내 옆에 앉아 있던 영성이가 무릎으로 내 왼쪽 다리를 툭 치는 거예요. 영성이는 항상 다리를 붙이고 앉아 있던 애였어요. 무슨 일인가 봤더니 시위대 사이에 혜숙이가 있었죠. 손을 흔들려는데 영성이가 내 팔을 잡습니다. 보니, 혜숙이가 대학생으로 보이는 남자와 골목길로 숨어들고 있었어요. 문득 미선이네 성당에서 하던 양서협동조합 모임에 갑자기 열심이던 혜숙이가 떠올랐어요. 게다가 굳이 들불야학 수업까지 들었죠. 혜숙이는 대학만 들어가면 꼭 자신도 그 야학에 속할 거라 했습니다. 내가 하자고 할 땐 끄떡도 없던 혜숙이의 변화가 어리둥절했는데 영성이가 미소를 머금으며 이렇게 말하네요. "좋아하는 사람을 따라 다른 세계로 갔구나, 혜숙이는"하고요. "다른 세계?" 조금은 의아한 표정으로 되묻는 내게 영성이는 고개를 작게 끄덕이며 웃어 보여요. 영성이는 사랑 소설을 많이 읽어서 그런가, 가끔 내가 이해 못 할 소리를 해요. 한번은 "움직이고 싶어, 큰 걸음으로 뛰고 싶어, 깨부수고 싶어, 까무러치고 싶어, 까무러쳤다가 10년 후에 깨고 싶어" 이러길래, 놀란 내가 그게 다 무슨 소리야? 했더니 좋아하는 시를 기억나는 대로 말한 거래요. 교과서에서도 못 본 시이고 영성이는 내게 광주일고 독서회도 나가지 않는다고 했는데, 그런 책들은 다 어디서 구하는 걸까요?

조금 더 신기한 건 그다음 날부터예요. 영성이가 성당에 나온 거예요. 영성이는 자신이 성당에 가면 사람들이 계집애 같은 애를 좋아한다고 저를 놀릴 거라고 했어요. 내가 곤란해지는 게 싫은가 싶으면서도 섭섭했죠. 하지만 영성이도 혜숙이처럼 다른 세계에 발을 디뎌보려는 걸까요. 이 이야기를 들으면 영소는 그런 말을 하겠죠? 아마도 혜숙이와 영성이는 어느 순간 서로의 인생을 교차했을 거라고요. 교차하면, 언젠가는 마주치게 되는 거니까 혜숙이와 영성이도 어느 한 지점에서는 같아졌을지도 모르겠어요. 그렇게 나온 성당에서 영성이는 아이들에게 시와 소설을 읽어주었어요. 어느 날엔가 "이 여자 시인은 공장에 다니면서 시를 썼대" 하며 읽어준 시는 나처럼 문학을 전혀 모르는 사람에게도 참 좋았어요. 그런데, "이 시대의 아벨이 누구예요?" 한 아이가 시집을 들고 와서 신부님께 그 시의 제목에 나오는 '아벨'이 누구를 말하는지 물었대요. 미선이는 다음 날 영성이에게 선의가 항상 선의로 남을 수 있는 건 아니라고 말했어요. 잠시 입술을 말던 미선이는 이런 말도 덧붙였습니다. 좋은 환경에 있는 사람이 가진 정의가 약한 사람들에게는 가끔 독이 될 수도 있다고요. 약한 사람들은 보호받기가 더 어렵기 때문이라고요. 영성이는 아무 대답도 하지 않았지만 미선이의 얼굴에 드리운 그늘을 본 것 같았어요. 곧 그 일을 그만두었죠. 하지만 혜숙이는 아니었어요. 시 제목 사건 이후로 미선이네 성당에서는 아이들을 가르치는 일이 잠시 중단되었는데 혜숙이는 곧 다른 성당에서 아이들을 가르친다고 했어요. 그 대학생 오빠와 함께하는 곳일까요? 이유야 무엇이든 하고자 하는 일은 밀고 나가는 혜숙이답다, 하고 생각했죠. 그런 혜숙이는 여자에겐 인기가 있었지만 남자에겐 아니었어요. "너는 입만 다물면 괜찮은데." 남자 선배들은 이런 말을 했어요. 나는 설마 그 대학생 오빠라는 사람도 혜숙이에게 그런 말을 하는 걸까? 하고 걱정했어요. 혜숙이는 그 오빠가 전남대를 다니며 학생운동을 하는 정의로운 사람이라고 했지만 내 눈엔 썩 좋아 보이진 않았어요. 왜냐면…… 그 오빠가 어느 날 혜숙이 친구라고 우리 넷을 불러 다방에서 아이스크림을 사 준 적이 있었어요. 그날 그 오빠가 피우는 담배 연기에 내가 잔

기침을 하자 영성이가 계속 손부채질을 해줬어요. 혜숙이는 담배를 피워도 그렇게 담배 연기를 사람 얼굴에 내뱉듯 한 적이 없었는데 말이에요. 이윽고 영성이가 손수건을 꺼내서 내게 건넸는데 그 모습을 보던 그 오빠라는 사람이 이렇게 중얼거렸어요. "혜숙이랑 영성이 너, 둘이 바뀌면 딱 좋은데." 혜숙이는 그 말을 미처 듣지 못한 것 같았지만 영성이와 나는 그 말을 들었습니다. 영성이는 어릴 때부터 그런 말을 자주 들어서인지 웃고 말았지만 나는 식은땀이 났어요. 나는 알고 있었어요. 영성이가 무엇을 감내하고 있는지, 나는 잘 알고 있었어요. 영성이가 하루는 저에게 그런 말을 했습니다.

"나는 남자 성기랑 여자 성기를 모두 가지고 태어났대."

내가 고개를 갸웃하자 영성이가 이번엔 구석으로 나를 데리고 갔습니다. 그러고는 가방을 열어 무언가를 꺼내 줬죠. 그것은 피가 묻은 팬티였어요. 한 달에 한 번 이런 게 나와, 라고요. 하지만 그때 우리는 고작 고등학교에 입학하기도 전이었어요. 나는 영성이가 아픈가 싶어서 얼른 병원에 가자고 했습니다. 영성이가 미소를 지으며 고개를 저어요. 그러면서 자기는 남자와 여자, 모두의 염색체를 가지고 태어났대요. 그런데 생각하기에 자신은…… 여자래요. 자신을 과외해주는 의대생 선생님께 부탁해서 책을 구해 보았대요. 그러면서 나

중에 돈을 벌면 아주 멀리 가서 자신의 삶을 선택할 거라고 했어요. 그런데 어렵게 그 말을 꺼낸 영성이를 두고 나는 다짜고짜 이런 생각이 떠올라요. '나는 그럼, 누굴 좋아하는 거지?' 이후 내 속에서는 많은 사람이 스쳐 지나갑니다. 어린 시절을 보냈던 읍에서 같이 산 그 삼촌들 같은 건가? 아니면 여자랑 결혼하겠다고 해서 집안에서 쫓겨난 이모할머니? 생각에 잠기느라 나도 모르게 미간을 찌푸린 모양이에요. 영성이는 쓰다듬듯 내 미간을 펴주며 이렇게 말하네요.

"그러게, 나 같은 사람은 들어본 적 없지? 나도 내가 인간인지 아닌지 많이 생각했는데."

혹시 누가 그런 말을 해? 나도 모르게 소리를 높인 게 민망해서 입술을 안으로 마는데 영성이가 웃음을 터뜨립니다. 하지만 정말 그래요. 영성이가 인간이 아니라뇨? 나는 영성이를 알고 지낸 순간들을 떠올립니다. 시골에서 전학 왔다고 놀림받던 나에게 가장 먼저 인사를 건네주던 아이, 내가 감기에 걸렸을 때 혼자 자취를 하는 내 방에 와서 콩나물국을 끓여놓고 가던 아이, 자신에게 시비 거는 사람들은 웃어넘겨도 우리에게 고약한 농담을 하는 놈들에게는 달려가 사과까지 꼭 받아내는 아이, 다른 이들이 시끄러울까 봐 공공장소에서는 소곤거리듯 작은 목소리를 내는 아이. 그런 네가 인간이 아니면 대체 누가 인간이야?

하지만 나는 저런 말을 다 하는 대신 정말 하고 싶은 말 한 마디만을 겨우 꺼내놓습니다.

"영성아, 나중에 나도 데리고 가."

나는 그런 생각을 했던 것 같아요. 이모할머니는 자신을 버린 가족들의 바람과 달리 친구인지 애인인지 모를 어떤 할머니랑 죽을 때까지 잘 살았어요. 내 말에 영성이는 잠시 눈을 감았다 뜨며 이렇게 말해주었어요.

"경녀야. 나는, 난 너랑 같아."

혼란스러운 마음은 그 말과 영성이의 웃는 얼굴에 흩어집니다. 그래, 네가 행복하다면…… 가끔 좋아함은 이렇게나 편리하죠. 모든 걸 설명하지 않아도 되니까요. 영성이의 아버지는 아들을 얻기 위해 영성이의 어머니와 재혼했다고 들었어요. 하지만 나는 영성이가 남자든 아니든, 성기가 두 개든 한 개든, 사람들이 계집애 같은 놈을 좋아한다고 놀리든 말든 전혀 상관없습니다. 사실 이상한 건 사람들이에요. 누군가를 좋아한다는 게 왜 놀림거리죠? 게다가 나도 여잔데 왜 자꾸 내 앞에서 계집애 같은 애 좋아하면 안 된다고 하죠? 그냥 계집애나 계집애 같은 게 만만했던 것 아니었을까요? 그리고, 사실은 뭐랄까요. 내게는 딸을 아들로 키우는 아버지는 없었지만, 남동생에겐 야구 글러브를 사 주면서 저에겐 자전거조차 사 주지 않는 아버지는 있었어요. 다리에 상처라도 나면 어떡하냐, 했지만 속내는 다른 데 있었습니다. 처녀막이 터지면 어쩌냐는 것이죠. 아버지고 뭐고 좀 징그러운 느낌이었습니다. 미선이도 어느 날엔가, 여자는 남자보다 신에게 가깝게 다가갈 수 없는 걸까? 이런 말들을 했어요. 생각해보니 성당에서 미사를 진행하던 신부님은 모두 남자라는 게 떠올랐어요. 그런데 우리 중에서도 혜숙이는 역시 꽤나 심각했어요. 그 대학생 오빠 때문인지 아니면 혜숙이를 때리는 오빠 때문인지 하여튼 오빠 때문에 혜숙이는 기숙사 생활이 가능하면서도 우리와 멀어지지 않을 수 있는 전남대 의대를 희망했던 건데요. 결국 혜숙이는 자신을 때리는 오빠의 재수 비용 때문에 기어이 장학금을 주는 타 도시의 대학으로 가게 되었어요. 거긴 신사임당의 고향이다, 자애로운 어머니 신사임당의 땅 어쩌고. 혜숙이는 어른들이 그런 말을 하면 퉤퉤 하는 시늉을 하고 돌아서곤 했습니다.

'하지만 혜숙아, 아니, 혜자야. 그해 봄, 그날 나는 바랐었어. 네가 그곳에 계속 있었기를 말이야. 물론 네가 사랑하는 사람을 위해 다시 광주로 돌아왔다는 것을 알았어도 나는 너

를 말리지 못했겠지……'

모래 장난에 여념이 없는 영소 앞에서 경녀 아닌 경자는 그런 말을 중얼거려요. 물론 이렇게 제가 미래를 보게 될 줄도 몰랐지요. 사람들은 나보고 인지 장애니 조기 치매니 하는 것 같아요. 젊은 날 내 기억이 트라우마가 되었다나요? 내가 말하는 게 미래라는 걸 믿지 않고 말이죠. 그래요, 사람들이 말하는 '아직 오지 않은 시간'으로 미래라는 것이 굳어진다면 나는 미래를 보는 게 아닐지도 모르죠. 왜냐면 미래란 내게…… 어쩌면 끝나지 않은 과거가 이어지는 것인지도 모르니까요……

당시 혜숙이는 광주를 떠나기 전, 어떻게든 담뱃불을 실수인 척 흘려서 헛간을 홀랑 태워버리겠다고 했어요. 아들내미 주겠다는 소를 탈출시키고 헛간은 태워버리는 거야. 소를 죽일 수는 없잖아. 혜숙이는 그러면서 다시 한번 자기는 꼭 아들 대접이 받고 싶다 했네요. 그러나 남자 되는 건 싫다, 이렇게요.

"그럼 아들을 이름에 넣어버리자."

다시, 혜숙이가 말했습니다. 나는 영성이를 바라봤습니다.

미선이는 깊은숨을 들이쉬었지요. 영성이는 가만히, 마치 작은 모래를 골라내듯 신중한 목소리로 말해요.

"내가 영자가 되면, 그러면 여자 이름 갖는 거네?"

그래요, 그 영자 말이에요. 30년이 흐른 뒤에도 불리는 그 이름 영자. 결혼 지참금 마련을 위해 성 판매 여성의 일을 계속하게 되는 영자. 그러다가 그 돈을 떼어먹히자 포주의 집과 자신의 몸에 불을 붙이는 그 영자 말이에요. 그런데 참 신기하죠? 다들 책을 읽고 영화를 보면서는 그 영자를 동정하지만 실제 영자들을 보면 손가락질했으니까요. "너도 공부 안 해서 좋은 남자 못 만나면 저렇게 되는 거야." 아버지도 늦은 밤 금남로 뒤편의 여자들을 향해 그런 말을 했습니다. 혜숙이가 영성이의 어깨를 툭, 한번 치며 묻네요.

"판사집 아드님. 영자의 삶, 감당할 자신 있니?"

여성과 남성을 동시에 가지고 태어난 영성이에게 그 삶은 선택이 아니었어요. 어쩌면 그때 처음으로 선택지 앞에 선 것일지도 몰라요. 물론 영성이는 알고 있었을 거예요. 그 이름을 갖는다고 해도 어떤 면에서는 여전히 영자와 영성이의 삶은 같을 수 없다는 것을요. 그게 아마, 여태 혜숙이가 제 오빠 이야기를 할 때 묵묵할 수밖에 없던 이유겠죠. 그래도 용기를 내보고 싶었던 걸까요. 잠시 골몰하던 영성이가 곧 고개를 크게 끄덕입니다. 나는 영성이의 그 짧은 침묵과 금남로 뒤편의 여자들을 보며 너무나 쉽고 빠르게 혀를 차던 아버지가 선명하게 대조되는 것 같았어요. 그러자 나 또한 함께 끄덕일 수 있었어요. 곧이어 미선이도 큰 숨을 내뱉듯 고개를 끄덕입니다. 네, 그렇게 혜자, 미자, 영자 그리고 나 경자까지 모두 자 자 돌림의 공동체가 되었습니다. 우정으로 만들어진 가상 아들들의 공동체. 그런데 얼마 뒤 여기서 다시, 우리는 생각해요. 굳이 우리가 또 그놈의 아들 될 이유는 뭐지?

"너네한테 아들을 권하고 싶진 않어. 아들 되기 전에 인간 되는 거 고려해보는 게 어때?"

그렇게 갖고 싶다던 흔한 여자 이름을 갖게 된 영자가 다시 한번 이런 말을 했고,

"그럼 최종적으로 인간 자(者)?"

미선이가 그럼 이거는, 하는 표정으로 물었을 때, 이번엔 내가 다시 말했습니다.

"스스로 자(自),는 어때?"

영자가 미소를 짓네요. 혜숙이는 오, 하는 표정을 지어 보이고 미선이는 고개를 끄덕입니다. 그때까지 실제 아들 자(子)로 개명 신청이 완료된 것은 나 경자, 하나뿐이었거든요. 차

라리 이 기회에 스스로 자(自)로 모두 정정 신청을 마치면 되겠다고, 다들 그런 생각이었습니다. 그렇게 우리는 아들들의 공동체를 통과하여 최종적으로는 스스로의 공동체로 들어가고자 했습니다.

아, 지금 생각해도 조금 고소하달까 그런 거 있어요. 이제 혜자가 된 혜숙이네 오빠는 군대에서 사람을 때려 영창에 갔습니다. 처음엔 기쁘면서도 억울한 것도 있었어요. 혜자가 맞을 땐 어른들 모두 오빠가 동생을 가르치다 보면 때릴 수도 있지, 하더니만 군대에서 선임을 때렸다고 바로 경찰이 와서 처단해줬다고 하니까 기막히고 그런 거예요. 그래도 일단은 혜자가 헛간에 불을 질러 범죄자가 되지 않아서 다행이라고 생각했어요. 나쁜 놈은 그놈이니까요.

"사실 나 날마다 고해성사 때 그 말 했어."

확실히 속이 시원하다는 내 말에 미자, 베로니카 자매님이 저 말을 꺼내며 이렇게 덧붙여요. 날마다 혜숙이네 오빠가 꺼졌으면 좋겠다고 기도하는 저를 벌하여주십시오, 했다고요. 그렇게 모두 다, 어쩌면 폭력에 대해선 같은 마음이었던 거예요. 그런데 그건, 30년 후의 영소도 마찬가지인 모양이에요. 이제는 컬러텔레비전 앞에 앉아 있는 영소와 나. 우리는 여동생을 야구방망이로 때린 어떤 놈의 뉴스를 봅니다. 그렇게 사람을 때려놓고 살해 의도가 없었다며 상해치사로 풀려났다네요. 흥분한 영소가 저런 놈은 고소미 맛을 제대로 봐야 한다는 둥, 웬 과자 이름을 대며 흥분합니다. 아무리 시간이 흘러도 다 소용없구나, 내가 중얼거리자 영소가 엄마 때도 그랬어? 하며 눈을 반짝이네요. 이야기해달라는 거지요. 그런데 대체 어디서부터 이야기를 해야 할지, 그저 이름에 관한 이야기만 중언부언해봅니다.

"있지, 엄마. 그런 걸 보고 요즘은 뭐라고 하게."

"뭘? 그런 게 뭐야? 내 친구들? 우리를 보고 부르는 말도 있어?"

"진정한 연대라고 하지 않을까?"

"연대? 시위하는 거?"

"아니, 꼭 시위만을 말하는 거 아니고. 요즘은 시위도 별로 없어. 평생 시위에 안 나가본 사람도 많을걸? 아, 이걸 뭐라고 설명하면 좋으려나. 가만있어봐, 엄마의 '자'는 우리가 다 아는 그 아들 '子'였기 때문에 이것이야말로 진정한 미러링이라고도 할 수 있으려나?"

"미러, 미러 뭐?"

연대야 그래도 아는 단어지만 미러링은 또 뭘까요. 아마 영소가 이걸 물었을 때 한국과 일본, 세계 곳곳에서는 여성과 소수자의 목소리를 찾고자 하는 시도가 많아졌을 거예요. 미래의 어느 부분이 어둡지만은 않아서 나는 안심이 됩니다. 그런 영소의 이야기를 듣고 나는 미래의 내가 낙관하는 사람이 되어 있기를 간절히 희망해봅니다. 그런데요, 나는 영소가 그런 말을 할 때쯤은 정말 다른 사람이 되어 있어요. 나는 연대나 시위 같은 말을 들으면 숨이 차오르는 사람이 되어버렸습니다. 엄마는 5·18을 겪은 것도 아니잖아? 영소가 이 말을 하면 더 질색하는 표정이 돼요.

엄마. 그런데 엄마는 5월 18일에 어디에 있었어?

그러게요, 저는……

나는 1958년 전남 구례에서 태어나 국민학교 입학 직후 광주로 이주하여 중·고등학교를 다닌 후 광주의 한 대학에 진학했습니다.

사실 지방대라고 해도 그 시절 여자가 4년제에 진학하는 건 어려운 일이에요. 아들에게 줄 돈을 딸에게 주는 집은 거의 없었어요. 게다가 고등학교 때까지도 나는 아버지의 교육열에 못 이겨 겨우 중간 등수를 유지하는 학생이었어요. 돈 때문에 혜숙이조차 원하는 대학에 가지 못했는데, 이런 생각에 망설여졌지만 그때 내가 그 기회를 잡았던 건 바로 좋아함, 설명이 필요 없는 그 유일한 것 때문이었죠. 영성이, 영자와 같은 대학에 들어가게 되었거든요. 영자는 집안에서 바라던 법대가 아닌 일문과로 입학하게 되었는데요. 처음엔 영자의 아버지가 영자에게 재수를 안 할 거면 당장 군대에 가라고 했대요. 그런 아버지를 영자의 어머니가 울면서 가로막았다는 건 광주 바닥에서 유명한 일화가 될 정도였고요. 비록 영자의 모부는 그렇게 비극의 주인공이 되었지만 나는 어쩐지 점점 행복해지는 것만 같았어요. 게다가요, 영자는 대학을 졸업하면 멀리 갈 거라고 했잖아요. 이 아이를 따라가려면 나도 돈이 있어야 했죠. 그 시절 여자가 그나마 생활이 가능할 만큼 돈을 벌려면 사무직이 되어야 했으니 대학 졸업장이 필요할 것 같았고요. 거기에, 영자가 가려는 먼 곳이 어딘지는 몰라도 일문과를 간 걸 보면 일본일 것 같기도 했고요. 이번엔 일본어를 좀 해야 할 것 같았죠. 외국어를 배우려면 역시나 대학을 가야겠고요. 그런데 막상 영자는 자신이 일문과를 선택한 건 어떤 시인의 시 때문이라고 했어요. 오키나와 출신의 여자 시인이 쓴 시래요.

"그 시 제목이 뭔데?"

"「헨젤과 그레텔의 섬」. 제목 근사하지? 아직 시집으로는 안 나왔지만."

영자가 씩 웃으면서 태평양전쟁 때 섬에 남겨진 어린 소녀의 시선이 담긴 시집이라고 덧붙여줍니다.

"오키나와라는 섬이 있대. 너도 들어봤지?"

"아, 미자한테 들었어. 일제 때 광주 교구 신부님이 오키나와에서 오신 와키다 신부님이었다고."

"응. 근데 거기는 원래 일본 땅도, 미국 땅도 아니었고 평화로운 곳이었나 봐. 전쟁도 폭력도 없이, 동물과 사람들이 어울려 평화롭게 살던 아름다운 섬."

"그런데 일본이 또 침략한 거야? 조선에 그랬던 것처럼?"

"응. 근데 갑자기 일본이 섬을 지배하면서 그런 질문들을 하기 시작한 거야. 넌 일본인이냐, 오키나와인이냐. 아니면 설마 너 조선인? 이런 거 말이야. 그때 오키나와 사람들과 조선인들은 거의 같은 취급을 당했대. 전쟁 때 죽은 오키나와인들의 시신을 수습해준 것도 조선인들이고. 그래서 위령비가 있다지. 아무튼 그래서, 오키나와인들은 살기 위해서 자신이 일본인이라는 걸 어떻게든 증명해야 했대. 모두가 마음으로는 일본이 싫었겠지만 그렇다고 모두가 그런 순간에 용기 있게 정의를 말할 순 없는 거니까."

영자 네가 남자인지 여자인지 증명해보라고 말하면서 사

실은 네가 남자라고 말하길 바라는 그런 사람들이 그곳에도 있던 걸까. 그런 사람들은 전쟁 중 섬에 홀로 남겨진 소녀에게도 일본인인지 아닌지를 물어서 죽이려고 했던 걸까. 그들은 어떻게 사람을 단 한 가지 조건만으로 설명할 수 있다고 생각한 걸까. 내가 아무 말도 하지 않고 그저 자신을 바라보기만 하자 영자는 아마 내가 그곳에 대한 설명을 더 듣고 싶어 한다고 생각한 모양이에요. 영자는 이윽고 어떤 문장을 하나 말해주었어요.

"들어봐, 경자야. 사람은 말이야. 잊고자 하는 일에 보복을 당하기 마련이래."

고개를 갸웃하는 내게 영자가 그 말의 의미를 덧붙입니다. 그 말은, 오키나와를 연구한 유명한 학자가 역사 속에서 기록되지 못했을 대다수의 오키나와 사람들을 기억하자는 의미로 했던 거래요. 절대 반성하지 않는 일본 정치인들을 향해서요. 나는 그 말의 뜻을 다 알지는 못했지만…… 적어도 일본이 조선에게 한 것처럼 오키나와 사람들을 죽이고 반성하지 않은 것만은 알 것 같았어요. '꼭 기억할게, 영자야. 나라도 꼭.' 하지만 나는 이런저런 말은 그저 삼켜버리고 다른 말을 중얼거렸어요.

"전쟁 중이어도 아이는 자라고 섬에는 꽃도 나무도 피어났나 봐……"

내 말에 영자가 자신도 그 섬에 가보고 싶다 했어요. 그러고는 곧 그 시를 다시 읽어줍니다. 시의 모든 내용을 기억하는 건 아니에요. 다만 그 시의 마지막 문장만은 선명합니다.

그것은 작고 투명한 유리잔 같은 여름이었다

하지만 그런 여름을 사람들은 사랑이라 부르는 듯했다

그 아름다운 섬으로 가자, 우리도. 나는 그렇게 영자를 생각하며 공부에 매달렸습니다. 성적은 날이 갈수록 좋아졌어요. 그해 여름, 장학금을 받아서 영자와 함께 갔던 라이브 다방도 떠오르네요. 제가 너무나 좋아하는 기억이에요. 그때 충장로에는 '그랑나랑'이라는 라이브 다방이 유행이었어요. 제일 컸어요. 또래와 데이트한다고 하면 주로 볼링장 아니면 라이브 다방이었어요. 가서 종일 음악 듣고 신청곡 적어 내고 또 음악 들어요. 그러다가 '돈까스비후까스' 가서 계란 프라이 추가해서 돈가스 먹고 하이트 맥주 좀 마시면 너무 좋은 날인 거예요. 조선대 다니던 애들은 증심사도 많이 갔죠. 정문 앞에서 무등산 넘어가는 버스가 많으니까요. 나도 장학금 받은 돈으로 영자와 '그랑나랑'에 갔다가 돈가스 먹었답니다. 그런데 이 이야기를 하는 내 표정이 너무 좋았나요? 듣고 있던 영소가 웃음을 터뜨리네요. 기껏 광주에 대해 말해달라고 그렇게 조르더니요.

"엄마, 무슨 대학을 놀려고 다녔어? 웬 상호가 그렇게 줄줄 나와? 결국 요약하면 뭐야. 데이트 하러 다녔다, 이거 아니냐고."

영소는 그즈음 대학에서 강의하는 사람이 되었어요. 방학 때도 소논문인지 뭔지를 쓴다고 조사를 하러 돌아다녀요. 그런데 언제부터인가 자꾸만 광주에 대해 묻네요. 인터넷 찾아보라니까 그냥 '사람들'이 궁금하대요. 내가 헛기침을 하자 영소가 못 말리겠다는 듯 고개를 몇 번 저으며 웃습니다.

"엄마, 지금 그 자리엔 다른 게 있겠지?"

"그러게. 아마 많이들 변하니까. 그래, 뭐 변해야 좋지."

"내가 구글 로드뷰로 광주 한번 보여줄까?"

퍼뜩, 광주를 보여주겠다는 영소의 말에 나는 고개를 저어요. 그냥, 그대로…… 어떤 것은 그저 그대로. 변해야 좋다고 했지만 사실 어떤 건 그대로 둬도 좋겠다 싶어요. 이를테면 그때 나에게 시를 읽어주던 영자의 목소리라든지요. 아니, 근데 아련한 건 아련한 거고 영소의 오해는 풀어줘야겠습니다. 나 김경자가 어디 사랑 때문에만 사는 사람이겠어요?

"영소야, 이 엄마 그저 사랑밖에 난 몰라 아니다?"

영소의 장난에 나도 짐짓 더 근엄한 표정을 지어 보여요. 그런데 조금 더 솔직하자면 사랑이라는 게 그런 건지도 모르겠어요. 시작은 영자뿐이었을지라도 과정은 나 경자와 영자가 함께했죠. 나는 처음으로 내가 무언가를 결심하고 거기에 열심이었던 게 좋았어요. 장학금을 받은 학기에 김경자, 석 자가 대자보에 새겨지는 것을 보고 깊은 쾌감도 느꼈습니다.

저 말을 해두고 보니, 훗날 미자가 우리에게 신학대를 가겠다고 선언한 날이 떠올라요. 수녀님이 되는 거야? 다들 그렇게 물었던 이유는……

미자의 어머니는 무당입니다. 그리고 할머니는 일본인이래요. 일제강점기 때 일본의 집이 너무 가난해서 한국으로 돈을 벌러 온 거라고 해요. 그렇게 온 일본인 중에 가난한 여자들은 대부분 현지처가 되거나 카페나 호텔의 여급으로 일했는데, 일본인들이 철수할 때 이들은 데려가지 않았대요. 미자의 외할머니도 조선에 온 일본 남자의 현지처가 되어서 미자의 어머니를 낳았는데 그 일본 남자 혼자 본국으로 돌아가고 외할머니와 미자의 어머니는 데려가지 않았대요. 일본에서는 재조 일본인과 조선 현지처 사이에 태어난 아이를 인정하지 않는 사회 분위기가 있었다던데 사실 정확히는 모르겠어요. 소문에 의하면 미자의 어머니가 무당이 된 건 일본인도 한국인도 아닌 채로 할 일이 없어서 그랬다던데 이것 또한 잘 모르겠습니다. 왜냐면 미자는 학교에서 친일파라고, 더러운 피라고 괴롭힘을 당하곤 했으니까 그런 걸 물어보면 가슴 아플 거라 생각했어요. 얼굴에 일본인이라고 씌어져 있다나요? 그런데 일본인과 한국인을 얼굴로 구분하는 게 가능한가요? 나는 사실 속으로만 그렇게 분노하고 말았어요. 혜자는 조금 더 분명했어요. "대단하신 나의 조상님이 일본인이나 중국인이면서 한국인이라고 했을 수도 있잖아? 단일민족이라고 얼굴 어디에 씌어져 있냐?"라고요. 그리고 영자가 된 영성이는,

"그냥 베로니카와 어머니의 종교가 다른 거, 그뿐 아닐까."

아마도, 그렇겠죠? 뭐가 됐든 나는 미자가 자신의 종교를 갖게 된 것이 좋아 보였어요. 왜냐면 한번은 미자에게 무슨 죄를 그렇게 많이 지은 거냐고 우리가 물었거든요. 그러니까……

죄를 열심히, 말할 수 있는 게 좋을 뿐이야,라고 미자가, 베로니카 자매님이 그렇게 대답했습니다. 물론 그때는 '죄를 말할 수 있다', 이것이 쉬운 문장이지만 진심으로 어려운 일이라는 걸 잘 몰랐죠. 그저 나는 미자가 좋은 게 있다니 좋다고 생각했어요. 그것이 종교든 무엇이든 말예요.

자, 그러면 나 경자는 그로부터 몇 년 후 대학원에 진학했

나요? 유학을 준비했나요?

아니요.

아니요? 그럼 저는 어디에 있나요?

나는 서울 광화문 뒤편의 재수 학원에 있습니다. 여자의 인생은 좋은 남편을 만나는 것으로 결정된다고 믿었기에 딸을 영부인과 대학 동기로 만들고자 했던 아버지의 뜻에 따른 거지요. 당시 나는 장학금으로 학비를 해결하는 것 외엔 경제권이라고는 없었으니 순순히 재수 학원으로 가게 된 거예요. 불행했느냐면 당연히 그렇다고도 할 수 있는데 또 어떤 면에서는,

"다행일지도 몰라."

어느 날엔가 미자가 그렇게 중얼거렸다지요. 그해 봄, 도망친 사람들을 숨겨주기 위해 성당 문을 열었던 미자가, 군인의 만행을 담은 유인물을 제작하여 미사 직전 나눠 주었던 베로니카 자매님이 말이에요. 며칠 후 어느 정신병원에서 머리가 하얗게 센 채 발견된 미자가 그런 말을 끝없이 중얼거렸다지요.

"정말 다행이야. 네가 없어서."

그리고 또 한 사람. 시집을 읽고 머리를 기르는 그 아이를 용납할 수 없던 아버지에 의해 군대에 보내진 영성이, 영자가

그런 말을 했습니다.

"경자야, 정말 네가 아무것도 보지 않아서, 정말 다행이야."

1980년이 다 가기 전 겨울이었습니다. 말바우시장의 팥 칼국숫집이 성황이었던 기억으로 보아 아마도 동짓날이었나 봅니다. 그날 나는 장기 휴가를 받은 영자와 함께 미자가 있다는 정신병원을 찾아갔습니다. 하나 기억에 남은 것이라면 군복을 입은 소영성이 군복을 입은 다른 남자들을 볼 때마다 어깨가 움츠러들도록 몸을 떨었다는 것입니다. 나는 이전보다 더 홀쭉해진 영자를 데리고 돈가스를 먹었습니다. 괜찮아, 괜찮아. 영자는 누가 묻지도 않았는데 그런 혼잣말을 하곤 했어요. 하지만 정작 머리가 하얗게 센 미자를 마주했을 때 영자는 조금도 괜찮은 것 같지 않았어요. 한참 만에야 여전히 몸을 떠는 영자를 대신해 내가 미자에게 고해성사 없는 삶이 답답하지 않느냐고 묻습니다. 차마, 그날 이후 있었던 일들은 말하지 못하고요. 그해 5월 이후 계림성당과 남동성당의 신부님들은 도망 중입니다. 감옥에 가신 분들도 계시다 들었어요. 하지만 미자에게 더 이상의 충격을 주고 싶지 않았어요. 그런데 미자는 어쩐지 가뿐한 목소리로 이제 성당에 가지 못하는 건 괜찮다고 합니다.

"내 죄를 말할 수 있는 거, 그거 이제 필요 없으니까."

"왜, 미자야. 정말 좋아했던 거잖아. 게다가 혜자 아이도 찾았어. 감사하게도 성당에서……"

뭐가 그렇게 다급했던 걸까요? 나는 혜자의 이름을 말하던 내 입을 가립니다. 하지만 미자의 시선은 어느새 군복을 입은 소영성에게 고정된 채였죠.

"왜냐면, 신은 그곳에 있는 게 아니라 광주에 있었거든. 그 군인, 모든 걸 멋대로 할 수 있던 그 군인. 설마 그 군인이 인간은 아니었겠지?"

나는 영자가 조금씩 뒷걸음질 치는 걸 보았어요. 영자의 팔을 잡으려고 했어요. 미자는 이제 막 말문이 터진 어린아이 같습니다.

"그러니까, 가장 죄 많은 건 바로 그 신이야."

소영성에게 고정되어 있던 미자의 시선이 이번엔 영자의 얼굴로 향합니다.

"너도 혜자 같은 사람들에게 총을 쐈니?"

나는 순간 의자를 박차고 일어서서 영자를 뒤에서 꽉 끌어안았습니다. 영자가 뒤로 넘어갈 것만 같았어요. 무언가 빠져나간 것처럼 느껴지던 영자를 끌어안으며 미자가 앉아 있던 곳을 바라보았을 때, 그곳엔 죄 없는 백발의 노인이 베로니카 자매님 대신 있었습니다.

　그래, 미자야. 그런데 너 대체 정말 무엇을 본 거니? 그리고 영자 너는 또 무엇을……

　그로부터 다시 시간은 흘러 우리는 또 다른 봄들을 맞이했습니다. 그래요, 5월은 어김없이 있으니까요. 영자는 그때 지산동, 조선대학교 쪽으로 넘어가는 산수오거리에 나와 함께 살았습니다. 영성이는 입대하자마자 최전방으로 배치되었어요. 그런데 영자는 그곳에서 기간을 다 채우지 못했습니다. 그 봄에 광주에 와서 사람 죽이는 일을 했대, 이런 수군거림과 함께 돌아온 영자는 이제 모부님과 함께 살지 않았습니다. 미쳐서 돌아왔다는 사람들의 말과 달리 영자는 나와 함께 살던 그 방에서 행복해 보였습니다. 머리를 길렀고 남자옷을 입지 않았어요. 시집을 곁에 두고 하루에 한 편씩 읽어주기도 했습니다. 가끔씩, 자다가 생전 하지 않던 욕설을 할 때가 있긴 했어요. 그 욕설 섞인 잠꼬대의 마지막엔 어쩐지 축 늘어진 것 같은 체념의 말투로 이런 말들을 했습니다. "난 그냥 나예요. 광주 사람도 북한 사람도 아니고, 남자도 여자도 아니고 그냥 나라고요." 하지만 내가 흔들어 깨우면 곧 말간 얼굴로 웃어 보였습니다. 그렇게 나와 영자는 가을도, 겨울도 함께했어요. 다시 봄이 왔을 때 나는 이제 정말 모든 것이 괜찮아진 것 같다고 느꼈습니다. 그런데, 그날은 5월치고는 더웠습니다. 마치 여름의 한가운데 같았죠. 나는 그날 '무명녀'로 되어 있던 혜자 아이의 출생 신고를 했어요. 영자에게는 깜짝 발표를 하려고 말을 하지 않은 채였죠. 본가에서 몰래 반찬도 몇 가지 챙겨 나왔습니다. 영자의 어머니께서 간혹 돈과 반찬을 아버지 몰래 두고 가셨지만 그걸로 해결이 다 안 될 때가 있었거든요. 도둑처럼 반찬을 챙길 땐 풀이 좀 죽었는데, 막상 영자와 살던 동네 어귀에 이르러서는 영자에게 아이의 이야기를 할 생각에 마음이 부풀었습니다. '너와 내가 낳지는 않았지만, 혜자의 아이이니 우리의 아이이기도 해. 그럼 이제 아이의 이름은 무엇으로 할까? 네 이름을 따서 소영이로 할까? 소영이, 근데 혜자는 여성스럽다고 안 좋아할 거 같기도 하고. 그럼 영소 어때? 네 이름 앞 두 글자를 뒤집어서 말이야.' 이런 생각 끝에 이제 우리가 정말 피보다 강한 것으로 얽혔을지 모른다고 느꼈을 때였습니다. 문 앞에 서자 영자가 내게 읽어주던 그 시가 방 안에서 들려오는 듯했어요. 내 착각이었을까요? 하지만 그때 나는 아, 그래, 이제 정말 괜찮아진 것 같다고, 나는 정말 그렇게 생각을 했습니다.

깊은 숲속에서 양치식물의 포자가 금빛으로 쏟아지는 소리가 났다

부뚜막 안에서 마녀가 되살아나고 있었다

그이의 호주머니에 더는 빵 부스러기나 조약돌이 남아 있지 않았다

나는 그 시의 마지막 두 문장을 여전히 기억하고 있었어요. "그것은 작고 투명한 유리잔 같은 여름이었다 하지만 그런 여름을 사람들은 사랑이라 부르는 듯했다" 이 문장 말예요. 그리고 앞선 문장도 다시 들으니 그때는 시 전체가 기억이 나더군요. 그런데 그날 알았어요. 내가 그 시에서 단 한 문장만은 아예 잊고 지냈다는 것을요. 바로 이 문장이었어요.

그렇게 짧은 여름의 끝에 그이는 죽었다……

내가 문을 열었을 때 방 가운데 떠 있는 것처럼 조금씩 흔들리던 영자의 발. 그리고 그 발밑으로 덩달아 흔들리던 그림자 속에 남겨졌던 영자의 편지.

경자야, 너는 아무것도 보지 못한 거야. 다 잊어. 다 잊고 살아가. 나도, 그 무엇도.

영자야…… 너 소영자는 소영성으로 대체 무엇을 해야만
했니? 무엇을 그렇게 잊어야만 하니? 그렇게 묻기도 전에 가
버린 그 아이가 본 것은 아마도.

내가 떠난 그해 광주에서는 민주화항쟁이 있었습니다.

"엄마, 엄마는 고향이 광주잖아. 그러면 엄마도 5월 18일
을 알아?"

처음 영소가 그것을 내게 물어왔던 건 김대중 대통령이 당
선되고 광주가 다시 뉴스에 나오기 시작했을 때예요. 뉴스에
서는 흑백의 전남도청 사진이 나오고 있었습니다. 나는 대답
하는 대신 뉴스를 꺼버렸습니다. 어리둥절한 표정의 영소가
나와 텔레비전을 번갈아 보는 때에 나는 참지 못하고 콘센트
마저 뽑아버립니다. 할 수 있다면 나는 아마도 온 동네의 전
기를 내려버렸을 것입니다. "엄마, 그때 〈뮤직뱅크〉를 못 보
게 했단 말이야." 영소는 이렇게만 기억합니다. 미안해요, 나
는 그저 뉴스를 끄고 싶은 거였어요.

"하지만 엄마, 엄마는 그곳에 없었잖아?"

그래요. 나는 그곳에 있지 않았습니다. 하지만 그렇다고
해서 내가……

"그럼 엄마, 엄마는 대체 어디에 있었어?"

나는 당시 한창 재수 학원에 적응하느라 전라도 사투리를 안 쓰려 안간힘을 다하고 있었을 뿐입니다. 전라도에서 왔다고 하면 빨갱이라는 말을 들을 때였어요. 나는 김대중 이런 사람들에게 관심도 없는데, 좀 억울했어요. 전라도 말이 하고 싶을 땐 이미 군대에 간 영자에게 편지를 썼습니다. 경자가 씀,까지 쓰고 나서 자 이제 됐다 하고 다시 나가 서울말을 쓰며 다녔습니다. 그날도 다르지 않게, 그렇게 5월 18일이 내 곁을 지나치는 것만 같았습니다.

광주에 간첩이 나타났대.

1교시가 시작될 무렵 학원에서는 사람들이 그런 말을 하며 웅성거렸습니다. 간첩이라니. 곧장 군대에 있는 영자가 떠올랐어요. '여기는 온통 전라도 사람뿐이야. 매일 손발톱을 잘라서 봉투에 넣으래. 언제 죽을지 모르니까.' 한번은 영자가 자신이 있는 곳은 그저 날마다 살인 기술을 가르치는 데라고, 이 안에서도 더 약한 사람을 골라내 그 기술을 쓰는 것 같다고 편지를 보내왔어요. '여자 같은 애들은 항상 표적이 되는 것 같아. 그러니까 나 같은……' 그 편지를 받고 다급하게 면회 신청을 넣기도 했습니다. 그 면회 신청은 거부당했지만요. 영자가 편지를 보내올 때마다 겉봉에 씌어진 '소영성'이라는 이름이 퍽 낯설어서 답장으로 보낸 편지에는 '소영자에게'라고 쓰기도 했었는데요. 그래도 나는 고개를 저어 생각을 멀리 보내봅니다. 영자도, 더불어 혜자도 전라도와 멀리 떨어진 곳에 있으니 이럴 때는 차라리 다행이라는 생각만 했습니다. 나는 뒤돌아보지 않았습니다. 나와는 무관한 일이야, 그렇게 중얼거렸습니다.

나와 상관없는 일이야. 나와는.

나는 그렇게 5월 18일을 통과해가는 것만 같았습니다. 하지만,

나와는?

그래요. 하지만 나는 알고 있었잖아요. 혜자와 영자를 차마 떠올리지 못했다 해도 이미 그곳엔 미자가 있었습니다. 그렇게 신부가 되고 싶었지만 수녀가 될 수밖에 없는 베로니카 자매님이 있었습니다. 그리고 사랑하는 남자와 뜻을 같이하기 위해 광주로 되돌아간 혜자가 있었습니다. 이후 그 남자와 자신이 추구하는 정의가 조금은 다르다는 걸 알고 아이의 생물학적 아버지인 그 전남대생과 헤어지기를 선택한 혜자가, 그러나 아직은 광주를 벗어나지 못했던, 어느 순간에는 자신의 배 속에 있는 아이를 위해서, 그런 아이들이 죽어가는

걸 그대로 볼 수만은 없어서 시위에 나섰던 혜자가……

　나와는 무관한 그곳에 그렇게.

　거기에 있었습니다. 그리고, 거기에는.

　또 그 반대편에서 총을 겨누었던, 칼로 사람을 찔렀던. 아니, 그러라고 명령을 받았던 영자가 있었습니다. 압니다, 모든 군인이 다 영자는 아니에요, 절대 아니에요. 그러니 그저 영자라고 하겠습니다. 그렇게, 영자가 그곳에 있었어요. 그리고 다시, 여자의 삶을 선택한 영자를 받아들일 수 없던 소영성의 모부가 죽어서까지도 소영성으로 사망신고를 한, 소영자가 소영성인 채로 또 그렇게 있었습니다. 영성이가 아닌 영자와 함께 살았던 나는 아무런 제도적 힘이 없어서, 그렇게 소영성인 채로 보내야 했던 소영자가 정말 그곳에 있었습니다.

　"엄마, 있지. 사람은 왜 죽어?"

　"응?"

　"나는 왜 태어났고 아빠는 왜 죽었어?"

　영소의 질문에 다른 사람이 추가되었습니다. 어린 시절부터 아이들의 놀림을 받는 건 괜찮다고 하던 영소였습니다.

그리고 그때 우리는 이미 오키나와로 이주한 뒤였지요. 30년 후에는 오키나와도 유명한 관광지가 되지만 그때는 본토와 거리도 멀고 한국에서도 아는 사람이 별로 없었지요. 단 한 사람, 소영자 빼고 말이에요. 해외 일자리 중개 업소에서도 오사카와 후쿠오카를 추천했습니다. 하지만 나는, 그래요, 오키나와로 가고 싶었어요. 사람들에겐 그저, 영소랑 먹고살 일이 있으면 어디든 간다고 답했습니다. 영자 덕분에 배우게 된 일본어가 내게 큰 힘이 되어주었죠. 그렇게 온 오키나와, 이곳에서 나는 경자, 여전히 경자지만.

처음 체류 신고를 하던 날 버벅대던 나를 도와 서류를 받아 적던 직원이 경자? 하더니 서울 京 아들 子로 내 이름을 기록했습니다. 그가 확인을 위해 나를 한번 올려 보았지만 나는 그것을 빤히 보고도 아무 말을 하지 않았습니다. 아들 子가 아닌 스스로 自. 스스로의 공동체는 그 뜻이었는데 말이에요. 혜자, 미자 그리고 영자…… 나는 고개를 돌렸습니다. 그리고 그렇게 京子, 쿄코가 되었습니다. 쿄코로 사는 것, 아무 문제도 없는 것만 같았지요. 나는 열심히 일했고 영소를 키워냈으니까요. 영소가 고등학교에 들어갈 무렵엔 마음에 맞는 남자와 몇 년을 함께 살기도 했습니다. 시집을 좋아하던 점잖은 일본 사내였죠. 그리고 그사이, 아무도 내 이름을 부르지 않았습니다. 영소 엄마, 저기 이모, 김 여사, 김 상…… 단한 번, 영소를 일본의 학교에 입학시키려던 그때 빼고는요. 가족 관계를 살펴보던 영소의 담당 선생님이 왜 아빠가 없는지 물어왔던 것입니다. 사실 무례하지 않은 의례적인 질문이었어요. 그러게요. 그런데 영소가 태어나기 위해, 내가 영소에게 아버지라고 일러준 영자가 죽은 건 아닙니다. 삶과 죽음이 그렇게 순차적으로 이뤄진다면 차라리 평안에 이르기가 쉬울 테지요. 하지만,

"영소야, 네 아빠는."

"응."

"자살했어."

그 말의 의미를 묻지도 않고 그저 '죽었다'는 말 자체에 눈물을 흘리던 어린 영소가 이제는 벌써 삼십대 중반을 훌쩍 넘어갑니다. 나는 그때까지 영소가 막연히 동아시아 역사를 전공한 후 대학에서 강의를 하는 정도로 알고 있었어요. 영소는 그중에서도 한국학을, 한국학 중에서도 광주에 대해서 공부하고 있었더군요. 5월 18일에 대해서 말이에요. 나는 아무말도 하지 않았습니다. 하지만 그제야 나는 삶이라는 걸 어렴풋하게 알 것 같았어요. 죽음이 아니라, 겨우 삶에 대해서요. 그것은 뭐랄까요. 아주 탄력이 느슨한 고무 밴드 같은 걸

늘 허리에 감고 있었다는 느낌, 그 느슨한 탄력감 때문에 느끼지 못했을 뿐 나는 아주 천천한 탄력으로 그곳으로 돌아가고 있었던 것일지도 모르겠어요. 하지만 나는 그렇다 치고 영소는 대체 무슨 예감이었던 걸까요?

"나와, 정말 상관이 없는데, 엄마. 그렇지?"

영소가 그렇게 말했습니다. 무어라 대답도 하기 전에 눈물이 흘러내렸습니다. 그걸 아시나요? 태풍이 불면 온 사위가 깜깜할 것 같지만 태풍 가운데 들어가면 바람이 잠잠하고 무엇보다 맑은 하늘을 볼 수 있습니다. 나는 태풍이 많은 오키나와에 와서야 그걸 알았습니다. 눈물도 그런 것 같아요. 눈물이 흐르면 처음엔 앞이 흐리지만 나중엔 오히려 시야가 맑아지죠. 평생 나는 어떤 곳에 비켜서서 울음을 삼키기만 했다는 걸 알았습니다. 그렇게 또렷하고 깨끗한 시야에 그제야 울음을 간신히 참고 있는 영소의 얼굴이 들어왔습니다. 그 얼굴과 나란히, 혜자와 미자가, 그리고 영자가 그곳에 있었습니다. 나는 아마도 무슨 말인가를 더 하려고 했던 것 같아요. 하지만 그즈음엔 나도 부디 평안에 이르고 싶었던 것 같습니다.

"그런데 왜 이렇게, 고통스러운 걸까, 엄마."

연구를 하면 할수록 말이야, 영소는 내 너머로 시선을 둔 채 속삭이듯 중얼거립니다. 어쩌면 영소도 나처럼 이제 평안에 이르고 싶었던 걸까요. 영소는 나를 자신의 연구에 기록할 거예요. 5월 18일 그곳에 있었고 그날 이후 더는 어느 곳에도 있지 않은, 그러면서도 내 주위 어디에나 있는 혜자, 미자 그리고 영자에 대해서요. 그 후엔 아마도……

✛

여기서부터 이것은 나, 김영소의 기록이다. 김영소의 기록엔 그러나 김영소는 존재하지 않는다. 그러므로 저 말에서 잠깐 나는 머뭇거렸다. 김영소의 기록?

이것은 쿄코라 불렸던 쿄지 상, 김경자 씨의 기록이다.

김경자, 호적상 한자 표기는 金京子, 1958년 1월 30일 전라남도 구례 출생. 동명중학교와 살레시오여자고등학교 졸업. 그로부터 3년 후 광화문 재수 학원에서 대학이 아닌 또 다른 학원으로 다시 자리를 옮긴다. 그사이 어떤 일이 있었는지 자세히는 나도 모른다. 다만 이미 그때 나는 갓난아이로 존재했다. 훗날 알게 된 사실이지만 엄마도, 엄마가 나의 아버지라 말한 사람도 나를 생물학적으로 낳아준 사람들은 아니었다. 게다가 엄마가 사랑한 그 사람, 내 아버지는 내가 존재하는지도 모르는 시점에 죽었다고 했다.

"자살했어."

그 말을 하는 엄마의 목소리엔 떨림이 없다. 아버지는 엄마의 오랜 친구 중 한 명이었다고 한다. 엄마가 그를 좋아했던 이유는 뭐였을까. 단 한 번, 그런 이야기를 했었다.

"그 사람은 참 다른 남자들 같지 않게 뭐든 조심스러웠어. 목소리도 크지 않았고 버스를 타면 다리를 모으고 앉았거든. 뭔가…… 반대야."

뭐가 반대라는 걸까. 엄마는 누군가의 이름을 중얼거렸다. 얼핏 혜, 그리고 자,라는 글자가 들렸지만 엄마의 또 다른 이야기가 이어졌으므로 그 이름에 대해선 다시 묻지 못했다. 어쨌거나 아버지에게 이상행동이 온 것은 광주에서 살게 되면서부터였다. 왜 그곳이었을까. 둘은 서로에게 모든 걸 말하는 사이였지만 단 하나만은 말하지 못하는 사이기도 했다. 광주, 5월 18일. 그렇게 광주에 내려온 지 얼마나 흘렀을까. 그렇게 얌전해서, 다른 남자들 같지 않아서 엄마가 좋아했던 그는 밤마다 소리를 지르고 욕설을 내뱉고 머리를 쿵쿵 벽에 찧기도 했다. 후에야 알았다. 아버지는 그해 군대에 있었다.

그날 밤, 손발톱을 모두 깎아 편지 봉투에 넣어 모부님께 보내라던 그날 밤, 그는 전라도 출신이라는 게 확인된 뒤 다른 전라도 출신들과 광주로 보내졌다. 거기서 그가 무슨 일을 보았는지 엄마도 정확히는 모른다고 그랬다. 그가 그렇게 죽을 줄은 더 몰랐을 것이다.

엄마는 내가 중학교를 졸업할 무렵 오키나와로 거주지를 옮겼다. 바뀌어버린 환경에 종종 입을 다물고 시위 아닌 시위를 하던 그즈음 나에게 엄마는 종종 "전생의 업보다, 업보야" 이런 말을 중얼거렸다. 아버지의 죽음에 대해선 담담하던 엄마도 나에게는 침착하지 못했던 거다. 사실 나는 그런 엄마에게 할 말이 없는 자식이었다. 엄마가 온갖 과외며 학원을 보내줬는데도 잘하는 게 없었다. 그나마 본토의 대학으로 입학한 게 유일한 효도였달까. 신기한 건 엄마는 그것 때문인지 내 학창 시절을 모두 좋게만 말한다는 거다. 마치 내가 일본으로 간다니까 잘사는 나라로 간다고 그저 부러워하던 한국에서의 친구들처럼 말이다. 한국은 IMF로 힘들 때여서 이해할 수도 있었다. 하지만 엄마는 어째서였을까. 반에서 따돌림을 당하던 사람은 총 네 명. 나와 재일 조선인 아이, 그리고 동성애 스캔들을 일으킨 아이, 자기가 남자라고 주장하던 아이. "더러운 피." 사람들은 나를, 나와 함께 따돌림당하던 아이들을 보며 종종 그런 말을 했다. 지나고 나서야 알았다. 폭력은 그저 약한 이들에게 유사하게 반복되고 있을 뿐이라는 것을. 나는 가방에 과도를 하나 넣어 다니기 시작했다. 나를 지키기 위해서,라고 되뇌었지만 마음속으론 나를 모욕하던 인간들의 얼굴을 그어버리고 싶었다. 아니, 그보다는 그 인간들 앞에서 보란 듯이 내 손목을 그어버리고 싶었다. 내 피를 봐, 너네 피와 다르지 않다고. 폭력은 그렇게 약한 존재에게 늘 자신을 파괴하는 방식의 자기 증명을 요구한다. 과도는 괴롭힘이 심해질수록 크기가 커져서 나중엔 식칼이 되었다. 엄마에게 그 식칼을 들키지 않았으면 나는 아마도……

"아, 엄마, 아빠도 자살했다며!"

식칼을 발견하자마자 싱크대로 달려가 던져버린 엄마가 전생의 업보를 꺼내 들기 시작했을 때였다. 내 말에 엄마는 잠시 아무 말 없이 나를 바라보기만 했다. 엄마는 아버지 이야기를 하면서 운 적이 한 번도 없었다. 동요도 없었다. 그런데 그날은 엄마가 좀 달랐다. 너, 너, 너희 아빠는. 너희 아빠는. 조금은 넋이 나간 사람처럼 그런 말을 중얼거리던 엄마.

"전혀 죽고 싶지 않았어. 살고 싶었어. 그 애는 너무나 살고 싶었어."

거기 있던 모두가 그냥 살고 싶었던 거야. 엄마가 그렇게 말했을 때, 왜였을까. 나는 다시 물었다. 엄마는 나를 사랑해? 아니면 미안한 거야? 엄마는 그 질문에 아무런 답도 하지 않았다.

그런 내가 본토의 대학에 갈 수 있었던 건 나하 중심부의 학교에서 외곽으로 전학을 결정하고 그곳에서 역사 과목을 들으며 공부에 흥미를 느꼈기 때문이다. 우익 교과서를 채택하지 않았던 학교였기에 오키나와의 역사와 조선인들의 역사, 재일 조선인의 역사를 배울 수 있었고 나에게도 발언권이 주어졌다. 아이러니하게도 나는 내가 왜 이곳에서 혐오의 대상이 되어야 했는지를 배우면서부터 안정을 찾았던 거다. 왜냐면 그것이 나의 잘못이 아니라는 걸 알게 되었으니까. 게다가 역사 선생님은 가끔 교과서가 아닌 시집이나 소설을 가져와서 오키나와에 대해 이야기하기도 했다. "말하는 방식은 다양할수록 좋아." 시는 잘 이해하지 못했지만 역사 선생님의 그 말이 좋았다. 선생님이 오키나와 출신의 시인 미즈노 루리코의 『헨젤과 그레텔의 섬』이라는 시집을 읽어준 날, 나는 전학 이후 절대 가지 않았던 나하 중심부로 나가 백화점 안에 있는 서점을 찾았다. 아직 모노레일이 없던 때라 쨍

쨍한 볕을 고스란히 받으며 버스 창가 자리에 붙어 앉은 기억이 선명하다. 그런 기분에 열심이다 보니 역사 선생님과도 어느 정도 친해졌는데, 하루는 선생님이 나를 불러 한국에서 온 손님들을 안내해줄 수 있느냐고 물었다. 일반적인 관광이라면 엄마가 허락하지 않을 것 같다는 생각에 바로 거절했을 텐데 그들은 미군 기지와 조선인 위령비를 둘러본다고 했다. 내 말에 엄마는 어디서 오신 분들이냐고 물었다.

"응, 광주. 5·18 피해자 유가족분들하고 관련 연구하시는 분들이래. 그게 오키나와하고 무슨 연관인지는 모르겠지만."

순간 엄마의 등이 미약한 경련을 일으킨 것처럼 보였다면 과한 생각일까. 하지만 엄마는 그 일을 반대하지 않았다. 며칠 동안 나는 광주에서 왔다는 그 손님들에게 나하시에서부터 미군 기지, 조선인 위령비까지 모두 안내했다. 기억에 남는 사람은 한국에서 온 가이드 나나 씨와 연구자 경아 씨이다. 여자가 우리 셋뿐이기도 했지만 둘 다 일본어에 아주 능숙했고, 어리다고 반말을 하기도 했던 다른 사람들과 달리 나에게 깍듯이 존댓말을 했기에 좋은 인상이었다. 특히 경아 씨는 일에 치여 늘 긴장 상태였던 나나 씨와 나를 도와 자연스레 일본어 통역도 맡아주었다. 하지만 처음엔 그가 주는 좋은 인상에도 쉽게 마음을 열지는 못했다. 당시 일본이나 한국이나 갑자기 오키나와를 주목하는 분위기였는데, 사람들이 주목하는 오키나와란 뻔했다. 버려진 땅, 소외받은 땅, 미국과 일본의 폭력으로 얼룩진 땅. 나는 처음엔 경아 씨도 마찬가지라 생각했다. 그런데 경아 씨는 언제나 내 생각을 벗어난 사람이었다. 기껏 위령비나 미군 기지 앞에 데려다 놓으면 점심으로 먹은 오키나와 전통 소바나 맥주 이야기를 해댔다. 그 점이 나에겐 오히려 편안하게 느껴졌다. 뭐랄까, 엉뚱하게도 경아 씨라면 남편이 자살하고 홀로 생계를 책임지면서 남겨진 아이를 키우겠다고 오키나와로 이주한 엄마를 마냥 불쌍하게 보진 않겠다는 마음이 들었던 거다. 그래요, 오키나와엔 그런 폭력이 분명히 있었죠. 하지만 소바도 있고 맥주도 있고 고구마도 있네요. 엄마랑 나는 가끔 싸우고 그러다 또 웃을 때도 있어요. 나는 그런 말들이 자꾸 하고 싶었다.

며칠을 함께 다니다 보니 서로 묻지 않아도 자신의 이야기를 할 때가 있었다. 어느 날엔가는 경아 씨 이야기가 나왔다. 한국에서 온 줄 알았는데 경아 씨는 조선적 재일 남편과 결혼해서 지금은 도쿄에 살고 있다고 했다. 일본에서 세상 오갈 데 없는 처지가 조선적 재일인인데 경아 씨가 가졌던 마음은 대체 뭐였을까. 경아 씨는 그런 사정을 다 알고 내린 결정이었을까. 그때까지 나는 눈에 띄는 게 싫어서 불편도, 질문도 최대한 참는 편이었는데 경아 씨에게는 질문을 하고야 말았다. 대뜸 무슨 연구를 하는지 물었던 거다.

"나는, 식민지 한국에 현지처로 있었거나 호텔 여급 등으로 취직하러 한국에 왔던 일본인 여성에 관해 연구해요. 그들 대부분은 일본에서도 한국에서도 하층이었고요. 일본 제국이 패망한 후 철수할 때도 본국으로 데려가지 않았죠."

"저, 그런데…… 실례지만 5·18하고 그게 무슨 연관이에요? 이번 여행은 5·18 유가족분들이나 관련 연구를 하는 분들이 오시는 거라고 들었는데요."

"네, 관련이 없을 수 있죠. 그런데 음…… 영소 씨, 나도 뭐 하나만 이야기해도 될까요?"

내가 작게 고개를 끄덕이자 경아 씨는 고맙다는 듯 웃어 보이고 잠시 입술을 말았다.

"내가 한국에 살 때 말이에요. 그때 한국에서 재조 일본인의 손녀를 취재한 적이 있었어요. 신학대를 다니던 중 5·18을 겪으셨고 그 충격으로 하룻밤 만에 머리가 하얗게 센 여성분이었죠. 그분을 뵌 날, 내가 그랬어요. 공적인 자료에는 신부님들에 대한 기록뿐인데 어떻게 이 일에 관여가 된 것이냐고요. 그러다 뭔가 스스로도 이상한 거죠. 그래요. 거기는 수녀님들도 계시고 성당에 다니던 사람들도 있었고. 나, 조금은 당연한 걸 그제야 깨달은 거죠. 아니, 당연하다고 생각되는 것 외에는 다 당연하지 않은 것으로 취급하면서 배제하며 살았다는 걸 깨달은 거죠. 그렇게 옳은 일 하며 산다고 자부했던 내가 말이에요."

그랬다. 사람들은 너무나 당연하다고 생각하는 것이 있기에 그 당연함에 들어가지 않는 것을 굉장히 불편해할 때가 있다. 그럴 때 어떤 사람들은 불편하게 만드는 그 존재들을 아예 지워버린다. 가령 학교에서의 나와 같은 존재⋯⋯ 그리고 어쩌면, 엄마와 아빠와 같은.

"그때 그분이 그런 말씀을 하시더라고요. 어릴 적 외할머니가 재조 일본인이라 한국에서는 친일파라고, 또 일본인들에게는 현지처 자식이라고 더러운 피라고 욕을 먹었는데 이제는 광주 사람이라고 빨갱이라고 욕을 먹는다고요."

더러운 피⋯⋯ 이 말에 난 무언가 한 대 맞은 기분이 되어 경아 씨를 조금은 빤히 바라보았다. 경아 씨가 한숨처럼 낮게 말을 이어갔다.

"사실 이렇게 결연하게 말했지만, 솔직히는 논문 쓰고 잊었어요. 그런데요, 하루는 여기 넘어와서 험한 시위대를 마주친 거죠. 그들이 지나가길 기다리며 길 한쪽에 서 있었는데 어떤 사람이 저를 똑바로 보고 말하더라고요. '한국인, 더러운 피.' 그때, 생전 나를 본 적도 없는 사람이 나를 증오하고 혐오하고 있다는 걸 알았어요. 그날 집에 돌아와 이유도 없이 샤워를 내가 몇 번이나 했는지 몰라요. 이상했죠. 그러다가 그다음엔 나도 처음 보는 그 남자를 붙잡아 욕을 하고 싶다는 생각에 잠이 오지 않을 정도였어요. 그런데 내 말에 남편은 그저 한숨을 내쉬더니 이렇게 말하더군요. 이제 그런 말에 익숙해져야 할지도 모른다고 말이에요."

경아 씨, 나도 그 말을 들은 적이 있어요, 나를 알지도 못하는 사람들에게조차요. 나랑 같이 따돌림당하는 애들도 들었죠. 한국인이라서, 동성을 사랑한다고 해서, 자신의 성별을 받아들이지 않는다고 해서요. 그냥 우리보고 더럽대요. 이 말은 목에 걸려 나오지 않았다. 이 말을 하면 오래 참았던 울음이 먼저 나올 것만 같아서였다.

"그때, 잊고 있었다고 생각했던…… 광주에서 뵈었던 그분이 떠오르더라고요. 그러면서 어렴풋하게 이런 생각이 들기 시작했어요, 뭔가…… 우리가 연결되어 있다는 생각. 어쩌면 서로의 삶을 교차하고 있다는 생각."

나는 경아 씨의 말을 들으며 내내 엄마를 떠올렸다. 어떤 시절의 기억에 대해선 아주 모르는 사람처럼 고개를 숙이고 눈을 감아버리는 엄마. 그때 왜 나는 줄곧 엄마를 떠올리며 이제 다시 볼 수 없을지도 모르는 경아 씨에게 그런 말들을 한 걸까.

"그런데요, 경아 씨. 엄마가 자꾸만 자신은 과거에 있대요, 미래를 봤대요. 엄마는 누구와 무엇으로 연결되어 있는 걸까요?"

하지만 난 이내 고개를 저었다.

"그래요, 뭐…… 엄마가 왜 그러는지 내가 알아서 뭘 하겠어요. 어쨌거나 이제 나와는…… 정말 상관없는 일이잖아요?"

그때까지 묵묵히 내 말을 듣던 경아 씨가 가만히 미소를 지어 보였다. 어쩐지 조금은 낮고 쓸쓸했던 그 미소 끝에 그가 해준 마지막 말은 이거였다.

"'사람은 잊고자 하는 일에 보복을 당하기 마련이다.' 제가 공부를 시작할 때 영향을 많이 받은 오키나와 연구자가 한 말이에요. 전쟁의 기억을 지워버리려는 일본 제국을 향해 한 말이었죠. 음…… 영소 씨, 어떤 사람들은요. 죽어도 꼭, 살아 있는 것 같잖아요? 또 어떤 사람들은 살아남았어도 늘 과거에 사는 거 같기도 하고 말예요."

그날 경아 씨와의 만남 이후 다시 20여 년의 시간이 흘렀을 때 나는 연구를 위해 최종적으로 광주행을 선택하겠다고 엄마에게 말했다. 광주라는 말에 주저앉던 엄마. 엄마는…… 그곳에 없었잖아? 내 말에 아무 대답 없이 눈물을 흘리던 엄마. 그곳에 있었다고도 없었다고도 할 수 없던 엄마는. 그곳의 많은 사람이 그러했을 것처럼 위로할 수도 받을 수도 없는 시간을 모두 떠안아야 했던, 살아남은 사람이 아닌, 그저 그곳에 남겨진 사람이었던 엄마는.

"엄마는 어디에 존재하는 사람이야?"

아주 작게 입을 열어 무언가를 중얼거리던 엄마. 엄마, 뭐라고 말하는 거야? 무얼 말하려고 하는 거야? 자세히 들어보니 그것은 누군가의 이름들이었다.

그 이름들을 소리 내어 부른 엄마는,

그렇다면 엄마 경자 씨는

이제 평온에,

이르렀을까.

이것은 나 김영소가 엄마인 김경자 씨를 써 내려간 기록이 될까, 아니면 기억이 될까. 서울 京 아들 子의 쿄코 상이라고 불렀던, 실은 스스로 自를 쓰는 경자 씨는 조기 치매 증상으로 마지막 몇 달을 병원에서 보냈다. 첫날 쿄코 상이라고 씌어진 침대의 글자를 기어이 쿄지 상으로 바꾸겠다 고집을 부리던 엄마는, 어느 날엔 "혜자야, 너 이제 아들 대접 충분히 받고 있어?" 하고 물었고 또 가끔씩은 "미자야, 나도 죄를 말할 수 있을까?" 이렇게 묻기도 했다. 나는 혜자도 미자도 아닌 엄마 딸 영소라고 화도 내고 달래보기도 했지만 소용없었다. 그 이름들이 어린 시절 들었던 엄마의 친구들 이름이라는 게 떠오른 이후에는, 평생 부르지 못한 그 이름을 마음껏 부르고 싶나 해서 그저 고개를 끄덕여주거나 맞장구를 쳐주었다. 그렇게 그곳에서의 몇 달, 그날은 아침부터 엄마의 시선이 내 어깨 너머 어딘가를 향하고 있었다. 텔레비전을 걸어놓은 자리였는데 여태는 엄마가 그곳을 응시한 적이 없었다. 시선을 따라 돌아본 곳에서는, 1980년 그 군인이 법원 앞에서 자신의 무죄를 주장하는 한국발 뉴스가 나오고 있었다. 냉소를 머금으며 볼륨을 조금 높여보려 할 때였다. 엄마가 무어라 중얼거리기 시작했다. 부탁을 들어주지 못해 미안해. 가만 들어보니 엄마는 누군가에게 끝없이 사과 중이었다. 이번엔 미자 이모한테 미안한 거야, 아니면 혜자 이모야? 내가 다시 엄마에게 돌아섰을 때였다. "나, 너를 잊지 않았어……

영자야." 영자? 처음 듣는 이름이었다. 경자 씨가 자신의 생에 마지막으로 소리 내어 부른 이름이기도 했다. 그리고 그 이름을 부른 경자 씨가 다시 그 군인이 나오고 있는 텔레비전의 화면을 똑바로 바라보며 남긴 말은 이거였다.

"사람은 잊고자 하는 것에 보복을 당하기 마련이다."

쿄코 상이 아닌 쿄지 상이 그곳에서 웃으며 울고 있었다. 여느 때보다 맑은 눈으로.

리틀 시즌

#여름_1

매해 연말이 되면 그런 생각을 떠올린다. 올해 여름엔 수박을 마음껏 먹지 못했다는 것.

휴대폰 사진첩을 뒤적이는데 어느 순간부터 수박 사진들이 나온다. 깍둑썰기해서 락앤락 통에 담아놓은 사진도 있고 이마트에서 산 수박 반쪽 모양의 플라스틱 수박 가방 사진도 나온다. 수박을 사면 버릴 때 두 배로 죄책감이 든다는 메모가 있다. 그런가 하면 그 수박 가방의 겉면에 붙은 스티커를 클로즈업한 사진도 있다. 남자와 여자가 포옹하고 있는 스티커에는 '넌 나의 반쪽'이라고 씌어져 있었다. '대체 한국인들은 왜 이렇게 반쪽에 집착하는가? 그 반쪽은 왜 꼭 남자, 여자인지? 나를 포함.' 그 사진 밑에는 이런 메모를 남기기도 했다.

말이 조금 길어졌지만, 이러다가 입버릇처럼 튀어나오는 말은 결국, 아 수박을 좀더 먹었어야 했어,이다. 그런데 생각해보면 아주 못 먹은 것만도 아니다. 집 앞 시장에서 네다섯 번, 이마트24에서 반쪽 두어 번, 로켓프레시로도 서너 번 정도. 로켓프레시로 주문한 수박은 친환경 포장 요청을 했더니 종이 박스에 담겨 왔다. 그것이 귀여웠는지 사진이 여러 장 있었다. 물론 이제 쿠팡 회원을 탈퇴했기 때문에 내년 여름엔 수박을 먹어도 그 사진은 휴대폰에 없을 예정이다. 말이 길었지만 결국 이거다. 역시, 수박에게만큼은 만족의 느낌이 들지 않는다는 것. 여름 내내 먹는 과일이라곤 정말 수박이 전부여서 그런 걸까.

"수박만큼은 정말이지 마음을 다해서,라는 말이 떠오르지 않는 과일이네."

이렇게 중얼거리던 나는, 문득 이 말을 누군가에게서 들은 것 같다는 생각을 했다. 정작 그 누군가가 기억나지는 않았는데, 이런 건 꼭 더는 궁금해하지 않는 순간에 떠오른다. 나는 휴대폰을 내려놓았다. 기억을 떠올리는 것만큼 중요한 것이 일상을 살아내는 것이다. 게다가 요즘 나에게는 챙겨야 할 존재가 있다.

"밥 먹자, 자자야. 밥 먹자."

나는 푹 삶은 북어와 펫 간식 숍에서 산 한우곰탕을 건사료와 함께 두었다. 물그릇에도 새로운 물을 채웠다. 아마 오늘도 자자는 아주 느릿한 속도로 나올 것이다. 다른 집 반려견처럼 꼬리를 흔들거나 앞발을 들고 뛰어도 좋겠지만, 나는 이것이 자자만의 방식이라고 느낀다. 내가 자자의 밥을 챙겨준다고 해서 꼭 나에게 꼬리를 흔들고 안길 필요가 없다. 생각해보면 인간도 인간을 잘 못 믿게 된 처지에, 동물들이 사람을 믿고 밥을 먹어주는 것은 참 고마운 일이다. 사실 자자는 처음 이 집에 와서 나흘 동안 밥을 먹지 않았다. 잠도 자지 않았다. 밥을 먹게 된 이후에도 몇 개월은 내가 방에 들어가 책을 읽거나 타자 치는 소리를 내야 겨우 나와 허겁지겁 삼키듯 먹는 게 전부였다.

"나는 이제 그만 들어가서 책 좀 읽어야겠네?"

나는 자자가 이미 배가 고플 시간이라는 걸 알고 있었다. 반려견이라고 하면 사람들은 토이푸들이나 몰티즈, 비숑 같은 강아지들을 떠올린다. 그래서 자자의 사진을 보여주면 사

람들은 잠시 할 말을 찾다가 겨우, 늠름하네, 하고 만다. 자자
는 몸집이 큰 믹스견이다. 흔히 말하는 '누렁이'. 자신의 몸을
움직일 정도만 먹는다고 해도 많이 먹어야 한다. 나는 일부
러 큰 소리를 내며 방문을 닫고 들어가 노트북 타자를 쳤다.
한참을 그러고 있다 소리 내는 걸 멈추면 자자가 조금은 급하
게 밥을 먹는 소리가 들려온다. 나는 조심스레 방문을 열고
꼬리가 하늘로 말려 올라가 있는 자자의 뒷모습을 보았다.

자자, 나의 자자.

이름이 자자야? 사람들은 반려견 이름을 묻고선 낯선지 꼭
다시 한번 되묻는다. 그러면 나는 다시 설명해준다. 네, 맞아
요. 잠을 자자, 할 때 자자요. 자자는 이 집에 온 뒤 나흘이 지
나 밥을 먹기 시작하고도 한동안 졸기만 할 뿐 절대 잠을 자
지 않았다. 자자의 입장에서는 당연한 일이었다. 나를 만나
기 전 자자는 좁은 뜬장에 갇혀 원치 않은 출산과 임신을 반
복하며 10년 생의 대부분을 보냈다. 자자는 강제로 교배시킬
때 방해가 된다는 이유로 치아와 발톱 대부분이 제거된 상
태였다. 그래서일까, 뜬장의 철문을 열어도 자자는 꼼짝하지
않고 몸을 떨기만 했다. 그러다 구조를 도와주셨던 수의사
선생님이 손을 뻗자 그 자리에서 오줌을 반복적으로 싸기만
했다.

"아마 내가 번식장 주인하고 비슷하게 느껴졌을지도 몰라요."

자신이 알고 있는 가장 거대한 공포 앞에서 소리조차 내지 못하고 기겁해버린 자자는 시 보호소로 옮겨지고 나서도 밤에만 겨우 밥을 먹고 물을 마셨다고 했다. 사람과 빛을 피하던 자자. 입양을 가지 않으면 안락사가 예정된 보호소였지만 노령에 애교라곤 조금도 없는 자자를 데려갈 사람은 없었다. 게다가 한국은 믹스견은 꺼리고 품종견을 선호하는 곳이다. 혈통이 없는 개라는 거다. 몇 번의 고심 끝에 나는 자자를 데리고 왔다. 집에 온 이후에도 한동안 자자는 해가 들지 않는 보일러실 구석에서 종일 몸을 말고 있었다. 나는 수의사 선생님의 권고에 따라 자자와 눈을 마주치지 않고 게걸음으로 다가가 밥을 놔두었다. 목줄을 가져다 대면 올가미 생각이 나서인지 몸을 잔뜩 낮추고 낑낑거리는 자자에게 산책을 하자고 조르지도 않았다. 나는 자자를 그저 두기로 했다. 다만 자자가 있는 보일러실의 문은 늘 열어두었다.

"자자야, 밥 많이 먹어."

내가 조그맣게 소리를 내자 자자의 꼬리가 일시 정지 상태가 되었다가 다시 느린 헬리콥터 날개처럼 빙글빙글 움직였다. 내 말에 자자가 도망치지 않은 지도 얼마 되지 않았다.

자자는 가만히 나를 바라보다가 곧 다시 물을 조금씩 핥았다. 자자는 마음뿐 아니라 몸도 많이 상한 상태였다. 산책 없이 얼마나 오래 뜬장에서만 지냈는지 발바닥은 조금만 걸어도 생채기가 날 정도로 물렁거렸다. 나는 마른 자자의 등을 언젠가 한번은 쓸어주면 좋겠다고, 하지만 지금은 이렇게 나를 피하지 않는 것만으로도 고맙다고, 그런 생각을 했다.

사실 자자의 원래 이름은 수박이었다. 자자가 된 수박이. 물론 단지 내가 수박을 너무 좋아해서만은 아니었다. 그 이유는 내가 자자를 처음 만난 일과도 관련이 있다. 자자를 처음 만난 날, 나는 집에서 쓰지 않는 요거트 기계를 팔아볼까 싶어서 길 건너 아파트 단지에서 열리는 플리마켓에 참여했다. 막상 가보니 요거트 기계는 그냥 나눔 하는 게 나을 것 같아서 기증하고 돌아선 참이었다. 더운 여름 오전이었는데, 아파트 단지와 뒷산으로 가는 골목 초입에 수박 트럭이 서 있는 게 보였다. 냉장고에 이미 사다 둔 수박이 있었지만, 가격이 괜찮다는 평계로 괜히 하나 더 샀다. 돈을 벌러 와서 오히려 쓴 셈이었지만 수박이니까 다 괜찮다는 생각을 하며 햇빛을 피해 골목으로 접어들었다. 한 번도 와보지 않은 골목이네,라는 생각은 개 짖는 소리에 묻혀버렸다. 놀라 들고 있던 수박을 떨어뜨렸는데 굴러간 수박이 멈춘 자리에서 가장 먼저 보인 건 개를 갈아 넣는 기계와 올가미, 개털에 피에 범벅이 된 칼과 장화였다. 그 옆엔 알 수 없는 주사기가 가득 버려져 있었다. 번식장과 식용장이 같이 있던 곳. 그제야 나는 고개를 들어 주변을 봤던 것 같다. 그 넓은 부지에 가득한 뜬장 속에서 울부짖던 개들. 몇 걸음만 가면 아이들이 뛰어놀고 반려견을 산책시키는, 그렇게 지구의 환경과 동물을 생각하는 우리 인간들이 만들어낸 플리마켓이 열리는 커다란 아파트 단지가 있었다. 나는 온몸이 떨려왔다. 그때 알았다. 누군가에게 한 번도 생각해본 적 없는 세계는 현실에서도 없는 세계가 되어버린다는 걸. 지금이라면 여러 구조 단체를 떠올렸겠지만 당시에는 아무 생각도 나지 않았다. 인간이 위험에 처하면 119나 112를 누르라고 많이 배웠는데, 그런데 개를 구하려면 어디에 전화를 해야 하는 걸까?

자자야, 그래도 나 잘한 거겠지? 나는 그날을 자주 생각해보곤 한다. 만약 유기견 구조에 대해 조금이라도 알았다면 나는 곧장 경찰서에 신고하지 않았을 것이다. 시 보호소 중에는 입양을 가지 못하면 안락사를 정기적으로 시행하는 곳이 많다. 괜히 내가 아이들을 구조해서 또 다른 위험에 빠뜨린 것은 아닌지, 자주 울적해졌다. 하지만 그렇다고 아무 행동을 하지 않으면 어떻게 되는 걸까. 들개화돼서 사람을 공격했다고 죽게 되거나 흔히 말하는 개장수에게 잡혀 보양탕 집에 팔려갈 수도 있다. 게다가 자자를 만나게 되기도 했으니. 하지만 끝내 나는 내 무지에 대해 생각하지 않을 수는 없었다. 아무것도 몰랐다는 것, 그게 얼마나 무서운 일이 될 수 있는지, 그것을 말이다. 이런 내 마음을 아는 걸까. 내 목소리에 자자는 다시 한번 나를 돌아보았다. 꼬리가 아까보다는 조금 힘차게 말려 돌고 있다. 자자는 오늘 기분이 좋은 모양이다. 그러다 퍼뜩, 생각이 났다. 그러니까, 수박에만은 만족의 느낌을 갖기 어렵다는 말을 했던 사람. 자자를 구조해 온 다음 날, 나는 그 사람에게 생각해놓은 자자의 이름을 물었다. 수박이, 어때? 그 사람은 내 이야기를 듣고 절반은 고개를 끄덕이고 나머지는 고개를 갸웃했다.

"너무 좋아해서 만족한 적이 없는 수박이었기에 그건 오랜 사랑의 힘일까요?"

그랬다, 나는 수박이에게 그런 지속적인 무언가를 주고 싶었다. 꼭 사랑이라는 거대한 이름이 아니더라도 말이다.

"하지만 왠지 먹는다,는 느낌은 조금."

어라, 그것도 그랬다. 게다가 사랑을 꼭 두 개로 나눌 필요 있나, 고유한 사랑을 주면 되지. 그래서 자자는 자자가 되었다. 그리고 나에게 그것을 가르쳐준 사람은,

#여름_2

"영소 씨, 오늘 점심때 시간 괜찮아요? 삼계탕, 괜찮나요?"

내가 소속된 연구소 사람들이 유독 분주하게 점심을 맞는 날이 있다. 연구소에서 이런 말을 듣게 된 것도 벌써 2년째인데 나는 정말 말복에 고기를 먹기가 싫다. 말복이 되면 거리가 온통 삼계탕으로 둘러싸여 있는 것만 같다. 나는 원래부터 고기를 거의 먹지 않는다. 강아지 전용이긴 하지만 한우곰탕이 냉동고에 저장된 것도 자자가 온 이후였다. 그때도 많은 고민이 있었지만, 몸이 너무 상해버린 자자에게 소고기의 단백질이 도움이 된다는 권고를 받아들인 거였다. 사실 육류를 먹지 않는 페스코라고 하기엔 좀 나약한 면이 있지만 되도록 안 먹는 습관을 하다 보니 평소에도 별로 당기지 않는다. 그래서 이런 날이 오면 조금 곤란하다. 시인 백석조차 자신의 시에서 음식의 중요성을 설파했을 정도로 먹는 것이 정말 중요하다는 건 잘 알겠는데, 잘 먹는다는 것이 꼭 고기여야만 하는지 그건 여전히 모를 일이다. 게다가, 음식의 즐거움을 말한 여성 작가가 있었던가? 공부가 짧아서 그런지 기억에 남는 사람이 없다. 살림의 어려움에 대해 말한 여성 작가들은 있었던 것 같은데 말이다. 난 잠시나마 "누가 해주는 음식은 원래 다 맛있는 법이야. 그거 만들기 위해 장을 보고, 다 먹은 후에 설거지 안 하면 말이지"하던 엄마가 떠올라서 마음이 조금 더 심란해졌다. "애, 영소야. 안 그러니? 밖에서 일하는 여자들은 퇴근하면 녹초야. 그럼 뭐 애들 엄마들이라고 쉬울까? 살림 한번 육아 한번 안 해봐서 하는 소리지. 평생 나처럼 남의 밥 해주는 사람들은 어떻고."평소 이런 말을 자주 했던 엄마는 무작정 음식을 해 먹는 게 최고라고 하는 TV 프로그램들을 별로 좋아하지 않았다. 그런 사정이 되지 못하는 사람이 훨씬 많은데 사람들이 너무 음식에 집착한다는 거였다. 그러게, 엄마의 조금은 분하고 많이 지친 목소리는 이제 혼자 음식을 해 먹어야 하고 사회의 흐름에 맞춰야 하는 입장이 되고 보니 훨씬 더 잘 들리는 것만 같다. 그래도 이곳은 그나마 '동아시아 한국학 연구소'라는 명칭에 걸맞게 여러 외국인 연구자가 오가는 곳이다. 몇몇 동료가 슬쩍, 아아, 영소 씨는 일본에서 오래 살아서 우리랑 문화가 다를지도 몰라요, 하며 내 메뉴를 바꾸어주곤 했다. 너무나 고맙기도 하지만 가끔은 그런 생각도 든다. 고기를 먹는 사람들은 고기를 먹지 않는 사람들과 식사할 때 이렇게까지 고마워하지 않는다는 것 말이다.

"그렇다고 굶는 게 좋은 방법은 아니죠. 수박으로 배를 채

우는 건 더욱더요.”

　사람들이 식사하러 나간 말복의 점심, 가만히 타자를 두드리던 나는 주위를 한번 살폈다. 옆자리 동료인 류스케가 들어와 있었다. 나는 파티션 위로 넘어온 김밥을 건네받다가 문득 오키나와에 살 때 먹었던 국수가 떠올랐다. 긴 대나무를 반으로 쪼갠 뒤 물길을 따라 흘려보낸 국수를 받아먹는 일본의 여름 음식. 나는 김밥이 넘어온 파티션을 똑똑 두드렸다. 그러고는 류스케에게 일본 드라마 〈나기의 휴식〉이 플레이되고 있는 내 휴대폰을 내밀었다. 외모 콤플렉스에서 벗어나 자기 자신으로 살아가보려고 인생의 자체 휴식을 선언한 여자 주인공 나기가 화면 속에서 머리에 수건을 질끈 묶고 선풍기를 튼 채 더운 방 안에서 국수를 먹고 있었다. 나는 고개를 끄덕이는 류스케를 보며 조금은 야심에 찬 눈빛을 빛냈다.

　“류스케, 이건 뭐랄까. 좀 텐션의 음식이야.”

　내 생각에 그 국수는 흥미로운 지점이 있다. 국수 면발이 대나무 미끄럼틀을 타고 전부 내려가기 전에 그것을 먹으려면 인간인 내가 목적지에 먼저 도달해 있어야만 한다는 것. 이런 식으로 보자면 고기나 생선이 없어도 텐션은 충분히 올릴 수 있을 것 같았다. 사실 오키나와에 있을 때도 엄마는 여름에 장어 요리를 준비하곤 했으니, 이 '텐션 국수'가 내게 익숙한 음식은 아니다. 그래서일까, 그날 퇴근 후 류스케가 만들어준 대나무에 국수를 흘려보내기 시작한 나는, 배가 부른 줄도 모르고 연신 면발을 삼켰다. 잽싸게 아래로 내려가 정중히 무릎을 꿇고 국수를 그릇에 안착시키니 뭔가 여름을 이겨낸 기분이 들었다. 거의 운동 수준이네요, 그 스피드. 나의 재빠른 모습을 보던 류스케는 웃음을 참는 얼굴이다. 그러다 정말 궁금하다는 듯 이런 것을 물어왔다.

"한국은 삼계탕 말고 여름 음식이랄 것이 뭐가 더 있을까요?"

"국수 종류에서? 냉면 같은 거?"

"뭐, 냉면도 좋죠. 그거 맛있어요, 새콤하고. 혹시 내가 아직 모르는 게 있으려나요?"

나는 한국에서 태어나 어린 시절을 한국에서 보냈지만 다시 돌아온 지는 고작 2년 남짓이었다. 그런가 하면 일본인인 류스케는 한국문학 박사학위를 따자마자 이곳 연구소에 취직해서 6년 넘게 한국에서 살고 있었다. 오히려 최근 한국에 머문 시간은 나보다 길었다.

"혹시 류스케, 콩국수라고 먹어봤어? 마치 두부를 아주 부드럽게 으깬 느낌이랄까, 걸쭉한 두유 같은 맛이 나."

골똘히 생각에 잠겼다가 고개를 젓는 류스케를 보면서 나도 모르게, '류스케, 수안 씨가 안 알려줬어?' 할 뻔했다. 하지만 생각해보면 나도 늘 연애하던 사람의 입맛에 따라갔던 것 같다. 내가 만난 남자들은 항상 자신의 식성대로만 먹었다. 물론 류스케로부터 전해 들은 수안 씨는 꽤 괜찮은 남자였다. 그럼에도 외국인인 류스케에게 수안 씨가 다양한 맛을 알려줬으면 좋았겠다는 생각이 들었다. 그러면서 한편으로는 콩국수의 맛을 떠올렸다. 그런데 어라, 맛으로의 콩국수보다도 어쩐지 재미있게 보았던 드라마가 생각나는 거다. 〈네 멋대로 해라〉.

"영화 제목 아닙니까?"

류스케가 물었다.

"응, 영화 제목도 있고 한국 드라마도 있고."

그러다 문득, 나는 냉장고에 썰어둔 수박이 생각났다. 류스케, 수박 먹을래? 내 말에 류스케는 웃으며 고개를 좌우로 저어 보였다.

"수박은 한번 먹기 시작하면 끝이 없죠. 수박에만큼은 만족의 느낌이 들지 않으니까요."

우리는 포만감에 어느새 등을 바닥에 대고 누워 있었다. 천장을 바라보던 나는 류스케의 대답에 천천히 고개만 돌려 류스케를 바라보았다. 류스케는 천장을 바라보고 있었다. 그러다 문득 생각이 난 듯 고개를 돌려 나를 바라보았다.

"자자 말이에요. 그래도 언젠가는 나에게도 꼬리를 말면서 다가오겠죠?"

"응, 그래도 예전처럼 류스케 네가 왔다고 오줌을 싸거나 낑낑대며 울진 않잖아."

내 말에 류스케는 전적으로 동의한다는 듯 손가락으로 동그라미를 만들어 보였다. 나와 류스케는 다시금 거실 바닥에 누웠고 각자의 천장을 바라보았다.

"근데 류스케, 수안 씨랑은 지난번 일 이후에 이야기해봤어?"

"아뇨, 아무래도 헤어지지 않을까 싶어요. 이번엔 봉합이 안 되네요."

"응? 그래도 수안 씨랑은 너, 한국 와서부터 사귀었으니까."

"그런데 또 보면, 처음 싸웠던 문제로 지금까지 싸우고 있으니까."

류스케는 6년째 사귀고 있는 동성 연인인 수안과 같은 문제로 6년째 다투고 있었다. 이유는 커밍아웃이었다. 연구소야 뒤에서는 어떤 말이 오가든 앞에서는 혐오와 폭력에 민감한 곳이어서 류스케가 커밍아웃을 해도 일을 하는 데 큰 문제가 없다. 하지만 수안 씨는 국내 굴지의 조선회사에 다니고 있다. 커밍아웃을 생각해본 일 자체가 없었다. 사실 나는 수안 씨의 입장도, 류스케의 마음도 너무나 이해가 되었다. 당사자가 아니라서 유지하는 평온이다. 안타까운 건 이 두 사람이 그 문제 외엔 다툰 적이 없다는 거다.

"수안이랑 계속 다투다 보면요. 내가 한국하고 잘 맞지 않는 사람인가, 이런 생각까지 들고 한국문학은 그럼 왜 연구하나 싶습니다. 어쩌면 나는 한 사람에 대한 호감을 한 나라에 대한 호감으로 오해했는지도 모르겠고요."

류스케의 말에서 보이지 않는 한숨이 묻어났다. 아마 류스케에게 수안은 한국 그 자체일 것이다. 계약직 연구원으로 왔던 류스케가 진작 일본으로 돌아가지 않은 건 수안 때문이었다. 나는 그 마음을 어렴풋하게나마 알 것 같았다. 20년 가까이 살았던 오키나와가 엄마의 죽음으로 단번에 내게 낯설어졌던 것. 그래도 난 생전에 엄마, 엄마, 이렇게 큰 소리로 사람들 앞에서 엄마를 마음껏 불렀다. 사랑하는 사람과 항상 숨어 지내듯 해야 한다는 게 얼마나 힘든 일인지, 나로서는 아마 평생 다 알 수 없는 고통일 거였다.

"영소 씨는 요즘에 연애는 안 해요? 통 말씀이 없으시군요. 카카오톡도 조용하고."

"응, 나는 뭐. 이제 자자랑 지내는 것만으로도 충분한 것 같아."

"그거 왠지, 남자보다 개가 낫다, 이렇게 들리는데 하이퍼리얼리즘이라 없을 말이 없네요. 제 전공은 1930년대 신파라서."

나는 류스케의 말에 웃음을 터뜨렸다. 사실 일본에서나 한국에서나 늘 자연스레 누군가를 만나왔다. 일주일에 한 번 술을 마시며 잡담을 하든, 짐을 합치고 동거를 하든 나는 누군가를 항상 사랑했다. 그런데 마지막 연애를 끝내며 든 생각은 이거였다. 내가 사람을 믿은 게 아니라 사랑을 믿었구나, 라는 것. 그리고 여전히 사람이 아닌 사랑을 믿고 누군가를 기다리고 있다는 것. 한국에서의 내 마지막 연애를 아는 류스케는 그런 나를 힐끗 보더니 흘러가듯 다시 이렇게 물었다.

"자자는 그런데 왜 데리고 오려고 했던 거예요? 난 영소 씨가 한국에 오래 머물 것 같지 않았는데."

류스케의 말은 사실이다. 나의 유일한 가족인 엄마는 5·18에 관련이 된 사람이다. 피해자,이지만 피해자라고 평생 말해본 적 없는 사람. 그런 엄마가 돌아가신 직후 나는 한국으로 돌아오게 되었다. 하지만 엄마의 죽음은 예상할 수 없던 일이었고 원래 나는 아주 잠시 한국에 머물 예정이었다. 일본에서 연구하던 시절, 나는 국가 폭력과 여성이라는 큰 틀에서 제주 4·3 여성 생존자와 오키나와 미군 기지 주변 여성들의 삶을 비교 연구했었다. 하지만 모든 폭력이 그러하듯 하나의 사건이 갑자기 발생되고 그 자체로 종결되는 게 아니었다. 4·3을 보던 나는 5·18을 집중적으로 찾아보고 싶어졌다. 그땐 광주 출신이었던 엄마가 5·18과 관련이 있는지 몰랐다. 엄마는 죽을 때까지 그 사실을 나에게 숨겼다. 다만 내가 광주로 간다고 했을 때 마치 작은 쥐가 자신의 심장을 조금씩 갉아먹기라도 하듯 고통으로 일그러지던 엄마의 얼굴만은 생생하다. 내가 엄마에게 무언가 물었다면 엄마는 조금 더 일찍 평안에 이를 수 있었을까. 아니면 내 침묵 덕분에 말할 수조차 없던 깊은 고통을 딸에게 나눠 주지 않을 수 있어서 다행이라 여겼을까. 아니, 엄마는 내게 죽음이 삶의 종료가 아닌 시작점이 될 수도 있다는 걸 알려주려 한 것인지도 모른다. 어떤 질문의 시작점 말이다. 하지만 당시엔 모든 것이 버거웠다. 한국에 왔고, 당연히 자료는 많았지만 가장 가깝던 사람의 고통도 이해하지 못했다는 생각에 나는 연구에 회의를 느꼈고, 한국에 발을 붙이지 못했다. 연애조차 나를 한국에 밀착시키지 못했다. 그럴 때 자자를 만난 것이다.

　누군가를 좋아하게 되면 이전의 삶도 알고 싶어지듯이, 나는 나를 만나기 전 자자에 대해 알고자 노력했다. 어린 시절 내가 엄마의 젊은 시절에 대해 반복적으로 물은 것도 그런 이유에서였을 것이다. 그러나 어떤 수의사를 만나보아도 같은 대답이 돌아왔다. 자자는 번식장에서만 10년을 살았고 매해 아이를 낳았다. 이 삶은 저 한 문장으로 요약 가능했다. 자자의 삶에는 계절이 없었다. 그 삶에는 자자만의 시간이 존재하지 않았다. 그렇게 자자가 낳은 아이들은 펫숍으로 팔려나가 전시되었을 것이다. 예쁘지 않은 아이는 도살장으로 넘겨져 개소주가 되었을 것이고, 인기가 없는 외모로 태어난 아이는 애견 미용 학원으로 넘어갔을 것이다. 그러다 초보 원생들이 실수로 휘두르는 가위나 칼에 몸을 찔려 서서히 죽었을 것이다.

"자자를 낳은 개도 다르지 않을 거예요. 평생 아이만 낳다가 죽었겠죠. 이래서 사지 말고 입양하자고 하는 건데요."

자자는 엄마 아빠를 기억할까요? 내 말에 자자의 수의사인 상화 선생님은 다시 조금은 쓸쓸한 말투가 되었다.

"번식장의 개 중에는 스트레스로 자신이 낳은 아이의 다리를 잘라버리는 경우도 있어요. 그런데 솔직히 그렇게 낳았다고 해서 그 개의 아이라고 하는 게 맞을까요."

상화 선생님은 성인 남성을 유독 무서워하는 자자를 위해 여러 구조 단체에 문의해서 찾게 된 여성 수의사님이다. 상화 선생님의 말에 나는 말문이 막혔다. 연구를 하며 정말 많은 여성을 만났는데 어떤 이들은 아이만 낳다가 이십대와 삼십대를 다 보내곤 했다. 아니, 어떤 여성이 아니었다. 엄마 세대 위로는 9남매, 10남매를 낳은 여자가 흔했다. 그래도 원하던 아들을 못 낳으면 아이를 낳아주는 여성을 구하던 시절이라 했다. '씨받이' 문화는 일본에서 온 것인데 정작 한국에서 그 뿌리가 견고해진 것 같았다. 오죽했으면 「씨받이」라는 영화도 나왔을까. 그런가 하면 최근에 성 노동자들을 취재하며 대리모를 만난 적이 있다. 아이가 귀하다는 요즘도 입양은 꺼려서 명문 대학교 출신 여대생들을 대리모로 데려간다고 했다. 나는 문득 일본에서 학교를 다닐 때 '더러운 피'라고 왕따를 당하던 일을 떠올렸다. 그날 상화 선생님에게 나는 어떤 대답도 할 수 없었다. 다시 상화 선생님을 찾아갔을 때, 그 이야기를 더 나누지는 못했다. 나는 자자와의 시간이 쌓이면서 새로운 고민이 생겼고, 그 일에 집착하듯 골몰하고 있었다.

"선생님, 자자 말이에요. 벌써 2개월이 다 되었는데도 제가 자는 사이에만 밥을 먹고 구석에만 있는 것 같아요. 방법이 없을까요?"

상화 선생님은 잠시 나를 바라보았다. 그러고는 미소를 띠며 이렇게 말했다.

"기다리시면 돼요, 지금까지처럼요. 영소 씨는 정말 좋은 보호자세요."

상화 선생님은 그러면서 자자가 먹을 우울증 치료제와 안정제를 처방해주었다. 사실 자꾸만 어디가 아프냐고 묻는 것, 그것은 말을 할 수 없는 존재에게 너무나 다정하고 좋은 방법이지만 때로는 그저 묻는 사람의 궁금증 해소에 불과할 수도 있다. 게다가 그때 나는 고작 2개월을 기다렸을 뿐이었다. 어쩌면 나는 예쁜 강아지들을 떠올리며 자자가 그 모습이 되길 바랐는지도 모르겠다. 상화 선생님은 나를 좋은 보호자라고 격려했지만, 사실 그때의 나는 아직 저런 생각까지는 미치지 못한 상태였다. 다급함이 좀 올라와 있었고, 그래서 저 말을 듣고도 '방법이랄 것이 고작 기다리는 것이라니 병원을 옮겨야 하는 건가' 이런 생각이 들 뿐이었으니까. 그렇게 병원을 나서던 나는 광화문 광장을 지나다 세월호를 추모하던 자리에서 그들을 향해 여전히 욕을 하는 몇몇 시위대를 보았다. 그 순간, 문득 엄마와 일본에 살 때 마주쳤던 험한 시위대가 떠올랐다. 아니, 정확히는 그 앞에서 숨도 제대로 쉬지 못하고 주저앉던 엄마를 떠올렸다. 처음엔 시위가 없는 일본에서 마주친 시위대라 그런가 싶었는데, 아무리 팔을 잡아끌어도 엄마는 꼼짝도 하지 않았다. 그저 주저앉아 몸을 떨었고, 또……

그 자리에 서서 오줌을 쌌다.

나는 엄마가 죽을 때까지 그 일을 엄마 앞에서 꺼내지 않았다. 엄마도 말하지 않았다. 그 침묵은 엄마를 존중하는 내 방식이었다. 그리고 그날 이후, 나는 자자와 함께 적당히 침묵하고 되도록 솔직하려 애쓰면서 살아가고 있다.

"영소 씨, 그래서 우리 그 콩국수 먹으러 가나요?"

퍼뜩 정신을 차려보니 류스케가 내 얼굴 앞에서 손을 저어가며 정신이 드느냐는 시늉을 해 보이고 있었다. 아, 그래. 콩국수. 그게 있었지.

며칠 후 우리는 콩국수를 먹으러 갔다. 앞장서긴 했지만 사실 나는 그 가게에서 두부를 사본 게 전부였다. 그래서 가게에 들어서자마자 다른 손님들이 하는 것을 흉내 내어 주문을 했다. 콩국수 두 개와 김밥 두 줄, 하고서는 다시, 아니 한 줄만이요, 하고는 내가 먼저 자리에 앉았고, 류스케는 멀뚱히 서서 보다가 얼른 나를 따라 앉았다. 류스케가 가장 얌전해지는 순간은 유튜브에 나오지 않은 한국 음식점에 갈 때인데,

그럴 때마다 우선 식탁 옆 서랍에서 수저와 젓가락을 챙기고, 그다음엔 사진을 찍는다. 류스케가 식당 사진을 골고루 찍는 동안, 겉절이가 가장 먼저 나왔다. 그다음이 김밥이었다. 참기름을 듬뿍 넣고 만든, 어릴 적 집에서 만든 김밥 맛이 나서 좋았다. 콩국수에 설탕은 기호대로 넣는다는 내 설명에 류스케는 곧장 설탕을 한 수저 넣기도 했다.

"그런데 말이에요, 영소 씨. 그 드라마는 청소년들의 반항 드라마입니까?"

류스케는 내가 말한 드라마의 내용이 궁금한 모양이었다. 텐션 국수를 먹던 날에는 배가 너무 부른 나머지 동네 산책에 나섰고, 〈네 멋대로 해라〉에 관한 이야기는 더 하지 않았다.

"음, 글쎄, 어른 반항 드라마였던 것 같기도 해."

"아, 그렇군요. 어떤 반항의 어른들이 나오시길래."

"주인공은 전 소매치기였고. 음, 뮤지션이 나오고 세차장을 하는 아저씨가 나오고. 또 여러 가지 일을 하던 여자분이 나오시고."

"놀랍게도 전혀 추측이 안 되는군요. 대략 여러 분이 나오는 드라마군요."

"아니 뭐, 사실 거기서 주인공 둘이 콩국수 먹고 버스 정류장에서 서로를 기다려주거든? 레쓰비를 주머니에 넣고 만지작거리는 장면도 나오고. 난 그냥 그거 좋아했어.”

너도 수안 씨랑 콩국수 먹으러 가, 이 말을 할까 말까 망설이는데 정작 류스케는 가벼운 표정으로 고개를 끄덕이며 받아쳤다.

“콩국수가 사랑의 음식이로군요.”

“그렇게 되려나. 아 맞다, 생각나는 대사도 있다. ‘우리 오늘을 살아요. 내일을 살지 말고 제발 우리 오늘을 살아요.’ 이런 대사.”

“오늘을 살아요, 오늘을.”

드라마 대사를 따라 하는 류스케를 보던 나는 접시 위에 김밥 끄트머리 두 점이 남겨져 있는 걸 보았다. 문득, 일본에서 가족처럼 가까이 지냈던 한주 씨가 떠올랐다. 한주 씨는 내가 대학원에 진학했을 때 가장 도움을 많이 준 선배였다. 한국에서 심각한 데이트 폭력을 당하고 자살을 시도했다가 충격으로 한국어 능력을 잃어버려서 일본으로 이주했다던 한주 씨. 갑작스럽게 엄마가 돌아가셨을 땐 오키나와까지 와서 장례를 함께해주기도 했다. 한주 씨는 나보다도 일찍 한국에 들어와 연구 작업을 하고 있었다. 얼마 전 보내왔던 메일에는 지방에서 자료 조사를 한다고 적혀 있었다. 다만 그곳이 어디인지 정확히는 적지 않은 채였다. 대신 말미에 그런 말을 적어두었다. 영소, 나는 점심으로 톳김밥이라는 것을 먹고 있어. 김밥 끄트머리는 한국에서 좋아하는 사람에게 주는 맛있는 부분이야. 너도 밥 잘 챙겨 먹길 바라.

톳김밥? 인터넷에 찾아보니 통영이나 제주와 같은 남쪽 바닷가 정도일 거라는 추측만 가능했다. 하지만 요즘은 음식이 멈춰 있는 시대가 아니니까 어쩌면 서울 한가운데서 메일을 보냈을지도 모르는 일이었다. 나는 한주 씨의 말을 떠올리며 김밥 끄트머리가 있는 접시를 류스케 쪽으로 살짝 밀어주었다. 사정을 모르는 류스케는 그저 내가 배불러서라고 느꼈는지 한입에 김밥을 넣었고 엄지를 치켜 보였다.

"류스케, 그런데 넌 그 드라마의 대사가 마음에 들어?"

"네, 저는 콩국수도, 오늘도 참 마음에 듭니다."

그렇게 콩국수와 드라마 대사와 레쓰비가 마음에 든 나와 류스케는 그날 집에 가는 길에 레쓰비 한 캔씩을 산 뒤 버스 정류장에서 인증샷을 찍었다. 휴대폰 카메라의 사진첩을 보니 이번 여름은 그렇게 흘러간 모양이었다.

그렇다면, 가을엔 나 뭐 먹었지?

추석 때 시장에서 사 온 부침개 3종 세트를 먹은 것 외엔 별다른 게 생각나지 않는다. 아마 올해는 자자가 있으니 먹을 걸 좀더 사지 않을까. 나는 자자를 만나기 전 사진을 더 둘러보았다. 편의점에서 파는 노가리나 맛동산 사진뿐이었다. 맛동산과 노가리 그리고 맥주. 사실 그것도 더할 나위 없이 좋았다. 퇴근 후 혼자 먹는 음식들 말이다. 지난가을의 사진들을 보던 나는 문득 이제 보일러실이 아닌 거실 구석에서 가만히 나를 향해 몸을 말고 있는 자자를 바라보았다. 왜일까, 그 순간 매년 가을이 되면 거실 구석에서 다리를 세우고 앉아 밤을 까던 엄마가 떠올랐던 건. 이럴 때면 기억은 참으로 계절 음식과 같다. 그 계절이 돌아오면 애써 의식하지 않아도 다시 떠오른다. 그러나 세상에 같은 건 없어서일까. 엄마는 확실히 음식은 아니었다. 엄마는 계절처럼, 그 철의 음식처럼 되돌아오지 않았다. 죽음은 그런 거였다. 그래서 엄마를 떠올리면 나는 더 자주, 가끔은 오래 침묵하게 되는 것만 같다.

#가을

지하철역을 급히 내려가려는데 입구에서 밤을 팔고 있었다.
"가을이네."
나는 퍼뜩 놀라 고개를 돌려 옆을 보았다. 누군가 나와 똑

같은 시점에 같은 말을 중얼거리다니. 낯익은 목소리다 싶었는데 역시나 확실했다.

"상화 선생님."

"자자 보호자님."

우리는 동시에 웃음을 터뜨렸다. 그런데 가만 보니 상화 선생님이 커다란 자루를 거의 바닥에 끌듯이 옮기고 있었다. 나는 최대한 눌러 담은 게 확실해 보이는 그 자루를 옮기는 일에 힘을 보태기 위해 손을 뻗었고, 상화 선생님은 그런 나를 말리려 거의 춤을 추듯 그 자리에서 자루와 함께 한 바퀴 턴을 돌았다. 우리는 이윽고 서로를 보고 다시 한번 웃음을 터뜨렸다. 웃음이 가시고 나니 보이는 게 있었다. 그러니까 그 자루 속에 있는 건,

"저 상화 선생님, 한국에서는 산에서 밤을 줍는 것이 불법은 아니죠?"

상화 선생님은 잠시 내 말의 의도를 생각하는 것 같더니 이내 손사래까지 치며 웃어 보였다. 이거 고구마예요, 밤 아니고요. 이러면서 묶어두었던 자루를 살짝 열어 보였는데 어쩐지 죄송함에 얼굴에서 열이 올라오는 것만 같았다.

"미안해하지 마세요. 누가 봐도 이상하죠, 몸만 한 자루를 낑낑대며 들고 가고 있으니까. 이거, 곰 가져다줄 고구마예

요. 곰이 고구마 좋아하거든요."

"곰이요?"

"네, 저번에 말씀드렸던 야생동물 보호 봉사요. 마음은 이미 세렝게티에 있지만 일단 우리의 반달곰부터 차근차근 배워야죠. 아, 이거는 그 유기견 봉사할 때 뵌 분께서 고구마 농장을 하셔서 제 사정 듣고 보내주신 거예요. 이고 지고라도 가야죠."

그러고 보니 언젠가 자자 약을 타러 갔다가 상화 선생님 대신 다른 선생님이 잠시 자리를 지키고 있어서 이후에 물은 적이 있다. 상화 선생님은 오래전부터 야생동물 보호 수의사가 되고 싶어서 관련 봉사를 하고 있다고 했다. 그날도 반달곰 먹이 나눔 봉사차 지리산에 간 거였다. 나는 물끄러미 고구마 자루를 보다가 다시 힘을 보태겠다고 했고 괜찮다는 상화 선생님과 실랑이를 한 끝에 겨우 한쪽을 들 수 있게 되었다. 고맙다는 말을 연신 하며, 상화 선생님은 자자의 안부를 물었다.

"자자는 이제 하루에 몇 시간 정도는 제가 거실에 있어도 나와서 돌아다니고 냄새도 맡아요. 밥 먹을 때 지켜봐도 꼬리가 헬리콥터처럼 빙글빙글 잘 돌아가고요."

"역시 보호자님이시네요. 아, 이거 이제 말해도 될 것 같아요. 사실 자자는 보호자님이 데리고 간 지 얼마 되지 않았을 때부터 이미 보호자님을 많이 의지하고 있었어요."

"네? 하지만 그때는 제가 있으면 숨었는데."

"보호자님에게 안기거나 꼬리를 흔들지는 않아도요, 병원에서 보호자님이 잠시 화장실 가려고 자리를 비우면 갑자기 숨을 엄청 헐떡였어요. 아마 처음으로 때리지 않고 무언가를 강요하지 않은 인간이었으니까, 그런 보호자님이 사라질까 봐 무서웠겠죠. 그런 세상은 이전의 세상만큼이나 아니, 어쩌면 그때보다도 자자에게는 암흑 아니었을까요."

자자가 나를 줄곧 믿고 있었다는 사실에 나도 모르게 눈물이 흘러내릴 것 같았다. 나는 그것도 모르고 자자가 왜 나에게 마음을 열지 않는 걸까 했다. 내가 고개를 숙였을 때였다.

"그나저나 자자 보호자님, 아까 밤 사시려던 거 아니에요? 나 때문에 밤도 못 사시고. 저 그래서 하나 말해드릴게요."

"네? 어떤 거요?"

"한국에서 밤 줍는 거, 주인 있는 나무면 문제인데 만약에 아니면 그거 불법 아니라고요. 아, 물론 도토리는 다람쥐에게 양보하시고요."

그 말과 함께 상화 선생님은 손을 흔들며 내렸고 나는 오랫동안 자신의 몸만 한 고구마 자루를 끌고 가는 상화 선생님의 뒷모습을 바라보았다. 그 자루에 자신이 먹을 것은 하나도 없는데…… 그러다 문득, 평생 먹지도 않던 한우곰탕이 있는 내 냉동고를 떠올렸다. 그 냉동고는 가을이 되면 밤으로 가득 차던 엄마의 냉동고를 생각나게 했다. 삶은 밤을 일일이 손으로 까주면서 정작 자신은 별로 먹지 않던 엄마 말이다. 나는 주말엔 산에 가봐야겠다고 생각했다. 사계절 중 유일하게 모든 사람에게 좋을 계절이 가을이니까. 또 가을, 하면 바다보단 낙엽과 밤이 있는 산이다. 속이야 어찌 됐든 나는 그렇게 중얼거렸다. 그러니까, 처음부터 이모에게 갈 생각은 아니었다. 그저 가을 산에 밤을 주우러 가는 거였다. 아니, 당연히 밤은 다람쥐 거고, 그러니까 밤은 핑계고,

이모, 이모들.
한국에 오랜만에 들어왔더니 이모라는 호칭은 거의 만능이었다. 엄마의 여자 형제를 일컫는 말이지만 엄마의 친구부터 가게에서 일하는 분까지, 아주 다양한 이모들이 세상엔 존재한다. 어느 날엔가 류스케가 "그런데 왜 고모라고는 안 할까요" 하는 순간 나는 가게에서는 이모 대신 사장님,이라고 부르기도 했다. 그런데 엄마 친구들을 이모라고 부르는 건 좀 좋았다. 엄마에게 가족보다 가까운 친구라면 나에게도 가

족이나 다름없는 게 아닐까 싶었던 것이다. 게다가 미자 이모는 내가 한국에 오자마자 찾은 사람이기도 했다. 곰곰이 생각해보면 내가 아니라 죽기 직전까지 이모들의 이름을 부르던 엄마가 찾은 것 같기도 했지만 말이다.

미자 이모는 젊은 시절부터 먹고살기 위해 많은 일을 해왔다고 했다. 식당, 공장, 백화점, 음식점. 택배 짐도 날라봤다고 했다. 그러다 지난가을부터 요양 병원에 가게 되면서 인생에서 처음으로 일을 다니지 않게 되었다. 이모는 모아놓은 돈이 있음에도 일을 못 다니게 된 것이 가끔 불안해 보였지만, 내 입장에선 오히려 다행스럽게 느껴졌다. 다만 이모를 늘 혼자 두는 게 마음에 걸렸다. 그래서 "이모 혹시,"라고 내가 문장의 서두만을 꺼냈을 때였다. "너랑 같이 안 살아." 이모는 개를 좋아하지 않는다고 했다. 정확히는 건사해야 하는 생명체를 만드는 게 두렵다고 했다. 자신은 곧 죽을 텐데 남은 생명체는 어떻게 해야 하는 건가, 이런 게 무섭다고. 이모는 아마 그 말을 하며 수호 씨를 떠올렸던 걸까. 그러면서 이모는 노견인 자자를 데려온 나에게 말했다.

"영소 너는 나보다 어른이야. 나는 누군가를 떠나보내는 것이 여전히 두려운데 넌 강인하고 대견하다, 참. 아휴, 근데 정말 인생 어려운 거 너무 많아. 이제 내가 나이 들어 떠날 날

앞두고 보니까 떠나는 사람도 마음 편했던 거 아닌 거 같아. 누굴 남겨두고 가는 사람 마음도 얼마나 어렵고 아팠을지."

나는 아직 엄마의 치매가 본격적으로 진행되기 전, 엄마가 나를 안으며 했던 말을 떠올렸다.

—영소 너를 외롭게 두고 가는 이 엄마가 죄인이야.

나는 눈물을 보이기 전 얼른 고개를 저었다.

"밥은 어떻게 하시려고요. 엄마 간호할 때 보니까 병원 밥 먹는 거 정말 힘들던데."

이렇게 말하면 내가 항상 이모의 밥을 챙긴 사람처럼 보이겠지만 사실 한 달에 두 번 정도 이모 집에서 식사를 한 게 전부였다. 그런데도 나는 병원에 가는 걸 반대하지 못하는 마음을 그런 식으로 표현했다. 이모는 가만히 나를 건너보더니 갑자기 웃음을 터뜨렸다.

"영소 네가 경자 딸이 맞긴 하구나. 경자가 집 나와서 살면서도 반찬은 몰래 가져다가 먹고 그랬는데. 먹는 거 중하다고 그렇게 성화를 부리면서."

미자 이모는 시간이 흐를수록 가끔 예고 없이 광주에서 엄마와 함께 고등학교를 다니던 시절의 이야기를 꺼내곤 했다. 하지만 이모는 그곳에 있었던 다른 두 친구의 이야기는 해주지 않았다. 생각해보면 엄마도 치매가 심각해져 죽기 직전,

정신이 간혹 돌아왔을 때에야 그 두 친구 이야기를 해주었다. 특히 영자 이모는 엄마가 생의 말미에 도달하고 나서야 그 이름을 들을 수 있었다. 그 영자 이모가 바로 내가 아빠라고 생각했던 사람이라는 것 말이다. 왜 나는 아빠를 꼭 남자라고만 생각했을까, 엄마는 정작 그렇게 말한 적이 없었는데. 인터섹스의 몸으로 스스로는 여자라고 생각했다던 영자 이모. 이 이야기를 듣고 난 후 나는 아빠를 영자 이모라고, 마음속으로나마 그렇게 다시 부르고 있었다. 그리고 나를 낳아줬다던 혜자 이모에게도 계절이 돌아올 때마다 마음으로 안부를 묻는다. 그러니 미자 이모도 언젠가는 내게 그 두 친구에 대해 자연스레 이야기를 하겠지.

"이모, 이제 거기서 산책도 할 수 있어요? 친구는 좀 사귀었어요?"

올해는 백신 접종도 했고, 추석부터 두 시간의 면회가 가능해졌다지만 작년엔 거의 면회가 불가능했다. 그때 나는 이모에게 자주 전화를 걸어 시시콜콜한 이야기를 묻곤 했다.

"산책은 정해진 시간에만. 여긴 산이라 빨리 어두워지기도 해. 그리고 다들 내 선배님들이셔. 내가 여기서는 막내야. 막내 노릇 해야 돼. 70을 5년 남겨두고 막내 노릇을 다 해본다."

"이모, 그래도 산책 좋아하시잖아요."

이모는 5·18 때 충격으로 머리가 백발이 되었다고 했다. 염색약이 귀하던 때라 젊을 땐 모자 없이 돌아다니질 못했다. 일자리 구할 때 모자를 쓰고 갔더니 버릇이 없다며 재떨이를 던진 사람도 있다고 했다. 이모는 편한 차림으로 산책하는 사람들이 그렇게 부러웠다고 했다.

"좋아하는 일, 나는 평생 그런 적이 없어서 그런가. 좋아하는 일만 하고 사는 사람 있으면 신기할 것 같네. 아무튼 영소야, 내 걱정 마. 나, 여기서 운이 아주 좋아."

"네? 어떤 운이요?"

"여섯 명이 같이 방을 쓰잖아, 여기가."

"네."

"내 방엔 코를 고는 노인이 한 명도 없어."

"그게, 운이 아주 좋은 거예요?"

"그럼. 평생 운 없다고 생각했는데 아니야. 밤에 다들 아주 점잖게 주무셔. 아! 생각났다."

"네? 뭘요?"

"나, 산책보다도 이걸 좋아하는 사람이었다, 싶다. 밤에 잠 푹 자기. 이걸로 해두면 나 요즘은 날마다 좋아하는 일 하고 사는 거네?"

우리 자자도 이젠 좀 자요. 그래? 잘됐네, 영소 네가 한시름 덜었네. 네, 아, 정말 푹 잔다는 거, 너무 좋은 거긴 하네요. 나는 이렇게 대화를 이어가면서도 이모가 자신을 운 좋은 사람이라고 생각한다는 것에 마음이 아파왔다.

"그래도 영소야. 이 방은 잠이라도 자게 해주는 거잖아. 난 평생 아침저녁으로 일하느라 그런 적이 별로 없는데 말년에 이렇게 운이 좋으려고 그랬던 거야. 자는 거, 먹는 거, 입는 거. 여기서는 다 걱정 없어."

그날, 전화 통화여서 얼굴이 보이지 않는데도 이모의 그 말에 눈물을 보이지 않으려고 애쓰다가, 괜히 자자가 이제 배가 고픈가 봐요, 하고는 얼른 전화를 끊어야 했다.

#겨울

"올해는 밤을 많이 먹는 것 같습니다."

가을에 사놓은 밤은 겨울에 난로 위에서 류스케식 밤조림이 되어가고 있다. 외풍이 심한 다세대주택이라 난로를 구입했는데 사실 자자가 있어서 처음엔 망설였다. 앞으로 자자가 조금 더 활발해지면 혹 난로가 흉기가 되지 않으려나 했는데 상화 선생님이 이야기를 듣더니 펜스를 추천해주었다. 그렇게 구입한 난로 위엔 재빠르게 많은 것이 원래 자리처럼 올라갔다. 고구마, 사과, 귤, 주전자. 보고만 있어도 배가 불렀다. 그리고 그 옆에 하나 더, 특별히 류스케가 겨울이 되면 꼭 만든다는 밤조림도 함께였다. 엄마가 가을에 밤을 잔뜩 깎아 냉동고에 넣어두었다가 겨우내 삶아주었다면, 류스케는 달달한 조림으로 만들어 저장해두었다. 같은 계절 음식이 사람에 따라 이렇게 다르니, 이쪽도 저쪽도 영 손재주가 없는 내게는 참 좋고 감사한 일이었다. 물론 류스케가 평소 주말과 달리 수안 씨를 만나지 않고 집으로 놀러 온 것은 조금 걱정되지만 말이다. 나는 밤조림을 데우는 데 집중했는지 미간을 좁힌 류스케를 바라보다 이모와의 대화를 떠올렸다. 자신은 운이 좋다던 이모. 과연 이모는 정말 낙관하는 걸까, 아니면 해결의 기미가 없는 삶을 살아내고 싶어서 그런 말을 하는 걸까. 사실 미자 이모가 단지 엄마의 친구일 뿐이었다면 애써 찾아뵙기는 해도 이렇게까지 가까워지진 않았을 것이다. 미자 이모가 처음 류스케를 마주친 날이 떠오른다. 요양 병원으로 짐을 좀 옮겨야 하는데 나는 차가 없었다. 택시를 알아보았지만 비용 감당이 안 됐다. 그래도 마지막까지 류스케에게 부탁하기를 망설였던 데는 두 가지 이유가 있었다. 당연히 주말엔 데이트를 하는 류스케의 시간을 빼앗고 싶지 않은 게 가장 큰 이유였고, 두번째는 남자와 여자가 같이 있으면 무조건 커플로 엮는 사람들의 시선 때문이었다. 이모는 그럴 것 같진 않았지만, 오히려 그렇기에 이모마저 그런 말을 한다면 더 실망하고 불편해질 것만 같았다. 하지만 미자 이모는 그저 류스케에게 사례도 따로 하지 못한 게 걱정인 모습이었다. 자꾸 돈 봉투를 꺼내려는 걸, 내가 이미 챙겼다고 말리는 게 힘들었을 뿐이다. 그건 그날 늦게 나와 류스케를 데리러 온 수안 씨를 보고도 마찬가지였다. 류스케가 수안 씨를 대하는 걸 보고도 미자 이모는 별다른 반응이 없었다. 오히려 어느 날엔가 뜬금없이 류스케는 정말 좋은 사람 같은데 괜히 일본인인 게 별로인 것 같다고, 정말 예측 불가능한 말을 꺼냈다.

"하지만 미자 이모, 이모의 외할머니는 일본인이라고 하셨잖아요?"

"어, 근데 그냥 일본 핏줄 소중하니 가서 일본 남자들 아이 낳아주라고 보내진 거야. 그러고는 전쟁 끝나니까 남자들 불러들이기 바쁘고 우리는 혼외 자식이라고 여기에 버려진 거고. 왜, 한국에서 씨받이라는 거 있었지? 일본놈들이 그 기원 아니었나 몰라."

"이모 할머님은 저보다 한국에 오래 사신 거니까, 지금의 저보다 한국어를 잘하셨을 것 같아요. 사실 저, 한국에서의 삶은 거의 신생아 수준이에요."

"뭐, 우리 할머니야 일기도 한국어로도 쓰시고 그랬으니까. 그런데 영소야, 이상하게 난 그래서 류스케가 불편한 것 같아. 이해가 되니? 아이고, 나 지금 애먼 사람 싫다고 하면서 반성은 못할망정 뭘 이걸 이해해달라고 하는 거니?"

이모의 마지막 말만은 백 퍼센트 공감했기에 나는 어깨를 으쓱해 보였다. 확실히 이모를 이해한 건 그때가 아닌 다른 날이었다. 그러니까 밤을 주우러 간다는 핑계로 이모를 찾아갔던 날이었다. 밤이 든 내 가방을 보더니 이모는 스쳐 지나가듯 "그 사람도 가을이면 그렇게 밤을 잔뜩 주워 오곤 했지. 가끔 냄새나는 은행도 섞이고" 하며 말을 흐렸다. 그때 나는 처음으로 이모의 전남편요? 하고 물었다. 이모는 젊은 시절 결혼을 한 적이 있다고 했다.

"영소야, 너 언젠가 나한테 왜 이혼했느냐고, 그 남자에 대해 싫은 말 하나 없는 게 신기하다고 물었잖아."

"아, 네."

"그 사람, 내가 아니라 남자를 사랑한대."

"네? 그럼 이모, 속은 거예요?"

"잘은 몰라. 내 속 아니고 다른 사람 속이잖아. 내 속도 모르는데. 근데 아닐 거야. 그냥 본인도 자기에 대해 몰랐을 수는 있겠다 싶어. 그냥 우리 때는 다 나이 되면 여자, 남자 만나서 아이 낳고 사는 게 정상이라고 배웠으니까."

그 말을 하고서 한참이나 창밖을 보던 이모는 다시 나를 바라보더니 말을 이었다.

"영소야, 내가 그 양반을 처음 만났을 때 말이야. 명색이 소개팅인데 이 백발을 안 감추고 나간 거야. 뭐, 나쁜 의도는 없었어. 염색하고 가면 나중에 속인 거 될까 봐."

"놀라시던가요? 이모 전남편분이요."

"그게, 그때가 1995년이었거든. 그니까 김대중 정권 들어서기 전이었고, 아직 5·18에 대해 사람들이 잘 모르기도 하고, 폭도 소리도 많이 듣고 그러던 때."

"김영삼 정권 때였으려나요?"

"어, 서울은 그때도 복잡다단했지. 그 전해는 저기, 대교가 막 무너지고 또 그때는 그래, 삼풍백화점 무너지고 그랬어. 1980~90년대까지 그렇게 죽자고 일을 시키더니 사람들 정말 다 죽게 생겼다고들 했었지. 겉으론 민주화 이러면서 대학에서는 여전히 학생들 잡아가고, 명절이면 뉴스에 무장 공비가 넘어왔다고 나오던 시절 말이야. 근데 그 사람은 그날 내 흰머리를 보더니 아무 말 안 하고 호주머니에서 뭘 부스럭

대며 꺼내는 거야."

"뭐였어요?"

"자기가 5월 18일에 대해서 좀 찾아봤대. 광주 사는 친구 녀석한테도 부탁했다면서, 너무 마음고생했을 것 같다면서 나한테……"

이모는 잠시 말을 멈췄다. 울음을 참으려 깨어 문 입술 위로 눈물이 흘러내렸다. 나는 가만히 이모의 우는 모습을 보다가 티슈를 몇 장 꺼내 가져다주었다.

"그니까, 영소야. 내가 하고 싶은 말은, 그 사람이 자기 자신이 이렇다고 말하는데 내가 그걸 가지고 딴지를 걸고 그러면 안 되는 것 같았다는 거야. 그런 사람한테 내가, 너 왜 나 안 좋아하고 남자 좋아하느냐고, 그걸 해명하라고 하면 말도 안 되는 거 같았어, 그거는."

그러면서 이모는, 자신이 젊은 시절 이해 못 한 친구가 있었는데 그제야 겨우 그 마음들을 알 것 같았다고도 했다. 여자가 왜 여자를 좋아하고, 왜 다른 성별이 되고 싶어 하는지 그런 마음들을 자신은 온전히 몰랐던 것 같다고도 했다. 그게 너무 미안해서 이모는 별말 없이 전남편과 이혼했다. 나는 더 묻지 않고 그저 티슈를 조금 더 가져다주었다. 이모가 말한 그 친구들이 바로 엄마인 경자 씨와 영자, 혜자 이모의 이야기라는 것을 나는 알고 있었으니까. 게다가 그 말을 들은 후에 나는 그저 이모가 누군가를 사랑했고 또 존중받았다는 사실이 너무 좋았다. 어쩐지 안심이 되는 것만 같았다. 그렇게 사랑은 참으로 명확한 것이지만 또 한편으로는 너무나 불가해한 것이라고, 나는 그런 생각들만을 했다.

"영소 씨, 한국 와서 좋은 것 중에 하나가 바로 겨울에 이 차를 마시는 거 같아요."

류스케가 내민 차에 퍼뜩 정신이 돌아와보니 달고 향긋한 유자향이 은근하게 올라오고 있었다. 뜨거운 차를 들고 있는 건 난데 안경에 김이 서린 건 류스케였다.

"아, 그리고 이거, 우편함에서 가져왔어요. 영소 씨에게 온 편지."

나는 류스케가 내민 봉투에 씌어진 이름을 보았다. 보내는 주소는 공란이었다. 나는 가만히 미소를 떠올리며 류스케에게 고맙다고 말했다. 그런데 류스케, 어쩌다 너는 새해 타종 행사를 우리 집에서 보게 된 거니. 물론 나는 이 말을 덧붙이는 대신 주방으로 향했다. 불닭볶음면 끓일 물을 올리고 맥주 두 캔을 꺼내 거실로 돌아왔다. 곧 텔레비전으로 제야의 타종 행사가 시작될 거였다. 고민은 그 뒤에 말해도 충분하지 않을까.

"참, 아직도 자자는 내가 무섭겠죠? 새해엔 좀더 어필해야
겠습니다."

그사이 물이 끓는 소리가 들렸고 이번엔 류스케가 나를 따
라 일어섰다. 우리는 동시에 뒤를 돌았다가 잠시 서로를 마
주 봤다.

"저기 류스케, 너 유자 그냥 먹어본 적 있어?"

"글쎄요, 그게, 없는 거 같습니다. 드셔본 적이?"

"예전에 엄마 말로는 유자는 그냥 먹으면 쓰대. 차로 마시
면 달콤한데 말이지."

"에, 뭐랄까. 유자는 좀 오픈 마인드 느낌이네요."

"그래? 근데 뭐, 모든 재료가 딱 한 가지 맛만 내면 서운할
것 같네, 유자든 뭐든."

"자자를 유자로 바꿔도 되겠네요. 자자가 좀 오픈 마인드
같으니까요."

말도 안 되는 선문답을 주고받던 우리는 천천히 자자에게
다가섰다. 나와 류스케의 등 뒤로, 그리고 자자의 정면에서
새해를 알리는 폭죽과 불빛이 화면을 가득 메우고 있었다.
자자가 아주 조용히 내 곁으로 다가와 내 손등에 얼굴을 기댔
다. 나는 자자의 까만 눈동자에 가득 찬 풍경들을 보았다. 자

자의 삶에서 처음으로 맞이하는 새해 풍경이었다. 가만히, 아주 천천히 자자를 쓰다듬던 나는, 이윽고 테이블 위에 받아둔 편지를 향해 손을 뻗었다.

"저, 영소 씨, 남쪽에 조선소가 있는 그 도시로 내려가려고요. 수안이가 있는."

나는 가만히 류스케를 올려다보았다. 류스케가 미소 지으며 뒷머리를 만지작거렸다.

"뭐, 나나 수안이나 애가 있을 리도 없고, 혼인 문서 같은 것도 못 만들어서 이 세상이 원하는 증명은 못 하겠지만. 그래도 해보는 데까지 해보려고요."

나는 류스케를 가만히 껴안아주었다. 자자가 꼬리를 흔들며 내 뒤에 조금 더 다가오는 게 느껴졌다. 류스케는 괜히, 나중에 영소 씨의 혼인 잔치는 꼭 가고 싶다는 둥, 영소 씨가 사랑을 끊을 사람은 아니라는 둥 농을 쳤지만 그 눈시울은 조금 붉어져 있었다.

#겨울_2

영소에게

나는 지금 제주도에 와 있어. 밥은 잘 챙겨 먹고 있니? 영소야, 한주라는 이름 외엔 주소를 쓰지 않아서 너가 궁금했을 텐데 걱정하지 마. 나는 유키노와 함께 왔어. 가족과 함께 있으니까 그때처럼 위험하지 않을 거야. 밥도 두 배로 잘 먹고 있고. 나, 저번에 말했던 서북청년단과 혐한 시위를 주도하고 있는 재특회의 연관성 관련 자료 조사를 위해 다시 왔어. 왜 이렇게까지 하고 있는지 묻는다면, 일전에 서울의 한 대학에서 연구를 수행하는 일본인 학자가 재특회의 자금이 한국 우익 단체에서, 그것도 서북청년단과 연관성이 있는 곳에서 왔다는 것을 규명하는 연구를 발표했어. 그 말을 들으면서 겨울도 아닌데 온몸이 떨렸던 기억이 난다. 이들이 광화문에서 세월호 추모 반대 집회를 열었던 사람들과도 관련이 있다지? 내가 느끼는 이 감정이 분노일까, 두려움일까. 복합적이었을 것 같아. 일본 장교 출신이 많았다던 서북청년단이 제주에서 4·3 때 어떤 짓을 했는지, 미군정 때부터 어떤 식으로 한반도에서 사람들을 위협했는지 그때의 기억이 너무 두려워. 침묵 속에서 죽어간 사람이 많다는 걸 이제는 모두 알고 있잖아. 그리고 일본에 넘어간 한국인들이 어떤 폭력들을 견디며 살아나갔는지도 다들 알고 있잖

아. 그런데 어떻게 모든 것이 이렇게 반복되는 것인지 참 모르겠어서 그래. 나, 그때 그래서였어.

너와 함께 갔던 제주에서 말이야. 4·3 여성 피해자들을 조사하고 나서 그분들의 도움으로 1970년대 바람나무집이라는 기생 관광의 요지에서 일했던 사람들을 만날 수 있었을 때 우리는 열여덟밖에 안 된 아들과 그의 아버지가 함께 와서 여자 하나를 괴롭히듯 놀았다는 이야기를 들었지. 당시 일본에서 기생 관광을 하러 온 남성 중 상당수가 일본의 하층 노동자라는 이야기도 들었어. 오히려 일본 정치인들은 강남의 고급 호텔로 간다고 말이야. 그때 네가 그랬잖아. "언니, 인간은 귀신같이 자기보다 약한 존재를 골라내는 재주가 있는 거 같아요. 끝없이 자기들 사이에서도 급을 나누고. 인간에게 폭력은 어쩌면 자신보다 약한 존재에게 되풀이하는 습관 같은 것일까요?" 나는 그 순간 많은 것이 내 안에서 빠져나가는 것만 같았어. 그럼에도 불구하고 살아가는 사람들의 낙관을 믿는다고 했지만, 물론 그것은 진심이지만, 순간 나는 나를 때리던 남자의 얼굴이 떠올랐고, 이윽고 그가 어느 대학에서 교수가 되었다는 소식을, 전혀 원치 않았지만 들어야 했던 순간이 지나갔고, 요즘엔 젠더 이슈로 칼럼까지 쓴다는 이야기를 들으면서도 웃음을 잃지 않아야 했던 그런 날들이 떠올랐지. 안간힘을 썼던 나, 좋은 날들을 생각하며 살아간다던 피해자들의 미소. 정말 솔직히, 사실 나도 이제 행복한 날이 더 많아. 그때의 일을 떠올리지 않을 때가 더 많아. 그런데도 왜였을까, 그날은 그런 마음이 들었어. 예상치 못한 순간에 떠오르는 기억에서 진정하기 위해 나는 어디까지 도망쳐야 하나. 내가 누구를 때린 것도 아닌데 왜 내가 이렇게 숨을 죽이며 살아가야 하는 건가. 그러나 내가 당당히 발언을 하고 살아갈 수 있을까. 피해자들이 발언할 때마다 관심 종자냐고 비꼬던 사람들의 모습들을 나는 봐왔는데. 그래서 바다로 들어갔어. 너는 그날 미끄러졌다는 내 말을 의심 없이 믿었지. 영소야, 미안해. 나는 그 순간 더는 이 세계에서 버틸 힘이 없게 느껴졌어. 그런데 사실 바다에 빠지는 순간 알았거든. 나는 너무나 살고 싶다는 것을. 그리고 그 순간 떠오른 건, 너와 자자였어.

영소 네가 그랬잖아.

"언니, 나 이 아이 이름을 자자로 지으려고 해요. 잠을 자자, 할 때의 자자."

너는 그때 이미 완전히 이해했을지도 몰라. 네가 그

랬지.

"언니, 자자를 낳은 개도 비슷한 삶을 살았을 거래요. 자자를 봐주시는 상화 선생님이 이런 말씀을 하셨어요. '저는 이런 번식용 개들을 보면 우리 할머니가 떠올라요. 우리 엄마가 9남매거든요. 나중엔 자신의 몸이 자신의 것이라는 생각조차 없어졌을 거예요.' 하고요."

너는 그 말을 하면서 많은 생각을 삼키는 것 같았어. 나 또한 그랬지. 내가 봐왔던 많은 자료 속 여자들이 생각났어. 그리고 그 끝엔 나도 있었고. 그런데 이제 나는 다시는 바다에 뛰어들지도, 목을 매지도 않을 거야. 이제 난 자자를 기다리는 누군가를 알게 되었거든. 그러면서도 자자에게 항상 "자자야, 오늘은 날씨가 좋아. 너는 무엇을 생각하니?" 물어주는 사람을 알거든. 여태까지처럼 자자에게 그저 밥을 가져다주고 딴청을 하며 기다릴 누군가를 알고 있거든. 굳이 눈을 마주치고 웃어달라 하지 않고, 억지로 목줄을 매고 산책을 시키지도 않는 누군가를 말이야.

영소야.

나는 이제 기다리려고 해. 그리고 또다시 질문하려고 해.

#봄

"영소야, 요즘에 혹시 이런 음악들 구할 수 있니?"

미자 이모는 먼저 통 연락을 하지 않는 사람인데, 그날은 먼저 문자가 와 있었다. 그러면서 내가 답을 하기도 전에 다음 문자가 도착했는데, 이소라와 이승환 1집을 구해볼 수 있느냐는 거였다. 심수봉하고 나나 무스쿠리를 좋아했던 이모의 취향이 언제 이렇게 1990년대가 되었나 싶었는데 알고 보니 다른 사람에게 주려는 거였다. 이모 말로는 병실에 새로운 사람이 들어왔는데 이모보다도 어리다고 했다. 아직 오십대인데 자꾸만 자신이 죽은 사람이라 한다고. 치매예요? 물으니 치매랑은 달라서 다른 건 멀쩡하다고 했다.

"야, 말도 마라, 영소야. 그런 병은 처음 봤다. 자기가 이미 죽었대. 의사 말하는 거 들으니 코타르 증후군인가 의심된다는데. 그 사람 이름이 박두자거든? 두자 씨 보호자도 너보다 어려 보이는 여자애야. 이모가 저를 어릴 때부터 키워줬다고 울고 하는데 마음이 영 안 좋아."

"그래서 좀 챙겨주고 싶으시구나?"

"들어보니까 뭐 그렇게 어려운 일은 아니고, 네가 모레 온다고 하니까 혹시나 해서. 두자 씨가 자기 생전 좋아했던 음악이라고. 어머, 얘 나 좀 봐. 두자 씨가 하도 생전이라고 하니까. 자기 이미 죽었으니까 생전 좋아하던 음악이래. 신승훈, 이소라, 이승환, 뭐 이런 가수들."

이모는 박두자 씨가 가진 사연 또한 마음이 쓰이는 눈치였다. 이모 말에 의하면, 병원에 두자 씨가 젊은 시절 삼풍백화점 1층 명품 매장에서 일하다 가까스로 빠져나왔다는 소문이 있다고 한다. 그냥 소문일 수 있어, 하면서도 이모는 말끝을 흐렸다.

"백화점이라 80퍼센트가 여자 노동자들이었을 텐데, 그때 거기서 일하던 여자들 이야기는 들어본 기억이 없는 거야. 나도 새삼, 그렇지 싶고 그러네."

나는 이모에게 알겠다고 말한 후 먹고 싶은 건 없느냐고 물었다. 이모는 그저 다시 한번 그냥 다 괜찮다고, 여전히 밤에 잠도 잘 자고 밥은 더 잘 먹는다고, 그런 말만 할 뿐이었다.

이모에게 음반을 가져다주기로 한 날, 도시락을 두 개 챙겼다. 하나는 버터를 조금 두르고 구운 쑥 절편과 조청을 담고 또 다른 하나에는 적당히 조린 밤조림을 넣었다. 설사 류스케가 내 곁에 더는 없다고 할지라도 아마 나는 매년 겨울이면 밤조림을 생각할 거였다. 그런가 하면 엄마가 봄이 되면 언제나 쑥을 한가득 캐 와서 해주었던 것이 절편이었다. 엄마가 해준 마지막 절편은 여전히 냉동고 깊숙한 곳에 자리 잡고 있다. 차마 버리지 못한 것이다. "영소 너는 꼭 너 먹고 싶은 것만 해 먹어. 자신을 위한 음식이 보양식이야." 늘 그렇게 당부하던 엄마가 유일하게 자신을 위해 한 음식이 바로 쑥절편이기도 했다. 물론 내가 좋아하지 않았다면 엄마는 그마저 하지 않았을지도 모르겠다. 엄마가 말한 자신을 위한 것에는 '자신이 좋아하는 사람이 좋아하는 것'도 포함되어 있었겠지. 나는 엄마의 그 말을 떠올리며 두 개의 도시락을 잘 챙겨 넣었다.

도시락을 들고 집을 나서던 나는 문득 거실 한구석에서 느릿하게 일어서는 자자를 바라보았다. 자자는 천천히 내게 다가와 섰고, 나는 자자의 머리를 한번 쓰다듬어주었다.

나는 그렇게 다시 이모에게 향했다. 이모는 이번엔 무슨 이야기를 해줄까? 아니, 아무런 말도 하지 않을 수도 있을 것이다. 이것도, 저것도 모든 게 다 괜찮다. 이렇게 다시,

계절이 시작되고 있다.

지금부터는 우리의 입장

영숙 이모와 배드민턴을 치러 가는 길이었다. 영숙 이모는 돌아가신 이모 박두자 씨의 친구이면서 내 친구 윤서의 어머니이기도 하다. 서시천 공원으로 가면서 전화를 해보니 윤서는 군청 공무원 동기인 선재랑 역전할머니맥주에 이제 막 자리를 잡고 앉았다고 했다. 그냥 둘이 가요, 이모. 나는 그렇게 영숙 이모와 둘이 배드민턴을 치러 갔다. 전화는 영숙 이모와 둘이서 한창 배드민턴을 치던 중에 걸려왔다.

"박두자 씨가 저희 엄마에게 보험금을 남기신 것 같아요."

전화를 받는 내 표정이 의아했는지 영숙 이모가 '무슨?' 하는 표정을 지어 보였다. 그러게, 이런 이야기는 들어본 적이 없어서 나는 말끝을 흐렸다. 하지만 며칠 뒤 보험회사와 통화를 한 후에는 그 모든 게 사실이라는 걸 알게 되었다.

"네, 박, 두, 자요. 아, 생년월일이요? 잠시만요. 주민증 확인 좀요. 우리 이모 생일이 1964년 12월 3일. 네, 돌아가셨어요. 그게, 저희 이모인 박두자 씨가 그 김선화 씨라는 분께 보험금을 남기셨다는 거죠?"

몇 주 후, 나는 보험금 수령인의 아들을 만나러 서울에 가게 되었다. 굳이 그 사람을 만나러 서울까지 가게 된 것은 이모의 마지막과 관련이 있었다. 이모인 박두자 씨는 죽기 직전 정신 질환을 앓았다. 그 때문에 많은 것이 이모의 삶에서 소실되었다. 신기한 건 소실된 그 기억을 복원한 사람은 이모 자신이 아니라는 거다. 장례식장에서 만난 사람들은 저마다 기억으로 이모를 만들어냈다. 그러니 이모의 사라진 삶은 그 죽음을 따라 찾아온 사람들이 꺼내놓은 기억으로 복원되었다. 하지만 이번엔 반대였다. 이모의 삶을 복원하기 위해서는 내가 누군가의 기억을 따라가야만 했다.

내가 사는 곳에서 서울에 가는 기차는 하루에 세 대, 버스는 여섯 대 정도가 전부다. 정말 이모 일이 아니었으면 표를 끊다가 포기했을 것이다. 물론 다른 일상의 문제들도 있다. 나는 생계를 위해 이런저런 일을 한다. 밤에는 이모의 차를 빌려 쿠팡 배달 일을 하고 낮에는 커피나 빵, 분식 등을 전기 자전거로 배달하고 있다. 쿠팡 일이야 내가 받지 않으면 그만이지만 문제는 낮에 하는 일이었다. 읍내의 서와 동을 도보로 30분이면 오갈 수 있는 작은 동네라 대체할 수 있는 사람이 드물었다. 이렇게 보면 확실히 사는 건 버스표를 끊는 것보다 어렵고 복잡하다. 하지만 서울을 떠올리면 마음이 심란한 것 중에 단연 이모가 있었다.

"이모에게 숨겨진 보험금 수령인이 있다고요?"

전화를 받은 날, 사실 내가 하고 싶은 말은 따로 있었다. '이모에게 친구가 있었다고요? 영숙 이모 말고요?'

이모는 이 지역 최초의 여성 연구원으로 은퇴했다. 젊은 시절엔 여대의 학생회장 신분으로 삼팔선을 넘는 바람에 외할머니가 옥바라지까지 했다. 이후엔 고향인 이곳으로 내려와 지역사 연구를 시작했다. 하지만 연구자로 살면서도 이모는 젊은 시절 자신이 학생회장 출신이라는 것을 잊지 않겠다는 듯, 그 의지를 생활 전반을 통해서 보여주던 사람이다. 문제는 한때 대학원에서 연구를 했던 내가 보기에도 '뭐 저렇게까지……' 싶은 것들이 좀 있었다. 가령 평생 유지한 쇼트커트만 해도 그랬다. 이모는 미용실에 가면 항상 파마머리를 한 모델 사진첩을 한참이나 뒤적였다. 옷도 마찬가지였다. 쇼핑을 하면 밝고 화사한 옷을 보다가도 결제는 꼭 검은 옷으로 했다. 카카오톡 프로필은 주디스 버틀러가 '투쟁'을 외치고 있는 사진이었다. 이모가 지향했던 삶이 뭐였는지 잘 알지만 어느 순간부터 나는 이제 그냥 이모가 자신이 원하는 삶을 살았으면 했다. 그래서일까. 여순반란사건부터 부마민주항쟁까지, 여성/여성 노동 생존자 구술 복원이라는 대단한 연구 업적을 남겼다고는 하지만 정작 가족 구성원이라 할 수 있을 조카인 내게 이모의 연구는 그저 생활을 망치는 나쁜 습관처럼 느껴지곤 했다. 이모는 논문 쓰는 기간이면 몹시 예민해져서 온 집 안의 불을 다 켜둔다거나 며칠 동안 과자만 주워 먹다 위경련을 일으키곤 했다. 물론 이모의 삶은 은퇴 후에도 참으로 파란만장했다. 아니, 어딘가 예측 불가능했다. 은퇴 후 이모는 주로 소개팅하는 것으로 시간을 보냈다. 분명 좋은 사람도 한 명쯤은 있었을 텐데, 내 기억에는 없어서 나는 이모가 좀 걱정이었다. 게다가 그 소개팅에는 의아한 점이 많아 보였다. 이모는 딱히 누군가와 연애하려는 눈치가 아니었다. 모 양궁 선수의 쇼트커트에 대해 "그래도 공인인데 논란이 될 만한 일은 하지 말았어야지" 했다던 소개팅남과 이모가 대판 싸우고 온 날, 난 결국 이런 생각이 들기도 했다. 이모는 그냥, 살면서 다들 하는데 자기가 못 해봤던 걸 해보는 건 아닐까? 그나마 다행인 건 이모가 읍내에 오래된 건물을 하나 산 것이었다. 그렇게 되고 보니 결론적으로 내가 이모를 걱정할 처지는 아니었다. 나는 오래된 건물은커녕 이모 소유의 건물 맨 위층에 세를 사는 입장이었기 때문이다. 그래도 이모는 내 인생에 대해 뭐라고 한 적이 전혀 없다.

이모는 서른번째 소개팅을 마치고 오는 빗길에 사고가 났다. 나는 그날 빨강떡볶이와 와와분식 쫄면, 지리산 보리빵을 배달했다. 국물이 조금 넘치긴 했지만 별 탈이 없었다. 내가 며칠을 배달해야 벌 수 있는 돈을 들여가며 택시를 타고 달려갔을 때, 병원에선 다행히 이모의 수술이 성공적으로 끝났다고 했다. 죽음 앞에 성공이라는 말을 붙인 것에 조금 덜컥하긴 했지만 그래도 좋은 게 좋은 거라고 나는 그저 안도하고 기뻐했다. 하지만 지나고 보니 그 시간은 그저 병이 제 몸을 불리고 있던 어떤 순간들에 불과했던 것 같기도 하다.

"내가 보이세요?"

이모가 저 말을 처음 했던 순간을 기억한다. 그 순간엔 이모가 나를 놀리려 한다고 생각했다. 그것도 어린 시절 나를 혼내던 방법을 가지고 와서 말이다. 그렇게 생각한 데는 물론 다 이유가 있었다. 내가 네 살 무렵부터 이모는 나를 맡아 키웠다. 엄마가 사고로 죽고 중동에 있던 아빠가 현지에서 재혼하면서부터였다.

"그래도 형부 좋은 사람이야. 친자포기각서도 선선히 써주셨어. 그 권력 포기 못 해서 옴짝달싹 못하게 하는 게 한국 법인데 말이야."

여성 노동자들의 삶을 연구해온 이모답게 이모는 공장 지대에서 주민등록이 말소된 여성들을 참 많이 봐왔다고 했다. 그들 중 일부는 가정 폭력에서 벗어나기 위해 스스로 주민등록을 말소한 사람도 있었다. 얼마 전까지만 해도 한국에서는 친자이기만 하면 모부가 자식의 주민등록등본을 열람할 수도 있어서 직장까지 찾아와 돈 달라 행패인 경우가 많았다고 하니까. 이모의 그런 말 덕분인지, 아니면 친자포기각서를 써주고도 생활비며 선물이며 편지까지 보내주는 아빠 덕분인지 나는 아빠도 엄마도 원망하지 않고 그리움만 조금 품은 채 자랄 수 있었다. 다만 어릴 때부터 몸이 아파도 이모에게 알리지 않고 혼자 끙끙 앓는 아이가 되었다. 내가 징징대면 이모가 나를 떠나버릴까 봐 무서웠던 것 같다. 하지만 그것을 알 턱이 없던 이모는 "너, 내가 어디 보이기나 하냐?"며 섭섭해하곤 했다. 그러면서도 나를 업고 응급실까지 몇 번이고 뛰어갔다. 그런 기억 탓이었을까, 아니면 애써 아니라고 믿고 싶었던 걸까. 이모의 증상을 가볍게 여긴 후 며칠이 지나지 않아서였다. 나는 어린 시절처럼 경사에서 미끄러지고도 말을 하지 않았다.

"그게 이모, 이건 크게 다친 게 아니라서."

괜히 무언가 눈치를 보던 내가 먼저 이실직고를 위해 입을 열었을 때였다.

"하지만 나는 이미 죽은 사람입니다. 인간이 아니라 영혼이에요."

이건 또 무슨 드라마에 나온 대사인 걸까. 연구자라고 하면 책만 읽을 것 같지만 이모의 최대 오락은 드라마 시청이었다. 물론 동료와 후배 들 앞에선 벤야민이니 바우만이니 버틀러니, 책만 읽고 사는 사람처럼 굴었지만 말이다. 하지만 이모의 자칭 영혼론은 그날이 마지막이 아니었다. 계속되는 영혼론에 지친 나는 결국 이모를 병원에 데리고 갈 결심을 했다. 이모가 생전의 마지막 장소가 기억나지 않는다고 하기에 이건 기회다 싶었다. 나는 이모의 수술을 맡았던 의사에게 어떤 실마리라도 듣고 싶었다.

"그게…… 박두자 님의 경우가 흔한 일은 절대 아닙니다만, 코타르 증후군으로 예상됩니다."

"네? 무슨, 무슨 증후군이요?"

"쥘스 코타르라는 사람이 발견해서 그렇게 이름 붙여진 아주 희귀 질병인데요. 주로 외상 후 스트레스 장애로 나타난다는 사례가 있습니다. 한국의 경우엔 성범죄를 당한 사람들에게서 나타난 사례가 있고. 외국의 경우로 넓혀보면 주로 큰 사고를 당했다든지, 깊은 절망감에 빠질 만한 충격이랄지, 그런 이유로요. 하지만 사실 굉장히 희귀한 질병이다 보니 정확한 원인은 아직 모릅니다."

"하지만 우리 이모가 무슨. 평생 온갖 까칠은 다 부리고 사신 양반인데. 아니, 선생님, 그러면 그 코타르, 코타르 증후군의 증상은 그러면."

"글쎄요, 가족이라도 알지 못하는, 당사자만이 아는 슬픔도 있는 거니까요. 이 질환의 증상은 본인이 죽었다고 생각하는 겁니다. 영혼이라고 생각하는 거죠. 어떤 이들은 이미 자신의 장기가 사라졌다고 느끼기도 합니다."

당사자만이 아는 슬픔,이라는 말에 나는 순간 입을 다물었다. 연구자 시절 많이 들었던 말이었지만…… 그걸 실생활에서 들으니 역시나 낯설었다. 자신이 이 세상에 없는 존재라고 확신하는 병이라니. 그로부터 이모가 요양 병원에 들어가기까지 1년여를 나는 자신을 영혼이라고 주장하는 죽은 이모와 함께 살았다. 자칭 영혼, 죽은 이모. 아니, 죽었지만 산 이모. 어느 쪽이 진짜인지는 모르겠다. 다만 이모는 그제야 자신의 '생전 이야기'를 시작했다.

"나, 생전에 말이에요."

처음 몇 번은 이 말에 곧바로 반응하기가 어렵기도 했었다. 그래서 멍한 표정을 짓다가 마치 살아 계신 분 같아서 깜박했다고, 아니 그것도 아니고 여튼 죄송하다고 사과하기도 했다. 그러면 박두자, 우리 이모는 천연덕스럽게 이런 말을 늘어놓았다.

"죽은 사람도 가끔은 기억에 남잖아요. 한 번에 사라지는 게 아니라. 저기, 그나저나 말이에요. 이런 걸 뭐라고 하면 좋을까요. 그런 걸 아름답다고 해야 하나?"

"응? 이모? 아, 아니. 박, 박두자 씨. 그런데 뭐가요?"

"나 그 백화점 지하 1층에서 일할 때, 건너편 백화점 1층에서 일하던 그 언니요."

"그 언니? 그분? 무슨 매장이요?"

이모가 한창 학생운동 하던 시기에 위장 취업을 했다는 이야기를 얼핏 들은 적이 있었다. 영숙 이모로부터였다. 그때는 그게 학생운동을 하는 사람들의 의무 같은 것이기도 했다나. 그러나 문학 연구를 주로 했던 나에게 그런 이야기는 그저 낯설기만 했다. 1980년대도 아니고 1990년대에, 그것도 공장도 아닌 백화점에 위장 취업이라니.

"나, 이제 죽었으니까 다 말할래요. 내가 거기서 일하면서 정말 많이 울었거든요."

"울어요?"

"네. 나 조금 웃기죠? 사실 거기 당장 나와도 먹고살 수 있었는데 나, 그때 위장 취업했거든요. 물론 그때는 정말 대의를 위해서였지만요. 근데 그때 알았어요. 내가 얼마나 나약한, 책에 있는 지식만 있던 사람인지."

"왜요?"

"난 거기서 지하 1층 담당이었거든요. 지하 1층 화장실요. 맨날 지하에 있으니까 우리끼리 지하 1층을 귀신 소굴이라고 불렀어요. 청소하는 애들은 정문으로 못 다녔거든요. 밥도 백화점 식당에서는 못 먹게 하고요."

"그럼, 그 언니라는 분도 같이 일했어요?"

"아뇨, 그 언니는 건너 그 백화점요. 강남에서 제일 큰 백화점이었는데, 거기가."

나는 잠시 멍한 기분이 되었다가 이내 어린 시절로 돌아갔다. 그때 이모와 내가 서울에서 살던 곳은 강남이었다. 어리니까 이모가 뭘 하고 다니는지는 전혀 모르던 시절. 강남이라고 하면 사람들은 아파트 단지를 떠올릴 것이다. 하지만 우리는 그냥 주택에 살았다. 엄마와 이모가 서울에 올라와 처음 자리를 잡은 곳이 강남이었고 그때의 강남이라면 지금하곤 사뭇 달랐다. 법원 앞에 비닐하우스에서 집 없는 사람들이 살던 때였다. 강남은 그냥 지방에서 올라온 못사는 사람들이 몰려 있던 동네였다. 갑자기 불이 나서 모두가 죽거나 쫓겨나기 전까지. 그러니까 아파트가 있는 그 자리에서 누가 죽고 누가 쫓겨났는지는 모를 일이다. 그 이후부터 지금까지 강남은 정말 평생 모를 동네가 되었다. 확실한 것 하나는, 아마 지금이라면 강남 언저리도 못 갔으리라는 것이다. 역시 나와 이모 같은 사람들은 그때도 참 여러모로 애매했던 거다. 그런데 그 백화점이 무너졌을 때라면, 이모가 말없이 오래 신문을 쥐고 있던 때가 있었다. 그 신문에 씌어진 글자들도 기억에 있다. 돈 많은 여자들이 좋아하던 강남 최대의 백화점,이라는 글자를 마주하던 이모의 얼굴엔 핏기라곤 없어 보였다. 한참 만에야 이모는 아주 작은 목소리로, "백화점에 얼마나 많은 여자가 있는데, 얼마나 많은 사람이 있는데. 파는 사람도 있고 청소하는 사람도 많은데" 이렇게 중얼거렸다. 하지만 그날 이후 이모가 그 사건에 대해 말했는지는 기억나지 않는다. 가끔 그날 말이 떠올라도 그저 연구자인 이모가 할 법한 이야기 정도로 생각했을 것이다. 그리고 심지어 나는 연구자라는 이름으로 아직 논문을 쓰던 시기, 그 백화점에 관련한 소설로 글을 쓰기도 했다. 아직 젊은 여성 작가인 데다가 그 작가의 소설이 당시엔 흔치 않게 드라마화되면서 공연히 소설까지 공격을 받기도 했다. '돈 좋아하는 여자들이 돈 쓰는 소설'이라는 이상한 공격까지 난무하던 시절. 나는 그 작가가 이 백화점에 대해 쓴 소설로 논문을 쓴 것이다. 그런데 그때의 나는 왜 어린 시절의 기억을 떠올리지 못했던 걸까. 그저 논문일 뿐이라고 생각했던 건가. 게다가 전문가의 의견이라면 더 들어야 하는 거 아닌가, 하겠지만 이런 아이러니는 인생 전반에 참으로 많다. 결국 삶의 마지막까지도 살아 있는 이모가 아닌 죽은 이모의 말을 더 경청하게 된 셈이니까.

"저, 그럼 이모는 아니, 그러니까 뭐라고 제가 호칭을 불러드려야 할지 몰라서요. 이름을 기억 못 하신다고 하시니까."

"하나 지어주세요."

"네?"

"성함이 김강, 씨라고 했죠? 멋지네요. 저도 이름 하나 지어주세요."

의사가 말하길 코타르 증후군은 인지 장애의 한 증상일 수도 있다고 했다. 당장은 아니더라도 훗날 치매로 발전할 가능성이 있는 병이라고도 했다. 하지만 확실히 또 치매는 아니어서 기억의 어떤 부분만 기이할 뿐이지 흔히 생각하는 치매의 증상을 보이진 않았다. 내가 이모의 다정한 모습을 의아해하자 의사는, 심지어 치매라는 것도 사람에 따라서는 흐트러진 모습이 아닌, 다정하고 단정한 모습으로 나타날 수 있다고 했다. "과거의 억압 기제가 분출되는 방향으로 가는 것이죠." 치매인지 정말 코타르 증후군인지는 모르겠지만, 이모는 생전의 일은 전부 잊은 사람처럼 아주 친절한 모습이었다. 아니, 이모 진짜의 모습을 죽어서야 드러낸 것인지도 몰랐다. 그렇게 이모의 기억 속에 남은 생전의 사람은 그 언니 한 명이었다. 그런 이모의 모습을 보고 있으면 한편으로는 섭섭하기도 했고 또 어떤 면에서는 애틋하기도 했지만, 그러나 역시 삶은 기억만으로 이뤄지는 건 또 아니다. 비록 이모의 마음에서 이모는 죽었겠지만, 현실에서 이모는 진짜 죽은 것이 아니니까. 그렇기에 이모에겐 기억뿐 아니라 이름도 필요했다.

"저, 자영이 어떠세요?"

사실 '자영이'는 '자칭 영혼'의 줄임말이었다. 나는 다시 한 번 얼결에 스스로 자, 꽃부리 영을 쓰는 이름이라고 대답했고, 그러자 이모는 "어머나, 스스로 꽃이 된 사람이라니요. 그것도 제가"라고 말끝까지 흐리며 좋아했다. 이모의 그 감격은 거짓이 아니었다. 그러니까 그때부터였다. 생전의 박두자 이모, 사후의 자영 씨는 나에게 더욱 많은 이야기를 들려주기 시작했다. 가령, 이런 거였다.

길 건너에 아이스크림 할인 매장이 생겨 투게더 하프를 사온 날이었을 것이다. 나는 자영 씨에게 투게더를 한 숟갈 떠서 그릇에 담아주었다. 곰곰이 생각하다 투게더 위에 내가 마시려던 에스프레소도 좀 부어보았다. 자신이 죽은 사람이라고 주장하는 이모를 데리고 카페나 그럴듯한 디저트 가게를 가긴 좀 힘든 시기였는데 내 기억 속 이모는 워낙 취향이 확고한 사람이었다. 나는 최대한 이모의 취향에 좀 맞추고 싶었다. 아이스크림과 에스프레소를 넉넉하게 넣어서인지 파는 아포가토에 뒤지지 않는 맛이 되었는데 이모는 정작 다른 것에 반색했다.

"이거 보니까 다방에서 먹던 아이스크림이 떠오르네요, 김강 씨. 예전 다방에서요."

어라, 1990년대 초에도 아포가토를 팔았나, 싶었는데 자영 씨의 생전 이야기를 조금 더 들어보니 사정은 이러했다. 1990년대 초, 강남에 이제 막 다방이 아닌 카페가 하나둘 생기기 시작하던 무렵이었다. 하루는 퇴근길에 그 언니라는 사람이 이모에게 꼭 같이 갈 곳이 있다면서 목적지도 말해주지 않고 앞장섰다. 그날은 이모가 담당자에게 호되게 꾸중을 들은 날이기도 했다. 지하 1층 화장실 청소 노동자들은 백화점 정문으로도 나서면 안 되고 1층 화장실도 쓰면 안 되는데 이모가 너무 급해서 1층 화장실을 쓴 게 화근이었다. 화장실에서 나오던 이모는 매니저와 마주쳤다. "니네는 여기서 귀신이야, 알아? 어디 인간이 쓰는 화장실을 가?" 그런데 참 신기한 일이었다. 평소의 이모라면 부당함을 따졌을 텐데 그날은 저절로 고개가 숙어졌다. 그 기묘한 가스라이팅에 이모의 마음이 죽어가고 있었던 거다. 그래서 그날, 그 언니라는 사람이 자신이 일하던 백화점 5층 카페에 이모를 데려간 날, 이모는 차고 단 아이스크림을 먹는 순간 왜인지 눈물이 차올랐다고 한다. 이모가 울었다니, 나는 가까스로 나의 합리적 의심을 숨기고 이유를 물었는데, 듣다 보니 나마저도 조금 울적해지는 거였다. 그러니까 그날, 이모는 바닐라 아이스크림을 너무 오랜만에 먹었고 정말이지 너무나 맛있어서, 자신은 이런 거 안 먹고는 못 살 것 같은데 그러면 변절자라는 욕을 먹을 것 같았다는 거다. 그러면 자신의 친구들이 모두 자신을 두고 가버릴 것 같았단다. 그냥, 그 모든 게 다 너무 어려운 것 같아서 울음이 터졌던 거다.

"이미 마음으로는 나 그만두고 싶었던 것 같아요. 위선이었죠, 사실. 내가 그 사람들의 마음을, 처지를 다 이해한다는 게. 근데 그냥 그걸 인정 안 하고 싶었던 것 같아요. 윤리 때문도 아니고 도덕 때문도 아니고 변절자라는 말 듣는 게 무서웠을 거예요."

그런 이모의 마음을 알 리가 없는 그 언니는 가만 그런 이모의 눈물을 보다가 손수건을 꺼내어 건네며 말했다.

"네 속내를 내보이는 거, 그거 정말 어려운 일인데 이렇게 내 앞에서 솔직하게 울어줘서 고마워."

이렇게 말하는 그 언니를 보며 우리의 자영 씨, 그러니까 이모는 더욱더 대성통곡을 했다. 어떻게 보면 사람은 자신을 웃게 해주는 사람보다 울게 해주는 사람을 더 기다리는 것인지도 몰랐다. 나이가 들면 들수록 누군가 앞에서 운다는 건 쉬운 일이 아니니까. 그런데 그 눈물은 다른 효과도 함께 가져왔다. 이모의 통곡에 그만 그 언니가 커피를 건네다가 아이스크림 그릇에 쏟고 말았던 것이다. 동그란 바닐라 아이스크림이 커피에 동동 떠다니는 걸 보면서 이모는 눈물이 뚝 멈췄고 대신 웃음이 터졌다고 했다. 그리고 그런 이모를 보면서 그 언니도 웃음을 터뜨렸다고. 잘 웃지 않는 언니였는데,

하며 미소 짓는 자영 씨를 보니 나마저도 웃음이 나왔고 그래서 어느 날은 내가 자영 씨에게 먼저 물었다. 자영 씨는 그 언니 만나면 어떤 게 좋았는지 말이다.

"바로 이런 거요."

"네?"

"지금처럼, 내 이름 불러주는 거요. 사실 그때, 사람들이 서로 다 매장 이름으로 부르고 그랬어요. 나는 지하 1층 화장실이었으니까 그냥 지하 1층. 그런 곳에서 그 언니만 이름을 불러준 기억이 있네요. 안타깝게도 그 언니가 불러준 이름은 지금 기억이 없지만."

"네? 아니 아무리 그래도 왜 사람을 그렇게 불러요. 노조도 없었어요?"

나는 말을 해놓고 머쓱했다. 시시티브이는 있을 리가 없었고, 노조도 과연 있었을까. 나는 대학원 중간에 뛰쳐나와 잠시 회사를 다녔던 시절을 떠올렸다. 이모는 나를 대학원까지 보내줬고 꽤 그럴듯한 논문도 몇 편 쓰긴 했다. 우여곡절 끝에 박사를 마쳤으니까. 하지만 중간에 사달이 난 적이 한 번 있었다. 사람들은 내가 단지 휴학을 길게 했다고 생각하지만 그게 아니었다. 주로 1990년대 여성 작가들에 대한 논문을 쓰다 보니 번번이 이상한 시비에 휘말렸는데, 따지고 보면 소설 내용에 기반한 논문에 대한 것들이 아니었다. 기이하게 자꾸만 작가론으로 들어가던 사람들이 있었다. 그런 분위기에 질린 탓에 박사 3학기쯤, 나는 중간에 갑자기 학교를 뛰쳐나와 다시 돌아가지 않을 요량으로 홍보회사에 취직했다. 외적으로는 젊은 회사 이미지였지만 내적으로는 사내 왕따도 있고 위계가 분명한 곳이기도 했다. 노조는 대표가 관리하고 있었다. 친구들에게 이런 이야기를 하면 모두 너무나 흔한 일이라는 듯 길게 진행되지도 않고 자연스레 다른 이야기로 옮겨가곤 했다. 백화점도 마찬가지였을 것이다. 거긴 사는 사람뿐 아니라 파는 사람도 있다. 하지만 잘 생각해보니 사는 사람 이야기는 많이 보고 들었어도, 그곳에서 일하는 사람들에 관한 이야기는 들어본 적이 없었다.

"저, 자영 씨, 혹시 그럼 그 언니는 뭐라고 불렀어요? 그 언니 이름은 기억나요?"

자영 씨는 고개를 저었다. 그 언니 이름도 기억에서 사라진 걸까. 이모의 소실된 기억을 걱정하는 나에게 자영 씨는 불쑥, 그 이름을 말하면 안 될 것 같다고 했다.

"왜요? 그 언니 이름 말하면 안 되는 이유라도 있어요?"

"그냥. 저기, 강이 씨. 대신 다른 거 말하면 안 되나요?"

"다른, 다른 거 어떤 거요?"

"그냥, 내가 좋아했던 꽃 이름 같은 거. 나 수선화 좋아했거든요. 선화."

나는 그때 이모가, 아니 자영 씨가 꺼냈던 뜬금없는 꽃 이야기에 고개를 갸웃했다. 일단 이모가 꽃을 좋아했나 싶어서였다. 흔한 화병 하나도 없는 곳이 나와 이모가 살던 집이었다. 이모는 모든 여성스러움을 거부하던 사람이었다. 이모가 지나간 자리마다 투쟁이라는 글자가 하울링처럼 들리는 것 같기도 했다. 그런 사람이 웬 꽃? 게다가 좋아하는 사람 이야기하랬더니 꽃은 왜. 하지만 돌이켜보니 이모가 그날 시작했던 건 확실히 생전의 '사랑 이야기'였던 거다. 선화 씨에 대한 사랑 이야기. 소개팅 이야기도 아니고 학생운동 후일담도 아니고, 지식인 여성의 자아 성찰도 아닌 그저 사랑 이야기.

"그럼 자영 씨는, 그 언니를……"

"내가, 좋아했어요."

수선화를 좋아했다는 전생 이모 사후 자영 씨의 표정은 그 어느 때보다 진지했다. 그래서 차마 나는 더 묻지 못했는지도 모르겠다. 그것이 모두 진실일까 봐.

"이모, 아니 자영 씨. 나도 내 사랑 이야기해줄까?"

나는 어느 날 거실에서 생전 이야기를 하다 잠이 든 이모의 등에 대고 그렇게 중얼거렸다. 자영 씨가 된 이모는 잠을 정말 잘 잤다. 살아서는 밤에 주로 논문을 쓰며 스트레스에 시달리다 보니 불면증이 지독하던 사람이었다. 사람들은 이모의 구술 채록과 논문을 보며, 이모가 정말 좋은 일 한다고들 했지만 내가 본 이모의 삶은 그 좋은 일만큼 좋지는 못했다. 이모가 만난 여성 생존자들은 대부분 무수한 폭력에 노출된 분들이었다. 이모는 그들의 증언을 들으면서 분노와 체념과 억울함에 몸서리쳤고 그걸 정리할 때면 식사를 하지 못할 만큼 고통스러워했다. 내가 이모의 논문을 읽지 않은 건 사실 그 이유도 있었다. 나는 이모가 타인들의 이야기를 이제 그만 들어주길 바랐다. 물론 그것이 이모만의 투쟁 방식이라는 것도 알았지만 내가 보기에 세상은 끄떡도 없는 것 같았다. 나에게는 이모가 더 소중했다. 그런데 이모의 불면증은 예상외로 쉽게 고쳐졌다. 병원에서 처방해준 약에 든 수면제와 생전 말하지 못한 사랑 고백은 평생 잠들지 못했던 이모의 사후를 편안하게 해주었던 것이다. 그리고 그런 이모를 보니, 나도 자꾸만 이모에게 내 사랑 이야기를 하고 싶어졌다. 나도 편해지고 싶었던 걸까. 그건 잘 모르겠다. 다만, 그 이야기를 꺼내려고 하면 이렇게 말하던 그 얼굴과 말이 떠올랐다.

"김강, 네가 사랑이 어딨어? 아무것도 못 느끼는 네가?"

5년 전, 내가 사랑했던 사람이 나를 부정하던 그 말들. 하지만 마지막까지 나는 이모에게 내가 무성애자였음을 고백하지 못했다. 내 이야기를 이모에게 했다면, 나도 조금은 덜 외로웠을까. 물론 이 생각도 이모가 죽고 난 후에야 했다. 산 사람보다 죽은 사람을 더 믿고 내 이야기를 하려고 했다니, 사람이 죽은 후에야 선명해진 건 나와 이모의 관계뿐만이 아니었다. 나 또한 그렇게 이모가 죽고 난 후에야 기억 하나를 선명하게 건져 올릴 수 있었다.

그렇게, 기억이 났다.

김선화라면.

전화로 들을 때 낯익다 싶으면서도 흔한 이름이라 그러려니 했는데 막상 보험사에서 팩스로 보내준 문서를 받아서 보니 그 이름이 눈에 잘 들어왔다. 김선화. 이모가 분명하게 발음하던 수선화, 아니, 선화. 단지 이름을 문서로 확인한 것뿐인데도 나는 손이 떨려왔다.

그렇게 전화를 받은 날, 나와 영숙 이모는 배드민턴을 접고 역전할머니맥주로 달려갔다. 서시천에서 별로 멀지 않은 명지아파트 근처였기에 가능했다. 그리고는 윤서와 선재랑 약속이나 한 듯 그 자리에 합석했다. 윤서는 자연스럽게 벨을 눌러 생맥주 두 잔을 추가했다.

"그러니까, 김선화라는 사람을 너는 모른다는 거지?"

"어, 영숙 이모, 그니까 윤서 너희 엄마도 모르시고 나도 몰라. 두자 씨는 알 텐데 정말 죽었어, 이제."

"이런 경우 너한테 권리가 있나?"

"입양 안 해서 나 법적으로는 그냥 조카야. 그리고 그 돈이야 이모 돈인데 내가 뭐 굳이. 야, 근데 선재 너나 윤서 쟤나 군청 총무과 다니면 이런 거 좀 잘 알지 않냐?"

"우리 변호사 아니고요, 국가직 7급 공무원 시험 본 사람들입니다. 맞다. 강이 너 저번에 대학원 동기 중에 연구하면서 부업으로 타로 본다는 사람 이야기하지 않았어? 친분 있으면 더 말하기 편하잖아. 아닌가, 거리감 있어야 좋나?"

"어, 맞아, 있어. 선재야, 근데 그 애는 전생만 본대. 죽은 사람의 전생."

"어라, 특이하네. 그나저나 그럼 더 자영 씨랑, 아니, 니네 이모랑 찰떡 아닌가. 전생을 궁금해하다가 돌아가신 거잖아."

나와 윤서와 선재의 이야기는 거기까지였다. 그때까지 묵묵히 맥주를 마시던 영숙 이모가 갑자기 맥주잔을 탁 소리 나게 놓았다. 영숙 이모는 조금은 단호한 표정으로 그렇게 말했다.

"내가 법하고 신은 좀 모르지만 두자 마음은 알겠어. 그냥 김선화 씨가 주인이야."

그래도 이모가 죽을 때까지 함께 산 건 김강이라고 말하는 윤서와 선재의 타박에도 꿋꿋한 표정의 영숙 이모를 보면서 나는 조금 웃었던 것 같다. 그런데 난 영숙 이모 말이 일리가 있다고 느꼈다. 이런 말 하면 안 믿을지 모르겠지만 나는 보험금에 별 관심이 없었다. 배달 일로 생계는 어떻게든 꾸릴 수 있고 이모가 남겨준 낡은 건물이 생기면서 갑자기 이 작은 읍의 유지가 된 기분도 느꼈으니까. 그러니 이유는 정말 다른 거였다.

이모가 사랑했던 사람이 있다는 것.

그래서 더욱, 연락해 온 김선화 씨의 아들을 만나야겠다는 생각이 들었다. 일단 그 정도만 생각하기로 했다.

서울 가는 날, 버스 터미널 주위는 온통 조팝나무 천지였다. 조팝과 이팝을 헷갈리던 나는 일전에 국립수목원 트위터 계정으로 문의를 한 적이 있었다. 그날은 배달이 많았던 날이라 낮 동안에는 잊고 있다가 저녁이 되어 집에 돌아와서야 답이 온 걸 알았다. 기뻤다. 이유는 하나였다. 내가 분명히 여기 있기에 누군가로부터 답장을 받은 것 같아서였다. 그 뒤 조팝나무가 더 좋아졌다. 절대 헷갈리지도 않았다.

"어? 어디 가세요?"

한창 조팝나무를 보느라 고개를 젖힌 자세로 두리번거릴 때였다. 지난겨울 읍사무소 뒷길에 이사 온 강오 씨였다. 이사 온 날 상설 시장 근처 지리산 떡집에서 주문한 호박설기를 이웃집 대문에 하나씩 걸어뒀다던 강오 씨. 비닐봉지 속엔 고운 글씨로 '잘 부탁드립니다. 살러 왔습니다' 하고 적혀 있었다고 한다. 강오 씨는 또 다른 청년과 함께 살고 있었다. 나는 두 사람이 추운 겨울날, 같은 장갑을 낀 손을 맞잡고 있거나 붕어빵을 사기 위해 서로의 어깨에 기대 줄을 서는 게 좋아 보였다. 하지만 한편으로는, 사람들이 뭐라고 할까 봐 혼자 걱정했다. 물론 내 걱정이 무색하게도, 그들이 사는 골목의 할머니들은 그저, "아이고, 말끔한 청년들이 다 왔네" 하는 게 전부였다. 그러고 보니 할머니들은 옆집에 어떤 아주머니가 홀로 이사를 왔을 때도, 내가 이 동네에 살러 왔을 때도 비슷한 반응이었다. 무조건 추임새는 "아이고, 청년들이 오니까 아주 길이 젊어" 이거였다.

"아, 강오 씨였구나. 저 잠시 서울 좀 다녀오려고요."

"저는 조팝나무 보고 계시길래 그냥 산책하시는 줄 알고요."

"제가 짐이 좀 없죠? 어, 그런데 오늘 다른 한 분은……"

"명선이요? 사실 오늘 저 일하는 식당에 제 친구들 내려오는데 그거 준비하려고 먼저 식당 가 있어요. 강이 씨 초대하려고 했었는데."

"맞다. 애인분 성함이 명선 씨라고 했죠. 저 진짜 편견 있나 봐요. 명선이, 하면 왜 자꾸 여자 이름이라고만 생각하는지요."

"그럴 수 있죠, 뭐. 저도 강이 씨 이름 처음 들었을 때 어라, 남자 이름이다, 이렇게 생각했는데요?"

"그런가요? 하긴, 김강. 어릴 때 놀림 많이 받았는데. 참, 근데 내려오신다는 분들은, 서울에 그 시인 친구들이요? 오늘도 낭독회 같은 거 해요?"

"아뇨, 이번엔 결혼식."

"결혼식이요?"

결혼식이라는데 바로 축하해요! 하지 않고 되묻는 사람이라니.

"네, 신부만 셋인 결혼식이에요."

내 표정이 의아했는지 강오 씨는 "일단 와보시면 알아요, 꼭 오세요"라고, 짧게 깎은 뒷머리를 한번 쓱 매만지며 웃어 보였다. 그러고 보니 나도 대학 다닐 때 쇼트커트를 한 적이 있었다. 이유는 그냥 시원할 것 같아서. 하지만 이내, 여자가 쇼트커트를 하면 오해받는다? 하던 남자 선배들, 술자리 얼굴들이 떠올랐다. 생각에 잠겨 있던 나는, 사진 하나 찍어서 바로 드릴게요! 하는 강오 씨의 목소리에 퍼뜩 고개를 들었다. 강오 씨가 오래된 모델의 폴라로이드 사진기를 흔들어 보였다.

"강이 씨, 저 여기 와서는 사람 사진도 많이 찍게 되네요. 엊그제는 저기 읍사무소 근처서 대사리 수제비 먹고 정자에서 명선이랑 같이 커플 사진도 찍고요."

이곳에 내려온 후에야 애인인 명선 씨랑 사진을 찍는다는 강오 씨. 이제는 명선 씨에게 부탁해서 자기 사진도 좀 찍기 시작했단다. 나는 강오 씨가 준 사진을 가만히 들어보았다. 흐릿했던 폴라로이드 사진 속에서 나와 조팝나무가 살아나고 있었다.

"강이 씨, 혹시 너무 늦으시면 저희 인스타로 라방 할 수도 있거든요? 라방이라도 꼭!"

인스타그램으로 생중계되는 결혼식이라, 어쩐지 좀 멋있는데? 나의 결혼에 대한 기억은 별로였지만, 다른 사람들의 결혼은 즐거웠으면 좋겠다 싶었다. 서울에 가는 길이라 더 그런 생각이 들었는지도 모르겠다. 이모의 일도 나를 심란하게 했지만, 역시나 서울을 떠나온 사람답게 서울 그 자체가 달갑지 않기도 했다. 아니, 서울이 아니라 서울의 어떤 기억이라 해야 맞을 것이다. 바로 나의 결혼에 대한 기억, 아니 결혼 상대자에 대한 기억.

"그거, 불감증 아니야?"

5년 전, 나는 결혼식장까지 잡아두었던 애인에게 이별 통보를 받았다. 무성애라는 걸 아무리 설명해도 애인은 받아들이지 못했다. 그저 딴 남자가 있어서 그런 거라고 그는 말하곤 했다. 하지만 정말 그게 아니었다. 실은 나조차 자각하지 못했기에 말하지 못한 것뿐이었다. 처음엔 내 말이 갑작스러울 거라 생각해서 설득하려고 노력했다. 하지만 불감증으로 병원을 예약했다는 걸 안 그날, 나는 분명하게 고개를 저어야만 했다.

"김강. 그걸 못 하는 사람이 어딨어? 섹스 욕망이 없는 게 사랑이야? 친구랑 뭐가 달라?"

섹스에 대한 욕망이 없을 뿐 나는 어떤 날엔 그가 앉았다 일어난 자리에 느껴지는 온기조차도 애틋할 만큼 그를 사랑했다. 그래서 이별 직후 나는 조금 많이 울었다. 하지만 일상은 일상대로 움직여야 했으니, 그날도 마음을 겨우 추슬러 평소처럼 지하철을 탔다. 처음엔 누군가 그저 쇼핑백 같은 것으로 내 엉덩이를 치고 간다고 생각했는데, 그게 뭐랄까, 지속적이고 반복적이었다. 곁눈질로 본 늦은 시간 지하철엔 사람이 거의 없었다. 그나마 있는 사람도 꾸벅꾸벅 조는 이들이 전부였다. 막상 그런 상황이 오자 소리조차 지를 수가 없었다. 그런데 왜였을까. 그 순간 헤어진 애인의 그 음성이 떠다녔다. "불감증과 무성애는 완전히 다른 거야. 무성애는 질병 같은 게 아니야." 내 말을 못 들은 척하며 내 몸을 더듬던 애인의 얼굴이 떠올랐다. "너 어차피 못 느낀다며. 너 같은 인간이 어딨어?" 갑자기 호흡이 가빠졌고 누군가 내 목을 조르는 것처럼 답답했다.

정신을 차려보니 응급실이었다. 응급실에서는 다행히 다친 곳이 없다며 퇴원 수속을 해주었지만 문제는 그날 이후였다. 다음 날 여느 때처럼 지하철역으로 향한 나는 입구 계단에서 한동안 물끄러미 아래를 바라보며 서 있었다. 평소라면 시간을 아끼기 위해 종종걸음으로 내려갔을 터였다. 그때 누군가의 가방이 가만히 서 있던 내 몸을 툭 밀치며 지나쳤다. 또 다른 누군가의 팔이 내 팔을 훑고 지나쳤다. "아가씨, 분명히 아가씨 몸을 만진 게 맞아요?" "좀 예민하신 편 아니에요? 지하철에 사람이 얼마나 많은데 그걸 장담해요?" 이후 찾아간 경찰서에서는 그런 대답을 들었다. 무성애 관련해서 상담을 받은 정신과 기록이 예민함을 입증하는 증거가 된다는 건 그때 처음 알았다. 차라리 그냥 모르는 척 살았다면 나는 예민한 사람이 되지 않았던 걸까. 나는 지하철역 입구에서 서서히 뒷걸음질 쳤다. 그 뒤 나는 지하철을 탈 수가 없었다. 차도 없는 내가 대중교통을 이용하지 못하게 되면서 나는 우선 일을 할 수 없는 인간이 되었다. 돈을 벌 수 없는 인간이라는 건 사회에서 그다지 소중하지 않은 것처럼 보였다. 종일, 그렇게 아무도 말도 하지 않은 채, 어디도 갈 수 없게 되자 내게 서울은 한없이 좁아졌다. 그때, 전화를 걸어온 이모는 아무것도 묻지 않고 이렇게 말했다.

"김강. 일단 살고 보자, 이것아."

그런데, 이모. 정작 그런 이모는 죽어서야 말하는 건 또 뭐야? 나를 살리겠다고 불러놓고 본인은 죽다니. 거기까지 생각했을 때, 버스는 출발했고 멍하니 창밖을 바라보던 나는 이모와 했던 이야기가 문득 떠올랐다. 이모가 자영 씨가 된 지 두 달 남짓이었을 때다. 그날 자영 씨는 가수 경연 방송인 〈미스터트롯〉에 투표하는 법을 배우고 있었다.

"자영 씨, 그냥 마음을 보내세요. 사랑은 눈에 보이지 않아도 다 존재하는 거예요."

나의 점잖은 충고에도 이모의 사랑론은 좀 투철했다. 자고로 최애라고 말하려면 주머니에 돈을 꽂아줘야 한다는 거였다. 누가 데이트 때마다 아저씨들 레스토랑에만 데리고 간 사람 아니랄까 봐. 내 속을 아는지 모르는지 모니터에 뜬 투표 결과를 유심히 보던 이모가 무언가 생각난 사람처럼 내 옆에 쪼그리고 앉았다.

"저기, 부탁 하나만 해도 될까요? 산 사람 부탁은 어려워도 죽은 사람 부탁 들어주는 건 괜찮겠지, 싶어서 그래요."

"자영 씨, 〈미스터트롯〉 말고 또 뭐 필요한 거 있어요?"

"필요한 것은 없지만 그 언니가 다녔던 그 백화점 말이에요. 거기 이제 어떻게 됐는지 인터넷으로 좀 봐주면 안 돼요?"

그 백화점이 왜 보고 싶은 걸까 싶으면서도 구글에서 백화점이 있던 자리를 찾았다. 하지만 당연하게도 그 백화점에 대한 건 볼 수가 없었다. 위령비도 양재시민공원으로 옮겨진 후였다.

"하나도 모르겠네요. 거기 그 자리에 그 백화점이 있었는지도 이제는 모르겠어."

그날, 이모가 너무나 실망한 표정이어서 그랬던 걸까. 나는 잠시 볼에 바람을 넣었다 빼며 이모에게 오래 생각했던 말 하나를 꺼냈다.

"자영 씨, 혹시 백화점에서 무슨 일이 있으셨어요? 그 언니라는 사람하고요."

이모는 내 물음에 잠시 말이 없었다. 그러더니 쪼그리고 앉았던 자리에서 무릎을 가슴에 붙이고 몸을 웅크렸다.

"강 씨, 그 백화점 1층 말이에요. 지금은 모르겠는데, 예전엔 무조건 명품 매장이었거든요. 그러면 자리를 못 비워요. 거기서 1순위는 명품이고 2순위는 돈을 가진 고객이에요. 일하는 사람들은 정말 죽어도 거기서 죽어야 한다고들 했던 곳이었고 누가 물건 훔쳐 가기라도 하면 거기서 일하는 사람들이 다 물어야 했거든요."

"자영 씨, 그런데 자영 씨는 다른 백화점 지하 1층에서 일했고 그 언니만 그 백화점 1층에서 일하셨다고 했잖아요. 그런데 갑자기 거긴 왜……"

내 말에도 이모의 답은 그게 전부였다. 나는 연구를 할 때 텍스트 자체를 주로 보는 사람이었기에 그와 연관된 사회문화사를 들여다보진 않았다. 하지만 그날 밤, 나는 처음으로 네이버 뉴스 라이브러리에서 그 백화점 이름을 키워드로 검색했다. 그 백화점 이름을 넣고 연도를 조정하여 나온 기사들의 내용은 물론 인명 구조에 관한 것이 대부분이었다. 하지만 시간이 흐르자 구조된 사람들과 죽은 사람들의 이야기

대신 다른 이야기들이 들어서기 시작했다. 사치 풍조가 만연하여 여성들의 백화점 쇼핑이 늘었고 이것이 참사를 키웠다는 내용이었다. 처음엔 그 기사들이 옳다고 생각했다. 백화점 측을 비난하는 것 같아서였다. 하지만 그런 기사들은 볼수록 의아한 마음이 생겨났다. 백화점 사측이 아니라 백화점을 이용한 사람들에 대한 비난이었으니까. 무엇보다 그곳에서 일한 노동자들의 사연은 거의 없었다. 그 백화점의 노동자는 대부분 백화점이라는 특성에 맞춰 여성이었다. 그들은 마지막까지 자리를 지켜야 했기에 거의 대피하지 못했다. 나는 그날부터 기사를 하나씩 스크랩했다. 아직 백화점이 있던 시기의 사진도 구해서 저장했다. 나는 왜 아무것도 몰랐을까. 그렇게 내가 어떤 기억들을 저장하기 시작했을 때, 그러나 이모의 생전 이야기는 점차 줄어들고 있었다. 정말 죽음에 가까운 사람처럼, 이모는 잠을 많이 잤고 내내 침묵할 때가 많았다.

'그런데, 이모는 왜 위장 취업까지 해놓고 논문은 쓰지 않은 걸까, 그때의 일은.'

나는 시간이 지날수록 그것이 궁금했지만 묻지는 않았다. 이모가 다시 이야기를 시작한 건 죽기 얼마 전이었다.

"김강 씨. 사실 나, 그날, 그 언니를 찾아다녔어요. 사고가 났다는 소리를, 나는 고속버스터미널 대합실 텔레비전으로 봤거든요. 집에 텔레비전이 없어서, 늦게. 늦게 봤어요."

"그럼, 그 언니는 그날도 그곳에 계셨던 거예요?"

나는 그때 이모의 팔을 조금 세게 잡았던 것 같기도 하다. 돌이켜보면 이상했다. 나는 이모의 말을 이미 믿고 있었던 거다. 진심이란 그런 것일까. 누군가의 진심이란. 이모는 그런 나를 보고 그저 고개를 끄덕여 보일 뿐이었다.

이모가 내게 그 말을 했던 날, 그러니까 자영 씨는 갑자기 어디론가 사라졌다. 강오 씨까지 나서서 넓지도 않은 이 동네를 여러 번 뒤져야 했다. 그런데 뜻밖에 이모는 저녁 늦게 꽃다발을 들고 나타났다. 심지어 도어록의 비밀번호도 틀리지 않고 말이다. 꽃을 들고 있는 이모를 보자 나는 화가 나는 대신 눈물이 조금 날 것 같았는데 그 역시 속으로만 삼켰다. "꽃, 왜요? 무슨, 날이에요?" 내가 묻자 이모는, "그 언니가 고마운 사람에겐 꽃을 줘야 한다고 하더라고요" 이렇게 말했다. 나는 꽃을 쥐고 오래 참았던 이야기 하나를 물었다.

"자영 씨, 그 언니란 분은 자영 씨처럼 위장 취업한 대학생이 아니었잖아요. 그죠?"

이모는 내가 무슨 말 하려는지 아는 사람이었다. 어쩌면 이걸 물어주길 바랐던 걸지도 모른다고, 나는 그제야 그걸 느낄 수 있었다.

"그 언니라는 분은, 자영 씨가 위장 취업한 대학생인 거 알았어요?"

그 언니는 이모가 자신과 비슷한 처지인 것이 딱해서 없는 돈에 꽃도 사주고 밥도 사주고 그랬을 거였다. 이모가 당장 그만둬도 별 탈이 없는 대학생이라는 걸, 그 언니는 알고 있었을까. 이모를 탓할 마음은 없었는데, 그런데도 그게 묻고 싶었다. 대의에 가득 찬 남학생과 어린 공장노동자의 사랑. 대학원 다닐 때 이런 텍스트만 보다가 머리가 다 깨질 것 같았다. 성별만 다른 거 아닌가, 이런 비난을 하고 싶었던 것도 아니다. 학생운동을 하던 사람들은 그 사람들 나름대로의 몫을 했던 것이고 그것이 모두 위선에서 비롯된 행동이 아니라는 것도 나는 잘 알고 있었다. 그러니까 절대 이모를 비난하려던 게 아니었는데 그래도, 그걸 꼭 물어야만 할 것 같았다. 이모는 한참이나 그저 나를 바라보기만 했다. 그리고 겨우 입을 뗐을 때 이모는 그 어느 때보다 다정한 목소리로 그저 이렇게 말했을 뿐이었다.

"김강 씨, 죽은 사람 이야기도 들어줘서 정말 고마워요."

왜였을까. 나는 평생 다른 이들의 이야기만을 들었던 이모의 삶을 이제 기록해야겠다는 생각이 들었다.

그다음 날부터 나는 이모의 말이 사실이든 아니든 상관없
다고 여기며 녹음을 시작했다. 언젠가 이모도 그랬다. 하루
는 내가, 구술 증언을 어떻게 다 믿느냐고 기억이 착종되었
을지도 모른다고 했다. 그러자 이모는 당연하지,라는 반응을
보였다. 그런데 왜 이런 일을? 그때 내 반응에 이모는 이렇게
이야기했다.

"강아. 나는 인생은 누군가 멋대로 흘리고 간 스카프가 만
들어낸 주름 같은 거라고 생각해."

"그게 무슨?"

"접힌 부분이, 멋대로 접힌 부분이 너무 많아서 나조차도
우리조차도 누구도 모르는 것. 삶이란 게 그런 거 같아. 그래
도 말할 뿐이고 나는 들을 뿐이고."

그래, 그러면 나도 이모라는 스카프에 접힌 부분들을 조금
이나마 펴보고 싶었다. 내가 녹음기를 켜고 자리에 앉으면
이모는 다시 그 이야기를 들려주었다.

"그날요, 이미 아수라장이었어요. 경찰서 갔더니 너무 많
이 깔려서 어느 병원으로 누가 갔는지도 모른다고요. 지금처
럼 인터넷도 휴대폰도 없던 시절이니까요. 사람들 모두 응급
실 여기저기 뛰어다녔을 거예요. 나도 그랬어요."

그렇게 며칠이나 지났을까. 이모는 경기도에 근접한 어느

병원 응급실에서 가까스로 그 언니를 찾았다. 응급실 앞 화이트보드에서 이름을 찾은 건 아니었다. 그저, '1층 샤넬 매장'이라고만 씌어져 있었다.

"아는 척, 했어요?"

내 말에 이모는 고개를 저었다. 세수도 하지 못한 채 며칠을 그렇게 헤맸지만 이모는 발길을 돌렸다.

"그럴 수가 없더라고요, 그게……"

선화 씨 곁엔 전남편이라고 들었던 사람이 와 있었다. 어린아이도 선화 씨의 다리를 붙들고 울고 있었다. 이모는 조금씩 뒷걸음질 쳤다. 다행이야, 그저 이런 말을 반복했을 뿐이었다. 하지만 뭐가? 모를 일이었다. 자신은 며칠을 찾아야만 겨우 알 수 있는 그 언니의 생사를, 그 언니의 전남편은 가족기록부라는 것으로 곧장 알게 된 것이 다행이었다는 걸까. 아니면 어차피 대학으로 돌아갈 자신을 대신해 그 언니를 챙겨줄 사람들이 있어서 다행이라는 걸까. 그 다행이라는 것, 실은 그저 그 언니 그러니까 선화 씨가 살아서, 그것만이 전부였을 텐데도 이모는 자꾸만 그런 생각을 했다.

"왜냐하면 저 실은 이미 자신이 없었거든요, 세상과 맞설. 내가 여자를 사랑한다는 걸 말할 자신도 없었고요."

그러니 이모가 뒷걸음질 친 건 그런 생각을 하는 자신에게

서였을 것이다.

"그래도 언니가 살아 있어서 좋았어요."

그때 자영 씨, 그러니까 이모는 끝까지 선화 씨의 이름을 말하지 않았다. 그 이름을 말하는 것이 선화 씨에게 좋지 않다고 생각했을 것이다. 내가 무엇을 다 알 수 있을까. 그저 나는 그날 이모의 얼굴 위로 흘러내리는 눈물을 보며 이런 생각만을 했다. 자영이도 울 수 있구나, 아니 어쩌면 인간은 죽어서도 살아생전 이야기를 하며 울 수가 있는 건가. 나는 이런 재미도 없는 농담을 속으로 하면서 고개를 돌려야 했다.

⊹⊹⊹

"이거 돌려드리려고요."

이수호. 나는 아까부터 선화 씨의 아들이라고 자신을 소개한 사람의 명찰을 빤히 바라보고 있었다. 스물 중반으로 보이는, 하지만 유독 단정하게 무릎을 붙이고 내내 책을 읽으며 앉아 있던 수호 씨. 시간을 빼앗아 미안하다는 내 말에 웃음을 지으며 그는 이렇게 덧붙였다.

"아니에요, 시간 내주셔서 감사해요. 제가 박두자 님의 귀한 돈을 받는 건 아닌 것 같아요."

하지만 내가 바란 건 보험금 포기와 같은 건 전혀 아니었다. 그저, 나는 그저 뭐랄까.

"저, 저는 이모가 그렇게 마음 다하고 싶은 부분이 있었다면 당연히 이모 돈이니까 원하는 데 쓰는 게 맞다고 봐요. 그리고 저는 그저……"

"그래도요. 아마 저희 엄마도 살아 계시면 그렇게 말씀하셨을 거예요."

나는 퍼뜩 이수호 씨를 바라보았다. 그는 이내 고개를 떨구었다. 돌아가셨어요, 저희 엄마도요. 내내 아프셨어요. 어릴 땐 엄마가 몸이 약한 게 싫다고 짜증도 냈었는데…… 이렇게 말을 흐리던 그를 보다가 나는 곧 티슈를 가지러 가겠다고 일어섰고 뒤돌아서는 결국 울음을 터뜨렸다. 등 뒤에서는 이수호 씨의 울음소리가 조금씩 들려왔다. 그렇게 둘 다 한참을 운 다음에야 겨우 진정하며 다시 이야기를 나눌 수 있었다.

"저 혹시 선화 님도요, 저희 이모와 지내셨을 때 행복하셨다고 말씀하셨어요?"

맞은편의 이수호 씨는 오래 내 얼굴을 바라봤다. 내가 선화 씨의 죽음에 대해 묻지 않은 것처럼 그도 내게 질문에 대한 어떤 것도 묻지 않았다. 다만 이렇게 말했을 뿐이었다.

"네, 엄마가 그러셨어요. 박두자 씨와 같이 있었을 때, 정말 행복했다고요."

나는 울면서 고개를 끄덕였다. 혹시 이 사람은 우리 이모가 밉지 않았을까. 내 표정을 읽었는지 그가 다시 한번 말했다.

"그리고 저도 사실 박두자 씨 뵙고 싶었어요. 엄마가 그분 이야기하실 때 정말 좋아하셨거든요."

나는 서서히 고개를 끄덕였다. 이윽고 나는 가방에서 꼭 전달하고 싶었던 것 하나를 꺼냈다. 내가 녹음한 자영 씨의 기억에 관한 기록이었다. 죽었으니까 김선화 씨 이야기를 실컷 하고 싶다던 이모의 음성이 담긴 녹음 파일을 이수호 씨에게 건넸다.

"제가 이 귀한 걸 받아도 될지……"

그렇게 말하면서도 그는 녹음기를 받아 가방에 넣었다. 나는 가방이 열린 틈에 보이는 책의 제목을 보고 미소 지었다. 이모의 책이었다. 이수호 씨는 내 얼굴을 한번 보더니 머리를 매만지며 이렇게 덧붙였다.

"여자친구와 페미니즘 공부를 같이하고 있어요. 저는 아직 다 이해는 못했지만요."

나는 이모의 연구가 세상을 바꾸지도 못하고, 이모를 고통스럽게만 한다고 생각했다. 하지만 나의 생각과 달리 이모는 어떤 부분에서는 분명 자기 자신인 채로 살고 있었을지도 모르겠다. 어쩌면 연구라는 작업을 통해서, 타인의 목소리를 듣는 것으로부터 시작해서 말이다. 하지만 이 말을 이수호 씨에게 하는 대신 나는 그저 "이모가 참 좋은 연구자죠, 역시 조카보다 독자님이시죠" 이렇게 너스레를 좀 떨었고 아무래도 그편을 이모는 확실히 더 좋아했을 것 같다는 생각이 들었다.

P. S. 에필로그

명선 님이 라이브 방송을 시작했습니다.

지하철역 출구 앞에 거의 다다랐을 때였다. 진동이 느껴져 가방 깊숙이 있던 휴대폰을 꺼내 들었다. 오늘의 결혼식 주인공들이 환하게 웃고 있었다. 자, 이제 우리가 입장할 차례. 누군가 채팅창에 그런 말을 썼고 나는 화면 속 그들을 보면서 이모와 선화 씨를 떠올렸다. 지하 1층도 아니고, 1층 샤넬도 아닌 사람들. 어쩌면 자영 씨도 아닐 그저 박두자 씨와 선화 씨. 살아서는 말할 수 없던 두자 씨와 선화 씨는 이젠 홀가분할까.

자영 씨, 이제 잘 죽은 거지?

제대로 죽고 싶어서 생전 이야기를 했던 자영 씨. 나는 라이브 방송 채팅창에 결혼을 축하한다는 메시지를 써 넣은 후 휴대폰을 가방에 집어넣었다. 이제 나는 지하철을 타고 양재시민공원에 갈 생각이다.

내가 과연 지하철을 탈 수 있을까, 그건 여전히 모를 일이었다.

♦ 작품의 제목은 유계영 시집 『지금부터는 나의 입장』(아침달, 2021)에서 변용하였다.

나의 아나키스트 여자친구

좋아하는 사람이 생겼고 괴로운 것 같다. 그래서 부산에 가기로 했다.

이 문장이 이상하다고 느낀다면 그것은 확실히 이상한 게 맞을 것이다. 사실 그렇다. 논리라는 건 전혀 없는 셈이니까. 다짜고짜 저 문장만을 써서 보내놓고 나는 가만히 휴대폰을 뒤집어놓았다. 휴대폰을 뒤집어둔다고 진동을 느끼지 못하는 것도 아니고 결국 그 답을 확인해야 하는데도 난 뭔가 내키지 않거나 반대로 너무 답을 기다리는 문자를 보내고 나선 꼭 저렇게 휴대폰을 뒤집어두곤 했다. 처음엔 물론 답이야 오든 말든,이라는 심정으로 보냈으나 역시나 신경 쓰이는 건 어쩔 수 없었다. 사실 저 문장을 받은 사람은 내 전 남자친구다. 아니, 이제는 여자친구라고 해야 하나. 여기까지 생각한 다음 휴대폰을 조심히 뒤집어보았다. 아직 답이 없었다. 나는 다시 휴대폰을 뒤집었다.

논리는 없겠지만 그래도 일말의 진실은 존재했다. 좋아하는 사람은 아닐지 몰라도 어느 순간부터 서울엔 내 신경을 건드리는 사람이 있었다. 서울에선 길을 걷다가도 종종 그 사람이 떠올랐다. 그러면 한없이 또 마음이 답답해졌다. 이런 것이 반복되다 보니 급기야 나는 서울의 어디를 가도 풀이 죽은 채였다. 그 누군가를 신경 쓰게 되면서 몇 날을 그렇게 보냈는지 짐작조차 못하겠다. 어디든 가야겠다, 가고 싶다, 그랬으면 좋겠다. 그러다 떠오른 것이 내 전 남자친구가 이주한 아니, 이제는 여자친구가 된 전 남자친구 이수호가 이주한 도시였다.

'거짓말쟁이.'

응, 한참 만에 온 답 문자에 이렇게 순순히 대답이 나오는 것은 두 가지 이유. 수호는 이제 부산이 아닌 그 옆 마산에 산다. 이상하지, 나도 늘 고향이 어디냐고 물으면 광주라고 하는데 사실 광주는 대학 때 4년 정도였고 유년 시절부터 고등학교 졸업 때까지 대부분은 담양에 살았다.

'역시나 거짓말쟁이.'

그래, 인정한다니까. 그러니까 말인데. 나는 수호에게 그 말을 하면서도 여러 번 휴대폰 화면을 확인해보았다. 내가 신경 쓰는 그 사람이 다급하게 나를 찾아 연락이라도 하지 않을지 전전긍긍했던 것이다.

'말이라도 해보지그래?'

순간 나는 수호가 여전히 내 곁에서 일상을 함께하고 대화를 나누는 사람인 줄 알았다. 그 사람 직업이 뭐냐, 뭐 하는 사람이냐, 왜 좋아하냐, 돈벌이는 좋냐, 이런 건 하나도 묻지 않은 채 그저 네가 좋아하는 사람이니까 말이라도 해보라는 수호의 답. 내가 수호 너의 어떤 점을 좋아했는지 너는 역시 잘 알고 있구나. 울컥한 마음과 달리 대답은 이렇게 나왔다.

'네가 대체 뭔 상관이야?'

아니, 그러니까. 확실히 수호에게 간다고 한 건 나였는데 말이다.

KTX 차표 가격을 보고 기겁한 나는 네이버 메인에 떠 있는 제주항공 이벤트 게시물을 클릭했다. 이윽고 제주항공 앱을 다운받았고 표를 검색했다. 막상 이벤트 가격과 같은 금액의 표는 아침 7시 20분 비행기와 저녁 6시 30분 비행기였다. 상관없었다. 내가 다니는 회사는 주 4일 탄력 근무제를 적용하고 있었다. 이 말을 하면 모두들, 너 정말 복지 천국에 다니는구나, 하는 표정을 감추지 못한다. 사실 나도 처음엔 주 4일의 탄력 근무가 아주 쾌적한 직업 환경처럼 느껴졌는데 이것도 적응이 되다 보니 어느 순간엔 늘 짧은 휴일이 조금 덜 짧아졌다 정도의 기분이 되었다. 아무리 쉬어도 휴일은 짧은 모양이다. 그저 조금 더 짧고 덜 짧고 그런 기분. 하지만 이번엔 드디어 그 탄력 근무제의 장점을 실제 이용해볼 수 있을 것만 같았다. 근무가 아닌 오프 날을 평일로 잡고 수호를 보러 가면 되는 거니까. 그러면서 나는 자연스럽게 아침 7시 20분 비행기표를 끊었다. 예매 완료를 하고 보니 그제야 수호의 평일 스케줄을 묻지 않았다는 걸 깨달았다. 나도 모르게 수호의 집에 먼저 가 있으면 되는 거 아닌가 했던 것이다. 나는 잠시 고민했으나 이미 표를 끊었는데 뭐, 하며 수호에게 통보하듯 날짜를 일러주었다.

　마산은 공항이 없으므로 부산의 김해공항으로 표를 끊었다. 김해공항은 처음이었다. 내리기 전엔 김포공항만 하겠지 싶었는데 도착하고 보니 생각보다 좌우로 넓어서 조금 당황스러웠다. 단지 넓어서 당황한 것만도 아니어서 더욱 당황스러웠는데, 나를 마산으로 보내버린 구실이 된 그 누군가에 대해 생각하느라 수호에게 줄 선물을 챙기지 못했다는 걸 그제야 깨달았기 때문이다. 그래서 내리자마자 수호가 좋아하는 것을 떠올리며 서점을 찾았는데 예상보다 너무 넓었다. 그러고 나선 이제 다른 이유로 짜증이 치밀었는데 내가 꼭 수호에게 선물까지 챙겨줘야 하나, 하는 생각이 들어서였다. 물론 수호와 나의 과거로 보았을 때 이렇게 수호를 찾아온 나도 골치 아픈 사람인 건 매한가지지만.

수호와 나는 2년 전 헤어졌다. 연인이 헤어지는 데는 수만 가지 이유가 있겠지만 한편으로는 별다른 이유 하나를 콕 집어 말하기 어려운 경우도 있다. 그런가 하면 명백히 돌이킬 수 없는 단 하나의 이유로 헤어진 커플도 있다. 수호와 나는 확실히 마지막 타입이었다. 돌이킬 수 없는 이유. 그런데 사실 이건 이유라고 할 수 없다. 수호 입장에서는 당연히 누려야 할 권리를 누린 것이다. 수호가 수술을 하게 된 것이다. 성전환 수술, 그리고 호르몬 주사를 맞게 된 것. 이 모든 것이 차근히 진행되었다. 수호는 이 사실을 결정한 후 내게 자세한 상황과 사정을 빠짐없이 말해주었다. 그러니까 수호는 애당초 나를 속인 게 아니었다. 그저 오랜 시간 수호도 자신이 좀 참으면 되는 것이라고 생각했던 것이다. 굳이 수술을 하지 않고, 주변을 들썩이게 하지 않고, 그저 살아가면 된다고 여겼던 것이다. 그러나 사람이 자신으로 살아가는 건 너무나 당연한 것. 그때 오랜 시간 요양 병원에 계셨던 수호의 어머니께서 갑자기 돌아가셨고, 수호는 오랜 고민 끝에 수술을 결정했다. 엄마가 이해 못 할 것 같아서는 아니었다고 했다. 다만 수호는 엄마가 돌아가신 후 무언가를 깨달았다고 했다. 무엇을?이라는 내 물음에 수호는 몇 날을 망설이더니 그런 이야기를 했다. 자신의 엄마가 젊은 시절에 삼풍백화점에서 일했던 것 같다고. 정말 짧은 문장이었는데 오랜 시간을 걸려 쓴 것 같은 느낌이었다. 그 사실을 어떻게 알았느냐고, 이제 어떻게 하면 되는 거냐고, 어머니는 괜찮으셨느냐고 정말 많은 말이 떠올랐지만 정작 할 수 있는 말은 딱히 떠오르지 않았다. 나의 곤란함을 눈치챈 것인지 수호가 먼저 말을 이었다.

"달라질 건 없었겠지. 몸이 다친 게 아니라서 보상 이런 것도 상관없었을 테고, 또 엄마가 여태 그 말을 하고 싶지 않아했던 것도 있으니까. 그래도 나에게는 좀 말해주지, 혼자 얼마나 힘들었을까."

엄마의 죽음이 기이하게도 수호에게는 새 삶의 시작을 열어준 것이다. 그 사실을 알게 되고 며칠 후 수호는 수술을 결정했다고 한다. 그리고 그 사실을 가장 먼저 나에게 말해주었다. 내게 그 결심을 말해주던 수호는 여자를 사랑하는 헤테로 남성이었다. 수술을 하고 호르몬을 맞는 지금도 수호는 여자를 사랑한다. 물론 지금은 트렌스젠더 퀴어다.

처음 알았다. 나는 그 어떤 상황에서도 내가 수호를 놓지 않을 거라 여겼는데 전혀 아니었다. 수호는 여전히 나를 사랑할 수 있었지만 나는 아니었던 거다. 나는 남성을 사랑하는 헤테로 여성이었던 것이다. 수호가 성별을 바꾸었다고 수호가 아닌 사람이 되는 건 아닌데 난 왜 수호를 받아들이지 못할까. 이 두 가지는 끝없이 나를 괴롭혔다. 하지만 결국 내 사랑의 한계를 인정하며 나는 수호와 헤어지게 되었다. 그리고 반년 전, 수호는 부산과 가까운 마산이라는 곳으로 이사를 갔다. 수호는 자신을 알아보고 기겁하는 표정을 지우지 못한 지인들을 거리 곳곳에서 마주치는 게 버겁다고 했다. 수호는 더 이상 자신을 해명하고 싶지 않다고 했다.

"그런 설명은 너에게만 해도 충분한 거였어."

수호가 그렇게 말할 때마다 나는 수호의 등을 보며 입술을 깨물었다. 수호는 가기 직전까지도 나에게 이주를 상의했다. 어쩌면 나는 내가 바랐던, 내가 원했던 수호의 모습만 간직하고 싶었던 걸까. 어느 순간부터 나는 수호의 등을 보며 눈물을 참으려 입술을 깨무는 것조차도 자신이 없어졌다. 그러다 보니 수호가 차라리 내 눈에 띄지 않으면 좋겠다는 생각이 들었다. 하지만 나는 수호의 이주를 찬성하며 다른 이유를 가져다 댔다. 사실 말이 이유지, 그것은 수호를 할퀴고 싶었던 내 마음의 정확한 표현이었다. 나는 수호의 가장 약한 부분을 잡아 비틀었다.

"너 늘 너희 엄마 싫다고 하면서도 지금까지 엄마 명의의 집에, 엄마 돈으로 얹혀살아온 거잖아. 엄마 없어지니까 사는 거 어때, 막막하지?"

그날 나와 수호는 햄버거를 먹고 있었다. 함께하던 시절 자주 가던 시네마테크 건너편 맥도날드였다. 수호는 내 얼굴을 잠시 바라보더니 곧 별 대답 없이 티슈를 들고 와 내 테이블에 떨어진 양상추를 정리해주었다. 그러고는 내 얼굴로 티슈를 갖다 대려다 머뭇거렸고 잠시 후엔 그냥 나에게 티슈를 쥐여주었다. 순간 나는 뭔가 뜨거운 것이 가슴에서 올라오는 것을 느꼈다. 내 얼굴을 닦아주지 못하고 머뭇대는 수호의 손. 나는 그 손이 신경 쓰였던 걸까, 아니면 누군가 밟고 지나가는 것처럼 저려오는 마음을 들키고 싶지 않았던 걸까. 나는 그때부터 이런저런 헛소리들을 늘어놓기 시작했다. 수호 너처럼 안온한 환경에 있으면서 무슨 독립이냐, 늘 엄마의 보호 아래 실컷 누렸으면서 돌아가시고 나니 권리는 무슨 권리냐, 너 같은 사람들 말은 쉽다, 나는 하루에 몇 시간 일하는 줄 아느냐와 같은 말도 안 되는 것들. 내가 가장 싫어하던 사람들의 모습을 나는 그대로 따라 하고 있었다. 그래도 수호는 그날 끝까지 내 이야기를 들었고 지하철역까지 나를 배웅해줬다. 그러고 나서 얼마 후 수호는 마산에 집을 얻었다며 사진들을 보냈다. 수호가 보여준 새집은 넓고 좋았다. 수호 말대로 서울이라면 절대 얻을 수 없는 가격의 집이었다. 서울 원룸 가격도 안 되는데 방이 두 개, 다용도실 같은 청소방이 하나, 거실이 하나, 주방이 하나였다. 그런데 참 이상했다. 수호가 보내준 사진을 바라보는데 그곳에 수호와 내가 함께 있는 상상은 전혀 되지 않았다. 침대와 세탁기가 붙어 있는 내 좁은 원룸에서도 우리는 함께했는데 말이다. 사진을 보며 깨달았다. 수호가 실제 내 곁에 있든 그렇지 않든 나는 여전히 수호의 모든 것에 입술을 깨물며 눈물을 참게 된다는 것을 말이다. 그러니 수호는 아무 잘못도 없었던 것이다.

＋

나는 수호를 생각하면 언제나 책과 작은 오토바이가 떠올
랐다. 그건 수호와의 첫 만남과도 관련이 있다. 수호와 나는
나의 첫 직장인 작은 출판사에서 만났다. 그곳은 사장을 포
함해 네 명이 넘지 않는 소규모 출판사였다. 수호가 편집자
였느냐고? 아니다. 편집자는 나였고 수호는 나보다 일찍 그
회사에서 아르바이트식으로 택배 포장 및 배달 일을 하고 있
었다. 워낙 소규모라서 수호 하나만 있어도 충분한 모양의
회사였다. 물류 팀이랄 수도 있는 수호에게도 가끔 책이 돌
아가곤 했다. 나는 수호가 책 배송을 위해 사무실에 들렀을
때 큰 소리로 사람들에게 인사를 하는 것도 좋았고 그러다 마
주친 건물의 경비원 아저씨께 주머니에 들어 있는 요플레 같
은 걸 드리는 모습도 좋아했다. 작은 책들이 삐죽 나와 있는
점퍼 주머니는 특히 좋아했다. 그럴 때면 수호의 점퍼 주머
니만 내게 줌인되는 것처럼 눈에 쏙 들어왔다. 김밥이나 바
나나 같은 것으로 점심을 대신하며 한 손에 책을 쥐고 보던
수호. 책 읽는 게 좋아서 지금 일에 만족해요, 하던 수호를
나는 정말 좋아했다.

"수호 씨는 그 일을 참 잘 찾은 것 같아요."

사귀기 직전 나는 수호에게 그런 말을 한 적이 있다. 진심이었다. 나의 그 말에 수호는 어깨를 으쓱하며 씩 웃어 보였다. 이렇게 하나의 일을 오래 하는 거, 그게 바로 전문직 아닐까요. 수호의 그 말에 나는 슬며시 올라오는 미소를 참으며 고개를 끄덕였다. 그러고 나서 내가 아무 말 없이 서 있기만 하자 수호는 갑자기 주머니를 뒤적이더니 딸기 맛 요플레를 내밀었다. 이거 달고 시원하고 맛있잖아요. 일하다 드세요. 나는 그때까지 플레인 요거트만 먹었다. 하지만 그날 먹은 딸기 맛 요플레는 내가 먹어본 것 중에 가장 맛있는 요거트였다. 내게 요플레를 쥐여주던 수호의 뿌듯한 얼굴과 세상에 하나뿐인 보물이라도 쥔 사람처럼 그걸 받아 들고 미소를 짓던 나. 그런 우리의 과거를 떠올리며 한참을 걷던 나는 문득 내가 김해공항의 1층과 2층을 빙글빙글 돌고 있다는 걸 깨달았다. 안 되겠다 싶어서 아예 네이버를 켜고 주변 서점을 검색했다. 분명 이 자리인데? 하고 보니 오뎅집이었다. 바뀌었나 보다.

'어디쯤이야?'

진동이 울려서 보니 수호에게 온 메시지였다. 그제야 휴대폰 화면의 시계를 보던 나는 아이고, 그만 그런 감탄사를 육성으로 내고야 말았다. 김해공항에서 수호가 사는 마산에 가려면 다시 지하철을 타고, 또 버스를 타야만 했다. 기차를 타면 쉬울 것을, 하지만 그러기엔 기차표 값이 너무 엄청났다. 어쨌거나 곧장 출발해도 수호가 밥을 해놓겠다는 시간까지 도착하기는 빠듯했다.

'쌀 씻었는데, 너 온다고 하면 이제 전원 버튼 누를까 해.'

나는 가만히 수호로부터 도착하는 메시지를 그저 읽기만 하고 있었다. 그럴 것 하나 없는데도 수호 너에게 줄 선물을 고르느라 늦었다고 말하는 게 무언가 자존심이 상하는 기분이었다.

'카레 해놓을까? 고기 안 넣을게.'

수호가 여전히 내가 자신을 좋아하는 걸 다 알고 있는 것도, 그것에 울컥하는 마음을 품는 것도 정말 지긋지긋했다. 사람의 마음이란 여러모로 이상하다. 떠나는 것도 좋아하는 것도 늘 이렇듯 각자의 마음. 나도 안다. 그런데 여전히 이래, 이렇다.

'왜 답이 없어? 여기에 그 남자랑 같이 오기라도 한 거야?'

수호의 메시지를 여기까지 봤을 때 나도 모르게 애틋한 마음은 사라지고 대신 휴대폰을 내동댕이치듯 가방에 쑤셔 넣었다. 그러다가 다시 꺼냈다. 그사이 수호는 다른 메시지를 남기고 있었다.

'네가 그렇다면, 여기 안 와도 나는 너를 응원하고 지지해.'

야 너 진짜, 이수호 이 미친놈의 자식아! 우두두 무언가 달려와서 힘껏 무너뜨리고 쏟아내는 그런 감정들이 목까지 치받쳤지만 나는 휴대폰을 손에 쥔 채 눈을 한 번 꼭 감았다 떴다. 아무리 생각해도 화낼 수 있는 게 없었다. 수호가 나랑 헤어지자고 했나? 아니었다. 그건 나였다. 왜냐면 노력을 할 수 있는 게 나로선 없었으니까.

'그냥 햇반 먹어도 돼.'

나는 그 말만을 남기고 휴대폰을 정말 가방에 처박아 넣었다. 말은 그렇게 해두고도 나는 애가 닳았나 보다. 곧장 휴대폰을 다시 꺼내어 수호네 집까지 가는 가장 빠른 경로를 검색했다. 책은 포기했다. 그러면서도 선물은 사 가고 싶었는지 머릿속은 한층 더 복잡해졌다. 공항 밖으로 나와서는 지하철이 나은가 버스가 나은가 잠시 고민하다가 결국 버스를 탔다. 문제는 거기서부터였다. 서울살이 10년이 훌쩍 넘었지만 나는 여전히 버스는 아주 한가한 날 아니면 함부로 타지 않았다. 10년 산 서울도 그러한데 심지어 부산에서 마산으로 가는 초행길에 무작정 버스라니. 내가 생각해도 넋을 놓은 게 분명했다. 이것이 다 사랑, 아니 이수호 때문이다. 아닌가? 나 때문인가?

✛

"아무래도 예의가 아니잖아. 그래서 이거나 오다 꺾었다."

나는 수호네 집 현관문이 열리자마자 대뜸 꽃부터 들이밀며 고개를 돌렸다. 수호는 볼 때마다 생김과 목소리가 달라지고 있었다. 하지만 사실 내가 고개를 돌린 이유는 수호 때문이 아니었다. 나는 스스로가 정말 별로였는데 그렇게 늦고도 결국 수호를 주기 위해 선물을 사 늦었다는 바로 그 지점 때문이었다. 그런데 애꿎은 그 별로는 모두 수호에게 향하고 있었다. 그러니까 그건 나름의 시위였던 셈이다. 그런데 어라, 뭔가 이상하다 싶어서 고개를 돌린 차였다.

"야, 너 거기서 뭐 해."

고개를 푹 숙이고 내민 꽃을 수호가 너무 늦게 받는 거 아닌가 싶던 차였다. 화가 났겠지. 예정 시간보다 한 시간이나 늦게 나타났으니까. 수호는 독실한 가톨릭맨, 아니 가톨릭걸이라 내일 아침엔 새벽 미사도 간다고 그랬다. 그 말 듣고 나는 다시 한번 심사가 뒤틀렸다. 내가 수호를 사랑했던 건 그런 점이었다. 내가 아는 누구보다도 규칙적인 삶을 살고 소박한 살림들을 센스 있게 정돈하고 그리고 책을 손에서 놓지 않는 수호. 그렇게 사랑했던 것들이 어떻게 이렇게 다 심사를 꼬이게 하는 것으로 되돌아오는 걸까. 어쨌거나 그런 수호에게 신세를 지러 온 건 나였다. 그러니 내가 제시간에 나타나주는 게 제일이었다. 그런데 약간 이상했다. 목소리가 왜 위층에서 들리는 거 같지?

"이봐, 이쁜 아갓씨."

이번엔 수호 목소리가 아니었다. 게다가 억양이 좀 독특했다. 가운데 글자에 힘을 잔뜩 준 느낌. 문득 이상한 기운에 고개를 들었고 눈앞에 있는 얼굴을 확인한 뒤에는 들고 있던 꽃을 놓칠 뻔했다. 꽃을 내민 내 앞에 서 있는 사람은 수호가 아니었다. 수호는 한 층 위 계단에 서서 나를 내려다보고 있었다. 나는 수호의 집 아래층에 사는 아저씨네 문을 열고 꽃을 바치고 있던 거였다. 죄송합니다. 죄송해요. 뒤이어 수호가 후다닥 뛰어 내려왔다. 수호가 입고 있던 미키마우스 잠옷 원피스에는 갓 지은 밥 냄새가 배어 있었다. 원래도 말랐던 수호는 무슨 일인지 더욱 야위어서 마치 없는 사람 같았다. 수호는 내 팔을 잡고 후다닥 위로 올라갔다. 아가씨 둘 다 이뻐서 봐주는 거야. 이런 말들이 뒤이어 따라 올라왔지만 수호는 내게 입 모양으로 '대답하지 마'라는 말만 하고서 얼른 문을 닫고 이어 안전 바까지 걸었다.

"이사 온 날부터 치근덕대. 이사 온 날 밤중에 나 혼자 무슨 노랠 부르겠어? 그런데 밤 11시에 문을 두드리더라. 여자 혼자 살아요? 이러면서."

밥상을 치우고 와인을 한 병 따 잔에 따르면서 수호는 이사 날의 일을 말하기 시작했다. 아랫집 아저씨는 수호가 이사 온 날, 여자 혼자 사느냐고 거듭 물었다고 한다. 짐을 옮기는 중이라 정신이 없던 수호는 그런 질문들에 별뜻 없이 네네 하고서 짐을 들고 집으로 들어왔다. 그 일은 그저 이웃과의 첫 만남 정도로 지워지는 듯했다. 오후 내내 짐을 치우고 피로에 곯아떨어졌다. 그런데 밤 11시쯤 그 아저씨가 현관문을 두드린 것이다. 노래 부르지 않았느냐며. 수호는 아무 소리도 듣지 못했고, 처음엔 잘못한 것이 없으니 거리낌 없이 문을 열려 했다고 한다.

"근데 생각난 거야. 나 이제 남자 아니지? 아, 정말 여자가 됐구나."

그건 두 가지의 기묘함이었다. 여자로 처음 느껴본 불안감과 누군가에게 남자로 보이지 않는다는 안도감. 마음이 복잡한 날들이었다. 괜찮아, 아무 일 없어서 다행이야. 나는 사실 그저 이 말을 하려고 했다. 하지만 내 불안은 이미 포화 상태였다. 선물을 사려고 한 서점은 오뎅집이 되어 있었다. 그것 때문이라기엔 나 스스로도 이해할 수 없는 행동으로 서울에서도 타지 않는 버스를 탄 까닭에 수호의 스케줄을 이미 엉망으로 만든 참이었다. 기껏 준비한 꽃은 엉뚱한 곳에 가져다 바칠 뻔했다. 심지어 그 사람은 수호에게 위협감을 준 사람이었다. 그런데 수호가 겪었던 일을 듣고 나자 그 불안은 진심 어린 내 걱정을 보이게 하지 않았다. 나는 화로 폭발할 것만 같았다. 사실 수호가 수술을 하기 전부터 나에게는 그런 불만이 있었다. 수호는 왜 자신의 몸을 소중하게 여기지 않는 걸까? 책을 배달하다 엎어져 무릎에서 피가 쏟아지는데도 후시딘만 바르고 버티다 겨우내 상처가 아물지 않은 적도 있었고, 더운 여름 한 시간 거리인 도서관까지 걸어 다니기도 했다. 대체 왜 그렇게 몸을 혹사하느냐는 내 물음에 수호는 그저 웃고 말았지만 반대편의 나는 걱정으로 애가 탔다. 물론 수호가 자신의 몸을 외면에 가깝게 혹사했던 이유에 대해서는 그 후 수술을 하겠다는 선언으로 알 수 있게 되었다. 수호와 나는 같은 시선으로 자신의 몸을 대할 수 없는 사람이었던 것이다. 나는 늘 이 세상에서 수호를 제일 사랑하는 사람이라고 하면서도 정말이지 아무것도 몰랐다. 그렇게 아무것도 몰라준 나 자신이 한심했고 수호에게는 너무 미안했다. 그러면서도 나는 이제 그런 미안함을 어떻게 표현해야 할지조차 모르는 입장이 되어 있었다. 제대로 표현하지 못한 겍

정은 내 안에서 자꾸만 거친 화로 바뀌어갔다. 나는 수호가 눈을 동그랗게 뜨는데도 들고 있던 와인 잔에 담긴 와인을 단번에 마셔버리고 앞에 놓여 있던 와인 병을 가져와 다시 잔 끝까지 채웠다. 야, 너 그거 소주 아니야. 수호의 말에도 나는 아랑곳하지 않았다.

"그러게, 여자로 사는 게 너 뭐 쉬운 줄 아냐?"

나도 잘 알고 있었다. 이런 말 하는 것이 수호에게 엄청난 상처가 된다는 것을, 이것은 분명한 혐오라는 것을 말이다. 수호가 수술을 받겠다고 선언한 이후 나는 관련 책들을 하나도 빠짐없이 넘겨 보았다. 그러면서도 수호 앞에서는 걱정을 가리는 분노가 먼저 올라왔다. 정확히 알고 있다, 이것도 나는 정확히 알고 있었다. 그러니까 화가 날 수는 있지만 상대에게 그 화를 거르지 못하고 표출하는 건 매우 잘못이라는 것을 말이다. 사랑이라는 이름으로 분노하는 것은 확실히 폭력임을, 정말 잘못된 행동임을. 조금 더 나아가면, 이렇게 알고만 있고 실천을 못 하는 건 더욱더 모자란 행동이라는 것도 말이다. 그래도 나는 수호에게 자꾸만 이랬다.

"너, 어쩌자고 문을 열어주려고 했어? 여자 혼자 산다고는 왜 말해?"

말은 이런 식으로 하면서 울기는 왜 우는 걸까. 앙다문 입술 위로 눈물이 흘러내렸다. 수호는 가만히 일어서더니 말 없이 티슈를 가져와 건네주었다. 문득 내 앞 테이블에 떨어진 양상추는 거리낌 없이 닦아내면서 정작 내 입술에 묻은 케첩은 차마 닦아주지 못하던 수호가 생각났다. 어쩌면 그때가 돼서야 나는 수호를 정말 보내야겠다고 다짐했는지도 모르겠다. 거기까지 생각이 미치자 이제 눈물은 울음이 되어가고 있었다. 자기 연민으로 우는 사람이 되기 싫어서 내내 참고 있던 눈물이었다. 수호는 그런 내 앞에서 티슈를 들고 계속 서 있어주었다.

그날 나는 수호의 서재이자 기도방에서 잠을 청했다. 벽면 한 면을 몽땅 채운 수호의 책장엔 나와 수호가 함께 읽었던 책들이 모두 그대로 꽂혀 있었다. 책상 위에는 성모마리아상과 어제도 태운 듯 심지가 조금 남은 초가 있었고 그 뒤로는 수호가 특별히 아끼는 책 몇 권이 꽂혀 있었다. 성모마리아상을 앞에 두고 조심스레 책상 위에 놓인 책 몇 권을 넘겨 보던 나는 이내 잠시 머뭇거렸다. 『마을을 불살라 백치가 되어라』. 그건 일본의 페미니스트, 일본 여성해방운동인 우먼리브 운동의 선구자였던 이토 노에의 평전이었다. 당연하다고 통용되는 것들을 흔들고 사유하는 것에 대해 두려움을 갖지 말아야 한다고 생각했던 이토 노에는, 아나키스트의 길을 선택함으로써 남성과 여성 모두에게서 불편한 존재가 되기도 했다. 그 불편함 사이에서 처참한 죽음에 이르게 되지만 언제나 자기 자신으로서 당당했던 사람, 이토 노에가 주장한 아나키즘이란 결국 무정부주의에 한정된 건 아니었다. 그는 세상의 모든 부정과 그로 인한 혐오에서 자유롭고 싶은 사람이었다. 그런 의미에서 아나키스트였던 이토 노에의 평전은 일전에 수호가 나에게 선물로 준 책이었다. 책날개를 열어보니 그곳엔 내게 선물할 때 수호가 남겼던 메모가 여전히 남아 있었다. '너의 당당함이 멋있다. 나 자신으로 살지 못하도록 막는 곳에서는 차라리 백치가 되어 모든 걸 불살라버리자.' 나는 그 책을 부적처럼 지니고 다녔다. 하지만 수호가 수술을 하고 다시 나타난 날, 나는 보란 듯이 책을 가방에서 꺼내 수호의 발치에 던져버렸다. 종일 비가 많이 내렸다가 그친 날이어서 바닥엔 물이 흥건했다. 수호는 그날 몹시 미안한 표정으로 자신이 여전히 사랑하는 사람은 나라고 말했다.

"이수호, 잘 들어. 나는 아나키스트도 아니고 너처럼 책을 많이 읽지도 않았어. 그래서인지 교양 있는 척도 못 해. 난 그냥 직장에서 혹시 내가 상사의 눈 밖에 나지 않을지가 걱정이고 하루하루 오르는 물가가 두렵고 집세가 오르는 게 스트레스인 사람일 뿐이야!"

여기까지 말한 나는 이마에 손을 짚으며 잠시 뒤돌아서서 눈물을 삼켰다. 못 한 말은 아직 많이 남아 있었다. 이를테면 이런 거였다.

'그래서 내가 수호 너와 함께 살 집을 고르는 게 지금보다도 힘들어지면 어떻게 하지, 우리가 가진 돈으로 대출은 얼마나 더 받을 수 있는 걸까 이런 게 오로지 걱정인 사람이었어. 너 그거 알아? 나는 세상 모든 사람들을 인정해. 혐오하지 않으려고 노력하고 너만큼은 아니지만 너를 따라 책을 읽으려고 노력했고 휴일엔 봉사 활동도 다녀. 매달 후원하는 금액도 있어. 그런데 지금의 너는 자꾸 부정하게 돼. 믿고 싶지 않지만 그렇게 된다고. 내가 아는 네가 아닌 것도 못 견디겠는데 이런 나도 정말 나는 못 견디겠다고!'

물론 이 말은 끝내 하지 못했다. 아니, 일부러 하지 않았다. 나는 아픈 말만 골라내 수호에게 상처 주고 싶었다. 내 말을 듣던 수호는 바닥에 떨어진 책을 집어 들었다. 그러더니 잠깐 웃음을 지으려는 듯 입꼬리를 올려보았으나, 잘되지 않아 오히려 찌푸린 듯한 표정이 되었다. 어색한 웃음과 울음 사이에서 수호는 미안해,라고 중얼거렸고 결국엔 허탈한 듯한 웃음을 작게 터뜨렸다.

"그런데 나도 아나키스트는 아니야."

그렇게 거국적인 걸 생각한 건 아닌데, 나도 그냥 나로 살아보려고 했던 거였는데. 그래도 너에게 정말 미안해. 수호는 그날 내 대답을 듣지 못하고 돌아갔다. 그날도 나는 멀어지는 수호의 등을 보며 울음을 참았다.

"내가 미안해."

수호는 한참 전에 돌아갔는데 나는 여전히 그곳에서 그렇게 중얼거리며 울고 있었다. 나는 알고 있었다. 수호를 받아들이지 못하는 스스로가 그저 못마땅하다는 것을. 수호에게 기어이 미안하다는 말을 하게 만든 내가 너무 싫다는 것을.

그런데

혹시 부적과도 다름없던 이 책을 수호에게 버리고 가서 내가 벌이라도 받은 걸까, 그런 생각을 하며 나는 이불 속에서 몸을 동그랗게 말았다. 내일이면 다시 서울로 가야 하고 그다음 날이면 다시 출근을 해야 했다. 그런데 출근이 도무지 내키지 않았다. 마산에 내려오면서 수호에게 좋아하는 사람이 생겼다고 말했지만 사실은 그 반대였다. 나는 누군가를 극렬히 미워하고 있었다. 내가 미워하는 사람은 서울에서 도무지 떠날 일이 없는 사람이었다. 아니, 서울이 다 뭐란 말인가, 그 넓은 서울에서도 내 직장, 내 책상 바로 반대편에 있어서 안 볼 수가 없는 사람이었다. 그러니까 내가 미워하다 못해 도망치고 싶었던 사람은 내 직장 상사였다. 수호가 수술을 받고 우리가 잠시 만나지 못하게 된 즈음이었다. 나는 직업을 바꿔 새로운 회사로 이직했다. 수호를 처음 만난 그 회사에 계속 다닌 것은 아니지만 같은 직종의 회사에 남아 있자니 수호가 생각나서 이직을 결심한 거였는데 웬걸, 모부님이나 주변 사람들은 바뀐 직업을 더 좋아했다. 원래 다니던 업계가 워낙 박봉이기도 했지만 무엇보다 새로 옮긴 회사는 주 4일 탄력 근무제에 퇴직금까지 두둑했기 때문이다. 모두들 네가 이제야 고생을 좀 덜 하나 보다라고 말하며 격려까지 해주었다. 그러나 어째서 좋은 것 뒤엔 꼭 나쁜 것들이 있는 걸까? 좋은 거 뒤에 아주 조금 덜 좋은 것이 따라오는, 그런 식은 안 되는 건가. 근무한 지 일주일이 지난 시점부터 상사는 나에게 혼자 사는 여자라는 주제의 이야기를 자주 꺼내며 지나친 관심을 보였다. 그 관심은 늘 미묘하게 불안한 감정들을 심어주는 선까지만 진행되다 말았다. 마치 수호의 아랫집 아저씨가 주는 불안감과 같은 것이랄까. 먹고사는 문제가 걸려 있으니 처음엔 누구에게도 말하지 못했다. 그러다 참다못한 내가 불안한 마음을 이야기하면 주변 사람들은 사회에선 모든 게 좋을 순 없다고 말하곤 했다. 마치 내가 너무 욕심쟁이가 된 것처럼 말이다.

그래서 그 사람이 뭘 진짜 너한테 한 것도 아니잖아? 왜 이렇게 별나게 굴어?

믿었던 사람들이 내게 그 말을 했을 때 나는 내가 영원히 고립되었다는 느낌에 외로워졌다. 이윽고, 수호에게 화를 냈던 내 얼굴과 내게 별나게 굴지 말라던 그 얼굴들이 똑같다는 것도 알 수 있었다. 물론 그러고도 나 또한 한동안 아무 일 없다는 듯 회사를 열심히 다녔다. 수호에게는 그렇게 화를 냈던 내가 직장 상사의 말엔 아주 고분고분하게 굴었다. 그래, 세상이 다 그런 거지 뭐. 어느 날의 나는 이런 생각까지 하며 스스로를 달랬다. 그러니까, 직장 상사가 텔레비전 뉴스에 나오는 성 소수자들을 보며 주변 사람들은 생각도 안 하는 이기적인 인간들이라고 중얼거리는 모습을 보기 전까지는 말이다.

"절대 너에게 반항할 수 없는 나 같은 부하 직원 괴롭히며 사는 네가 대체 뭘 알아? 정말 한 번이라도 나 자신으로 살고 싶은 게 뭔지, 네가 알기나 해?"

눈을 동그랗게 뜨고 날 바라보던 상사와 회사 사람들의 표정. 거기까지 생각하던 나는 이불을 걷고 벌떡 일어섰다. 눈앞엔 책상 위에 놓인 수호의 성모마리아상이 나를 바라보고 있었다. 나는 성모마리아상을 마주 보며 한참을 그대로 서 있었다. 수호, 네가 보고 싶어서 왔어. 나는 성모마리아에게 그 사실을 고백했다.

다음 날 수호는 비행기 시간을 묻더니 자신이 좋아하게 된 동네 빵집으로 가자며 앞장섰다. 너 일하러 안 가? 나는 수호가 일하러 가지 않는 게 마음에 걸렸다. 아침 내내 집에서 시간을 보내는 수호를 보니 그제야 수호가 내게 집은 보여줬지만 이곳에서 무슨 일을 하며 산다는 말은 하지 않았다는 걸 깨달았다. 내가 아는 수호는 남에게 기대는 것을 좋아하지 않는 사람이었다. 내가 괜한 악담으로 퍼부은 것처럼 엄마 집에서 죽 살긴 했지만 그건 수호가 어릴 적부터 나고 자란 곳이 서울이라 그런 것뿐이었다. 게다가 아픈 엄마의 병원과 가까운 곳에 지내고 싶어 했다. 내 말에 수호는 잠시 걸음을 멈추더니 뒤돌아 웃어 보였다.

"네 말대로 여자로 사는 거 쉽지 않네. 여자가 되니까 그것도 어렵더라. 일 구하는 거 말이야."

이력서를 내고 겨우 면접을 보러 가도 결국엔 여러 번의 주민등록증 검사와 신분 확인 절차가 기다리고 있었다. 모든 것이 수호의 구직을 막아섰다. 자신에 대해 증명할 것을 요구하는 사람들 사이에서 수호는 지쳐가고 있는 것 같았다. 선거 같은 것도 마찬가지였다. 국민의 소중한 한 표를 행사하는 곳 근처에서 수호는 늘 망설여야 했다. 왜 남자 주민등록증 주세요? 이거 본인 거예요? 수호는 주머니에 주민등록증을 넣고 오래 서 있다가 돌아왔다고 했다.

"근데 네가 어제 가져다준 꽃 보니까 기분 좋더라. 그래서 네가 좋아하는 빵 냄새 맡게 해주려고, 나는."

수호는 원래 빵을 별로 안 좋아해서 그저 한 끼 가볍게 때우는 용도로만 사 먹곤 했다고 한다. 그러나 나와 사귀면서 조금씩 빵을 즐기게 되었는데, 지금의 수호는 거기서 한발 더 나아간 모양이었다. 나를 데려가는 곳은 주인분이 직접 재배한 밀로 만든 빵을 판매하는 곳이었다. 수호는 무언가 조금 들뜬 사람처럼 빵집에 대한 자랑을 시작했다. 그곳은 기본적으로 노버터, 노에그, 노슈가의 비건 빵집이었고 수호가 여태 먹어본 빵 중에 제일 맛있어서 나도 분명 좋아할 거라는 거였다. 게다가 간판에는 늘 무지개 표식이 붙어 있다고. 노혐오 존. 앞장서서 나를 데려가는 수호의 기분이 아까 일자리에 대해 말할 때랑은 조금 달라 보여서 안심이 되었다. 나는 고개를 끄덕이며 뒤따라 걷다가 조금 속도를 내 수호의 옆에 서서 걸었다.

빵집에 도착해보니 역시나 수호는 빵에 관해 한층 성숙한 인간이 되어 있었다. 뭐가 맛있는지 골라주겠다며 앞장서는 것도 그랬고, 빵 바구니를 들고 신중하지만 결단력 있는 눈빛을 빛내는 것도 그러했다. 이건 쑥으로 만든 건데, 안에 단호박이 들어 있어. 이거는? 아 그거는, 그 무화과. 저기 해남 무화과라던데? 오 그렇구나. 서울에서 무화과 지금 완전 비싼데. 그래? 지금 이거? 이런 이야기들을 나누며 빵을 담아서 앉았을 때였다. 수호가 어째 가게 안을 힐끗거린다 싶었는데 가게 주인분이 나와 빈 트레이에 빵을 채워두고 있었다. 그 모습을 가만 보던 수호가 문득 이런 말을 하는 거였다.

"나 여기서 일하고 싶어. 사람 뽑는다고 공고 났더라. 빵도 멀리 배달해주고 가게 청소도 해주고 그런 사람. 근데 나 아마 안 되겠지?"

내가 그런 수호를 가만히 넘겨보는데 가게 안의 손님이 우리뿐이라 그랬는지 어느새 주인분이 우리 곁으로 다가왔다. 주인분은 과하지 않을 정도로 빵 맛이며 커피 맛이 어떤지 물었다. 그 적당한 거리감이 나를 움직인 걸까. 평소 단골 마트에 가도 인사 외엔 별다른 말을 하지 않는데 그 순간 불쑥 나는 주인분께 이런 말을 꺼냈다.

"저, 여기 공고 난 것 보았거든요. 아직도 사람 뽑으세요?

애가 빵도 잘 알고 오토바이도 정말 안전하게 잘 타요. 무려 무사고 10년. 서울에서 배달 일 오래 했어요.”

“아, 오토바이 배달 일요? 저희야 안전이 최고죠. 그리고 빵 좋아해서 이 일 오래 해주면 너무 좋고요.”

“네, 애가 제시간 배달로 유명했다니까요. 제가 애 전 직장 동료라서 알아요. 지금 먹고 있는 빵도 애가 여기 너무 맛있다고 추천해준 거 있죠?”

수호는 내가 자신의 직장 동료라고 말할 때 잠깐 멈칫거리기도 했으나 내가 눈빛으로 괜찮아,라고 말하자 이내 작게 고개를 끄덕이며 테이블에 떨어진 빵 부스러기를 손으로 쓸어 담았다. 그러면서도 허리를 쭉 펴기도 하고 나름 주인에게 잘 보이려는 포즈를 취하기도 했다. 나는 나대로 주인이 수호에게 주민등록증 같은 걸 요구하면 어쩌나 싶기도 했지만, 어쩐지 한번 시작한 말은 끊어질 기세 없이 술술 나왔다. 한참이나 그렇게 수호 자랑을 늘어놓던 나는 이윽고 수호와 주인이 본격적인 입금 협상에 들어가자 둘이서 이런저런 이야기를 하도록 잠시 자리를 내주었다. 가게 밖으로 나와 하늘을 올려다보니 해가 구름에 반쯤 가려져 있었다. 하지만 오히려 구름이 있어 뜨겁지 않은 날씨가 바깥 활동을 하는 사람들에게 좋을 것 같았다. 가게 건너편에서는 야쿠르트 아주머니가 휴대폰으로 길가의 꽃을 찍고 있었다.

"아주머니, 딸기 맛 요플레 있어요?"

아주머니가 사진 찍었던 꽃 옆에 서서, 나는 딸기 맛 요플레를 뜯었다. 껍질에 묻은 요플레를 조금씩 핥아 먹던 나는 곧 작은 수저로 듬뿍 떠서 입에 넣고 천천히 오물거렸다.

·+·

"서울, 가는 거야?"

"남이사."

"다시, 여기 오니?"

나는 획 뒤돌아서 잠시 수호를 바라봤다. 그리고 가방에 넣어놨던 딸기 맛 요플레를 던지듯 수호에게 떠안겼다.

"모르는 남자한테 문 열어주지 마."

수호가 고개를 끄덕였다.

"마르지 말고 밥 챙겨 먹어. 빵도 먹어. 못 먹어서 마르지는 말란 말이야."

수호가 다시 고개를 끄덕였다.

"책 읽으면서 걸어 다니지 마."

역시나 고개를 끄덕이는 수호.

"무엇보다 너 자신을 사랑하라고."

그리고 괜찮다면. 계속 나를 사랑해줘, 수호야. 사실 내가 이런 말을 하고 싶었다는 걸 수호는 안 걸까. 더불어 저건 사실 나에게 하는 다짐이기도 했다는 걸 역시나 수호가 알았던 걸까. 잠깐 나를 보던 수호가 나에게 다가오더니 두 개가 나란히 붙어 있던 딸기 맛 요플레를 반으로 쪼개어 건넸다. 나는 그것을 받아 들고 곧장 뒤돌아 걸었다. 수호가 오래 내 뒷모습을 보고 있다는 사실을 알았지만 뒤돌아보지는 않았다.

÷÷

아직 수호와 내가 연인 사이였을 때였다. 나를 키워주었던 할머니가 암에 걸렸다는 소식을 듣고 나는 한참 동안 슬픔에서 빠져나오지 못했다. 슬픔 뒤엔 화가 올라오기 시작했다. 어째서 이 정도 고통이 몸과 정신을 침범할 때까지 이 사람은 자신의 몸을 돌보지 않았단 말인가. 할아버지가 홀로 남겨졌을 땐 더 그랬던 것 같다. 혼자 집에 남겨두었다간 무슨 일을 당할지 모르니 당장 병원으로 옮겨야 한다고, 남은 생을 깔끔하게 정돈하기 위해선 관리를 해주는 곳이 최고라고 앞다퉈 '사랑'과 '진심'을 담은 화를 남김없이 꺼내놓았다.

사랑과 진심을 담은 화, 그러니까 내가 너를 정말 사랑해서 하는 말인데 말이야,로 시작되는 이야기들.

그런데. 그런 게 정말 있을까? 결국은 그냥, 그저 화를 냈던 게 아니었을까?

나는 그들이 떠나고, 이윽고 수호가 내 곁을 떠나게 된 이후에야 그런 생각을 했다.

나는 그냥 화가 났던 거라고 말이다. 그러므로 그들을 생각해서,라는 말은 하지 않았어야 했다. 사랑이라는 이름으로 되풀이되는 화, 아무리 사랑이라는 이름을 붙여도 그건 그냥 화였을 뿐이었다고 생각하면서.

⁘

나는 그렇게 내 전 남자친구 이수호와 헤어졌다.

나는 그렇게 그날 이수호를 처음 만났다. 나의 아나키스트 여자친구 이수호를 처음 만났다. 아나키스트가 아닌 여자친구 이수호를 처음 만났다. 아니, 그저 수호. 나의 수호를 그렇게 다시, 처음 만났다. 나의 수호를, 처음 만났다.

결혼식 멤버 結婚式のメンバー

오랜만이라는 말과 함께 온 메일의 서두에는 받는 사람의 이름이 없었다. 받는 사람의 이름도 적지 않은 채 건네는 인사라니. 제대로 온 메일일까, 사람에 따라선 이상하게 느낄수도 있겠지만 적어도 메일 계정주인 나나는 그렇지 않았다. 그러니까 나나도 이 메일이 계속되는 것에 암묵적인 동의를 하고 있다는 뜻이다. 나나의 메일함엔 언제부터인가 이 사람의 메일만이 남게 되었다. 물론 이 사람을 위해 메일 계정을 만든 건 아니었다. 이 메일 계정은 나나가 석사과정에 막 입학하고 나서 논문 포털 사이트에 가입하려고 만들었다가 방치해뒀던 거였다. 한국에서는 지메일을 별로 쓸 일이 없었다. 다만 오랫동안 아이폰을 써온 나나가 안드로이드 체제의 휴대폰 개통을 위해 이메일 계정을 찾다 보니 이 주소가 떠오른 것뿐이었다. 비밀번호 찾기까지 해가며 되살린 계정엔 그 사람이 보낸 메일들이 이미 빼곡했다. 메일을 몇 개 읽은 후 나나는 잠시 노트북 화면 건너의 벽을 바라보았던 기억이 있다. 그다음 날엔 지메일 계정으로 오던 다른 메일들을 정리하기 시작했다. 고지서라면 메인으로 쓰는 메일로 옮겼고, 간혹 언제 가입했는지도 모르는 쇼핑몰의 가입 약관 변경에 대한 메일이 오면 그것 또한 수신 메일을 다른 계정으로 변경했다. 그렇게 메일들을 정리하면서 나나는 자신이 의외로 세상의 많은 것과 연결되어 있다고 느꼈다. 하지만 또 그렇게 너무 많은 것이 금세 사라지는 걸 보면서 자신의 삶이 새삼스레 너무나 간단한 무늬로 직조된 것 같다고 느끼기도 했다. 어쨌거나 정리된 메일함엔 이제 정말 그 사람의 메일만이 차곡차곡 쌓여갔다. 메일은 주기적으로 도착했다. 대략 일주일에 한 번 정도.

나나는 이 사람이 처음 보낸 메일을 봤던 그날에 대해 생각했다. 그날 나나에겐 무슨 일이 있었지? 별일은 아니었다. 아니, 별일인가, 그것은?

그때 나나는 2년 동안 같이 살던 남자의 집에서 자신의 짐을 따로 챙기고 있었다. 책장과 옷가지 빼고는 딱히 나나의 짐이라고 할 만한 게 없었다. 그 외의 물건들은 남자와 함께 사용하는 것들이었다. 그러나 원래 남자의 집이었기 때문에 그건 어쩐지 남자의 물건이라고 해야 할 것 같았다. 남자는 같이 살기 전 2년을 포함해 총 3년 동안 나나의 애인이었다. 둘은 동거 초반을 빼고는 거의 싸우지 않았다. 남자는 술을 많이 마시거나 소리를 지르거나 밥을 혼자 차려 먹지 못하거나 모임에 나가서 연락이 두절되지 않았다. 남자는 아파트 경비분께 인사를 잘했고 택배 기사분께 예의가 없지 않았고 취미는 다양했으며 외국에서 더 유명하다는 대기업에 다녔다. 회사에서는 뉴스에 나올 정도로 희소성이 있는 개발 파트를 맡고 있는지라 퇴직 이후의 전망도 괜찮았다. 나나처럼 책을 좋아하진 않았지만 여름엔 자전거를 타고 나가 교외에서의 삶을 즐겼으며 겨울엔 실내 수영장을 다녔기에 아랫배가 거의 없었다. 옷이 많지는 않았으나 때에 맞게 꾸밀 줄 아는 센스도 나나를 통해 조금은 습득한 사람이었다.

"이 모든 게 나나 씨 덕분이죠. 나는 나나 씨에게 받은 게 아주 많아요. 나나 씨가 그렇게 생각하지 않는다고 해도 말이에요. 의도는 내가 정하는 게 아니듯 호의도 주는 사람이 꼭 그렇게 마음먹어야만 하는 건 아니니까요."

이런 말도 나나를 통해 습득한 사람. 그러니 저 뒤의 문장이 조금은 작위적이어도, 누군가를 따라 하는 게 제법 분명해 보여도 이 남자의 모든 것이 썩 괜찮기에 그 정도는 충분히 넘어가줄 수 있을 것 같은 그런 사람. 이제 결혼하면 되겠구나, 이렇게 말하는 친구들보다 "너네, 아이는 안 낳을 생각이지?" 하는 친구들이 더 많았다. 그러니까 나나보다 먼저 그들의 결혼을 사실화한 사람이 많았다는 뜻이다. 그러게, 그런데 너네는 어째서 나에게 한 번도 '그 사람 사랑하지?'라고는 묻지 않는 거야? 나나가 이렇게 물으면 사람들은, "너네처럼 조건 잘 맞기도 힘든데 뭐. 그래서 결혼 언제라고?"

아…… 그래, 결혼.

결혼. 그래서 임나나는 그와 결혼을 하고 살 자신이 있는가. 평생 이 사람만을 사랑할 자신이 있는가.

글쎄…… 글쎄요?

결혼식 때 조금만 긴장을 늦추면 저런 대답이 나올 것만 같았다. 물론 실제 결혼식을 한다면 가족과 친지, 친구와 지인들 앞에서 나나는 절대 그런 모험을 하지 않을 것이다. 모험심 부족. 나나가 결혼을 결심한 이유를 한 단어로 뽑아야 한다면 저거니까. 물론 남자를 사랑하지 않는다는 건 아니다. 다만 나나는 이제 '모험'이라는 단어 자체가 낯설었다. 흔히 말하는 일류 대학도 아니고 인 서울 대학도 아닌 지방 대학을 졸업한 나나가 서울 소재의 대학원에 진학한다고 했을 때, 사람들은 모두 나나에게 '왜 그런 모험을 강행하느냐'고 했다. 또 어떤 사람들은 나나의 용기를 칭찬했다. 친척들은 나나의 아버지가 이미 1980년대에 대학원을 나온 사람이라는 것을 떠올리기도 했다. 하지만 박사를 졸업하고도 시간강사 일과 계약직 연구원 일을 하다 보니 모험심은 자연스레 사라졌다. 대학에서의 강의, 연구원이라는 직함, 가끔 하는 번역으로 따낸 번역가라는 타이틀. 그러나 타이틀 뒤에서 나나는 점점 작아졌다. 이제 모험은 고사하고 히키코모리가 되지 않으면 다행인 존재감만 남았다. 그렇게 모험심 부족의 임나나는, 그러므로 마음속으론 글쎄요와 같은 목소리가 나올지언정 현실의 삶에서는 일단 결혼을 해보기로 했다. 단지 문서에 서명하는 거야. 최대한 가벼운 마음으로 나나는 동거 2년째의 해를 결혼 첫해로 바꿀 준비를 하고 있었다. 혼인신고를 하면 이제 누군가를 다시 만나야 한다는 생각도 없어질 것이고 대출이 가능한 금액의 전셋집을 알아보며 자괴감에 빠질 필요도 없을 거라고, 나나는 결혼으로 자신이 가벼워질 거라고 생각했다. 하지만 막상 결혼이 확정되자 남자는 이제 나나에게 동거 때와는 다른 책임감을 강조했다. "미래가 있잖아요, 미래. 무거운 책임감을 가져야 해요." 그러면서 남자는 나나의 수입 공개를 요구했다. 나나는 돈 욕심이 없었다. 아니, 돈이 있어본 적이 없어서 돈 자체를 생각할 필요가 없었다. 나나의 자산을 검토한 남자는 다음 날 나나에게 휴대폰 기종을 변경하고 요금제를 알뜰폰으로 바꿀 것을 권유했다.

아이폰이 좋아서 썼던 건 아니지만, 그냥 스마트폰으로는 처음부터 썼던 게 아이폰이어서…… 저는 그게 편한데. 나나가 하고 싶었던 말은 그거였다. 나나는 자신이 왜 휴대폰을 바꾸고 싶지 않다는 말을 못 하는 걸까 생각해보았다. "결혼할 때 그렇게 많이 싸운대잖아." 문득 사람들의 말들이 떠올랐다. "너도 이제 서른 중반이다, 나나야." 또 다른 말이 치고 들어왔다. 나나는 곧 남자가 권유하는 휴대폰 기종으로 바꾸고 요금제도 알뜰폰으로 변경했다. 기계일 뿐이라고 생각했는데 많은 게 좀 어지러웠다. 개통 과정에서 자꾸만 로그인 화면이 떴다. 아이클라우드만을 사용했던 나나는 자료 이전을 두고 고심하며 네이버를 검색했다. 처음으로 안드로이드 체제로 바꾸면서 나나는 묵었던 지메일 계정을 찾아냈고 비밀번호도 다시 찾아내야 했던 것이다.

당신의 일순위는? 나나는 오래전 자신이 설정해놓은 비밀번호 찾기 질문을 보고서 자신이 왜 그걸 중요한 질문이라고 여겼는지 잠시 생각에 잠겼다. 여러 번 실패 끝에 찾아낸 질문의 답은 나나를 다시 멈추게 했다. 질문의 답은 이러했다, **나, 임나나, 나 자신. 그리고 언젠가 나와 평생을 함께할 사랑하는 사람.**

찾아낸 것만 있는 건 아니어서 무언가를 발견하기도 했다. 그랬다. 그날, 그때, 그곳에서 처음으로 이 사람의 메일을 발견한 것이다. '제목 없음'의 제목으로 온 메일.

나나는 가장 최근에 온 그 사람의 메일을 읽은 후 뒤로 가기를 눌렀다. 그대로 창을 닫으려다가 스크롤을 내려 목록을 훑었다. '제목 없음'으로 된 메일 중에서 나나는 그 순간 가장 눈에 띄는 메일을 하나 클릭했다. 다 같은 '제목 없음'에서 눈에 띄는 걸 발견한다는 것도 웃기긴 했지만 뭐랄까, 나나는 그런 게 분명 있는 것 같았다. 그렇게 나나는 그 사람이 보낸 메일 중 그날그날 눈에 띄는 메일을 하나 정해서 다시 읽었다. 그날은 약 세 달 전에 온 메일에 시선이 가닿았다.

ナナ様(나나 님께).

놀라지 않은 것 같군요. 메일은 늘 확인하는 것 같아 다행입니다. 무어라 반응이 없다는 것이 다행인 느낌입니다. 일단은 항의 메일이 오거나 차단이 아닌 것으로 보아 제대로 된 계정을 찾은 것도 확실해 보입니다. 메일 주소를 찾다가 귀하의 논문들을 여러 편 본 것도 나에게는 행운입니다.

귀하의 논문을 사실 오래전부터 검색해오고 있었습니다. 그중에서 제국 시기 류큐왕국-대만-한국을 연결 지어 일본 제국의 현지처 문제를 다룬 논문을 재밌게 읽었습니다. 식민지로 보낸 일본인들의 적응을 돕기 위한 제국의 계획 중 하나가 일본 현지에서 여자를 보내 식민지에서 가정을 꾸리게 하는 것이었다는 점. 무언가, 그런 말들은 자주 하잖아요, 국가와 가족은 비슷하다. 물론 가족제도 자체를 국가가 만들었으니 그렇겠지만요. 그러나 말뿐 아닌 논문으로 읽으니 정말 흥미롭더군요. 아쉽게도 이와 관련한 내용으로 귀하가 후속 연구를 진행한 건 아닌 것 같았습니다. 어쩌면 귀하가 판단하기에 이러한 주제는 자신의 커리어와 맞지 않는다고 느꼈을 수도 있고요. 어쨌거나 자꾸만 밑줄을 그으려 덤비지만 않는다면, 귀하의 논문을 읽는 것은 내게 신선한 즐거움을 주고 있습니다.

그런가 하면 서울시 은평구에 산다는 이야기는 이전에 한 잡지 기사에서 읽었습니다. 그곳엔 번역가로 소개

되어 있더군요. 귀하가 번역한 일본 여성 아나키스트의 평전이 귀하가 선택한 것인지 출판사의 의뢰인지 궁금했습니다. 일본에서도 대만에서도 그 여성은 꽤나 격렬한 저항을 한 것으로 알려져 있으니까요. 어떻게 그 잡지를 보게 된 것인지 궁금하시겠죠. 독립 잡지이고 한국에서도 펀딩을 통해서만 유통된 것이니까요. 역시나 제가 돈을 지불한 사설탐정으로부터죠. 말하고 보니 이 직업을 한국어로 탐정이라고 번역하는 게 맞을지 모르겠습니다. 사설탐정은 한국에서 약간 불법적 느낌이니까요. 뭔가 다른 낱말이 필요합니다. 하지만 도쿄에서 이들은 단지 생활 수집가라고 해야 할까요. 어쩌면 드라마에서 제법 보았을지도 모르겠군요. 하지만 이런 이야기를 쓰니 제가 꼭 무슨 다른 세계 사람 같기도 합니다만, 어쨌거나 제가 귀하를 생물학적으로 출산한 것만큼은 분명하니까요.

나나는 이 부분에서 조금 웃었던 기억이 난다. 나나 사마라니, 귀하라니⋯⋯ 나나는 '귀하'라는 말이 좋았다. 귀하라는 말은 나나가 남자와 결혼식 청첩장을 만들려고 이런저런 봉투를 비교하면서 보았던 단어이다. 나나는 흰 봉투에 씌어진 귀하라는 말을 오래 들여다보았다. 자주 쓰지 않는 깍듯한 말. 귀하. 나나는 자신을 나나의 생물학적 어머니라고 알려온 사람이 자신을 귀하라고 부르는 게 좋았다. 아마도 나나가 아주 어릴 때 아버지와 이혼한 그 사람일 것이다. 나나는 아버지에게 이 사람에 관해서 제대로 듣지 못했다. 직업이나 나이는 물론이고 결혼 전 이름에 대해서도 듣지 못했다. 그저 대만의 타이베이에서 태어나 어린 시절 도쿄로 이주했고 그렇기에 대만·일본 이중 국적자라는 것 정도를 막내 고모를 통해 들었다. 나나를 낳고 얼마 키우다가 타이베이가 아닌 도쿄로 돌아갔다는 것도 최근에 안 사실이었다. 나나는 그 사람이 연구자라는 정보 하나를 추가했다. 나나는 한창 연구에 열심이었을 때 모르는 사람과도 연구 관심사가 같으면 얼마든지 이야기할 수 있었다. 생물학적 어머니라고 밝힌 사람의 메일을 읽으며 나나는 문득 연구 목적을 핑계 삼아 5·18 유가족들의 오키나와 방문 여행에 통역으로 따라갔던 일이 떠올랐다. 그곳에서 만났던 재조 일본인 연구자 경아 씨와 당시엔 아직 고등학생이었던 영소 씨. 그때 영소 씨는 아빠가 5·18 때 돌아가시고 나서 얼마 뒤 엄마와 오키나와로 왔다고 했고, 경아 씨는 재일 조선인과 결혼해서 도쿄로 이주했다고 했다. 일면식도 없었던 셋은 동아시아 국가 폭력의 피해자와 가해자, 교차성과 기억, 제도와 제국에 관한 이야기로 몇 시간씩 떠들곤 했다. 그때의 영소 씨는 이제 연구자가 되었고, 몇 년 전에 경아 씨와 함께 학회에서 만나 반갑게 인사를 나누기도 했다. 그래서인가. 나나는 이 사람이 자신의 논문을 이야기하는 부분에서 심장이 뛰었다. 이 사람의 메일을 그때 받았더라면 자신도 뭔가 가족의 이야기를 할 수도 있었겠다는 생각도 추가되었다. 그리고 그 설렘은 또 다른 기억도 데리고 왔다. 나나가 처음 대학원에 진학한다고 했을 무렵의 이야기다. 할아버지의 제사 때문에 나나의 집에 모인 고모들이 주방에서 이런 이야기들을 나누고 있었다. "솔직히 지 엄마 닮아서 저러는 거지, 오빠가 공부든 뭐든 뭐 제대로 했어?" 막내 고모의 말에 나나는 문득 들고 있던 아빠의 접시를 내려봤다. 고기만 빼 먹은 산적 꼬치가 있었다. 나나는 아빠가 큰고모가 오면 주방이 어디 있는지도 모르는 사람처럼 구는 걸 잘 알고 있었지만 그걸 꺼내어 말하진 않았다. "왜, 큰오빠도 한다고 했지. 뭐 새언니가 좀 똑똑했니." 큰고모는 나나가 대학에 들어갈 때까지 집안 살림을 해주었다. 큰고모는 조금 이른 나이에 불임이라는 이유로 이혼했는데 나나의 아빠부터 할아버지까지 모두 큰고모를 큰 죄나 지은 사람처럼 대했고, 큰고모가 나나네 살림을 해주는 걸 조금은 당연하게 여기는 눈치였다. 어떻게 보면 나나를 키운 사람이었지만 또 어떤 면에서는 아빠를 키운 사람 같기도 했다. 나나는 그런 큰고모의 입에서 나온 '새언니'라는 말에 조금 움찔했다. 큰고모는 한 번도 나나 앞에서 그 '새언니'의 존재를 말한 적이 없었다. "아우, 언니. 오빠 이혼할 때, 오빠가 버티면서 이혼해주는 대가로 어떤 조항 넣었는지 기억 안 나? 새언니 재혼 금지 조항 넣었잖아. 당연히 안 들어먹혀서 아주 쌤통이었지만. 오빠지만 너무 정 떨어지더라." 막내 고모의 말에 큰고모는 나나가 혹시 듣고 있는지 주위를 잠시 두리번거리는 것 같았다. 그러다 이내 손까지 내저으며 조용히 하라는 제스처를 보냈다. 나나는 그런 고모들이 있는 주방의 문 뒤편에 서서 여전히 큰고모가 차려주는 밥을 먹는 아빠를 떠올렸다. 한편으로는 완전히 다른 의미에서 본인의 이름이 아닌 '새언니'라고 불리는 그 사람에 대해 잠시 생각해보았다.

은평구는 내가 한국에 있을 때 오래 자취를 했던 동네입니다. 나는 그 근방의 대학을 다녔어요. 귀하는 인정병원이라는 곳에서 태어날 뻔했습니다. 태어난 곳을 알겠지요? 그러니 따로 말하지 않을게요. 그냥 학교를 다니면서 그런 생각을 했던 것 같아요. 나중에 아이를 낳게 되면 인정병원에서 낳고 싶다, 이런 막연한 생각들이요. 왜 인정병원이었냐면…… 이것도 귀하의 생각으로는 조금 막연할 수 있어요. 왜냐하면 나는 의료 수준이나 시설 등은 하나도 몰랐거든요. 단지, 바로 옆 응암동 감잣국 거리에 시장이 죽 늘어서 있는데, 가게도 많았지만 이런저런 찬거리를 사는 사람이 참 많았거든요. 아이가 태어나면 가장 먼저 볼 수 있는 풍경이 중요한데, 나는 그런 것들을 보여주고 싶었어요. 지금도 감잣국 거리에 시장이 있나요? 거기서 이런저런 한국식 반찬을 종종 사다 먹은 기억이 있군요.

풍경과 분위기…… 이 메일을 읽은 다음 날, 나나는 응암동 감잣국 거리에 가보았다. 같은 은평구라고 할지라도 그동안 그곳에 가본 적이 없었다. 나나는 불광천 가까이 살았다. 나나도 은평구를 좋아했다. 별다른 이유는 없었다. 오랜 대학원 생활과 연구원 생활을 거치며 나나는 공동 저자로나마 몇 권의 책을 냈고, 이후엔 번역 일도 조금이나마 꾸준히 해왔다. 이래저래 출판사를 갈 일이 있는 나나에게는, 합정이나 홍대 근처에 집이 있는 편이 좋았다. 나나가 다니던 학교는 종로와 가까웠는데 은평구는 그쪽으로 나가기도 수월했다. 학군이 없어서인지 집세도 저렴했고 나나처럼 혼자 사는 젊은 사람이 대부분이었다. 그런 이유에서인지 나나의 친구들도 그 근방에 살았다. 근처의 큰 마트에서 종종 친구들을 마주치면 과자나 와인 같은 걸 나나에게 불쑥 건네고 가기도 했다. 그건 나나도 마찬가지였다. 김밥을 포장하다가 친구를 마주치면 떡볶이를 추가로 주문해 건네곤 했다. 그리고 뭐랄까, 분위기라는 게 있었다. 상의한 적 없는데 가까운 친구들이 모여든 것이 아마 그 분위기란 것과 관련이 있을 테지만 역시나 그건 정확하게 설명할 수 없었다.

"대체 거기가 왜 그렇게까지 좋아요?" 나나가 응암동 집을 정리하며 아쉬워하자 남자가 조금은 난처한 표정으로 웃어 보였다. 다세대주택에서 아파트로 가게 되었는데, 이 여자는 대체 왜 이렇게까지 우울해하는 걸까? 나나는 남자가 웃음 뒤에 감춘 말을 알고 있었다.

"지금까지 사귀던 사람 중에 결혼하고 싶은 사람은 나나 씨가 처음이에요. 결혼은 연애와 다르잖아요."

나나는 남자가 마지막 말에 힘을 주고 있다고 생각했다. 남자는 자기와 사귀던 여자들이 늘 자신과 결혼하고 싶어 했다는 점을 강조했다. 나나는 그때 무슨 대답을 했던가. 남자는 나나로부터 고마워요, 좋아요와 같은 말을 기대했을까?
정작 나나가 했던 말은……

 그때 나는 퍽 인기가 없는 여성이었습니다. 인기가 없
다는 말이 사귀는 사람이 없었다는 뜻은 아닙니다. 나는
연애 상대자로는 꽤나 만만했던 모양입니다. 수업을 들
으러 가면 쪽지를 꼭 받아 왔으니 말입니다. 그런데 어느
순간, 내가 한국에서 인기가 있는 여성이 아니라는 걸 깨
달았습니다. 누구도 나와 결혼하지 않으려 했습니다. 왜
그랬을까요.

 조금만 더, 내 이야기를 해보겠습니다. 내가 처음 한국에
간 것은 1980년이었습니다. 대만은 1992년 단교 전까지
한국과 처음 교류한 나라로 각별한 사이였습니다. 심지
어 대만에서 한국에 관한 연구 논문이 나온 건 1930년
대부터지요. 사실 대만은 식민 지배를 겪었지만 한국과 달
리 일본에 대해 거부감이 덜합니다. 그것은 일본이 대만
에 비해 조선에 좀더 가혹한 식민 지배 정책을 쓴 까닭도
분명 있습니다. 그것은 영화 검열에 관한 두 나라 비교 연
구만 봐도 그렇지요. 그러나 내가 보기에 그것은 가스라
이팅으로 사람을 제압하는 것과 물리적 폭력을 써서 제

압하는 것, 그런 방법의 차이였을 뿐입니다. 제국 일본이 한 행동 말이에요. 물론 어릴 때 나는 그런 것을 알지 못했고 그런 이유 때문인지 대만인으로 태어나 일본에서 자랐지만 국적을 취득하기 전에도 외국인이란 생각은 딱히 해보지 않았습니다. 오히려 일본에서 한국으로 공부를 하러 가면서 그런 걸 실감했지요. 1980년 당시, 대만에서 태어나 일본에서 오래 공부했고 대만 국적과 일본 국적을 동시에 가진 사람이 한국학을 한다는 것⋯⋯ 그때는 재일 교포든 일본 유학생이든 많은 이가 안기부의 감시를 받았습니다. 아무래도 조총련계에 대한 경계이기도 했겠지요. 재밌는 건 나는 재일 교포도 일본인도 아니라는 점이죠. 하긴, 재일 조선인과 재일 교포에 대한 구분도 명확히 없던 시절이었으니까요. 나는 순식간에 목숨을 걸고 공부하는 입장이 되었지요. 한국에서 사귄 남자들은 내가 공부에 헌신하고자 하는 욕망을 염려스러워했습니다. 처음엔 저를 걱정해주나 싶었는데 시간이 흐를수록 조금 이상했습니다. 잘 만나던 사람들도 결혼 이야기가 나오고 내가 공부를 계속할 것임을 알게 되면, 어느 순간 아이는 누가 키우느냐고 물었어요. 사실 내가 한국에 처음 갈 때는 이중 국적자라 해도 일본 국적을 가지고 있는 게 가장 큰 문제가 되지 않을까 했습니다. 나는 비혼주의자가 아니었고 결혼해서 한국에서 살 생각을 했으니까요. 그런데 일본 국적은 어떻게 보면 문제가 아니었습니다. 오히려 사람들은 일본어를 하면 부자겠네,라고 하며 얼굴을 밝혔습니다. 하지만 대만 국적이라고 하면 거긴 뭘 먹고 살아요? 에어컨은 있어요? 덥죠? 이런 걸 물으며 나를 함부로 대했습니다. 대만은 한국보다 일찍 선진국의 반열에 오른 나라인데, 한국 사람들은 중화권 사람들을 낮잡아 보는 선입견이 있었지요. 반면, 설사 내가 재일 교포라고 해도요. 귀하는 아시지요? 재일 조선인, 그리고 재일 교포 들이 얼마나 힘겹게 살아왔는지 말입니다.

결혼에 관한 이야기로 되돌아가볼게요. 아마도 귀하의 아버지를 만나기 전이었을 겁니다. 나는 당시 학교에서 한 선배와 연애 중이었습니다. 그는 내가 공부를 계속하겠다고 하자 고개를 크게 끄덕이며 나의 빛나는 재능을 인정한다고 했습니다. 순댓국을 파는 집이었는데 갑자기 소주 한 병을 시키더군요. 나는 소주를 그다지 좋아하지 않습니다. 그에게 몇 번이나 그걸 말했었는데, 이런 생각을 하던 중이었습니다. 소주 한 잔을 마신 그가 나는 자기와 함께 살기엔 너무 열정적인 여자라고 했지요. 그는 자신을 키워주신 어머니 이야기를 꺼내기도 했습니다. 그런데 말이에요. 이런 뒷이야기도 존재합니다. 그해 국가장학금을 제가 받았다거나 하는. 그가 자신의 어머니가 아닌 차라리 장학금에서 저에게 밀린 자신의 이야기를 해도 됐었다고, 한참이 지나자 그런 생각이 들었습니다. 그런 그에게 어느 순간 제가 집중력이 떨어졌던 걸까요. 이별의 순간에 저는 그 사람 등 뒤로 가게 주인이 켜놓은 텔레비전의 화면을 보고 있었습니다. 1988년 서울에서 올림픽 개최가 확정되었다는 뉴스였지요. 화면 속 한국인들이 만세를 하고 있었습니다. 이별 선언 뒤로 만세 삼창이 제법 오래 이어졌습니다. "여기 다 헐리게 생겼는데 만세고 뭐고." 이렇게 중얼거리며 가게 주인이 텔레비전 채널을 바꾸니 픽 소리와 함께 화면이 전환되었습니다. 〈쑈쑈쑈〉라는 프로그램에 정애리라는 가수가 나오더군요. 그날 그 가수가 부른 노래의 제목은 「애야 시집가거라」였습니다. 가사는 기억에 남지 않았습니다. 나는 또다시 다른 것에 시선을 맞추고 있었습니다. 동남 샤프 TV라는 금박의 상표. 그 상표에 눈을 맞춘 건 내 옆 테이블에서 동남샤프 TV 로고가 새겨진 작업복을 입은 여성이 상대 남성에게 결별 통보를 듣고 있었기 때문입니다. 듣자 하니 상대 남성은 대학생인 모양이었고 여성은 그 회사의 공장에 다니는 것 같았습니다. "너와 결혼할 수는 없잖아." 나는 순간 그 말을 옆 테이블의 남성이 하는 건지 내 앞에서 소주를 들이켜는 사람이 하는 건지 헷갈렸습니다. 물론 어떻게 그 여성분과 제가 무조건 같다고 할 수 있겠습니까. 그렇다고 말한다면 제가 그 여성분을 모욕하는 일이겠지요. 그렇지만 '남자에게 결혼을 거절당한 사회에서 정한 결혼 적령기의 여자가 되어버린' 그 순간에는, 그 여성분과 제가 마치 같은 사람 같았어요. 어느 순간 퍼뜩 정신을 차렸는데, 내 앞에서 이별을 고하던 남자가 문득 해줄 말이 있다고 해서였어요.

"그게. 외국인이랑 결혼하면 결혼식에 부를 사람도 없고." 그래요, 한국은 결혼식이라는 것이 중요하다고 알고 있었습니다. 아마도 일본의 결혼식 문화에서 유래된 것이겠지요. 일본 사회에서 가족 붕괴가 진행된 지 꽤 오래인데도 이른바 결혼식 멤버가 없는 건 용납하지 못하거든요. 하객 아르바이트가 일반화될 정도니까요. 다시 앞의 이야기로 돌아가보자면, 나는 그날 슬프지는 않았어요. 다만 동남샤프 TV 작업복도 미처 벗지 못한 채 달려와 이별 통보를 듣는 저 여자의 결혼식 멤버가 되어주고 싶다고, 이런 생각뿐이었지요.

88 서울 올림픽이라…… 나나는 그 단어가 참 어색하다고 느꼈다. 이제 올림픽은 도쿄에서 예정되어 있잖아요. 나나는 문득 자신이 메일에 답을 하고 있다는 걸 깨닫고 멈춰 섰다. 물론 나나가 멈춘 건 올림픽 때문이 아니었다. 나나와 사귄 남자들은 모두 나나와 결혼을 하려고 하지 않았다. 모두 나나의 앞길을 응원해줬을 뿐이다. 아마도 나나의 SNS를 본 사람들만 알고 있을, 나나가 공저자로 참여한 책이 나올 때도 그들은 저마다 나나에게 응원의 메시지를 보내오곤 했다. 출간 소식은 어떻게 알았어? 이렇게 묻거나 고맙다는 대답을 하는 대신 나나는 그들의 카카오톡 프로필을 클릭해보았다. 대부분 결혼식 때 찍은 사진들이었다. 그러니까 나나는 자신과 함께 살자고 한 유일한 남자인 그 남자에게,

고마웠다.

자신과 결혼하려고 하는 남자가 고마웠다. 그렇다고 생각했다. 빛나는 재능, 꺼지지 않는 열정, 모험심 가득한 나나…… 이런 말들을 처음으로 입에 올리지 않아서 고마웠다. 몰래 SNS를 보고 있다가 응원을 건네면 충분히 멋있을 수 있

는 순간에 나나도 모르는 자신의 미래를 응원해주지 않아서 고마웠다. 결혼이라는 제도를 신경 쓰는 건 아니라고 나나는 생각해왔다. 그저 지금 이 순간 자신을 떠나주지 않은 그 마음이 고마웠다.

그런데 정말 그랬나. 그랬……나?

나나는 남자와 함께 사는 집이 있는 동네로 돌아오며 여전히 그곳에 사는 지인들과 친구들의 얼굴을 잠깐씩 떠올렸다. 카카오톡을 열려던 나나는 문득 어떤 생각 앞에서 멈춰 섰다. 1년 전쯤이었다. 친구들 사이에서는 결혼이 파기된 이후 연락이 두절되었다던 김강 선배의 이야기가 소소하게나마 오갔다. 아니, 그 이야기에 소소함은 어울리지 않았다. 다들 '본인 없는 자리에서 이런 말 하기는 그렇지만'이라는 서두를 걸고서 할 말을 다 하던 자리였기 때문이다. 강이 선배는 나름 동경받던 연구자였다. 강이 선배의 이모가 유명한 여성 지역문화사 연구자이기도 했지만, 강이 선배도 1990년대 문학을 연구해서 그 자체로 촉망받던 사람이기도 했다. 나나도 강이 선배가 쓴 정이현에 대한 연구 논문을 아직도 또렷이 기억하고 있을 정도였다. '그때 강이 선배가 「삼풍백화점」에 대해 썼던 것 같은데……' 나나는 강이 선배가 연구를 계속했다면 더욱 주목받았을 거라는 생각이 들었다. 그랬기에 나나는 그 선배가 결혼 때문에 사라진 것이 이해되지 않았다.

"그 선배 무성애자라던데. 남자가 근데 그거 불감증이라고 몰아가서 헤어진 거라던데?"

시간이 조금 더 흐른 후 누군가가 이런 말을 했지만 왜인지 다들 그 말에는 침묵했다. 남자의 조건에 대해서만 한참 떠들었던 기억이 있다. 나나는 그때 진실을 알고도 그 선배에 대해 말한 것을 전혀 미안해하지 않는 사람들이 정말 싫었다. 결혼에는 사랑이 가장 중요한 거 아닌가, 조건이 어쩌고 저쩌고 정말 다들 그러려고 공부했니? 나나는 혼잣속으로 씩 씩대기도 했다. 그런데 그런 나나는 말이다, 어째서 그날 누구에게도 연락하지 못한 걸까?

나나는 다시 메일이 열려 있는 화면 앞으로 돌아왔다. 88 서울 올림픽에 대한 이야기를 읽어서인가, 나나는 어쩐지 이런 걸 묻고 싶었다. 사실 일본이 코로나에도 올림픽을 강행하는 것이나 독도 표기를 똑바로 하지 않은 것이 불편하기도 했지만, 올림픽이 열리는 도시 특유의 그 분위기가 궁금하기도 했다. 나나는 서울 올림픽 때 세 살이었다. 올림픽이 열리는 도시에서 저는 경쾌함을 볼까요, 강제 이주를 해야만 했던 사람들의 한숨을 먼저 생각하게 될까요? 그건 자신이 무엇을 중요하게 여기는 사람인지 스스로에게 묻는 질문이 될 거라고도 생각했다. 연구자니까, 연구자인 자신의 기질만큼은 그래도 좋으니까. 그러나 한참 후 나나는 자신이 일부러 다른 생각에 집중하려 한다는 사실을 깨달았다. 나나는 올림픽이 아닌 메일을 보낸 이 사람의 안부가 묻고 싶었던 것이다. 그러고도 한참의 시간이 흐른 후, 겨우 답장하기를 누른 나나는 고심 끝에 맨 첫 줄을 썼다.

"귀하에게."

누구누구 씨도 아니고 누구누구 님도 아닌 귀하에게. 나나는 자신이 시작한 메일의 서두가 제법 마음에 들었다. 물론 그 메일을 곧장 보내지는 못했지만. 나나는 그날 아버지에게 전화를 걸어 생물학적인 어머니가 메일을 보내왔음을 알렸다. 그리고 생물학적 어머니를 자신의 결혼식에 초대하고 싶다는 말을 덧붙였다. 나나의 결혼이 결정된 순간부터 아버지는 입버릇처럼 어머니의 자리를 비워둬서 미안하다는 말을 하곤 했으니, 아버지에게 가장 먼저 알려주고 싶었다. 이제 어머니를 부르면 되지요. 그러나 나나의 이 말에 아버지는 펄쩍 뛰었다. 하마터면 아버지에게 메일의 비밀번호까지 알려줄 뻔했던 나나는 이내 아버지에게 생물학적 어머니의 메일에 관해 상의하는 걸 멈췄다. 이번엔 남자에게 그 메일의 존재에 대해 알렸다. 남자는 처음엔 나나가 새로 번역하는 소설의 내용인 줄 알았던 것 같다. 좋네요, 좋네요, 이런 말을 몇 번 했다. 나나가 포기하지 않고 다시 말하자 두번째는 이렇게 반응했다. "요즘 환율로 엔화가 얼마나 올랐는지 아세요? 나나 씨, 축하드려요."

남자는 코로나 시대이니 축의금만을 받아도 되지 않느냐며 이왕이면 축의금을 엔화로 보내시면 좋겠다고 덧붙였다. 물론 농담이라는 걸 나나도 알았지만…… 남자에게는 악의가 전혀 없었는데, 뭐랄까, 그것은 정말이지 재미있지가 않았다. 정확히는 불편했다. "그런데 어머니는 한국말을 하시나요, 일본어만 하시나요?" 남자는 잠시 나나의 시선을 느끼다가 "멋대로 어머니라고 말해서 미안해요"라고 덧붙였지만, 나나에게 어머니라는 단어는 아무런 불편을 주지 못했다. 나나는 남자에게 메일 내용의 대부분을 이미 말했다. 메일의 주인공이 이중 국적자이지만 한국에서 유학을 했다는 점, 한국어로 메일을 보내왔다는 점까지. 남자는 나나의 이야기를 들은 걸까? 하지만 나나는 더 이상 말하지 않았다. "결혼할 때 싸우다가 깨지는 경우가 그렇게 많대." "나나야, 네가 올해 벌써 서른여섯이다." "별난 것도 하루 이틀이다. 별일 아닌 걸로 별일 만들지 마라." 이 말이 나나 곁을 서성이며 지켜보고 있는 것만 같았다. 그렇게 나나는,

초조했다.

고마운 줄 알았는데 초조했던 거다.

　초조해졌습니다. 그 뒤로는 한동안 고고장도 다니고 '크럽'이라고 씌어진 댄스홀도 다니면서 남자를 만나보겠다고 하던 시절이 있었던 것 같습니다. 지금 한국 소식을 보면 홍대가 인기인 것 같더군요. 이태원하고요. 제가 유학을 하던 시절에는 신사동에 주로 크럽이라는 곳들이 있었습니다. 지금은 강남이지요, 그곳이? 요즘을 보면 내가 알던 강남과는 사뭇 다른 것 같습니다. 그곳엔 유명한 기획사들과 피부과들이 많이 있는 것 같더군요. 코로나 전에는 주변에서도 피부과 진료를 받으러 강남에 자주 가서 알고 있습니다. 일본에서는 피부과에서 그러한 진료 서비스를 받을 수가 없습니다. 아마 대만도 마찬가지겠지요. 코로나 이후엔 그 친구들이 굉장히 낙담하였죠. 요즘은 인터넷으로 한국 화장품만을 구매합니다만. 어쨌거나 그 친구들이 가끔 한국 김을 사다 주었습니다. 와사비 맛 땅콩하고요. 재미있는 건, 아니 이건 어쩌면 귀하께는 불쾌할 수도 있는 말입니다만, 이 친구들은 내가 그렇게 한국에서 오래 살았다는 걸 잘 모르는 이

들입니다. 한국에서 결혼했다는 것도 모르지요. 그러니 한국 김을 사다 주고 와사비 맛 땅콩을 내밉니다. 어떤 경우엔 이렇게 몰라서 백 퍼센트 선의를 발휘할 수 있을 때가 있습니다. 그것이 정말 선의야?라고 물으면 바로 대답하긴 어렵겠습니다만, 나도 한국에 대해 잘 몰랐으면 한국을 그저 좋아할 수 있지 않았을까, 저는 단지 이런 생각을 해봤다는 뜻이기도 합니다. 말이 참 기이하게 흘렀습니다.

다시 결혼과 남자 이야기로 돌아가볼까요? 나는 어느 순간 남자를 만나러 다니는 걸 멈췄습니다. 귀하의 아버지를 만나서도 있겠지요. 하지만 멈춰 선 건 이미 그 전입니다. 나는 신사동 크럽 거리를 지나다가 누군가를 보았습니다. 그 거리엔 내가 찾던 춤추고 술 마시는 크럽도 있었지만 조금 다른 기능을 하는 곳도 많았습니다. 그런 크럽은 주로 '독신녀' '과부크럽' '여인' 이런 이름이었어요. 독신녀와 과부와 여인을 강조한 건, 귀하도 무슨 의미인지 알겠지요. 1990년대엔 아마 다른 곳에서 이런 광경을 보았을 것입니다만. 네, 유리창 안쪽에 진열된 여자들이요. 하지만 또 달랐지요. 진열된 '아가씨'들과 달리 독신녀와 과부와 여인 들은 전면에 나서진 않았습니다. 다만 지나가던 남자들의 팔짱을 끼고 설득하거나 명함과 같은 무언가를 건넸지요. 나는 바닥에 떨어진 종이가 명함인 줄 알고 주웠습니다. 돌려주기 위해서였습니다. 물론 그것은 '크럽 독신녀'의 전단 같은 것이었습니다. 그런데 나는 그날 그것을 돌려주지 못했습니다. 내가그 작은 종이 쪼가리를 주워 건네려 했던 사람의 얼굴이낯익었습니다. 동남샤프 TV 로고가 박힌 작업복을 입었던, 남자로부터 우리는 결혼할 수 없잖아라는 말에 눈물만 흘리던 그 얼굴이었으니까요. 손에 '크럽 독신녀'를들고서 나는 고개를 저어보았습니다. 내 앞에 선 여자가고개를 갸우뚱하고 있었죠. 자세히 보니 동남샤프 TV로고를 가슴께에 단 채 눈물 흘리던 그 얼굴이 아니었습니다. 그런데 대체 왜 난 그 얼굴을 보았다고 생각했을까요…… 이 일이 있고 얼마 후 나는 귀하의 아버지와 혼인합니다. 혼인은 남산골 한옥마을에서 한국식 전통 혼례로 했습니다. 한복이 너무 무겁더군요. 살아 있는 닭을놓는 것도 저에게는 무서웠습니다. 언젠가 허난설헌이주인공인 한국 드라마를 본 적이 있습니다. 허난설헌은뛰어난 시적 재능으로 많은 시를 남겼음에도 그걸 질투한 남편 때문에 시집 한 권을 빼곤 모두 불살라 없어졌지요. 그 드라마에서 허난설헌이 원치 않는 결혼을 하는 장면이었을 겁니다. 수탉이 허난설헌을 향해 날갯짓을 하며 달려드는 장면이었습니다. 나도 모르게 몸을 웅크렸습니다. 그럴 거면 대체 왜 전통 혼례를 한 것인지 궁금하겠지요. 사실 그냥 그것이 공짜여서 한 것입니다. 그리고 또 하나, 결혼식 멤버 때문이었지요. "거긴 관광객이 많아서 외국인인 너도 그냥 모두들 축하해줄 거야." 귀하의 아버지가 내놓은 아이디어였습니다. 결혼, 결혼식 그리고 결혼식에 오는 사람들. 그때 저는 그저 웃어 보였습니다. 네, 그때의 저는 단지 결혼을 꼭 해야만 하는 줄 알았으니까요. 그것도 결혼은 남자와만 해야 하는 줄 알았던 것입니다. 그것은 그냥 국가가 정한 법일 뿐이었는데 말이에요.

이 뒤로 한동안 메일은 오지 않았다. 나나는 오래 메일을 기다렸지만 그뿐이었다. 답장은 하지 않았다. 나나에게도 일이 있었다. 나나는 그사이 결혼을 파기했다. 나나는 이번엔 자신의 짐과 남자의 짐을 분리해 공간을 파악하지 않았다. 그냥 자신의 짐을 덜어냈다. 결혼 파기라니, 대체 이게 무슨 일이냐? 아버지가 전화했을 때 나나는 답했다. 별일은 아니야.

그냥 주말의 일이었다. 이 문장이 좀 이상하지만 정말 그 랬다. 결혼 준비를 하던 어느 주말, 남자는 일이 많아 피곤했 는지 자전거를 타러 가지도 않았고 수영장에 가지도 않았다. 남자는 종일 집에 있었다. 나나는 그 주말 동안 남자와 종일 집에 있었다. 나나는 남자가 머리를 말리고 난 후 줍지 않은 머리카락을 주웠고 남자가 설거지를 하고 치우지 않은 음식 물 쓰레기를 처리했다. 나나는 끼니마다 갓 지은 따뜻한 밥 을 먹어야 한다는 남자를 위해 쿠쿠 밥솥을 하루 세 번 씻었 다. 몇 년째 고기를 먹지 않는다고 말하는 나나에게 몇 년째 고기를 권하는 남자와 집 앞 삼겹살 식당에 갔다. 나나는 열 심히 고기를 구웠고 남자에게 권했고 자신도 좀 먹었다. 나 나는 일요일 새벽에야 혼자가 되어 거실 소파에 앉으며 그저 주말이 지나갔구나 중얼거렸다. 나나는 남자와 언성을 높이 지 않았다. 다만 그 주말에 화장실을 평소보다 두 배 정도 자 주 갔다. 먹지 않는 순간에도 위장은 일을 하는 것처럼 큰 소 리를 냈다. 과민성대장증후군은 스트레스가 원인이라는 의 사의 말이 계속 떠올랐다. 하지만 그저 주말이었다. 싸움도 없는 그 주말이 지나고 나나는 위장 통증을 잊었다. 다만 생 각 하나가 통증보다 더 오래 남았는데 경아 씨와 영소 씨를 만났던 그 오키나와에서의 기억이었다. 영소 씨는 그때 어머니에 대한 이야기를 하면서 어머니가 5·18 때 아버지를 잃고 홀로 자신을 키웠다고 했다. 그러면서 영소 씨는 하지만 그게 엄마의 거짓말이라는 것도 안다고 했다. "그게 무슨 소리예요?" 경아 씨가 먼저 반응했는데 영소 씨는 여느 때보다 맑게 웃으며 말했다.

"그해 5월에 엄마가 사랑하는 사람뿐 아니라 엄마 친구 중 한 명도 실종되었거든요. 그 친구가 나를 낳아준 사람이래요. 엄마는 이걸 내가 안다는 사실을 모르지만요."

그 오키나와 통역 여행의 마지막 날, 사람들과 함께 경자 씨가 운영하는 식당에서 밥을 먹기로 했다. 경자 씨에게 나나가 통역을 맡았던 팀의 누군가가 여자 혼자 아이 키우는 게 대단하다, 어쩌다…… 남편을 정말 사랑했나 보다 어쩌고…… 하는 이야기를 시작했고 그 말의 끝은 더 가관이었다.

"요즘 한국 여자들 좀 배워야 돼. 정절을 지켜야지."

오키나와 맥주를 한 사발 들이켠 사십대 아저씨가 그런 말을 했을 때였다. 한 잔이라도 더 팔면 이익이 될지도 모르는 상황이었지만 경자 씨는 그 남자의 술잔을 딱 빼앗으며 그런 말을 했던 것이다.

"시작은 그 사람과의 사랑일지 모르지만 그 과정과 결과는 나, 김경자가 만들었어요. 취하셨으면 그만 가시죠. 그리고 의리는 왜 여자 혼자 지켜요? 그런 건 지키고 싶은 사람이나 지켜요."

그때 나나는 경자 씨에게 경외심마저 느꼈다. 하지만 어느새 나나는…… 거기까지 생각하던 나나는 누가 앞에 있지도 않은데 세차게 고개를 저어 보였다. 아니야, 아무리 그래도 사랑하지도 않는 사람과 내가 결혼을? 일단 사랑은 분명히 해, 그냥 시기를 앞당긴 거지! 나나는 그런 혼잣말까지 소리 내어 했다. 그렇게 남자와 나나는 그다음 주말에도 종일 집에 있었다. 남자는 가정적인 남편이 되고 싶다는 말과 함께 나나에게 등산을 권유했다. 나나는 자신의 아랫배를 지속적으로 찌르는 누군가와 함께 다니는 기분이 되었다. 돌부리를 차며 산을 오르면서 나나는 자신이 이 남자와의 시간을 어떻게 견뎠는지 알 수 있었다. 나나는 평일에 주로 집에서 논문을 읽고 쓰거나 번역 원고를 들여다보았다. 평일 낮 시간 종일 홀로 있었다. 나나는 자신이 결혼을 준비하며, 내내 남자와 붙어 있으면서 논문을 한 줄도 읽지 못했고 책 위에는 먼지가 쌓이고 있다는 사실을 깨달았다.

혼자가 되고 싶다.

나나는 그런 생각을 하고 있었다. 나나의 어두운 표정을 보고 남자가 이유를 물었을 때에도 나나는 순순히 그 이유를 답했다. 혼자 있고 싶다고, 답답하다고. 나나는 끼니때마다 갓 지은 밥을 먹지도 않고 빵이나 김밥, 떡볶이로 먹는 게 무리가 아니라고 말이다. 누군가와 늘 붙어 있는 것으로 다정함을 확인하는 것은 좀 억지인 것 같다고도 했다. 남자는 결혼하고 나면 다시, 주말엔 자전거를 타거나 수영을 하고 짜투리 시간엔 도서관이나 카페에 가서 책을 읽겠다고 했다. 나나는 남자와 여전히 언성을 높이지 않았다. 그래, 좋은 사람이구나. 나나가 고개를 끄덕이자 남자가 웃었다. 그러나 나나는 그 웃음을 끝까지 함께할 수 없었다. 그로부터 일주일 후 나나는 최종적으로 그 집에서 나왔다.

오랜만에 메일을 보내는군요. 그동안 나는 오래 나와 함께했던 파트너가 입원을 하여 돌보고 있었습니다. 도쿄에서는 구에 따라 동반자법이 가능합니다. 내 파트너는 이제 육십대가 아닌 칠십대로 넘어가는 여성입니다. 그래요, 나는 도쿄에 온 이후에야 내가 동성을 사랑하는 사람이라는 것을 인정했습니다. 어쨌거나 내 파트너는, 그 시절 여성들이 대부분 그러하듯 젊은 시절 대접받지 못한 까닭에 몸의 이곳저곳이 아프더군요. 마음이 좋지 못했습니다. 2011년 3월 11일을 귀하도 기억하지요? 귀하는 아마 텔레비전으로 쓰나미에 잠기는 센다이 지방을 보았을 것입니다. 나는 연구실을 뛰쳐나와 대학 캠퍼스 한가운데에서 학생들과 숨을 죽이며 그 시간을 보냈습니다. 조금 특이한 기분이 들긴 했어요. 가령, 내가 죽으면 대만의 가족에게 연락이 갈까? 아니면 한국의 귀하에게? 뭔가 동아시아가 연결된 기분의 비장함이로군요. 하지만 그런 내가 가장 먼저 한 일은 파트너에게 전화를 건 일입니다. 그다음엔 파트너의 딸이자 나의 가족이기도 한 세츠에에게 전화를 걸었습니다. 두 사람 모두 전화는 내내 불통이었고 나는 잔뜩 불안한 마음을 달래며 도쿄 시내를 반나절 걸어서 외곽의 집으로 돌아갔습니다. 귀하께는 미안하지만 그날 나는 귀하에 대해 더는 생각하지 않았어요. 죽음이 목전인 가운데 가장 오래 떠올린 건 내 파트너와 파트너의 딸이었지요. 그래서 이제 나는 하나를 결심했어요. 이 사람과 나만의 작은 웨딩 세리머니를 해보고 싶다고 말이에요. 왜 지금까지 나는 세상의 눈치를 보며 이 사람과의 사랑에 축하 파티를 열지 못했을까요? 하고 싶었습니다. 처음으로 웨딩 세리머니를, 진심으로요. 그리고 그곳에 귀하를 초대하고 싶습니다.

그래요. 메일을 보내기 전, 아주 오랜 시간이죠, 30여 년 동안 귀하에 대해 생각했습니다. 아니요, 어쩌면 귀하가 아닌 내 행동에 대해서요. 내가 메일을 보내는 것이 옳은가에 대해서 말입니다. 나는 1988년 올림픽이 끝날 무렵 귀하의 아버지와 이혼하였습니다. 그때 나는 박사후 과정을 도쿄대에서 밟을 수 있다는 연락을 받았지요. 귀하의 아버지는 귀하를 타국에서 키울 수 없다고 했습니다. 나는 혼자 일본에 다녀오겠다고 했습니다. 귀하의 아버지는 내 뺨을 때렸습니다. "넌 이 아이의 엄마잖아. 어떻게 그런 말을 해! 내가 일순위가 아닌 건 괜찮아. 그래도 아이는 네 전부여야지!" 귀하의 아버지가 내게 한 말은 그거였습니다. 오래 생각했습니다. 그 장면을 말이에요. 귀하가 내 뺨을 때리며 그 말을 했다면 달라졌을까 말입니다. 그것도 아니라면 적어도 귀하의 아버지가 그때, '어떻게 나 혼자 아이를 키우라고 그래! 내 곁에 있어 줘!' 했다면 말입니다. 솔직하겠습니다. 나는 뺨을 맞고 주저앉지 않았습니다. 당신을 업었고, 스스로를 지키기 위해 있는 힘껏 책을 내던졌습니다. 싸움이 격해졌고 귀하의 아버지가 내 목을 졸랐습니다. 그때 나는 귀하의 아버지에게 공포감을 심하게 느꼈고 차마 하고 싶던 이 말을 하지는 못했습니다. 그렇습니다만, 혼자 중얼거리긴 했습니다. "좋은 사람이 되고 싶은 건 좋지만 타인을 나쁜 사람 만드는 것으로 좋은 사람의 위치를 점하는 것은 위험합니다……"

한국에 간 적이 없다고 했지만 고백해보겠습니다. 나는 1997년도에 한국에 들어간 적이 있습니다. 내가 대만과 일본 이중 국적자라서 가능한 일이었지요. 그해에는 적어도 일본인이자 한국인과 결혼한 경험이 있는 사람으로서 한국 땅을 허락받았습니다. 참, 결혼이라는 게 한국에서는 대단하긴 하더군요. 어쨌거나 그해는 김대중 정부가 들어서고 드디어 일본 대중문화 개방이 시작되었던 해입니다. 한국의 대중문화 연구를 오래 했던 나는 초청을 받았지요. 그러나 내가 한국행에 응한 것은…… 귀하가 생각났기 때문입니다. 나나가 열셋이구나 하며, 한국에서도 유명해진 펑리수라는 대만 과자를 먹여보고 싶어 준비했어요. 우습지요, 그렇게 오래 일본에 살았는데 뜬금없이 펑리수라니요. 나는 귀하가 다니던 초등학교 앞에서 귀하를 보았습니다. S.E.S라는 그룹이 해서 유행했던, 높게 묶은 포니테일 스타일 머리를 하고 있더군요. 귀하는 교문에서 곧장 이어폰을 꽂은 후 학원으로 향했습니다. 나는 펑리수가 든 종이 가방을 쥐고 낯설기 짝이 없는 초등학생의 뒷모습을 오래 지켜보았습니다. 지금까지도 나는 그때 귀하에게 말을 걸지 않은 걸 다행이라고 여겨요. 그 순간 알았거든요. 그때 다짜고짜 귀하를 만나는 것은 순전히 내 욕심이고 폭력이죠. 지금처럼 같은 연구자의 길을 걸어 관심 분야로 할 말이 있는 것도 아닌데 말입니다.

기묘한 경험이랄까, 그런 걸 덧붙일게요. 귀하를 본 날 나는 한국에 살 때 가본 적도 없는 경기도의 중소도시로 내려가 하룻밤을 묵었습니다. 어쩐지 귀하를 보고 나니 내가 한국에 다시는 오지 않을 거 같았죠. 한국에 살 때 서울 빼고는 여행조차 가본 적 없어서 한 번쯤 서울을 벗어나보고 싶었습니다. 막상 서울을 벗어나자마자 조금 놀랐습니다. 도쿄만큼이나 서울도 중심부에만 무언가가 잔뜩 몰려 있구나 싶었던 거지요. 그날 밤, 여관의 주인 할머니가 다방에서 커피를 시키며 나에게도 한 잔 권했던 기억이 있습니다. 그때 다방에서 온 여자분은 몹시 들떠 보였습니다. 왜냐고 물으니 엊그제 오래 알던 남자와 살림을 꾸리려다 엎어졌다고 하더군요. "혼자 살아라, 정말이지 혼자가 최고다. 여자는 충분히 혼자 살 능력이

되는 인간들이거든. 왜냐고? 평생 누군가를 수발들어줬
거든. 아주 일이 몸에 착착 붙어버렸지. 늙으면 더 잘 알
게 돼!" 이렇게 말하며 돌아앉던 여관의 주인 할머니 앞
에서 그 여자분이 했던 말이 떠오릅니다.

"남자들, 모두가 나를 사랑한다고 했지만 누구도 나와
는 결혼하지 않는다 했어요. 그들이 대는 핑계는 같았어
요. 내가 다방 레지이고 시골 출신에다 대학도 못 나온
여자라서 엄마 될 자격이 없다는 거였죠!"

"오, 굉장히 웃기는 남자들이군요. 신경 쓰지 마세요.
당신은 충분히 멋있어요. 누구하고도 사랑할 수 있을 만
큼이요."

내 말에 여자분이 조금 웃었습니다.

"놀라지 마세요, 두 분. 나, 사실은 내일 나랑 결혼해
요! 김수현 드라마 보셨나요? 이번 주 편이요! 배종옥이
맡은 첫째 딸처럼 되고 싶어요. 내 할 말은 다 하고 사는
사람이요! 남자와 결혼하지 않고 사는 그 첫째 딸 말이
에요!"

주인 할머니는, "아이고, 그거 다 드라마지 현실이냐
어디. 여자가 무슨 말이라도 할라치면 '너는 입만 다물
면 완벽하다'고 면박 주는 게 남자놈들이다!" 그러면서

도 "그래, 남자보단 너랑 결혼하는 게 낫다" 하시면서 여자분이 좋아한다던 주말 연속극에 채널을 맞춰주더군요. 그때 이런 생각이 들었어요. 내가 대중문화를 연구했던 것도, 그러니까 가령 내가 덩리쥔이나 김치켓, 모리타 도지 같은 사람을 좋아했던 것도 그것이 대중문화여서가 아니라 한 여성으로서의 당당한 모습에 마음이 끌린 게 아니었을까 하는 생각 말이에요. 그런 생각 끝에는 그 여자분의 자신과의 결혼식을 진심으로 축하하는 마음이 담겼습니다. 그리고 그다음 날, 나는 주인 할머니에게 펑리수를 그 여자분 결혼식 선물로 건네달라 하였어요. 마음으로는 항상 그 여자분의 결혼식 멤버이니까요.

이걸 왜 말해주고 싶었을까요. 글쎄, 나는 가끔 그런 생각을 합니다. 국가와 가족은 참 비슷하다고요. 그런가 하면 국적과 결혼도 엇비슷하지요. 국적은 나를 증명하는 가장 명백한 방법이고 누군가에겐 결혼도 사랑을 증명하는 가장 쉬운 방법이지만, 대만인이자 일본인이며 한국에서 오래 살았던 나의 간극을, 귀하를 두고 떠나간 나의 어떤 마음을 절대 다 설명할 수는 없으니까요. 물론 나를 이해해달란 말은 절대 아닙니다. 물론 웨딩 세리머니에 오지 않아도 당연히 좋습니다. 다만…… 나는 말이에요. 이 메일을 드디어 쓰기로 결심한 순간들엔 어쩌면 내가 이런 이야기들을 하고 싶은 게 아닐까 싶었어요. 뭐랄까요. 귀하와 내가 생물학적이 아니더라도, 국적이 아니더라도, 국가가 정한 가족관계가 아니더라도…… 무언가 끝없이 이어지고 반복되는 어떤 틈새에서 연결되고 있다고요. 이 메일은 결국 그래서일지도 모르겠습니다.

그랬구나.

너는 정말 좋은 사람이 되고 싶은 거구나. 나나가 그 집을 나오면서 남자에게 한 말은 그거였다. 별일은 아니었다. 아니, 이건 좀 별일인가.

결혼 파기 직전 어느 주말, 나나와 남자는 영화를 보러 가기로 했다. 결혼 준비 때문에 너무 처박혀 있는 기분이라는 남자의 말에 외출을 한 날이었다. 영화가 시작되기 전 화장실을 다녀오겠다는 남자의 휴대폰을 맡게 된 나나는 오래전 헤어진 남자의 전 여자친구에게 오는 카톡 메세지를 보게 되었다. 비밀번호가 잠겨 있지 않은 남자의 휴대폰은 메시지가 그대로 노출되는 형태였다. 나나는 역시나 큰 동요를 하진 않았다. 다만 나나는 남자와 전 여자친구의 대화를 다 읽었다. 아무런 오해가 없는 대화였다. 오랜만에 안부를 묻는 전 여자

친구에게 자신은 잘 지낸다며 너도 잘 지내라는 남자의 대화는 길지도 않았다. 나나는 질투가 나거나 배신감이 들거나 하지 않았다. 그런데 왜 나랑 결혼한다는 말은 하지 않았을까? 나나가 알기로 남자는 나나를 만나기 위해 전 여자친구와 헤어졌다. 나나가 그걸 물었을 때 남자는 나나가 질투한다고 생각하여 조금 기뻐한 기색을 보인 후, 그래도 메시지를 본 것에 대해선 사과를 요구했다. 나나는 순순히 사과했고 질투가 아니라는 것을 해명하지도 않았다. 나나는 다만 생각했다.

너는 좋은 사람이 되고 싶구나. 그런데 좋은 사람이 되고 싶은 사람이 나쁜 건가? 아니지.

하지만 그는 누구에게도 피해를 주지 않는 '좋은' 사람인가? 그렇게 또 생각했다. 글쎄.

어쨌거나 나는 그런 좋은 사람이 되고 싶은 사람과 결혼한 사람이 되고 싶었구나. 그리고 다시 생각했다. 누군가에게 좋든 나쁘든, 적어도 나는,

나는 그냥 내가 되고 싶다.

이제 그만 해야겠다.

귀하에게.

안녕하세요. 저는 임나나입니다. 당신의 생물학적 딸로 추정되는 임나나예요. 저는 얼마 전 오래 준비한 결혼이 취소되어 결혼 상대자였던 남자의 집에서 나오는 길입니다. 이렇게 되면 너무나 많이 힘들 거라고 생각했는데 막상 지금은 너무나 홀가분합니다. 당장 아무것도 안하고 몇 시간씩 혼자 있어도 되니 너무 좋네요. 물론 시간이 지나면, 또 다른 남자를 찾아 떠날지도 몰라요.

우선 파트너분과의 웨딩 세리머니를 축하드려요. 저는 잔여 백신을 예약해서 맞아둔 덕에 참석이 가능할 것 같아요. 그런데, 저도 귀하를 초대해도 될까요?

저는 저 자신과 결혼하기로 했어요. 말로만 한다는 게 아니고 정말, 저와의 결혼식을 하려고 해요. 드레스는 이미 봐둔 숍이 연남동에 있답니다. 그래서 지금부터 저의 부탁입니다. 이 부탁을 위해 메일을 썼다 해도 과언은 아닐 거예요.

귀하께서 제 결혼식에 와주세요. 귀하가 '나', 임나나의 결혼식 멤버가 되어주세요. 어머니로서가 아니라 제가 초대한 귀하로서 와주세요. 펑리수만 보내는 것은 사양이에요. 이유는 간단해요. 나는 이제 나와 같은 이야기를 하는 사람과 조금 더 대화를 나눠보고 싶어요. 그래서 나는 그냥 귀하와 이야기를 나누고 싶어요. 우리는 좋은 '멤버'가 되지 않을까요?

나는 그렇게 귀하를 알고 싶습니다.

귀하의 귀하로부터

임나나 드림

다만 지구의 아침

어딘가에는 분명 있을 텐데, 어째 짝이 맞는 게 하나도 없네. 양말을 넣어두는 서랍을 뒤적이며 명선은 저도 모르게 중얼거렸다. 오늘 신으려고 생각했던 양말 한 짝이 감쪽같이 사라져 있었다. 집에 양말을 잡아먹는 귀신이 있다더니…… 사실 그 귀신은 양말만 잡아먹는 건 아니었다. 셔츠에서 단추가 떨어져 굴러가면 그대로 찾지 못했고, 빽빽하던 연필꽂이는 어느 순간 듬성듬성해졌다. 음식물 쓰레기봉투를 묶는 용도로 사용하는 집게는 꼭 다시 사야 했다. 명선이 그렇게 무언가를 잃고도 살아갈 수 있는 건 그 물건들이 휴대폰이나 지갑처럼 아주 비싼 게 아니어서인지도 모른다. 언제든 대체 가능하다고 생각되는 것들, 아주 일상적이고 흔한 것들. 명선은 그런 생각을 하는 자신이 별로 마음에 들지 않았다. 쓸모가 없어지면 그게 있었는지조차 기억이 안 난다는 게…… 명선은 옅은 한숨을 내쉬었다. 하지만 언제까지나 사라진 양말 한 짝 생각만 할 수는 없었다. 당장 출근할 시간이었다. 게다가 이쯤에서 꼭 들려오는 소리가 하나 있다. 언제부턴가 이시간만 되면 아버지가 꼭 보는 프로그램에서 나오는 소리였다. 지구가 멸망할 것을 염려한 지구인들이 인간 대신 화성에 보낸 쌍둥이 탐사 로봇, 스피릿과 오퍼튜니티에 관한 다큐멘터리였다. 명선은 이제 "10년 전, 3개월 분량의 에너지만을 가지고 화성에 보내진 두 로봇, 스피릿과 오퍼튜니티. 그중 오퍼튜니티는 여전히 활동 중입니다. 한쪽 바퀴가 모래 구덩이에 빠진 뒤 영원히 멈춰버린 자신의 짝 스피릿의 죽음을 모르는 채 말입니다"라고 시작되는 오프닝 내레이션까지 외울 지경이었다. 아버지는 저 다큐멘터리를 왜 이 시간에 보는 걸까. 어느 날엔가 명선은 아버지에게 한번 물어봐야겠다고 결심했다. 바쁜 아침 시간이고 가족 모두 출근해야 하니 웬만해선 서로 대충 넘어가는데, 몇 날을 같은 프로그램만 보다 보니 명선도 슬슬 짜증 섞인 궁금증이 몰려온 거였다. "아버지, 누가 보면 우리 집이 화성인 줄 알겠어요"라고 나름 농담까지 섞어가며 말을 붙였는데, 정작 아버지는 별걸 다 묻는다는 표정으로 명선에게 말했다.

그냥. 그냥이지. 명선이 너는 뭐 오늘 출근하는 데 이유 있냐, 그냥이지. 명선은 생각지도 못한 아버지의 대답에 순간 말문이 막혔다. 명선이 보기에 아버지에겐 두 가지 언어가 있다. 하나는 바로 '그냥'이라는 단어다. 아버지는 '그냥'이라는 말을 입에 달고 살았다. 여보, 대체 왜 일을 그만둔 거예요? 그냥. 아빠, 이걸 왜 여기에 두신 거예요? 그냥. 하긴 뭐, 아무도 만지지 않은 물건도 집에서 사라지는 마당에 세상 모든 일에 이유를 붙일 수는 없는 것 같긴 하다. 그렇게 되면 세상의 불합리를 모두 다 입 밖으로 꺼내야만 할 것 같고, 종내 이 지구에서 살기 싫어질 거고, 그러면 출근은 더 싫어질 테니까. 하지만 아버지의 그냥은 때와 장소를 잘 가리는 게 문제였다. 아버지의 그냥은 주로 명선과 어머니 앞에서 쓰였다. 무언가 설명하기 귀찮을 때 혹은 네 말은 들을 필요 없다, 내가 제일 잘 알아, 식의 의사 표시를 할 때. 그래, 아버지는 명선과 어머니를 늘 무시했다. 이제 적응할 때도 됐건만…… 그래서 그때 명선도 아버지의 그 말을 '그냥' 넘겼다. 하지만 오늘은 양말 때문인지, 아니면 오퍼튜니티와 스피릿이 화성에서 단 하루도 쉬지 않고 인류를 위해 일했다는 코넬 대학 수석 연구원의 내레이션이 문제였는지, 명선은 약간의 두통까지 느꼈다. 화성까지 가서 지구를 위해 죽도록 일했다니, 저 로봇들이 저 지구인 과학자처럼 마음 아프다는 생각이라도 할 수 있을까. 당하는 입장에선 뭐가 뭔지도 모를 것 같았다. 무엇보다 명선은 자신이 화성에 간다면 지구인 과학자의 오피스에서 인터뷰를 하는 게 아니라 스피릿과 오퍼튜니티 곁에서 모래를 파고 있을 것 같았다. 잠시 손가락으로 머리를 지그시 누르던 명선은 하루의 시작을 즐겁게 하자는 연인 강오의 문자에 몸을 일으켰다. 사귄 지 10년이 다 된 강오와 명선이었다. 항상 아침 출근길에 문자를 보내주는 강오. 어머니가 밥을 다 차려놨다고 일러줄 시간이었다. 아니나 다를까, 다 풀린 파마머리에 구르프를 만 어머니가 조금은 분주하게 식탁에서 다시 방으로 움직이는 게 보였다. 어머니는 이날 이때껏 툭하면 일을 그만두는 아버지 때문에 생계를 위해 정말 '분주하게' 일을 하고 있다. 그러면서도 시댁 제사에, 빨래며 청소 같은 집안일에, 식사까지…… 명선은 작게 한숨을 내쉬었다.

"넌 화성에 대해 좀 아냐?"

명선은 약간 발이 시리다고 생각하며 밥을 뒤적이고 있었다. 아침이라 잘 안 먹혔지만 어머니를 생각하면 군말 없이 그릇을 다 비워주고 싶었다. 그래서 아버지가 자신에게 한 말을 제대로 들은 것인지 잠시 생각해야만 했다. 명선은 이것이 아버지가 사용하는 두번째 언어의 시작점이라는 걸 깨달았다. 아버지는 무언가 대답하기 곤란하거나 귀찮을 때 만사가 '그냥'인 사람인데, 당신이 안다고 생각하는 것에 대해선 상대가 어떤 상황이든 또 '그냥' 말을 시작하는 사람이다. 그 말을 꺼내는 아버지의 뒤에선 다큐멘터리가 한창이었다. 이제 화성은 모래바람으로 앞이 보이지 않는 듯 온통 뿌연 모습이었다. 명선은 그 화면을 보니 괜히 발이 더 허전하고 시린 느낌이 들었다. 사실 오늘은 출근 전에도 그리고 퇴근 후에도 좀 많이 걸어야 하는 날이라서 제법 두툼한 그 양말이 꼭 필요했다. 아버지, 화성이요? 지구 아니고요? 명선의 이런 되물음이 조금 늦은 걸까, 아니면 역시나 아버지는 할 말이 정해져 있던 걸까. 명선아, 너도 저런 것을 좀 봐야 돼. 화성이 대체 행성으로 떠오르고 있잖아. 대체 행성이라는 말은 알아? 너도 지구의 환경과 우주의 원리에도 관심을 좀 가져야지. 머리에 든 거 없이 돈만 있으면 되냐. 아버지가 이럴 땐 딱히 답을 하지 않아도 된다는 걸 명선은 경험상 알고 있다. 명선은 작게 고개를 끄덕이고 다시 밥을 뒤적였다. 아버지는 젊은 시절, 그 또래에선 흔치 않게 대학원을 다녔다고 한다. 어릴 땐 어머니가 아버지를 "이 사람은 대학에서 조교까지 한 사람이야"라며 추켜세우는 게 대단해 보이기도 했다. 하지만 막상 대학에 가보니 조교는 뭐, 그냥 조교였다. 조교수도 아니고 조교. 물론 명선이 학교를 다닐 때랑 다를 수도 있었지만 가끔 명선은 어머니가 조교수를 잘못 발음했나 싶기도 했다. 아버지의 과거에 대한 이야기가 부풀어지는 정도는 조교가 아닌 조교수급이었으니까. 명선이 제대할 무렵, 아버지는 이제 거의 민주화 시대에 희생된 지식인이 되어 있었다. 문제는, 아버지가 부풀어지는 당신의 과거를 어느 순간 정말 당신 이야기라고 믿는 것 같다는 점이었다. 워낙 주변에 잘한 어머니 덕에, 무기직이긴 했지만 아버지에게도 꽤나 많은 일자리 제안이 들어오기도 했다. 하지만 그럴 때마다 아버지는 온갖 핑계를 대며 하루 이틀 출근하곤 일을 그만두기 일쑤였다. 이유는 뭐, 이제 외울 정도다. 다들 돈만 알아가지고 말이야, 수준이 안 맞아서 더는 못 있겠더라고. 대학원에서 학문을 다뤄본 사람이 있어야지. 그래, 뭐 이 세상이 돈만 중요시하는 게 문제긴 하다. 그러나 아버지 말의 포인트는 아마 뒷부분일 것이다. "수준이 안 맞아서." 그곳 사람들에게 아버지가 온갖 정치 이야기나 과학 이야기나 역사 이야기 등을 해댔을 건 또 빤한 일이었다. 그 이야기를 하는 것까지도 괜찮은데 이미 답을 정해둔 이야기라는 게 늘 문제다.

 "한국은 세상 무식한 놈들뿐인데 그래도 역시 미국 과학자들은 다르긴 다르구먼."

 그렇게 중얼거린 아버지는 다 비운 밥그릇을 들고 먼저 일어나 싱크대로 갔다. 어머니의 말에 따르면 아버지가 교수가 되지 못한 건 서울대 출신이나 유학파가 아니었기 때문이라고 한다. 실제로 아버지는 술만 마셨다 하면 어머니에게 다른 집 와이프들은 유학 뒷바라지도 했다던데,라는 말을 입에 달고 살았다. 그러면서 신기하게도 아버지는 서울대 출신들에겐 한없이 관대했다. 물론 서울대 출신이 아닌 하버드가 오면 아버지의 관심은 그곳으로 바뀌었다. 명선아, 이 애비 말 명심해라. 사람이 돈에만 연연하면 안 돼. 지구에서 뛰어나야 화성도 갈 수 있는 법이다. 명선은 자동 반사적으로 고개를 끄덕였다. 이윽고 식탁에 혼자 남은 명선의 눈동자엔 모래 구덩이에서 빠져나오려 애쓰는 스피릿만이 가득 남았다. 참 신기한 일이었다. 명선의 눈엔 죽도록 일만 하다 모래 구덩이에 빠져버린 스피릿이 먼저 들어오는데 아버지 눈엔 그런 스피릿이 이제 쓸모없어진 거 같다고 말하는 과학자들이 먼저 들어오다니 말이다. 공부라뇨, 아빠. 제가 아무리 해도 저 과학자들처럼 될까요. 이미 출발선이 다른 사람일 텐데요. 그리고 아빠는 돈이 중요하지 않다면서 왜 명희에게는 그렇게…… 하긴, 아버지는 늘 자신이 살고 있는 용산을 좋아하지 않는다고 했다.

"여기가, 사대문 안도 아니고, 사실은 다 일하던 사람들 땅이었다는 거야. 너희는 모르겠지만 말이다. 여기가 일제가 철도 놓고 나서 그 뒤에 해방되고 미군 이쪽, 일본놈들 저쪽 해가면서 가난한 조선인들 부려먹고 양공주들 뛰어놀던 곳이라고. 전쟁 때 포탄은 다 요기로 떨어졌지. 아이고, 저 언덕배기들에 빌라 안 보이냐." 하지만 그런 아버지의 말은 도리어 용산에 자꾸 건물이 들어서면서 바뀌기 시작했다. "용산이 서울의 중심이긴 하지. 너네 고마운 줄 알아라, 내가 터를 잘 잡아서." 명선은 그런 말들이 떠오르자 공연히 숨이 막혀오는 것만 같았다. 명선이 막 그릇을 들고 일어서려 했을 때였다.

"그릇 그냥 둬. 엄마가 거기에 다시 먹을게. 설거지 귀찮으니까. 알았지, 명희야?"

"어, 엄마. 그럼 물만 담아놓을게." 건성으로 대답하던 명선은 문득 어머니를 향해 몸을 돌렸다. "그러니까 엄마, 지금 명희, 명희라고 했어요, 엄마?"

명선의 그 말은 어머니의 드라이기 소리에 곧 묻혀버렸다.

분명 명희라고 했다.

방으로 들어온 명선은 혹시나 싶은 마음에 양말 서랍을 뒤지는 중이었다. 그러면서도 신경은 온통 어머니가 발음한 그 이름에 빠져 있었다. 명희. 하명희. 나 하명선의 쌍둥이 동생, 하명희. 분명 그렇게 말했다. 아버지에게 이 이야기를 해야 할까, 아니면 양말을 먼저 찾아야 할까. 시계를 보니 시간이 그렇게 넉넉하지 않았다. 아버지에게 말하면 이야기가 길어질 것 같았다. 이전에도 한번, 어머니가 명희를 입에 올린 적이 있었다. 그날도 텔레비전을 보던 아버지에게 다가가 앉은 것까진 괜찮았지만…… "명선아, 저거 좀 봐라. 요즘은 그냥 정신병을 뭐 다 국가 탓을 하지 뭐냐. 국가 폭력이라는 말 참 아무 데나 붙이는 거야, 사람들. 저는 아무 잘못 안 해서 저렇게 된 거야? 뭐 길 가다, 놀러 가다, 밥 먹다 죽어도 국가 폭력이라지. 다들 책을 너무 안 읽으니까 자기 연민으로 가득해서." 그때 아버지가 보던 프로그램은 국가 폭력 피해자들의 트라우마에 관한 것이었다. 명선은 아버지에게 말하는 상상을 곧 지워버렸다. 게다가 오늘은…… 명희와 13년 전 용산에서 함께 일했던 사람을 잠시 만나기로 한 날이기도 했다. 의외로 이 근처에 사는 사람이었다. 하긴, 그때 사람들이 받았던 보상금이 크게 차이 날 것 같진 않았다. 명선은 이번엔 어깨가 조금 들썩일 정도로 한숨을 내쉬고는 바닥에 잠시 주저앉았다. 어릴 적처럼 명희 양말이라도 있으면 좀 나을까. 적어도 이런 고민은 하지 않을 테니 말이다. 하지만 명선은 이내 고개를 저었다. 명희와 명선은 쌍둥이로 자란 탓에 어릴 적부터 똑같은 걸 나눠 갖곤 했다. 명희는 여자아이니까 핑크색, 명선은 남자아이라고 파란색. 이렇게 색만 다를 뿐 디자인도 뭣도 다 같은 옷이었다. 당연한 말이지만 명희는 커갈수록 명선과 똑같이 옷과 양말과 신발을 맞추는 걸 좋아하지 않았다. 그에 반해 명선은 별생각이 없었다. 왜 나는 생각이 없었을까. 아마 자신은 오빠라는 이유로, 첫째라는 이유로 항상 무언가를 '고를 수 있는' 입장이었던 것 같다.

쌍둥이라고 하면 사람들은 처음부터 끝까지 모든 게 꼭 같다고 생각하지만 그렇지만도 않다. 명희와 명선은 스무 살이 된 뒤로 길에서 아무 말 없이 서 있으면 남매는커녕 생판 모르는 남처럼 보이기도 했다. 실제로 둘은 완벽히 다른 사람이었다. 가령 명희는 텔레비전에서 유기견 구조 소식을 보면 직접 달려가 봉사 활동을 하는 타입이었다. 반면 명선은⋯⋯ 명선은 스무 살 때 명희와 어머니 앞에서 커밍아웃을 했다. 아버지만 몰랐다. 어머니는 몇 년간은 돌아올 거라고, 네가 너무 외롭게 커서라고 요지부동이었으나 결국엔 모르는 척하는 것으로 무언가를 포기한 사람이 되었다. 그 뒤로는 명희 일도 있었고, 명선도 딱히 자신의 일을 말하지 않으니 그저 서로 모르는 척하는 사이가 되었다. 사실 텔레비전이나 영화에서 퀴어가 좀 별난 사람들로 나와서 그렇지, 명선은 어릴 적부터 컬러로 따지자면 베이지 같은 아주 편하고 흔한 색상에 어울릴 만한 사람이었다. 성격도, 외모도, 능력도 무난한 그런 사람. 퀴어 커뮤니티에 나가 사람들과 어울렸지만 명선은 자신의 정체성이 사회적으로 호명되는 게 별로 내키지 않기도 했다. 퀴어 퍼레이드도 가지 않는 명선이었다. 자신은 성 정체성이 다를 뿐이지, 유달리 정의로운 사람이 아니라는 생각이 있었기 때문이다. 그랬기에 명희와는 달리 어떤 부조리를 보면 몇 번이고 망설이다 소액 기부를 하는 방법 같은 걸 선택하곤 했다. 명선과 명희가 커갈수록 주변 사람들은 남자와 여자가 바뀌어서 걱정이라는 둥 알 수 없는 소리를 하다가 뜬금없이 명희에게 오빠 말 좀 들으라는 소리를 하곤 했다. 주변의 그런 말들은 명희가 대학을 졸업하고 어려운 집안 환경에도 대학원을 가겠다고 하면서 더 자주 들려왔다. 물론 명선은 주변 사람들처럼 생각하진 않았다. 그러나 명선도 고생하는 명희를 볼 때마다 대학원은 나중에 돈 좀 벌어서 가도 되지 않나 싶기도 했다. 그래서 함께 아르바이트를 가려고 서 있던 지하철역에서 명선은 명희에게 은근슬쩍 이런 이야기를 꺼내기도 했다. 대학원은 취직하고 가면 안돼? 엄마 고생하잖아. 명희는 그런 명선을 잠시 바라보다 명선의 옷자락을 살짝 끌며 눈짓으로 어딘가를 가리켰다. 지체장애인이 엘리베이터를 이용하려는데 몇몇 노인이 싫은 소리를 하는 모습이 보였다. 오빠, 저분 잘못이 아닌데 사람들은 왜 저분에게 싫은 소리를 할까. 명희의 말에 명선은 퍼뜩 고개를 들어 사람들을 살펴보았다. 사실 명선은 곤란해 보이는 그분을 좀 돕고 싶다는 생각을 했다. 명선도 장애가 있었다. 어릴 적 사고로 청각에 이상이 생겼다. 사회에 나가니 사람들은 "너 군대에서 이것 때문에 이득 봤잖아. 귀 안 들리는 게 벼슬이네"라며 비꼬곤 했다. 하지만 그때도 명선은 선뜻 나설 용기가 나지 않았다. 그래도 명희야, 노인들도 저걸 타야 하니까. 할머니, 할아버지 들 계단 위험하잖아. 명선의 말에 명희는 반쯤 고개를 끄덕이면서도 의아하다는 듯 말을 이어갔다. 오빠, 그러면 사실 엘리베이터를 더 만들거나 하는게 맞는 거잖아. 어, 그러네. 듣고 보니까 그러네. 명희는 명선의 대답에 이번엔 크게 고개를 끄덕였다.

　"왜 꼭 힘든 사람들끼리 얼굴 붉히는 건지 모르겠어……

오빠, 난 궁금한 게 많아. 멀리 가지 않고 엄마만 해도 그래. 나는 엄마를 좀 이해해보고 싶어. 난 아빠보다 엄마가 더 이해가 안 돼. 아빠는 평생 일도 안 하고, 엄마가 먹여 살렸는데도 손 하나 까딱 안 하잖아. 그런데도 엄마는 아빠가 얼마나 똑똑한 사람인 줄 아느냐는 말만 하고. 그런 엄마한테 아빠는 무식해서 어떡하느냐는 소리나 자꾸 하고. 엄마는 대학 안 나와도 성실하게 잘만 살았는데 할머니 댁 가면 바닥 걸레질까지 다 하고. 대학 나온 남편이랑 사는 게 대단한 거란 말이나 듣고. 난 이런 이유들을 알고 싶어. 그리고 아빠가 자꾸 이태원 녹사평에 있는 미군 성노에 피해자분들에게 양공주라고 하잖아. 다 지들이 먹고살려고 나온 거라고, 그런데 무슨 그게 국가 폭력이냐고 하면서. 그런데 난 그것도 아빠가 너무 단순하게 생각하는 것 같아. 자발적이라는 게 맞는 걸까? 용산이 미군, 일본인 모두에게 빼앗겼던 땅이라면 그 땅에 살던 사람들에게 자발적이라는 게 있는 걸까? 나는 이런 것들이 너무 궁금해. 그러니까, 대체 왜 약한 사람들이 더 저자세로 나가게 되는 건지……"

그때 명선은 명희가 반쯤은 멋있었고 반쯤은 또 이해가 안 되기도 했다. 엄마 아빠 때랑 세상이 다르잖아. 명희 네가 너무 오버하는 거 같아. 하지만 또 그러면서도 명선은 명희가 대학원에 입학할 때, 모아놓은 돈 일부를 빌려주었다. 그러면 너 대학원 가서 나 같은 비정규직이 왜 이렇게 힘든가도 좀 규명해줘. 장애 등급 규정 이런 것도 좀더 세분화하면 좋겠다는 것도 건의해주고. 아, 제발 성소수자 혐오 좀 그만하게 해줘. 장난스러운 농담이었건만 명희는 제법 강단 있게 고개를 끄덕였다. 그러나 13년 전 그날 이후, 명선은 자신이 괜히 그때 학비에 보태라고 돈을 주었나 생각하게 되었다. 아니, 줄 것이라면 어떻게 해서든 학비 전체를 마련해서 주어야 했을까. 그랬다면 우리 명희가…… 그렇게…… 명선은 생각을 떨쳐내려 다시 고개를 저었다. 명선은 문득 거실 쪽을 바라봤다. 그사이 아버지는 방에 들어갔는지 보이지 않았고, 거실에서는 텔레비전의 다큐멘터리 소리만 끝없이 계속되고 있었다. 명선은 빈 거실에 울리는 내레이션 소리를 따라 방문을 조금 더 열고 텔레비전 화면을 유심히 바라보았다. 마치 인생의 희로애락을 보여주듯, 스피릿과 오퍼튜니티의 잘나가던 시절을 보여주던 다큐멘터리는 이제 인생의 절정기를 지난 그들의 모습을 보여주려 하고 있었다. 스피릿이 완전히 활동을 멈추기 전 약 3개월의 시간이 있었던 모양이다. 물론 그 3개월의 시간 동안 저장된 사진들은 거의 유사해 마치 한 장처럼 보였다. 모래에 깊숙하게 빠진 스피릿의 바퀴 때문에 스피릿은 내내 일하고도 사실상 죽어 있던 시간을 보냈다. 모랫길 위에 돌고 도는 바큇자국만 가득했다.

아직 작동하는 거 아닌가…… 열심히 바퀴를 움직이는 스피릿을 보며 명선은 중얼거렸다. 더는 쓸모가 없어진 물건인데 저게 더 살아 있으면 인간들이 곤란해지니까 없애려는 걸까. 문득 명선은 스피릿의 쌍둥이 로봇으로 소개되었던 오퍼튜니티가 어디에 있을지 궁금해졌다.

"명선이 아빠, 누가 들으면 이 집에 사람이 아니라 로봇이 사는 줄 알겠어요. 아휴, 명선 아빠, 여보! 텔레비전 소리 조금만 줄여줘요. 응? 저렇게 못 알아들을 영어만 나오는데!"

머리에 구르프를 매단 채 선크림을 펴 바르던 어머니는 거실에서 들려오는 텔레비전 소리에 조금 큰 소리로 남편을 찾았다. 물론 말문을 여는 첫 단어만 크지 뒤로 갈수록 점점 작아지는 목소리였다. 그녀는 아무리 생각해도 남편이 좀 그랬다. 이왕 텔레비전을 볼 거면 출근 시간에 별다른 생각을 안 해도 되는 맛집 소개 프로그램이라든가, 일상의 유용한 정보를 얻을 수 있는 정보 프로그램 같은 걸 보지……

당신도 영어 공부도 하고 그래야지. 그러니까 결국 정년 못 채우고 나가게 된 거 아니야. 학벌이 안 되면 공부라도 해야지. 그리고 저거 봐봐, 과학자들이 얼마나 멋있어! 지식이 가득해서 이 지구를 생각해 멀리 화성까지 로봇을 보낸 거 아니냐고. 좀 보고 공부를 해야지.

남편의 다그침에 어머니는 입을 다물었다. 사실 그녀는 고등학생 때까지 공부를 굉장히 잘했다. 학력고사에서 1등을 한 적도 있었다. 하지만 그 시절 대부분이 그러했듯 막내 남동생을 대학 보내기 위해 네 자매는 모두 대학을 포기했다. 남들도 그렇겠지, 하는 마음이 있었지만 속으로는 많이 울었더랬다. 그렇게 스물다섯에 아이를 낳고 계속 일만 해온 그녀였다. 공부라니, 남편은 말끝마다 항상 공부 좀 하라고 충고하곤 했다. 틀린 말은 아닌 거 같은데 그 말을 들을 때마다 무언가에 찔린 듯 마음이 아팠다. 결혼하면 당연히 집에서 살림하는 평범한 가정주부가 될 줄 알았는데, 그건 말 그대로 꿈이었다. 대학원까지 나온 남편은 툭하면 돈, 돈 하는 사람들과는 수준이 안 맞아서 그녀가 소개해준 일자리엔 못 있겠다고 했다. 오늘은 꼭 좀 이유를 물어야겠다고, 나도 그렇고 우리 애들도 아르바이트하느라 시간이 부족한데 대체 무슨 수준이 그렇게 안 맞느냐고 물어봐야겠다고 다짐해도, 공부 좀 하라고, 무식하니까 미래를 멀리 못 본다는 남편의 말을 들으면 또 어쩐지 고개가 끄덕여졌다.

이 세상 돈에 연연하니까 문제지. 안 그래? 자기 분수를 알고 공부에 신경 쓰고. 내면, 이 내면 말이야. 안 그래?

역시 많이 배운 남편은 참 다르다고 생각했다. 그런데 왜일까, 우리 애들은 그런 제 아버지가 크게 마음에 드는 것 같지는 않다. "아빠는 돈이 문제가 아니에요. 아빠가 엄마 말을 이상하게 꼬아서 들으시는 거 같아요. 엄마한테 자꾸 무식하다고 하지 마세요. 종일 일하고 온 사람에게 아빠는 왜 그러세요?" 한번은 거실에서 이런 말이 들려와 나가보니 명희가 제 아버지에게 무언가를 따지듯 묻고 있었다. 하지만 그 말을 듣고 얼굴이 붉어진 건 어머니뿐이었다.

남편은 팔짱을 낀 채 명희의 말을 듣는 둥 마는 둥했다. 그러더니 그날 밤 어머니에게 뜬금없이 집을 나갈 테니 원룸이나 하나 구해달라고 했다. "명선 엄마, 자네가 애들을 잘 키웠어. 아주 부자로 살 것 같아. 애비 없는 자식으로 살아보라고 해" 하면서.

너네, 아무리 그래도 너네 아버지야. 왜 무시를 하니.

결국 그날 그녀는 남매를 따로 방으로 불러, 그래도 너희 아버지는 우리 집 가장이라는 말을 여러 차례 반복했다. 명선은 불만 있는 표정을 지으면서도 듣는 척이라도 했는데 명희는 티 나게 한숨을 여러 번 내쉴 뿐 도통 집중하지 않았다.

명희 너, 우리가 대학원 가는 거 반대해서 그러니? 어머니의 말에 명희는 숨을 한번 크게 들이마시고는 이렇게 말했다.

"엄마, 엄마 아빠 감싸는 그거, 아빠한테 가스라이팅당한 거 같아요."

가…… 가스라이팅? 그게 뭐니? 명선의 표정을 보니 명선도 모르는 말인 모양이었다. 명희한테 한번 물어나 볼 걸 그랬나…… 남편도 명희도 참 똑똑하지만 다른 점이 있다면 그거였다. 명희는 그날 아마 어머니가 더 이상 말하지 말라고 화내지 않았다면 뒤이어 저 단어를 조곤조곤 설명해줬을 거다. 명희는 먼저 아는 티를 내진 않지만 물어보면 자세하게 설명을 해주는 스타일이니까. 하지만 그때 왜인지 화가 먼저 치밀었다. 남편에게 무식하다는 소리를 평생 듣고 살아서 그런 걸까. 모르는 단어가 나오면 부끄러움부터 치솟았다.

아무리 그래도 명희 개도 그렇지, 먼저 얘기해주면 좀 좋아…… 어머니는 문득 거울로 한숨을 참고 있는 자신의 얼굴을 들여다보다가 들고 있던 아이브로우를 떨어뜨리듯 잠시 내려놓았다. 미용실 간 게 언제였더라. 무기직 공무원이었지만 그래도 평생을 다니던 사회복지관을 그녀는 참 좋아했다. 정년을 몇 년 앞두고 갑작스럽게 맞은 퇴직에 생활비가 걱정이었다. 명선이 좀 보태긴 했지만 그녀도 일을 안 할 수는 없어서 퇴직하고 얼마 지나지 않아 수건 만드는 공장에서 일을 시작했다. 워낙 퇴직한 노인이 많은 시대다 보니 느긋하게 있다간 그것도 놓칠 판이었다. 문제는, 하루 2교대 근무를 하다 보니 미용실에 갈 시간이 도통 나질 않았다. 동네의 저렴한 미용실은 보통 저녁까지만 한다. 야간에도 하는 비싼 미용실은 생각도 하지 않았다. 어머니는 문득 자신이 정말 많이 늙었다는 생각이 들었다. 시간이 언제 이렇게 흘렀을까. 혼잣말을 하던 그녀는 이윽고 무언가를 털어내려는 듯 고개를 저으며 벽에 걸린 시계를 한번 확인했다. 명희랑 명선이도 다 준비했으려나, 아무리 배가 안 고파도 아침밥은 잘 먹어야 하는데.

가만, 그런데 지금 내가 명희⋯⋯ 명희라고 했나⋯⋯?

"엄마, 지금 명희⋯⋯라고 하셨어요?"

명선의 기억에 엄마가 명희 이름을 말하기 시작한 건 몇 달 전 아침이었다. 그날도 어머니는 명선에게 지나가는 말로 명희도 아침 꼭 먹으라고 해, 하고 말했다. 명선은 어머니에게 되묻고 싶었지만 입에만 맴돌 뿐 확인하지 못했다. 우선은 공연히 멀쩡한 사람 잡는다는 말이 나올까 무서웠다. 무엇보다 명선 자신도 '명희'라는 이름을 누군가에게 말하면 어딘가

가둬놓은 물이 한 번에 터져 나가듯 눈물과 함께 슬픔이 쏟아질 것만 같아서 두려웠다. 그날 내내 명선은 가슴속에 달그락거리는 그릇이 달린 것처럼 속이 시끄럽게 아파왔다. 오후 내내 검색을 하다 보건소에서 치매 검진을 할 수 있다는 걸 알게 되었다. 어머니는 국가에서 해주는 공짜 검진이라고 하니 선선히 명선을 따라나섰다. 평생 당신이 국가 돈을 받고 일하는 무기직 공무원이라는 사실을 무척 자랑스러워해서 국가 돈으로 해주는 건 무엇이든 믿음직하다고 했다. 명희와 명선이 전 대통령의 이름을 그냥 부르면, 너희들은 참 예의가 없다, 어떻게 대통령님 이름을 막 부르니? 이런 말을 할 정도였다. 사실 명선은 어머니가 정년보다 이르게 퇴직하게 되었을 때 오히려 다행이라고 생각했다. 일한 만큼 또 세금으로 나가는 것이고, 무기직 시험을 당당히 통과했으니 어머니의 월급은 당연한 거라고 아무리 말해주어도 어머니는 기술도 학벌도 없는 자신을 사회복지관에 취직시켜준 게 꿈만 같고 감사하다고 늘 말했다. 그러더니 일평생을 남들보다 30분이나 일찍 출근해 시키지도 않은 청소를 하고, 김장철에는 동료들에게 김치를 나눠 주기까지 했다. 무언가 알 만한 나이가 되면서부터, 명선은 어머니의 동료들이 당연하다는 듯이 김치를 받아 먹고, 복지관 청소가 안 되어 있으면 짜증을 부리기도 했다는 걸 알게 되었다. 명선은 그래도 퇴직한 어머니가 너무 낙담하지는 않을까, 그게 조금 마음에 걸렸는데, 어머니는 고작 며칠 아쉬움을 토로하더니 곧장 공장을 알아보고 일을 나갔다. "오빠, 엄마는 쉬는 법을 모르는 것 같아. 너무 오래 대접을 못 받아서 그런 걸까?" 명선은 어머니의 검진을 기다리는 동안 예전 명희의 말을 반복해서 떠올렸다. 검진이 끝난 후 명선은 어머니에게 결과가 나오려면 시간이 필요하다고 둘러대고는 의사와 따로 면담했다. 아드님이시죠? 어머님은 건강하신 편이에요. 치매도 아니고요. 평소 건강검진이라면 이런 말을 듣고 기분이 좋았을 텐데, 명선은 그날 속이 타기만 했다. 결국 명선은 명희 이야기를 꺼냈다.

"그 아이 이름은 아버지가…… 집에서 금지시키셨어요."

산 사람은 살아야 한다고…… 아버지랑 말이 통하지 않아요. 반박이라는 걸 해봤자 소용없을 거라는 생각에…… 그런데 저는 몰라도 어머니는 마음도 약하시고 그래서요. 아, 어머니 마음에 뭐가 남아 있는지 아는 게 있느냐고요? 제가 생각하기엔…… 명희가 대학원 간다고 했을 때 도와주질 못하셨어요. 아니, 괜히 화만 내셨죠. 엄마도 이제 허리가 휜다고, 네 아버지 대학원 학비 갚느라 인생의 절반을 썼다고요. 그런데 이제 딸내미 대학원 수발도 들어야 하느냐고요. 네, 저도 사실 그때 좀 놀랐어요. 어머니는 항상…… 아버지가 최고라고 말씀하셨거든요. 제가 좀 잘 벌었다면 괜찮았을까요.

"저, 하명선 님, 혹시 명선 님이 상담을 받으시는 건 어떨까요?"

한참 명선의 말을 듣던 의사는 어머니도 아버지도 상담을 받으면 좋겠지만 명선도 그냥 지나가면 안 될 것 같다는 진단을 내렸다. 그래, 명선은 이제 명희의 이름이라도 마음껏 부르고 싶은 게 사실이었다. 안 겪어본 사람은 모를 것이다. 뻔히 존재했던 사람을 없는 사람인 척하고 사는 게 보통 일이 아니라는 것을 말이다. 하지만 뒤이어 따라온 의사의 말에 명선은 고개를 저어야 했다. 하명선 님, 세상이 좋아졌잖아요. 아닌가요? 그때 그 일에 대해 고발장을 써볼 수도 있고요. 의사는 세상이 좋아졌다고 하지만, 글쎄, 세상이 정말 좋아진 걸까. 13년 전이나 지금이나 자신도 어머니도 아침저녁으로 늘 같은 하루, 같은 인생이었다. 의사에게는 생각해보겠다고 말했지만 명선은 상담을 가지 않았다. 마음도 마음이었지만 현실이 또 그랬다. 대체 언제 상담을 가고 또 언제 일을 한단 말인가. 어머니가 잠잠해진 것도 하나의 이유였다. 증상이 있다고 해도 뭐랄까. 의사는 이 세상이 인정한 전문가이고 그런 전문가가 별 이상이 없다고 하지 않았는가. 그런데 그런 어머니가 다시 명희의 이름을 부르고 있었다.

"인간들은 빤히 저렇게 살아 있는 걸 자꾸 죽었다고 하네……"

그녀는 남편이 틀어놓은 텔레비전 소리를 줄이려고 나왔다가 문득 화면 속 스피릿의 바퀴가 여전히 돌아가는 걸 보았다. 지금이라도 끌어올리면 제 기능을 충분히 할 수 있을 것 같았다. 모래 구덩이에 빠져서 매일 같은 사진만 찍는 게 문제라는데 성실한 것도 문제인가, 이런 마음이 들기도 했다. 그녀는 문득 자신이 무기직 공무원으로 일했던 사회복지관이 떠올랐다. 평생 근속하며 열심히 일했는데 나이가 드니 이유를 불문하고 모두 나가야 했던 곳…… 그때 명선의 방문이 조금 열린 걸 보고 그녀는 얼른 텔레비전 소리를 조금 줄였다. 남편이 자꾸 소리를 이렇게 키우는 것도 이해하지 못하는 건 아니었다. 나이가 드니 그녀도 잘 안 들리기는 마찬가지였다. 그러나 명선의 앞에서는 조심하고 싶었다. 사실 명선은 어린 시절 명희와 놀다가 귀를 다쳐서 청력에 이상이 생겼다. 그것 때문에 지금 다니는 작은 기업체보다 좋은 회사에 취직해놓고도 신체검사 이상으로 불합격 처리가 되었다. 일하는 데 아무 지장이 없다고 병원에서도 그랬는데 불합격이라니, 이의 제기에 돌아온 답변은 이러했다. '장애 소견이 있는 사람이 일하기엔 작업장이 적합하지 않습니다.' 세상 하루 이틀 살아보나, 그녀는 그 회사의 속셈이 빤하게 느껴졌다. 어떻게든 저임금으로 메울 수 있는 사람을 쓰려는 것이다. 사회복지관에서 일하다 보니, 장애인들, 노인들, 여자들, 아이들이 임금을 후려치기당해서 상담하러 가는 걸 많이 보았다. 그런데 요즘은 아예 그런 저임금 내국인들보다 더 저렴하게 쓸 수 있는 외국인 노동자를 찾았다. 솔직히 사회복지관도 완벽한 건 아니었다. 대놓고 불이익은 안 줬지만 애 딸린 아줌마라는 말을 심심찮게 들어온 그녀였다. 그래도 남편 말대로 배운 것 없는 자신이 더 낮추고 만족하며 살려고 늘 노력했다. 자식들은 대학까지 보내놓으면, 조금 더 배운 애들은 그런 일을 안 겪을 줄 알았다. 하지만 명선은 청력이 이상한 것만으로 세상에 적합하지 못한 사람이 되어버렸다.

"제 속은 오죽하겠어. 제 잘못도 아닌데……"

명선의 청력에 이상이 생긴 건 남매가 다섯 살 때, 그 사건 때문이었다. 그때 남편은 논문을 쓴다며 집에 거의 들어오지 않았다. 어머니는 일하는 곳에 아이들을 데려갈 수 없어 집 바깥에서 문을 잠갔는데, 그때 기어이 일이 터졌다. 명선이 넘어져 다쳤지만, 안에서 문을 열 수 없으니 하염없이 엄마만 기다린 것이다. 바로 병원에 데려오셨으면 문제가 없었을 텐데요. 이렇게 말하던 의사 앞에서 그녀는 고개를 들 수조차 없었다. 하지만 정말 방법이 없었다. 보육 시설 같은 것도 그 시절엔 없었다. 어머니는 자신이 다 챙겨줄 수 없는 환경 속에서 그나마 아이들이 쌍둥이라 다행이라고 생각했다. 변명이라도 좀 해보자면, 워낙 애들 유괴 사건이 많았던 시절이라 그때는 혼자가 아닌 게 그저 다행이었다. 그래서 누가 봐도 남매라는 걸 금세 알아차릴 수 있게 옷도 강아지 얼굴이나 토끼 얼굴이 절반씩 그려진 것을 나눠 입혔다. 그런 옷을 입혀놓고 같은 신발을 신겨놓으면 그저 뭐든 같은 쌍둥이 남매로 보였다. 옷이라도, 먹을 거라도 취향대로 사줄걸…… 이상하게 나이가 들수록 어머니는 그때 생각이 났다. 겉모습은 똑같이 맞추려고 안달이었으면서 막상 속으로는 그렇게 대하지 못했으니까. 명희 대학원만 해도 그랬다. 어릴 적부터 명희는 공부를 잘했고 명선은 진즉에 취직하고 싶다고 한참이니, 명희가 대학원에 간다고 했을 때 명선이 자격증 공부를 할 때처럼 무리를 해서라도 밀어줬어야 했다. 하지만 이런 마음을 명희가 알까.

  엄마가 애쓴 거 우리는 다 알아요.

  명선과 명희에게 이런 카드를 받은 건 아마도 그녀가 쉰번째 생일을 맞았을 때였던 듯하다. 아이들은 겨울 코트 한 벌과 한강 유람선 티켓을 선물로 주었다. 왜 두 장뿐이야? 해놓고 보니 가격이 만만찮았다. 그래서 그녀는 잠자코 남편과 둘이 다녀오기로 했다. 아이들이 사준 겨울 코트를 입고 한강의 유람선에서 저녁을 먹고 있자니 정말 세상을 다 가진 기분이 들기도 했다. 명선의 아버지는 유람선에 타자마자 6·25전쟁 때 한강 다리가 폭파된 것부터 임진왜란 때 강을 건너 도망갔던 선조 이야기까지 꺼냈다. 오늘 같은 날은 참지, 싶기도 했지만 갑자기 터져 오르는 폭죽으로 인해 그 생각은 거기서 멈췄다. 정말 아름다운 날이었다. 다만, 같이 오지 못한 아이들 생각만이 걸렸다.

배를 타고, 자신은 평생 살아볼 것 같지 않은 강 건너의 아파트를 돌며 터지는 폭죽을 바라보던 그녀는 문득 명선과 명희가 여섯 살 무렵에 있었던 일을 떠올렸다. 남매가 어머니의 지갑에 손을 댄 일이 있었다. 오빠랑 나랑 맨날 같은 옷 입으니까 애들이 옷 없냐고 가난하다며 놀려서요. 우리도 각자 옷 갖고 싶어서요. 명희가 자신을 너무 똑바로 쳐다보며 말하는 바람에 그녀는 마음이 저려왔다. 그래도 도둑질은 나쁜 거였다. 매를 들고 꾸짖기 시작하자 명선이 울먹거리며 용서를 빌었다. 하지만 명희는 끝내 묵묵부답이었다. 잘못했다는 말만 하면 마트에 데리고 나가서 내복이라도 사주려고 했는데, 명희는 잘못한 건 자신이 아니라 놀린 아이들이라는 말만 반복했다. 틀린 말은 아니었지만 능력 없는 자신 때문에 아이들이 그런 일을 겪었다고 생각하니 마음이 아파서 그랬나, 예나 지금이나 미안하면 미안하다고 하면 되는데 그깟 모부 자존심 그런 게 뭐라고 도리어 화가 났다. 그녀는 명희에게 대문 밖에서 벌을 서라고 했다. 명희가 밖으로 나가자 명선은 용서해달라며 매달렸다. 그러나 정작 명희는 한 시간이 지나도록 별다른 반응이 없었다. 시간이 계속 흐르자 오히려 걱정이 되기 시작한 어머니는 명선의 손을 잡고 과자 한 봉지를 든 채 대문 밖으로 나와봤다. 명희는 그곳에 없었다. 혼비백산한 어머니 옆에서 명선이 영문을 아는지 모르는지 갑자기 악을 쓰며 울기 시작했다. 달랠 정신 같은 건 없었다. 명선을 들쳐 업고 대로까지 나가 명희의 이름을 불렀다. 마침 동네는 지역 축제 기간이었다. 옛날 군인 복장을 한 사람들이 줄을 맞춰 퍼레이드를 하고 있었다. 신난 사람들 사이에서 정신없이 명희를 찾고 있을 때였다. 혹시나 싶은 마음에 퍼레이드가 지나가는 길 쪽으로 나가보았다. 잠옷 차림의 명희가 어른들 틈에서 퍼레이드를 구경하는 모습이 보였다. 명희는 가끔 박수를 치면서 퍼레이드를 따라 뛰기도 했다. 무사한 명희를 보니 다리가 풀려 그녀는 그 자리에 주저앉았고, 그 틈에 명선은 그녀의 등에서 내려와 명희를 향해 내달렸다. 어쩌다 보니 어머니와 명선과 명희가 동시에 퍼레이드를 보게 된 날이었다. 그렇게라도 그런 재미난 걸 더 같이 봤다면…… 우리 명선이와 명희와……

"지구든 화성이든 하여간 많이 보고 많이 듣고 많이 배운 똑똑한 사람들이 하란 대로 하면 되는 거지, 누가 더 옳은 소리를 하겠어?"

아버지는 발톱을 깎으며 그렇게 중얼거렸다. '화성의 저 로봇들도 이날 이때껏 저렇게 관심받았는데…… 쟤들이 뭐라고.' 그는 사실 다큐멘터리가 마음에 들지 않았다. 자신이 원한 건 두 가지였다. 아내가 저런 영어로 된 프로그램을 보고 영어의 필요성을 깨달아 지금이라도 공부해서 제발 더 나은 사람이 되도록 노력하는 것, 또 하나는 똑똑한 사람들의 의견을 통해 지구의 미래를 알게 되는 것. 그런데 무슨 다큐가 주야장천 스피릿과 오퍼튜니티의 멈춰버린 모습만 보여주느냐는 거다. 문득 일전에 학업으로 고민하던 청소년에 대한 프로그램을 봤던 생각이 났다. 공부 잘하는 애들이 나오는 건 줄 알았는데 공부를 못해서 고민하는 학생들이 나오는 거였다. 그때도 잘 이해가 안 됐다. 이 귀한 수신료를 내고 공부 못하는 애들 고민이나 들어야 하다니. 그가 생각하기에 세상은 정말 지독한 약육강식인데 저렇게 마음이 약해서야 어쩌려나 싶었다. 그뿐인가. 요즘은 남자가 남자를 사랑하고 여자가 여자를 사랑하는 걸 인정해달라는 프로그램까지 버젓이 등장한다. 뭐 저런 걸 용인해야 좋은 사람 되는 분위기인가 보지? 대놓고 비아냥대면 자기 또래와 비슷한 늙은이 취급을 당할까 봐 집에서만 큰소리를 내보곤 한다. 명희가 있을 때 그런 자신을 얼마나 비난하던지. 그래도 나처럼 많이 배우고 깨친 아버지를 지가 어떻게 가져보겠다고.

그래, 그래서 그랬다.

명희에 대한 합의금을 받은 것은, 보상금을 받은 것은, 이제 그만 잊자고 명희 이름을 함구한 것은.

"그곳은 도시 미관상 안 좋아서요. 여기가 서울의 중심 아닙니까. 더 나은 서울을 위해 필요한 작업이죠. 보상금 다 드렸고요. 이제 와서 저러다 그런 화재까지 발생했으니 원…… 모두 다 국가 잘못이라니 힘 빠지네요."

13년 전 그날, 시청에서 정부 사람을 만났을 때였다. 정부에서 나온 사람이라니, 청와대에서 나온 사람이라니. 아버지는 그와 이야기하는 것만으로도 가슴이 좀 넓게 펴지는 기분이 들었다. 하지만 얼른 그 기분을 떨쳐버리고 다른 생각을 했다. 우리 명선이, 그리고 와이프. 이런 아버지, 이런 남편 덕에 아파트에서도 살아본다는 기분 한번 느껴봐야지. 명희도 아마 마음속으로는 고마워할 거란 생각이 들었다. 아버지는 언제나 자식들이 은근히 자신을 무시하는 게 아닐까 싶었다. 돈 벌어 오는 제 엄마 편만 드는 것 같기도 했다. 어느 날 명희는 엄마를 더는 가스라이팅하지 말란 소리까지 했다. 가스라이팅이라니…… "아빠도 병원 가서 상담 한번 꼭 받아 봐. 자기 연민이 너무 심하면 그것도 병이야." 명희 그것이 잘한다 잘한다 했더니 그런 소리까지 늘어놓는 꼴을 다 봐야 했다. 그래봤자 서울대 나온 것도 아니고 유학을 다녀온 것도 아닌데, 세상 제일 잘났다. 이제 명희도 어디선가 나를 보며 아비 노릇 했다고 할 것이다. 합의금이라도 두둑이 받아 냈으니, 이게 바로 멋진 가장의 모습 아닌가 싶었던 것이다. 자신이라고 명희가 생각나지 않은 건 아니지만, 또 어쩌겠어. 산 사람은 살아야지.

'명선이를 잘못 부른 거겠지, 내가 뭐.'

폭죽이 터지던 그날의 일을 떠올리던 어머니는 얼른 고개를 저어 생각을 내보냈다. 그것보단 출근하기 전 컴퓨터를 좀 쓰고 싶은데 명선이 통 보이지 않아 고민이었다. 시간이 없으니 집에서 셀프로 파마를 해볼까 하는 마음이 문득 들어서였다. 하지만 명선이 없는 방에 혼자 들어가고 싶진 않았다. 얼마 전 명선의 방 컴퓨터에서 뭘 좀 검색하려다 우연히 검색어 목록을 보게 되었다. 죽 이어지는 검색어는 모두 13년 전 용산 그 사건, 그 화재에 맞춰져 있었다. 처음으로 명선의 책상에 놓인 노트에도 눈길이 갔다. 아이들을 키우면서도 아이들 물건에 손댄 적이 없었는데, 그날 처음으로 책상에 놓인 노트를 들춰 봤다. 첫 장의 시작은 2009년이었다. 2009년 그날, 용산, 명희.

어머니는 그날 손이 떨려 노트를 끝까지 보지 못했다. 자신도 모르게 자꾸만 명희야, 명희야 하고 소리 내 부르며 눈물을 흘릴 것만 같았다. 무엇보다 그 노트 끝에 '하명희 사망' 이런 말이라도 나올까 봐, 그걸 보고 제대로 살 수가 없을 것 같아서 더는 볼 수가 없었다.

남편의 불호령에, 그녀는 그날 이후 정말 명희 이야기를 한 적이 없었다. 게다가 남편이 가져온 명희의 보상금을 자신 또한 받아버리지 않았던가. 남편은 보상금을 받아 오면서 "당신이 평생 그렇게 좋아하던 돈이네. 아파트고. 돈 좀 번다고 애들하고 나 사이에서 아버지 무시하도록 애들 조종해서 결국 이렇게 만들었네. 그래봤자 그 무시하던 남편이 이렇게 받아왔네" 하고 못이 박이도록 말했다. 그런데 남편 말대로 돈, 돈 하는 자신 때문에 보상금을 받아버려 이런 일이 일어난 걸까. 하지만 사람들을 만난 건 남편이었는데…… 자신이 명희의 죽음에 대해 돈 이야기를 꺼낸 적이 있었나. 한숨을 삼키던 그녀는 문득 벽에 걸린 시계를 한번 확인했다. 이제 생각을 멈추고 출근해야 할 시간이었다. 텔레비전을 끄려고 리모컨을 들었을 때였다. 가만, 지구인들을 위해 화성으로 간 두 로봇 중 하나가 죽어가는 모양이었다. 그런데 저게 다 뭔가. 과학자들이 로봇의 죽음을 유도한다고? 아이고, 그렇게 부려먹더니 기능을 못 하니까 죽으라니…… 그런데 이거 어디서 본 거였나. 그러니까 서울의 미관을 위해 오래된 상가를 부수면서 결국엔 사람도 부숴버리던, 우리 명희도 사라졌던 그해 그 풍경과 같은…… 어머니는 얼른 고개를 저었다. 명희가 용산에서 돌아오지 못한 그해, 아직 어머니는 복지관에서 일을 하고 있었다. 같이 점심을 먹던 담당 공무원이 뉴스를 보며 분명 그랬다. 저게 다 개발비 받고도 안 나가는 사람들 때문이라고 말이다. 그래, 국가가 그런 악랄한 짓을 할 리가 없지. 남편도 마찬가지다. 나를 위해 애쓴 거지, 우리 명선이 편하게 살라고 한 거지. 어머니는 텔레비전을 끄는 것도 잊은 채 얼른 가방을 챙겨 현관 앞에 섰다. 그런데 자꾸만, 어째서 자꾸만 명희의 이름이 딸꾹질하듯 튀어나오는 걸까…… 어머니는 뒤돌아 굳게 닫힌 명희의 방을 바라봤다.

스피릿이 제 기능을 못하게 되었다고 판단했을 때, 과학자들이 스피릿의 죽음을 유도하는 방법은 의외로 간단했습니다. 그때까지 과학자들은 인간의 말을 기호로 변형해서 오퍼튜니티와 스피릿과 이야기를 나누고 있었습니다. 수행할 임무에 대한 이야기뿐만이 아니었죠. 사실 대부분이 그저 일상적인 내용이었습니다. 모래바람뿐인 화성에서 그들이 외롭지 않게 말이죠. 그런데 스피릿과는 더는 이야기를 하지 않기로 결정한 겁니다. 그렇게 교신이 중단된 후, 스피릿은 화성 가운데서 서서히 죽음을 맞이합니다.

"죽지 않았을 거야."

집을 나서기 전, 명선은 텔레비전을 끄려다 자기도 모르게 문득 그런 말을 중얼거렸다. 화면은 스피릿이 멈춘 뒤 오퍼튜니티의 신호가 차츰 약해지고 있다는 자막을 내보내고 있었다. 아버지나 어머니 중 한 명이 사라지면 어떻게 될까. 아버지나 어머니도 저 로봇들처럼 나머지 한 명을 따라갈까. 그러나 명선은 곧 고개를 저었다. 인간은 양말이 아니니까, 누군가가 없어져도 전혀 개의치 않고 살아갈 수 있다. 아니, 인간만이 그럴지도 모른다. 명선 자신도, 어머니도 아버지도 이렇게 잘 살아가고 있으니까. 명희가 사라진 그해, 그 사건 이후로 아무것도 변한 것 없이 말이다. 어머니도 아버지도 어릴 땐 자신과 명희를 마치 한 세트처럼 대하더니 정작 명희가 그 일을 당했을 땐 너는 너고 명희는 명희니까 이 악물고 살아야 한다는 말을 할 뿐이었다. 모부님은 명선이 모르게 보상금을 받았고, 이 집을 받았다. 정확히는 아버지가 받았다. 자신이 조금이라도 돈을 잘 벌었다면, 어떻게 그럴 수 있느냐고 소리라도 칠 수 있었을까. 그 생각은 이상하게 꼬여서 튀어나갔다. 자신이 결혼을 하고 반듯한 가정을 가질 수 있는 그런 상황이라면…… 여기까지 생각이 미칠 때면 명선은 어김없이 고개를 저었다. 아버지는 당신의 그 말을 지키기라도 하듯 명희의 이야기를 더는 꺼내지 않았다. 하지만 이제 어머니는……

명선은 명희가 그 일이 일어나기 전날 밤에 마지막으로 했던 말들을 기억한다. 대학을 졸업하고 대학원을 가자마자 온 갓 아르바이트에 목을 매던 명희. 그 아이는 그해 겨울 용산의 한 카페에서 아르바이트를 한다고 했다. 거기, 철거된다고 하는 곳? 용산역 건너에…… 명선은 고개를 끄덕이는 명희가 좀 걱정되었다. 뉴스에 자주 이름이 나오던 곳이었고, 곧 철거된다고 들었기에 명선의 눈에도 걱정스러워 보였다. 그렇게 무너져가는 곳 근처에서 무슨 장사람, 게다가 아직 입주민들이 있다고 했다. 하지만 당장 명희에게 돈을 줄 수도 없는 형편이니 명선은 잠자코 있었다.

"오빠, 요즘 거기 뭐라고 해야 하지, 그…… 용역이라고 불리는 사람들, 오빠 실제로 본 적 있어?"

명희는 곧 그 상가에 용역이 닥쳐서 다 부술 거라며, 그들이 갑자기 들이닥쳐 사람들에게 윽박을 지르고 간다고 했다. 설마, 거기 주인들이 있는데 용역이 온다고? 깡패들? 나라에서 하는 일인데, 그러면 나라에서 깡패들을 쓴다는 거야? 명선이 믿지 못하자 명희는 강하게 고개를 끄덕였다. 정말 그런 사람들이 온다는 거였다. 그런 와중에도 그곳 가게 중 일부가 문을 닫을 수 없는 건, 사람들이 제대로 된 보상을 받지 못했기 때문이라고 했다. 그 제대로 된 보상을 못 받은 사람 중에 명희가 일하는 카페의 사장도 포함되어 있었다. 건물 위에서 시위하는 사람들 때문에 그런 거 아니고? 명선은 마지막까지 국가를, 아니 사람을 믿었던 것 같다. 뉴스에서 본 내용들이 떠올랐기 때문이다. 서울 미관을 위해서 오래된 상가를 헐고 그 자리에 뭔가를 세우려 하는데, 원래 살던 사람들이 돈을 더 받으려고 시위를 한다고 했다. 용산이면 서울 한가운데고 나라의 이미지일 수 있는데 저렇게 돈을 받고도 버티면 어떻게 해요? 지나가던 시민이 그런 인터뷰를 하는 걸 보았다. 그런데 명희가 와서 하는 말은 달랐다. "오빠, 그게 아니고 살던 사람들에게 나가라고 하니까 그렇지, 갑자기." 그러면서 명희는 이 나라도, 서울 시장도 좀 무섭다고 했다. 그냥 일반 주민들이 하는 시위에 조폭 같은 사람들이 와서 물건을 때려 부수고 겁주는 걸 눈앞에서 봤는데 뉴스에서는 자꾸 다른 말만 나오는 것 같다고도 했다. 2000년대에 이게 다 무슨 일인지 모르겠어. 명선도 명희도 서울에서 나고 자라 시위 같은 걸 본 적이 없었다. 그리고 용산이라고 하면, 그 부근에는 워낙 작은 가게들도 몰려 있고 집들도 몰려 있으니까 모부님을 따라 어릴 적 가본 적도 있는 곳이었다. 전부 다 조그맣고 허름한 곳인데…… 명선은 잘 몰라서 그냥 머쓱했다. 아버지는 뉴스를 보면서 자주 혀를 찼다. 저러니까 가난한 사람들이 욕먹는다며, 나라에서 보상해줄 텐데 그만 빼지 그러느냐는 이야기였다. 명희는 옆에서 듣고 있다가

"아빠, 막상 거기 가서 보면 그렇지도 않은 것 같아요. 보상이 제대로 안 된 것 같아요. 그러니까 나라에서 줬다고는 하지만 그 돈으로는 서울 어느 지역에서도 집을 못 구할 것 같아요"라고 했다. 그때 왜 우리는 가난한 사람들이란 이유로 그 사람들 말을 안 믿었을까. 명선이 기억하기로는 아버지가 "나도 가난하지만 돈 욕심이 사람 망쳐"라고 말했던 것 같기도 하다. 그런 아버지를 보고 조금 흥분한 명희의 팔을 잡으며 명선은 말했다. "명희야, 그러지 마. 엄마가 그러시는데 아빠가 일이 안 풀려서 저러는 거래." 물론 이 말은 '네가 그러면 엄마를 또 괴롭힐 거 같아, 아빠가. 말로' 이런 의미기도 했다. 이야기가 끊긴 건 웬 파리 한 마리가 집에 들어오면서부터였다. 추운 겨울에 아주 좁은 틈으로 들어온 파리였다.

"아휴, 이 파리가 너무 안 나가."

아버지가 전기 파리채까지 들고 오자 명희는 파리를 살려주자며 방문을 다 닫고 창문을 활짝 열었다. 파리는 안 나가고 빙글빙글 돌다가 결국 아버지에게 잡혔다. "그냥 나갔으면 좋았을 텐데 모자라다, 모자라." 아버지는 파리를 보면서 그렇게 고개를 저었다. 명희는 조금 침울해 보였다. "여기가 따뜻했나 봐요, 바깥이 추워서."

그래서, 명희. 명희…… 너도 그랬니. 설마 갈 곳 없고 추

운데 나갈 곳이 없어서 그랬니⋯⋯그 뜨거운 곳에 네가 남았
니⋯⋯

　명선은 눈물로 흐려지는 눈을 여러 번 감았다 뜨기를 반복
했다. 명희는 그 상가에서 일하며 돈을 몇 푼이나 받았을까.
그래도 자기를 받아준 곳이니까 위험해도 그냥 일하러 나간
걸까. 상가에서 시위를 하던 사람들이 불 속에 갇힌 날, 명희
가 출근하는 걸 본 상인들이 있다. 명희는 불법 건축물로 지
정된 카페에서 일을 하고 있었고 근로계약서 같은 건 없었
다. 시위를 하던 사람들은 진압을 피해 한곳에 몰려 있었다.
말이 진압이지, 이미 모두 가둬놓은 상태였다. 추운 겨울, 그
안은 사람들의 정전기와 화염병으로 가득해서 옷깃만 스쳐
도 불이 붙을 수 있다고 서울시 측에 관련 전문가들이 여러
차례 충고했다고 한다. 그런데 당시 서울시는 왜 강제 진압
을 지시한 걸까. 불이 날 줄 빤히 알았을 텐데⋯⋯ 그걸 몰랐
다면 시간이 지난 후 경찰 간부는 왜 인터넷 여론 조작까지
시도한 걸까. 명희는 불법 건축물 안에서 철거 명령에도 버
틴 사람의 일부가 되었고, 그런 굴레 속에서 명선도, 어머니
도 아무것도 하지 못해 명희의 시신조차 찾지 못했는데.

　명희는 그렇게 어디에도 없는 사람이 되었지만 시간은 여
전히 잘 흘렀다. 용산에서 사람들을 불 속에 가둔 사람은 다

시 선거에 나왔다. 곧 대통령이 용산으로 간다는 말도 있다. 아버지는 여전히 텔레비전을 보며 혀를 차고 어머니는 직장이 바뀌었을 뿐 예전처럼 일을 한다. 명선도 그때처럼 작은 부품을 만드는 기업에 다니고 있다. 연인인 강오가 시골로 내려가며 함께 가자 설득했지만 명선은 명희를 생각하면 쉽게 발걸음이 떨어지지 않았다. 그러니 명희가 아니라면 명선에게도 아무것도 변한 게 없는 나날이었다. 그렇게 어디선가 사람들이 죽어가도 말이다.

그런 명선에 비해 화면 속 오퍼튜니티는 곧 멈춰버릴 거란 생각이 들었다. 아니, 그전에 이제 저들이 쓸모없어졌다고 생각한 지구인들이 죽음을 이끌어낼 거라고 한다. 스피릿은 죽기 전에 무슨 생각을 할까 잠시 생각에 빠져 있던 명선은 거실의 시계를 확인한 뒤 텔레비전의 전원을 껐다. 순식간에 화성에서 지구로 돌아와 있었다. 명선은 이내 현관으로 가 신발장을 열었다. 텔레비전이 꺼지고 다큐멘터리의 내레이션이 사라지자 거실은 마치 오래전 모래 구덩이에 묻힌 유물의 내부처럼 고요해졌다. 한 번 더 거실을 둘러본 명선은 평소처럼 운동화를 꺼내 신고 현관문을 열었다. 밖으로 나서기 전, 이번엔 명희의 방문을 바라봤지만 시간을 확인한 후 몸을 돌렸다. 어제와 같은 시간이었다.

출근 시간의 지하철은 언제나 그렇듯 만원이었다. 평소처럼 지하철에 타기 위해 일단 몸을 움직이던 명선은, 그러나 순간 그 자리에 멈춰 섰다. 문이 열리자 수많은 사람이 일제히 명선을 바라보고 있는 것처럼 느껴졌기 때문이다. 그사이 누군가가 명선의 어깨를 치고 앞으로 뛰어 들어갔다. 그때 명선의 주머니에서 무언가 바닥으로 툭하고 떨어졌다. 바닥에 떨어진 양말을 보고서야 명선은 자신이 찾던 양말 한 짝이 그곳에 있었음을 깨달았다. 명선이 떨어진 양말을 보며 머뭇거릴 때였다. 곧 지하철 문이 닫힌다는 음성이 들려왔다. 명선은 저 열차를 타야 어제와 같은 시간에 도착할 수 있다. 명선은 열차 안, 아버지 또래의 남자와 명선 또래의 청년이 고개만 엇갈린 채 마주 보고 있는 장면을 바라보았다. 누군가 사진으로 찍는다면 포옹이라는 제목을 붙여도 이상하지 않을 것 같았다. 문은 한 번에 닫히지 못하고 여러 번 열렸다 닫히기를 반복했다. 열차 안의 사람들은 마치 원래 하나였던 듯 친밀해 보였다. 몇 번의 시도 끝에 열차 문이 겨우 닫혔다. 문이 닫히자 프린트된 글자가 둘로 나뉘어 무슨 뜻인지 알 수 없던 문구가 겨우 한 문장으로 이어졌다. '내 가족, 내 친구가 함께 사는 하나뿐인 아름다운 우리 서울, 아름다운 우리 지구! 우리 함께 지켜요!'그러나 그 문장도 곧 빠른 속도로 지나가며 흩어지고 말았다. 명선은 고개를 숙여 바닥에 떨어진 양말 한 짝을 집어 들었다. 언젠가 명희가 자신에게 했던 말이 문득 떠올랐다.

"오빠, 나는 이렇게 얼굴 하나를 둘로 나눠서 프린트해놓은 양말은 징그럽더라."

명선은 대수롭지 않게 대꾸했다. 명희야, 어차피 그 양말, 한 짝 잃어버려서 이제 버려야 돼. 그러고는 양말 한 짝을 휴지통에 던져 넣었다. 명희는 명선이 버린 양말을 다시 주워 서랍에 넣으며 말했다.

"사람 얼굴 말이야, 양쪽이 다른 거 알아?"

명선은 고개를 돌려 명희를 바라봤다. 왼쪽 얼굴하고 오른쪽 얼굴하고 확연히 다르대. 어느새 명희는 서랍장의 양말을 정리하고 있었다. 명선의 서랍장 안에는 명희가 모아놓은 짝 없는 양말들이 가득했다.

"단지 하나의 얼굴처럼 보이겠지만, 하나의 얼굴에도 많은 표정이 숨어 있어. 사람들마다 각자의 인생이 있는 것처럼."

그때 명선은 건성으로 어 어, 대답하고 습관처럼 휴대폰으로 시간을 확인하며 그런 말을 했다. 그래, 다 각자지, 우리가 뭐 한 덩어리겠냐. 근데 명희야, 너 오늘은 마지막 날이라 빨리 끝난댔지? 지난번처럼 먼저 튀지 말고 역에서 기다려. 고기 사 오자. 명선의 말에 못 말리겠다는 듯 웃던 명희는 이내 오케이 사인을 해 보였다. 그래, 그랬다. 그날은 원래 명희의 아르바이트 마지막 날이었고, 둘은 고기를 사서 집에 와 모부님이랑 구워 먹기로 했다. 역에서 만나기로 했는데, 월급 받은 기념으로 모부님 양말도 좀 넉넉히 사고 그러자고. 출근하자며 명선이 일어섰을 때였다. 명희가 나가다 말고 갑자기 휙, 뒤를 돌아보았고 명선이 깜짝 놀라 뒤로 물러섰다. 아, 뭐야, 하는 명선에게 명희는 씩 한번 웃어 보이곤 이렇게 덧붙였다.

"내 표정도 잘 봐두라고. 오빠랑 내가 쌍둥이라도 우리는 다르잖아."

야, 그럼 딴 사람인데 다르지, 같냐. 명선이 어이없어하자 명희는 늦었다며 뛰어나갔다. 그러게, 다 다른데, 그런데 너는 왜 이 세상 어디에서도 있다고 인정 못 받는 사람이 된 거니, 명희야……

명선은 오랜만에 명희의 이름을 소리 내어 중얼거렸다. 이름을 말한 것뿐인데도 어쩐지 명희가 자신의 곁에 서 있는 것만 같았다. 지하철이 다시 역으로 접근하고 있다는 방송이 나왔다. 명선은 이내 양말을 잘 접어서 가방 깊숙이 넣었다.

잃어버리지 않았구나, 사라지지도 않았고.

그저 자신이 잠시 잊은 것뿐이었다.

명선은 양말 한 짝과 함께 평소보다 조금 늦은 시간 지하철에 올랐다. 다시 아침이었다. 다만, 화성이 아닌 지구의 아침.

무이네

이제, 좋아하는 거 말하기로 해요.

좋아하는 거요?

네. 떠올리면 웃음 나고, 또 반대로 좀 슬플 때도 있고 그런 거요.

그렇다면 저는 호 쑤언 흐엉.

베트남 사람인가요?

네, 베트남 여자 시인 이름인데요. 박색이었다던데요, 박색.

박색. 그런 한국어는 어떻게 배웠어요?

한국에서 만난 첫 남자가 저에게 그랬어요. 박색이네, 박색 이야.

어. 그건 좀 화나는 말인데요? 심보가 고약하네요, 그 사람.

다시. 가만, 호, 호 쑤언 흐엉이랬죠? 미안요, 베트남어 잘 모르니까 이래요.

괜찮아요. 음, 네. 그 시인은 쯔놈, 베트남 고어로만 시를 썼대요. 베트남에서 옛날에 언어 독립하고 싶어 했을 때 만든 언어가 쯔놈어거든요.

오, 그 사람 시 읽어줄 수 있어요?

그럼요. 그런데 나중에요.

왜요?

야한 이야기를 너무 많이 해서요, 그 시인이.

네? 아아.

농담, 농담요. 그냥, 저 한국어 잘하게 되면 읽어드려요. 정확하게 읽어주고 싶어서요.

아, 그래요. 그렇게 해요, 무이.

무이, 꼭 그렇게 해줘요.

무이는 그때의 일을 기억할 수 있을까. 한자어를 사용하지 않고 쯔놈어로만 50여 편의 시를 남겼다던 그 시인의 이야기를 하던 무이. 그 여성 시인이 쓴 시 중에 첩살이, 여자의 일생 이런 게 있어요. 못생긴 주제에 두 번이나 결혼했다고 남자들에게 조롱당했다네요, 하던 무이. 기억할까, 내가 그 장면을 좋아했다는 것을. 그런 생각을 하며 현관문을 열었을 때 그곳에 서 있던 무이의 가방은 지나치게 컸다. 어디 가는데? 나도 모르게 그 말이 먼저 나왔다. 어디 가느냐니, 이제 막 도착한 사람에게 말이다.

나 여기에 세워둘 거야? 가방이랑 같이?

나는 무이의 말에 고개를 여러 번 저어 보였다. 사실 오랜만에 만난 무이에게 무슨 이야기부터 꺼내야 할지, 하고 싶은 말이 너무 많아서 건넬 말이 가늠되지 않았던 거다. 그사이 무이는 가방을 풀어 거실 구석에 두고 겉옷을 벗어 들고 있었다. 아휴, 나 왔다고 김치찌개를 다 끓이는 거야? 넌 무슨 베트남 사람 서울 온다고 김치찌개를 끓이니, 김치 냄새도 안 좋아하는 애가. 말은 그렇게 하면서도 무이는 주방을 향해 킁킁대는 시늉을 해 보였다. 그 모습에 내가 웃음을 짓자 무이는 내 배를 한 번 쿡 찌르더니 자신 또한 웃음을 터뜨렸다. 그러다가 반드시 찾아야 할 누군가가 있는 사람처럼 주위를 다시 두리번거렸다.

"이치 물건은 아직 못 치웠어. 못 치우겠더라."

무이는 이치를 찾고 있는 거였다. 이치는 내가 구조한 유기견으로 구조 당시에 이미 왼눈에 백태가 낀 듯한 백내장

증세가 있었다. 그때 이치의 추정 나이는 열 살. 노견인 데다 질병이 있던 아이. 내장된 동물 등록 칩이 있었지만 아무리 전화를 걸어도 주인은 받질 않았다. 무엇보다 이치에게는 오랜 시간 반복된 출산의 경험이 있었다. 아무래도 유기견을 데려다 가정 분양에 이용한 것 같다고, 어차피 전화해도 받지 않을 거라는 동물병원의 상화 원장님의 말에도 나는 반복해서 전화를 걸었다. 가정 분양이면 집에서 강제 교배를 시켰단 말인가, 그것도 10년이나. 난 그저 주택가 음식물 쓰레기 더미에서 이 아이를 발견한 것뿐인데. 그래도 어떻게 10년을 같이한 생명을 버리나요. 내 말에 상화 원장님은 잠시 나를 보더니 그런 일은 너무나 흔하다고 했다. 그러니까 동물의 귀엽고 화사한 순간만 함께하고자 하는 인간들, 그런 모습만 취하고 버리는 인간들이 저지르는 일. 이치는 태어난 직후부터 강제 임신과 출산을 반복한 뒤 노견이 되자 버려진 것 같다고 했다. 독하죠, 인간들. 그래도 이렇게 구하는 것도 인간이에요…… 상화 원장님은 한숨 같은 말을 흐렸다. 그때로부터 또 5년이 넘게 흘렀다. 나는 그런 사정을 알고 있는 무이가 자연스레 이치를 찾지 않을 수도 있다고 생각했다. 누구라도 '이치가 그래도 오래 버텼구나' 생각할 수 있는 상태였으니까. 하지만 나에게는,

이치가 너무 빨리 이 집에서 가버린 것 같아.

그랬다. 아무리 살아도 익숙해지지 않는 것이 삶인 것처럼 죽음 또한 익숙함의 영역은 아니었다. 잠자코 내 말을 듣던 무이는 이치의 사진이 올려진 거실의 테이블 앞으로 가더니 합장하듯 짧게 기도했다. 이상하게 무이가 기도를 올리자 눈물이 흘러내렸다. 이치의 장례를 치르면서도 얼떨떨함에 흘리지 않던 눈물이었다. 나는 무이, 무이, 무이, 이렇게 중얼거리며 울었다.

무이, 무이 그리고 이치.

이치는 내가 평소보다 늦게 일어나면 방문을 툭, 툭 이렇게 네 번 정도 쳤다. 무심해 보였지만 방문을 열어보면 이치의 눈가엔 눈물 자국이 검게 말라붙어 있었다. 사람에게 버림받고도 또 사람을 염려하는 이치. 간혹 창가를 서성이던 이치를 안고 창문을 열어주면 그 아이는 무언가가 보이는 듯 한곳을 오래 응시하곤 했다. 이치에겐 마음으로 볼 수 있는 게 있을까, 그런 생각을 하며 바라본 그 아이의 얼굴에 선명한 눈물 자국이 있었다. 별다른 짖음도, 저지레도 없이 항상 눈물 자국만 남겨져 있던 이치. 이치 네가 말을 했다면 마치 내가 무이를 부르며 우는 것처럼 너, 나 부르며 그렇게 울었을까. 그러니까 나는 무이가 아니라 '엄마, 엄마' 하면서 울고 있었던 건지도 모른다.

무이, 무이, 무이.

혹은 엄마.

무이. 그건 한 사람의 이름.

그런데 나는 무이를 뭐라고 정의하면 될까. 무이, 무이. 내가 무이에게 무이라고 하면 어른들은 얼른 내 팔목을 잡아끌며 귀에 대고 속삭이곤 했다.

어머니라고 해야지, 무이가 뭐니.

그러면서도 어른들은 무언가 상의할 때면 유독 무이에게만은 한국어가 서투르니까 불편하지, 저기 가서 텔레비전 봐도 되고, 언뜻 배려 같은 말을 하며 은근히 따돌리곤 했다. 그러면 나는 무이를 더 크게 무이라고 불렀다. "무이! 무이, 이리 와서 과일 먹어!" 어른들은 그럴 때마다 고개를 저었는데, 나는 어른들이 정말 모르는 사람처럼 다가와 과일을 먹던 무이 때문에 그러는지 아니면 내가 끝내 무이라고 불러서 불편한 것인지를 판단하기가 쉽지 않았다. 물론 사람을 대할 때이런 반항심이나 의아함만이 전부였다면, 그 관계는 오래가지 못했을 것이다. 나는 실제로도 어머니,라는 말보다 무이, 하는 쪽이 더 좋았다. 왜냐면 내게 무이는 무이 같았지, 엄마 같지 않았기 때문이다. 나를 낳아준 사람은 내가 아주 어릴 적 아버지와 이혼한 뒤 소식을 모른다. 그러니 역시 무이는 내게 그냥 무이였던 거다. 물론 처음부터 무이가 무이여서 좋았던 건 아니었다. 왜냐하면……

내가 무이를 만난 건 스무 살 겨울이었다. 처음 만난 무이는 여러 개의 가방을 가지고 있는 사람이었다. 무이를 만나러 간 게 아니었다면 나는 아마 무이가 잠시 커피를 마시기 위해 그곳에 들른 외국인이라고 믿었을 것이다.

무이, 안녕?

어차피 한국말 모를 테니 존대 같은 건 하지 않을 거야, 곧 떠날 사람일 수도 있으니까. 이런 마음으로 무이에게 건넨 첫인사였다. 종각에 있던 던킨도너츠였다. 그때 나는 막 서울의 한 대학의 국문학과에 입학한 신입생이었다. 하지만 고등학생 때까지는 아버지와 남쪽 끝 마산에 살았다. 말이 남쪽이지, 서울 가는 교통편이 편리한 부산하고도 또 달랐다. 그러니 아버지가 평일에 굳이 나를 만나러 서울에 온다고 할 때부터 무언가 이상하다고 생각해야 했다. 그제야 유리창 너머 골목길에 박카스를 쥐고 있는 할머니들과 함께 걷는 노인들이 눈에 띄었다. 1999년, 노스트라다무스뿐 아니라 컴퓨터도 말썽을 일으켜 지구가 멸망할 것이라고 떠들어대던데, 놀랍게도 지구는 참 멀쩡했다. 나도 마찬가지였다. 달력의 앞자리가 1에서 2로 바뀌어도 나는 그냥 고등학교를 졸업한 지 몇 달이 지난 사람일 뿐이었다. 그러니 아버지가 음료를 주문하겠다고 자리를 비운 사이 무이에게 건넨 그 인사는 사실 무이가 한국어를 모를 것 같아서 한 말만은 아니었다. 무이는 아버지와 크게 나이 차가 나진 않았지만 한국인들이 가장 많이 원정 결혼을 한다는 국가 중 하나인 베트남에서 온 사람이었다. 내가 봤던 영화나 드라마, 소설에서 저 사람들은 한결같았다. 어눌한 한국어 발음, 껌을 씹으며 저들끼리 크게 떠드는 모습 같은 것. 마치 한 사람이 쓴, 다양한 소설 속의 비슷한 인물 같은 외국인 신부의 모습에 대해 그때까지 난 크게 생각해본 적이 없었다. 국문학과에 입학하게 되면서 다문화 가정 아이들을 대상으로 한글을 가르치기도 했지만 그런 무이와 결혼하려는 아버지는 내게 참 난감한 사람이 되어버렸다. 그런데 그날 이후 10년쯤 흘렀을 때, 그러니까 혼인 비자 만료 때문에 잠시 베트남으로 가야 하는 무이의 옷을 가방에 챙겨 담던 나는 문득 그런 생각을 했다. 그것참 웃기는 날의 나였다. 아버지를 믿지 않은 대신 나는 세상의 편견을 믿어버렸다. 그편이 쉬웠으니까. 무엇보다 아버지를 못 믿어 생긴 부끄러움을 나는 무이에 대한 공격으로 나타냈다. 그날,

그런 내 첫인사에 무이는 뭐라고 했었더라. 아마도⋯⋯

윤아 씨, 가방 안에 있는 내 목도리 줄게요.

확실히 추운 날이긴 했다. 무이는 그때까지 곁에 세워두기만 했던 가방에서 목도리를 꺼내어 거절할 틈도 없이 다가와 내 목에 둘러주었다. 저 가방엔 뭐든 다 있는 것 같네, 나도 모르게 눈길이 흘렀을 때였다. 무이가 내 옷자락을 살짝 끌며 도넛 앞으로 이끌었다. 나는 던킨도너츠에서 가장 싸고 가장 흔한, 오래된 디자인의 핑크색 하트 모양 도넛을 골라 담았다. 어차피 먹을 생각도 없었는데, 막상 하트 도넛을 고른 나를 보며 무이는 환하게 웃어 보였다.

"이 사랑은 내가 선택한 거예요."

내가 무이의 말에 고개를 갸웃하자 무이가 손가락으로 자신과 나를 번갈아 가리키며 '네가?' '내가?' 이렇게 분간하려는 듯 중얼거렸다. 아마도 무이가 하려던 말은 이거였을 것이다. 이 하트는 내가 선택한 도넛이에요. 그런 무이를 보며, 그런데 그거 정말 선택은 맞아요? 내가 이런 말을 삼켰던 이유가 조심해서라기보다는 아버지가 우리 곁에 서 있었기 때문이라는 것도 기억이 난다. 도넛을 깨물 듯 베어 먹던 무이가 아주 정확한 발음으로 "김치찌개가 먹고 싶어요" 했던 것도 아마 하트 때문이었을까. 나는 마음이 약간 누그러져서

탁자 밑으로 휴대폰을 꺼내 베트남 음식점을 검색하고 있었다. 김치찌개를 먹고 싶다던 무이의 말에 나는 검색을 멈추고 무이를 빤히 봤다.

한국에 온 지 오래됐어요. 한국어, 너무 제대로 못 배워서 아직 자주 헷갈리지만요.

언제였더라, 텔레비전에서 늑대 아이를 본 적 있다. 늑대와 정서적 교감을 했던 인간 아이는 늑대의 말은 알아들었지만 인간의 언어는 하지 못했다. 무이는 1979년에 처음 한국에 들어왔다고 했다. 그 말에 내 눈이 잠시 휘둥그레졌다가 말았다. 나보다 한국에 더 오래 살았고 나보다 한국어를 잘하지 못하는 사람. 아버지와는 아버지가 운영하던 작은 식당에 무이가 손님으로 몇 번 왔다가 아르바이트까지 하게 되면서 정이 들었다고 했다.

김치 매웠는데 윤아 씨 아버지가 김치를 씻어서 김치찌개를 끓여줬어요. 너무 맛있었어요. 무이는 그러면서 "돈이 필요해서는 아니에요. 가게엔 원래 외국인 친구들도 많이 갔거든요" 이런 이야기들을 덧붙였는데, 나는 혹 무이가 어디선가 그런 말을 들었을까 싶었다. 그러니까 한국인들이 가난한 베트남 여성들을 돈 주고 데려온다는 말 같은 거. 하지만 나 역시 그런 생각을 아주 떨치진 못했다. 아버지의 식당은 부산도 아닌 마산의 구도심인 창동 끝자락에 있고, 적어도 내가 아는 사람들은 돈이 없지 않은 한 일부러 아르바이트를 하며 시간을 갉아먹지 않았다. 그런 생각이 들었을 때, 나는 그저 김치찌개 국물을 한 수저 크게 떠 넘겼다. 내가 그렇게 말없이 밥을 먹는 동안에도 무이는 이런저런 이야기를 했다. 가령 베트남전쟁이 끝난 후 베트남에서 외국인의 신부가 되는 건 흔한 일이 되었고 자신이 결혼할 무렵에는 보통 배를 타고 미국이나 호주, 뉴질랜드로 많이 밀항했다는 이야기 같은 것. 베트남전쟁으로 인해 여자의 수가 남자의 수보다 많아졌고 그러다 보니 도리어 남아선호사상이 강해져 딸들만 외국으로 돈을 벌러 나간다는 말도 덧붙여졌다. 하지만요 윤아 씨, 아마 20년 뒤엔 베트남에 남자만 남아돌 거라고 하네요. 무이의 그런 말들에 역시나 나는 별다른 대답도, 질문도 하지 않았다. 나는 베트남보다 무이의 속내가 궁금했다. 무이의 가방에서 꺼낸 목도리의 빈자리에 이제 무엇이 들어가려나, 오히려 그런 것이 궁금했다. 왜냐면 무이와 함께 있는 아버지가 부끄럽든 아니든, 김치찌개의 김치는 적당하게 익었고 아버지는 무이의 밥그릇에 몇 번이나 김치를 건져 주었으며 나는 그 모든 걸 잠시간 건너보았을 뿐이니까. 평온한 식사였다. 그리고 무이와 아버지가 함께 산 세월 내내 우리는 그 식사의 분위기처럼 평온했다. 물론 그 세월도 그 식사의 시간만큼이나 길지 않았지만.

아버지와 함께 살면서 무이의 한국어는 빠르게 늘었다. 해가 바뀔 즈음에는 내가 가게에 전화를 걸어 무이에게 "무이 씨 좀 바꿔주세요" 한 적도 있다. 그러면 무이는 대답도 하기 전에 깔깔 소리가 넘어오도록 웃었다. 윤아, 나야. 무이야. 그러면 나는 원래 알았던 사람처럼 뜬금없이 아빠를 찾았더랬다. 아빠와 무이는 어떤 삶을 지속했을까. 적어도 아빠는 무이에게 침묵을 요구하진 않았던 모양이다. 시간이 흐를수록 무이는 사투리도 표준어도 아닌 아빠가 자주 쓰는 한국어를 발음했다. 뻐렁치다, 이건 아빠가 자주 쓰는 말이었다. 본래 한국어에 있는 말도 아닌데 어느 날부터 무이가 간혹 그 말을 사용했다. 윤아, 나 기분이 뻐렁쳐. 하지만 무이가 그렇게 한국어를 시작했을 때 도리어 아버지는 깊고 기약 없는 침묵에 빠져버렸다.

후유증이 의심될 수 있는 정황이죠. 지금 환자분 연세가 65세잖아요. 1979년이면 40여 년 전인데 그래도 그동안 잘 버티셨어요.

의사의 말을 들으며 나는 언젠가 할머니에게 들었던 짧은 이야기를 떠올렸다. 1979년 10월, 아버지는 며칠 동안 사라졌다가 부산의 동아대 병원에서 발견되었다. 아버지는 그때 창동 근처의 식당이나 가게 손님을 상대로 구두 수선 일을 하며 살고 있었다. 어디에나 있는 평범한 사람. 그 시절 부산에서 시위가 자주 있었지만 대부분 대학생들이었기에 할머니는 처음 동아대에서 걸려온 전화를 믿지 못했다. 그래도 가서 보니 정말 아버지였다. 머리에 온통 붕대를 감고 있던 아버지. 진실을 알게 된 것도 20년이 다 지나서 시위에 대한 진상 조사를 하러 왔다는 연구자들을 만난 후였다. 그해 10월, 부산과 마산에서 있었던 시위에서 경찰들은 주로 시위대의 머리만 때렸다고 했다. 머리가 터져서 다 잊어버리라는 것이었을까. 할머니가 병원으로 아버지를 찾아갔을 때, 아버지는 정말 다 잊은 사람처럼 그저 멍하니 앉아만 있었다고 했다. 물론 연구자들이 다녀갔을 때도 아버지는 아무 말 없이 잠시간 창문 밖을 바라볼 뿐이었다. 마치 그때의 아버지처럼. 무이는 한국어를 전혀 모르는 사람처럼 의사의 말에 아무런 대꾸 없이 아버지의 뇌 사진만 보고 있었다. 아버지와 무이가 살림을 합친 지 고작 5년 만에 일어난 일이었다.

그래도 무이는 행복하게 지냈어.

그래? 얼마만큼?

가방을 어디다 뒀었지? 할 만큼.

아버지가 쓰러진 뒤 무이는 종종 그런 말을 했다. 처음엔 아버지랑 결혼하고 힘들면 가방에 짐을 전부 넣고 어디든 가 버려야지, 하는 마음이었다면서. 무이에게 커다란 가방이란 익숙한 것. 베트남에서도 작고 가난한 빈호아라는 곳에 살았던 무이에게 가방은 곧 집이었다고 했다. 집세가 밀리면 당장에라도 짐을 꾸릴 수 있는 가방이 필요했으니까. 가만, 무이는 내게 돈은 필요 없다고 했는데. 내가 이 말을 삼키면 무이는 늘 한쪽 눈을 찡긋해 보이곤 했다. 무이가 베트남에 대해 그런 장난스러운 제스처를 보이지 않을 때는 무이의 엄마에 관한 이야기를 할 때뿐이었다. 윤아, 나의 엄마는 베트남전쟁 때 간호원으로 지원했어. 무이는 그 말을 하면서 엄마사진을 보여주었다. 나는 무이와 웃는 모습이 비슷한 젊은여성의 사진을 보며 뭐라 표현할 수 없는 감각을 느꼈다. 그것은 반가움이자, 그러나 이 사진을 찍힌 뒤 몇 달 후 전쟁에서 죽었다는 젊은 여성에 대한 안타까움 그 모든 것이었다. 그러나 나는 차마 그다음을 물어보지 못했다. 국문학과를 다니며 읽었던 소설에는 종종 고통받는 베트남전쟁 참전 군인이 나오긴 했지만, 베트남 사람이 주인공으로 나오진 않았다.

나는 아는 게 별로 없었다. 그런 생각 끝에 나는 무이의 고향이라는 빈호아를 검색해본 적이 있다. 그곳엔 '증오의 탑'이라는 것이 있었다. 한국군에 대한 증오의 탑. 그런데 왜였을까, 나는 이런 생각이 먼저 들었다. 그러니까 혹 무이의 입에서도 무이의 엄마를 죽인 사람이 한국군이라는 말이 나온다면, 그래서 무이가 사진을 꺼낸다면 나는 얼른 무이랑 똑같이 생긴 사람이다! 목소리를 부러 높게 올려 말할 것이다.

그렇다면 무이, 무이는 한국에 와서 편안했을까. 나는 생각을 바꿔 물었다. 한국은 재밌었어? 왜 서울 아니라 마산에 온 거야? 그렇게 물으면 무이는 그저 마산이라서 더 좋았다고도 했지만, 실은 불법체류자 신분으로 밀항한 거라 서울로 들어가기는 어려웠던 거였다. 무이는 미국으로 밀항했다가 그곳에서 창원이 고향인 한국인을 알게 되었고, 마산이라는 곳에 가면 통역으로 취직할 수 있다는 말에 한국행을 택한 거였다. 그런데 막상 마산에 도착해서 공장에 나갔더니 사장은 정식 체류증을 요구하며 별안간 통역이 아닌 작업 공정으로 무이를 배치시켰다. 분명 임금을 적게 주려고 수를 쓴 것일 텐데 그래도 역시 무이는 무이였다. 윤아, 그래도 우리 공장 사장은 나를 클럽으로 팔진 않았잖아. 그래, 절대 고마운 일이 아니지만 그때의 무이는 그런 일에도 감사해야 할 정도로 괴팍하고 막막한 현실 속에 있었다. 그런 이야기 끝에 내가 말을 흐리면 무이는 부러 목소리를 높여, 마산에 살고 공장에서 일해 좋았다는 말을 반복했다. 윤아, 그거 알아? 진주에 있는 수복 빵집이라는 곳이 있는데 거긴 주전자로 팥물을 부어주잖아. 물론 이런 말을 할 때면 무이는 진심으로 신나 보이기도 했다. 윤아, 나 베트콩이니 뭐니 그런 말 많이 들었는데 말이야, 빨갱이인가 하는 게 뭔지 몰라서 처음엔 상처 안 받았어. 이렇게 말하며 목젖이 보이게 웃던 무이. 나는 무이가 그런 말을 하면 괜히, "한국에 대해 재미난 기억만 좀더 말해봐" 하곤 했다. 재미난 건 아닌데, 윤아. 나 하고픈 이야기가 있어. 어느 날 무이가 이런 이야기를 했다. 단 한 번이었다.

윤아, 나는 한국에 1979년에 왔잖아. 돈 빨리 벌어야 했으니까.

그지, 무이. 1979년이면 나 태어나기도 전이네.

응. 난 공장에 다니니까 일 있는 날은 거의 밤에만 나갈 수 있었어. 그런데 한국 노동자들도 그땐 비슷했던 거 같아. 밤에 시위 같은 거 많이 했어, 공장 사람들.

시위?

1979년에, 마산에서 큰 시위 있었던 거 알지? 부산이랑 마산에서. 부산에서는 대학생들이 했대. 마산에서는 나랑 같이 공장 다니던 언니들도 아저씨들도 많았어, 거의 밤에. 그리고……

무이, 그리고, 왜?

무이는 잠시 입술을 말아 물었다가 겨우 다시 입을 열었다. 이건 나도 들은 건데, 그때 저기 와이에이치인가 가발 공장 여자 노동자 한 명이 손목이 거의 잘려서 죽었대. 여기, 이 팔 밑에 핏줄, 이게 끊어졌대. 근데 들어보니까 그걸 누가 일부러 끊었다는 거야. 사고 이런 거 아니고, 머리도 내리치고. 뉴스에서 그렇게 안 나왔어, 근데. 그 깡패 같은 사람들 있잖아. 그 사람들이 시위 있던 곳에서 사라지고 그 여자애가 발견됐대. 이름 뭐였더라…… 김경숙?

무이, 재밌는 거 말하라니까 그게 뭐야. 나는 어떻게 반응해야 할지 몰라서 무이에게 그렇게 말했던 것 같다. 나는 들어보지 못한 1979년 그 시위에 관한 이야기. 부마민주항쟁이라는 말도 훗날 생긴 거니까 내겐 그냥 낯선 단어였다. 아버지가 머리를 다쳤긴 했지만 타박상 같은 거라고 생각해서 그랬던 것일지도 모른다. 하지만 별로 재미있지 않으니까 다 잊고 하지 말자던 이야기는 40여 년 뒤 아버지의 뇌혈관을 터뜨렸다. 그리고 나와 무이의 삶의 일부분도 터뜨려버렸다.

우리는 아버지 대신 아버지의 식당으로 돌아가야 했다. 돈이 필요했으니까. 나와 무이는 아버지가 쓰러진 뒤 한동안 멈춰 있던 식당의 식기들을 모두 꺼내어 닦기 시작했다.

무이, 우리 좋아하는 거 이야기해보자.

무수한 식기를 닦으면서 나는 그런 질문을 무이에게 했다. 대답을 바란 건 아니었다. 나는 무이에게 지금 돌아가도 원망하지 않는다는 말을 하고 싶었다. 무이는 한참이나 더 식기를 닦은 뒤 되레 내게 질문을 해왔다. 윤아는 언제 행복, 하다고 생각했어? 하고.

나는 11월, 겨울의 맑은 바람이 시작되는 계절이 되면? 코시린데 공기 깨끗해서 정신 들어.

윤아는 한국 겨울 안 추위?

추위. 추운데 뭔가 특별해. 눈 오는 거 신비롭고. 바다에 눈 떨어지는 거 특히. 마산에서 유일하게 좋아하던 거야. 사라진 줄 알았는데 다시 나타나고 그러잖아. 무이는 너무 춥지?

응, 근데 나도 이제 적응돼. 윤아도 베트남 여름에 가면 습도 때문에 못 견뎌 할 거야. 윤아, 나 베트남에서 좋아하던 거 있었는데 말해볼까?

오, 좋아.

공부 되게 못했는데, 나. 시를 배웠거든. 호 쑤언 흐엉이라는 여자 시인이야.

오, 시를. 멋지다, 무이.

아냐, 안 멋져. 나 왜 그 여자 시인 좋아했게?

응? 시 좋아한 거 아니구?

응, 그 여자 시인이 박색이었대. 저 박색이 두 번이나 결혼을 했더란다, 하고서 사람들이 그렇게 조롱했다는 거야. 부끄러움도 모르고 여자가 야한 시를 쓴다, 이렇게. 자기들도 여자들 가지고 야한 이야기 하면서. 나, 사람들은 싫었지만 그 시인은 좋았어.

어? 왜?

굴하지 않고 살았잖아.

나는 그때 잠시 말을 멈췄던 것 같다. 무이도, 그렇게 살아왔잖아. 이 말이 내 입에서 맴돌았다. 무이는 그런 나를 보더니 "윤아는 행복한 거 또 없어?" 하고 되물었다. 그러게, 행복이라. 행복, 막상 이런 말들을 꺼내놓고 생각나는 것 몇 가지 말하기, 했을 때 준비한 듯 말이 나오는 사람은 어쩌면 행복하지 않은 사람 아닐까. 행복할 때 행복이 뭔지 몰라서 잘 기억을 하지 못하니까, 마치 우리처럼. 사실 아버지가 쓰러지기 전까지 우리의 시절은 너무나 평온했기 때문에 행과 불을 떠나 기억에 남는 일 자체가 별로 없었다. 무이가 오기 전엔 어땠나. 평생을 가만하게 산 아버지. 그래도 성실하기는 최고여서 내가 초등학교를 졸업할 무렵엔 마산 창동 포구에 '홍콩빠'라고 불리는 곳을 넘겨받아 밥집을 열었다. 1980년대까지만 해도 마산 그 자리엔 온갖 예술인들과 대학생들, 국적 불문의 사람들이 모여들었어서 그런 이름의 가게가 생길 수 있었다던데, 막상 아버지가 식당을 얻을 즈음엔 그저 과거 번성했던 자리일 뿐이었다. 손님의 대부분은 근처 가게 주인이나 항구에서 일하는 외국인 노동자 들이었다. 신기하게도 그중 홍콩인은 본 적이 없었다. 인테리어가 뭔지도 몰랐던 아버지는 전 주인이 남겨준 간판이며 내부를 그대로 가져와 그저 쓸고 닦기만 했다. 매운탕과 김치찌개를 팔던 아버지의 식당에선 「아비정전」이 끝없이 흘러나왔다. 하지만 솔직히 그땐 가게의 사정을 잘 몰랐다. 나는 여느 대학생들처럼 모부의 집에 오래 머무는 일 자체가 별로 없었다. 1년에 몇 번, 어버이날이나 생일, 명절, 벚꽃이 피었을 때나 장학금을 받았을 때면 아버지와 나와 무이는 다른 가족처럼 바닥에 앉아 고기를 구워 먹는 식당에서 외식을 했다. 꽃이 피고 낙엽이 지는 계절에 따라 무이와 아버지는 앞서 걷고 나는 뒤따라 휴대폰을 손에서 놓지 못하고 걷는, 그런 나들이를 하기도 했다. 이제 그냥 아빠랑 무이랑 둘이 가, 이런 내 말이 떨어지기가 무섭게 그다음 해 봄엔 아버지가 오토바이를 구해 왔고, 휴일에 무이를 태우고 산 쪽으로 달려 나가는 모습을 보기도 했다. 나를 앞질러 가며 아버지의 등 뒤에서 손을 흔들던 무이. 그 오토바이의 속도는 참 빠르다고 생각했으면서 왜 그 순간이 흘러가는 속도는 느끼지 못했던 걸까. 인간이란 역시 자신에게 주어진 행보다는 불을 더 많이 기억하기 때문인 걸까. 그렇다면, 그 일은 내게 어떤 의미였을까. 바로 그 일. 그것은 무이와 관련한 일도 아니었다. 내 일이었다, 나의 일. 아니, 정확히는 그것도 잘 모르겠다.

15년 전 겨울, 나는 임신을 했다.

그런데 누구의 아이인지 모르겠다,고 생각했다. 사귀던 사람은 없었고 과대표 선배가 간혹 불러내 술을 마셨을 뿐이다. 처음엔 맥주를 마시며 수다 정도 떨었는데 어느 순간부터 그는 나에게 모텔이나 자신의 자취방에서 '쉬었다가' 가기를 권했다. 그는 항상 나에게 원래 남자를 만나는 것은 이런 것,이라는 말을 반복적으로 했고, 그런 말을 한다는 것 자체가 왠지 나와는 다른 어른 같았다. 지금이라면 아무렇지도 않게 느껴지는, 그가 과대표라는 것도 나를 긴장하게 했다. 한번은 언제나처럼 그 '쉬어가기'를 위해 그 사람 자취방에 들렀는데 그가 후배 몇을 불렀다. 나도 얼굴을 아는 남자 동기도 있었다. 자꾸만 내게 술잔이 돌아왔고 그리고, 그래서……

윤아, 속이 안 좋으면 가스 활명수 한 병 마실래?

가장 먼저 내 상태를 눈치챈 건 무이였다. 무이는 그날도 목도리를 둘러주며 그렇게 말했다. 윤아가 좋아하는 겨울이네, 그런 말들을 하면서. 그러나 나는 그저 태아 상태에서도 유전자 검사가 가능한지 그런 생각만 했다. 아이를 지운다는 생각조차 못했다. 애 아빠는 알아요? 낙태해도 된대요? 의사가 아무 의미 없이 의례적으로 한 말, 그러나 나는 겁을 먹었다. 그 말이 떠오르자 나는 무이 앞에서 별안간 덜덜 떨며, 아랫니가 딱딱 부딪히도록 소리를 내며 울었다. 사실 울 일은 아니었을지도 모른다. 윤간을 당한 여자에게 손가락질하는 내용의 소설을 읽지 않았더라면, 낙태가 범법인 나라에서 무슨 여자애가 몸을 그렇게 굴리고 다니느냐는 대사가 나오는 드라마를 보지 않았더라면, 나는 더 정확히 내 의사를 표현했을지도 모르겠다. 윤아, 무슨 일이니? 하고 무이가 몇 번이나 묻다가 내 왼손이 아랫배를 감싸고 있는 걸 보고는 말을 멈췄다. 그리고 그날 오후, 나는 무이가 운전하는 아버지의 차를 탔다. 차를 타기 전 무이는 두꺼운 수면 양말을 가져와 내게 신겼고 목도리를 다시 한번 여며주었다. 아버지는 그저 나와 무이가 어딘가를 함께 나간다고 하니 선뜻 차를 내주며 내심 기뻐하는 눈치였다. 둘이 재미있는 데 가는 거야? 식당 신경 쓰지 말고 놀아. 그렇게 말하며 주머니에서 만 원 지폐 몇 장을 꺼내려 하길래 내가 고개를 저었는데, 무이가 냉큼 받아 주머니에 잘 접어 넣는 거였다. 그 덕에 웃음이 번졌다. 이렇게 심란한 마음에도 웃음을 지을 순 있구나, 이런 생각을 하며 조금 더 웃었다. 집 앞 골목을 빠져나갈 때, 우리 차가 보이지 않을 때까지 손을 흔들던 아버지. 무이, 어디로 가는 거야? 내 말에도 무이는 처음엔 그저 웃기만 했다. 집이 작은 점처럼 보이다 이내 시야에서 사라졌을 때야 무이는 입을 열었다.

윤아, 만약 내가 윤아를 낳은 엄마인데 아버지가 갑작스럽게 사고가 나거나 하면 윤아는 나를 따라올 거야?

무이, 그건 내가 따라가는 게 아니라 모부 중 한 명이 남았으니까 자연스럽게⋯⋯

윤아.

응?

나의 캄보디아 친구 중 한 명, 애 아버지가 갑자기 죽었거든. 밭에서 일하다가 갑자기. 그런데 시어머니가 캄보디아는 한국보다 후진국이라고, 아이를 키울 수 없을 거라고 친구를 고소했어. 친구는 추방당했어. 결혼 비자로 들어온 사람은 이혼당하면, 남편이 갑자기 죽고 시댁에서 아이를 빼앗고 비자를 연장 안 해주면 다시 나가야 하거든.

무이, 그건 네 이야기는 아니지? 아니, 내 이야기일까, 혹시? 이런 말을 삼키며 내가 잠자코 귀를 기울이자 무이는 다시 입을 열었다.

윤아. 나는 그때 친구를 도와 아이를 데리고 올 수 있게 해준 한국 변호사님께, 활동가 선생님들께 정말 고마움을 가지고 있어. 나도 그 뒤에 그 단체에서 봉사하고 있고.

나는 무이의 이야기를 들으며 문득 애 아빠는 아느냐던 의사의 말이 무이의 말과 함께 들려오는 듯했다. 무이의 그다음 말이 아니었다면 나는 정말 무너졌을지도 모르겠다.

윤아. 하지만 한국에서 살기 위해 임신을 하고 떠나지 못한 친구도 많아. 나는 친구들이 꼭 아이를 낳아야 하는 걸까 많이 생각해. 애부터 낳으라고 칼을 들고 덤비는 남편도 있었대. 그런 시어머니도 있었고. 도망갈 거라고 생각했나 봐. 애기는 물건 아닌데.

나는 그제야 무이가 나를 존중한다는 말을 하고 있다는 걸 알 수 있었다. 마치 무이가 처음 만난 그날 내게 말한 "그 사랑은 내가 선택한 거예요", 그 뜻을 내가 알아들은 것처럼. 하지만 무이에게 고맙다는 말을 하기도 전에 나는 구역감과 피로감을 느끼며 잠에 빠져들었다. "그런데 무이, 어른들이 무이가 듣는 줄 알면서도 '쟤는 돈 쥐여주면 베트남으로 도망 가지 않겠어?' 그러잖아. 그럴 때 어떻게 견딜 수가 있었어? 무이, 있잖아. 동기들이 그랬대. 내가 과대표 선배 앞에서 그렇게 잘 웃더라고. 피해자 코스프레 그만하라고." 나는 잠에서 깨면 무이에게 질문하고 싶은 게 많았다. 병원에서 눈을 떴을 때, 무이는 퇴원한 나를 태우고 호수와 산을 끼고 있는 어느 작은 집으로 갔다. 동그란 인상의 여성이 마당까지 나와 우리를 반기는, 보일러를 땐 방의 후끈함이 배꼽 아래까지 전해져 오는 집이었다. 무이는 내게, 윤아 나는 아빠의 식당을 도와주고 올게, 하고는 며칠 자리를 비웠다. 그 며칠 동안 나는 잠을 아주 많이 잤다. 간이 불규칙한 미역국을 몇 번이나 먹었고 출전일정(出前一丁)이라고 한자로 씌어진 인스턴트 라면을 먹기도 했다. 이건 홍콩 라면이에요? 동그란 여성에게 이 말을 한 것은 '홍콩에서 오셨나요?' 이런 질문이었는데 여성은 미소를 지으며 "홍콩 국민 라면인데 일본 회사에서 만든 거예요. 저는 일본에서 왔고요. 윤아 아버지 식당 이전 주인"이라고 했다. 나는 동그란 여성이 무이의 친구인 줄로만 알았다. 아버지의 지인이란 말에 나는 그저 감사합니다, 하고 고개를 숙였다. 동그란 여성은 별거 아니란 듯 손을 저어 보였다. 그 시절 부산하고 마산에 일본 사람 참 많았죠, 그러면서.

윤아 아버지는 솜씨 좋은 구두 수선공이었는데요. 제 구두도 많이 고쳐주었어요. 우리 바에 손님들 구두 걸으러 자주 왔으면서도 술은 안 먹었고요.

아버지는 차라리 구두를 튀겨 드실 분이에요, 술은 안 좋아해요. 내 말에 그녀는 고개를 젖혀가며 웃었다. 그런데요, 어떻게 하다 아버지께 가게까지 넘기게 되신 거예요? 이런 말이 입에서 맴돌았다. 며칠 만에 머리가 깨져서 온 아버지는 어릴 때부터 해온 구두 수선 일을 그만두고 일용직을 하며 돈을 모았다. 구두 수선 일이야 그만두든 아니든 아무도 모르잖아, 하는 사람이 있을지 모르지만, 낡아도 깨끗하게만 해두면 좋지, 이런 말을 하며 구두를 만질 때 아버지의 모습은 참 편안해 보였다. 할머니에게 들으니 아버지 단골도 많았단다. 그러나 나는 그 말을 차마 묻지 못했다. 거실 한구석에 틀어져 있던 텔레비전 속 개그맨의 말에 모두가 웃고 있을 때, 그

개그맨의 표정은 짐짓 어두웠지만 그것을 따져 묻지 못하는 것처럼. 나는 그해 그 시절을 그렇게 보냈다. 이럼에도 저럼에도 전혀 후회하지 않는 그 시절을 말이다.

무이, 나는 행복했던 것 같아.

긴 생각 끝에 다시 식기를 닦던 무이 앞으로 돌아온 내가 그렇게 말하자 무이는 식기를 닦는 손을 멈추지 않은 채 그저 씩 웃어 보였다. 앞서보다 밝은 표정으로.

무이, 그런데 우리 아빠는 행복했을까?

그 순간, 무이는 식기를 닦던 손을 멈추고 나를 바라보았다.

행복. 그래, 행복. 혹은 불행, 슬픔, 기쁨. 하지만 인생이 그네 가지로 분류될 수 없다는 걸 처음 알았던 건 언제였을까. 아마도 열다섯 살 무렵이었을 거다. 아버지 식당에 드나들던 사람 중엔 지방 극단에서 연극을 하던 사람들이 있었다. 커다란 가방을 끌고 다니면서 아버지에게 장난식으로 쌀 좀 얻어가도 되느냐고 묻던 사람들. 지금이야 어떤 마음일지 알지만 그때는 부끄러움을 모르는 어른들인가, 했다. 지방이라 시의 지원금이 나오지 않으면 한 회차 연극을 올리고 또 다음 공연일이 언제일지 몰라 그저 기다려야 하는 게 그들의 일이기도 했다. 그래도 나와 아버지는 그들이 언제 다시 연극을 올릴지 알 수 있었다. 연극을 올리는 기간이 되면 그들은 커다란 가방을 가지고 아버지의 식당에 와서 밥을 먹었으니까. 하지만 어느 순간부터 극단의 연출가님은 혼자서도 간혹 아버지 식당에 와서 저녁을 먹었다. 소주 한 병을 시켜놓고 멀리 바다를 보고 앉아 아주 천천히, 향이 좋은 커피를 마시듯 술을 마시는 사람이었다. 그러다가 아버지가 식당을 닫을 시간이 되면 얼른 자리를 털고 일어나 같이 테이블을 정리하곤 했다. 워낙 외국인이 많이 오던 곳인지라 반 묶음을 한 머리에 유난히 고운 손을 가진 한국인 연출가님은 오히려 눈에 띄는 존재였다. 혹시 우리 아버지 좋아하세요? 아버지가 건넨 오이무침을 가져다준 날이었을 거다. 나는 연출가님 등 뒤에서 한참이나 바다를 바라보았다. 뭐가 보이는 걸까, 이 사람은? 이런 마음이었는데 연출가님이 웃으며 뒤를 돌더니 내게 말했다.

그냥, 나는 여기 오면 영화도 나오고 밥도 먹을 수 있어서 좋아. 그냥 그래.

맨날 같은 영화만 나오는데요. 그래서 정말 우리 아버지 안 좋아하세요?

좋아한다, 좋아한다…… 근데 좋아한다는 게 뭐지? 윤아라고 했지? 윤아는 그러면 뭘 좋아해?

생각지도 못한 질문에 나는 잠시 머리를 굴리다가 엉겁결에 뮤지컬이요,라고 대답했다. 사실 뮤지컬을 본 적도 없었다. 윤아 좋겠다, 좋다는 게 뭔지 알아서. 연출가님은 그렇게 말하면서 다시 소주잔을 들었고 며칠 뒤 마산시민극장에서 뮤지컬을 한다며 내게 표를 쥐여주었다. 뮤지컬의 제목은 「지킬 앤드 하이드」였다. 그런데 일생 처음으로 뮤지컬을 보고 내 기억에 남은 건 주인공인 지킬도 하이드도 아니었다. 소냐, 소냐가 남았다. 지킬의 고귀한 정신을 좋아했지만 하이드의 육체에 끌렸던 성 판매 여성 소냐. 나는 소냐가 좋았다. 왜였을까. 서로를 욕할 때조차 엄마를 끌어들여 창녀라는 말을 부끄러움도 없이 말하던 그 시절, 친구들과 함께 봤다면 나는 그런 아이들의 눈치를 보느라 소냐를 같이 욕했을 것이다. 그런 생각을 하며 아버지의 식당으로 돌아왔을 때 손님이 없는 식당 안에서 아버지와 연출가님이 창문 너머 항구를 향해 나란히 앉아 소주잔을 기울이고 있었다. 그 뒤로 한동안 나는 가게 문을 닫기 전 연출가님과 아버지를 남겨두고 먼저 집에 왔다. 그때의 나는 무슨 마음이었을까. 그리고 아버지는……

무이, 아빠는 행복했을까? 행복이라는 말, 알았을까?

내 말에 무이는 그러엄, 그러니까 나랑 살았지, 행복하려고. 이렇게 자신감에 찬 대답으로 나를 웃게 했다.

　그러면 죽음이라는 세계는 행도 불도 슬픔도 기쁨도 없는 암흑일까. 암전되어 있을 아버지의 세계. 아버지는 나와 무이가 식기를 다 닦고 이전 주인에게 물려받은 '홍콩빠'라는 간판에 불을 다시 켰을 때도 식당에 오지 못했다. 봄에는 쑥달래국, 여름엔 콩국수, 가을엔 전어, 겨울엔 추어탕과 같은 메뉴를 더 추가하며 일요일도 쉬지 못하고 일했을 때도 아버지는 우리를 도와주러 오지 못했다. 그렇게 네 개의 계절이 흘렀을 때 나는 무이에게 친구를 만나러 간다고 둘러댄 후 서울에 다녀왔다. 오랜 휴학 끝에 학교 이곳저곳에 남은 내 짐을 큰 가방에 챙긴 후 다시 마산으로 내려왔다. 다음 날 나는 식당 2층, 오래전 내가 쓰던 방의 커튼을 떼어 세탁했고, 가방을 풀어 버릴 것과 둘 것을 가렸다. 그 방에 내 가방을 다시 내려둔 그날 이후, 나는 항구에 면한 창가에 빛이 들어올 때까지 잠을 잤고 오후엔 주로 무이와 장을 보러 다녔다. 그런데 참 신기한 게 있었다. 사실 딱히 국문학과에 가고 싶거나 문학을 좋아했던 건 아니었지만 그래도 정말 서울에 있는 대학에 가고 싶어 온 힘을 다해 공부했었다. 하지만 왜였을까. 온갖 철학자나 소설가의 이름보다 달래, 쑥부쟁이, 미나리 같은 단어를 헤아리게 되면서 마음이 한결 나아졌다. 나의 짧은 서울행에 대해서 무이는 물은 적이 없다. 다만 언젠가 하루는 공부를 계속하고 싶지 않느냐고 물었다. 서울에 가서 온전한 윤아의 삶을 살아야 하지 않을까? 무이는 아마 그때 내가 서울이 그리워 다녀온 참이라고 생각한 모양이다. 무이는 "윤아, 내가 돈 줄게, 공부해"라고 하며 바로 일어나 서랍에서 통장을 꺼내 왔다. 아버지랑 내가 모은 거야, 윤아 몫으로. 나는 잠자코 그런 무이를 바라봤다.

무이, 식당엔 주로 어떤 사람들이 오지?

배가 고픈 사람들이 오지.

그렇구나. 배고픈 사람들이 밥도 먹을 수 있고, 아버지와 무이의 식당은 좋은 곳이네.

윤아, 이제 아버지와 나와 윤아의 식당이지. 윤아가 너무 도와주었으니까.

무이, 그러면 나 조금 더 있어도 될까.

무이는 그런 나를 그저 잠시간 바라보았다. 그러고는 고개를 돌려 식당 맞은편 바다를 바라보았다. 어느새 눈이 조금씩 떨어지는 겨울이었다. 아버지가 쓰러질 때는 꽃잎이 돋아나던 계절이었는데.

윤아, 있잖아.

응.

정석 씨는 배 안 고플까? 누워만 있어서?

왜였을까. 그 순간 나는 아버지가 쓰러진 이후 처음으로 눈물이 고였다. 하지만 눈물을 흘리는 대신 이런 말을 무이에게 건넸다. 무이, 우리 식당 이름 짓자.

응? 윤아, 좋은 아이디어 있어?

무이네. 무이네 식당, 나 그 이름이 좋을 것 같아.

무이네.

그렇게 '홍콩빠'는 몇십 년 만에 무이네가 되었다. 온전하게, 그렇게 되었다.

무이네로 간판을 바꾸고 두번째 계절이 바뀌던 때 무이와 나는 함께 근교로 나갔다. 남의 밥을 해주는 일은 참 쉽지 않구나, 이런 말을 중얼거리면 무이가 어느새 아버지의 오토바이 뒤에 나를 태웠다. 세번째 계절이 바뀔 땐 코로나가 시작되었으므로 우리도 배달을 위해 작은 소형차를 구입했다. SNS에 간혹 리뷰가 올라오기 시작하던 무이네였는데도 코로나 대유행 첫 달엔 최저 매출을 찍고 말았다. 막상 배달비를 알아보니 너무 비싸서 직접 나서기로 했다. 하지만 식당을 운영하며 배달하기는 어려워서 사람을 구하기로 했고, 무이가 봉사 활동을 하던 다문화협회에서 친해진 수잔에게 그 일을 맡기기로 했다. 처음 식당에 인사하러 온 날, 수잔은 커다란 가방을 끌고 자신의 아이인 준수를 데려왔다. 이날 나는 수잔에게 작은 실수를 했다. 수잔이에요, 하던 그의 목과 어깨는 제법 단단해 보였고, 순간 나는 잠시 내가 알던 세계의 여성들과 수잔을 견주어보았던 거다.

한국 와서 트랜스젠더 수술을 하기로 결정지었어요. 그전에 공장에서 성폭행 자주 당할 뻔했어요. 성별이 여자니까. 아이는 아직 수술하기 전에요. 다문화가정협회 대표가 된 건 그 후예요.

오히려 수잔이 거부감 없다는 듯 먼저 말을 꺼냈다. 무이가 준수야, 하고 자연스레 아이를 불렀다. 무이와 장난치는 준수를 보며 수잔은 "아이는 한국 남편이 한국에 살고 싶으면 낳으라고 난리를 쳐서요. 아이와 살아온 시간이 있어서 이제는 아이를 사랑해요" 하고 말했다. 자신의 정보에 대해 차분하지만 쉬지 않고 말해주는 수잔을 보면서, 그 언젠가 도넛 가게에 앉아, 찌개 집에 앉아 조금은 간격 없이 자기를 소개하던 무이를 떠올렸다. 왜 인간은 타인에게 자신을 설명할 수밖에 없는지, 왜 그건 항상 좀더 약한 사람들의 역할인지 나는 마음이 조금 내려앉는 것 같았다. 수잔은 그런 생각을 하느라 어두워진 내 표정이 자신 때문이라 여겼는지 부러 더 밝은 톤으로 재미있는 이야기해드릴까요, 하면서 처음 다문화가정협회 대표가 되었을 때의 작은 소란에 대해 말했다.

이름은 여자고, 아직 제 얼굴 못 본 동료들이 그랬대요. "그래, 이제 우리도 나아가야지. 여자도 대표가 되어야지" 이렇게요. 제가 일부러 이름 안 바꿨거든요. 저는 기분 안 나쁘고 이해해요. 이슬람 국가에서 온 동료들에게 트랜스젠더에 대해 말하는 것도 오래 걸렸고.

무이는? 무이는 어땠어요?

글쎄. 무이는…… 윤아 씨가 한번 맞혀보세요.

수잔의 말투는 장난스러웠지만 나는 잠시도 망설이지 않았다. 무이는 그냥 아무 반응도 없었을 것 같아요. 막상 나는, 내가 너무 무이에 대해 단정 지은 건가 싶어서 "아, 저 그게, 무이가 관심이 없어서가 아니라 무이는 섣부르지 않아서" 이렇게 덧붙였는데, 그런 내 말에 수잔이 짧지만 깊게 나를 바라봤던 기억이 난다. 무이가 윤아 씨 덕분에 행복했을 거 같아요. 나는 수잔의 그 눈빛과 말이 너무나 깊게 느껴져서 괜히 준수야, 준수라고 했지? 사탕 줄까, 하며 손을 내밀었다. 준수는 수잔의 다리 뒤에 숨으면서도 사랑을 받고 싶어요, 하며 작은 손을 내 손가락에 가져다 댔다. 수잔이 작게

"사랑을 아니고 사탕을, 준수야" 하고 말했지만 준수는 거듭 내게 말했다. 사랑을 받고 싶어요. 나는 그 작은 손을 마주하며 수잔이 가게 한구석에 세워둔 커다란 가방을 잠시 건너보았다. 수잔은 내 시선 끝에 걸린 자기 가방을 보며 아이 아버지가 자꾸 뒤쫓아서요, 그냥 이러고 말았다. 역시나 나는 무언가를 더 말하진 못했다. 다만 이후엔 이야기가 아니라 어떤 장면이 선명하게 놓였다. 내가 끓인 김치찌개를 먹으며 수잔이 "윤아 씨가 끓인 김치찌개가 맛있어서 한국 음식을 좋아할 것 같아요. 우리 준수도요"라고 말한 것과 내가 창문 너머 항구에 떨어지는 늦봄의 눈을 길게 바라보자 수잔이 다가와 "저도 겨울 좋아해요. 필리핀에는 없지만. 아니요, 없어서"라고 말한 장면들. 내가 보는 것을 함께 보려고 하는 수잔의 모습에서 그 언젠가 아버지의 식당에서 나란히 소주잔을 기울이던 아버지와 연출가님이 떠올랐다. 무이에게 열심히 김치를 건져 주던 아버지와 역시나 아버지가 쓰던 말들을 능숙하게 써나가던 무이가 떠올랐다. 나는 문득, 수잔은 행복하세요? 하고 묻고 싶어졌다.

차를 사고 우리에게 온 건 수잔과 준수만이 아니었다. 그 차를 사고 배달이 늘어났는지는 모르겠지만 나들이가 늘었다는 것만은 확실했다. 첫 휴가 시즌이 되자 나와 무이는 차를 몰고 테라스가 멋진 카페를 찾았다. 인스타그램에서 카페 휴무일을 몇 번이나 검색하고 가기 전날엔 마산 시내에 나가 쇼핑까지 했다. 그 카페에 두번째 갔을 땐 수잔과 준수도 함께였다. 그사이 카페는 인테리어를 조금 달리 해놓았는데, 바닥을 유리로 만들어 강물을 볼 수 있게 테라스가 생긴 거였다. 내가 선뜻 그 위로 올라서자 무이가 위험해! 하고 소리쳤고, 이어서 수잔이 안 돼요, 윤아 씨! 했고, 더 나아가서는 준수가 윤아 이모 다치지 마, 하며 울음을 터뜨렸다. 무이도 수잔도 물이 무섭다고 했다. 베트남에서도 필리핀에서도 가난한 사람들이 수상 가옥에 산다며, "물이 윤아를 데려갈까 봐 무서워" 하고 말하곤 했다. 그런가. 하긴 마산에서도 가난한 사람들이 창동 항구에 모였다고 하니까. 그런 일들 끝에 아버지 없이 무이와 나의 계절이 다시 흘러가고 있었다. 아니, 무이와 나와 수잔과 준수의 계절이. 네번째 계절이 바뀔 때가 되자 무이는 내가 함께 가주었으면 하는 곳이 있다고 했다. 나는 막연히 그곳이 아마도 15년 전 그 집일 것이라고 직감했다. 그리고 그 직감이 맞았음을 알게 된 그날, 나는 호수의 집에 사는 동그란 여성의 이름 또한 알게 되었다. 사코토랍니다. 사코토와 무이의 대화를 듣던 나는 아버지가 간혹 이곳에 무이의 친구들을 초대했던 사실 또한 알게 되었다.

358

무이 씨, 정석 씨가 해주었던 베트남 음식 맛있었는데요. 그렇지요?

사코토의 말에 무이는 웃었지만 눈물이 고여 있었다. 저녁이 되자 무이와 수잔은 고기를 먹자며 준수를 데리고 장에 다녀오겠다고 했다. 사코토는 혼자 남은 내게 장작을 구해보자고 말하며 앞장을 섰다.

윤아 씨, 여기 이 나무 좋아 보이네요. 이것 좀 도와줄래요?

호수 옆의 나지막한 산을 오르며 나는 사코토 씨가 가리킨 나무를 주워 들었다. 거대한 나무에서 떨어져 나간 나뭇가지는 참 작고 초라하고 그렇네, 이런 생각을 하며. 문득 나는 아버지 생각이 났다. 병원에 홀로 누워 있는 아버지. 이제 마른 장작 같은 몸이 된 아버지.

사코토 씨, 저희 아버지 말인데요.

네, 윤아 씨.

그냥, 사실 물어볼 건 없는데요. 그냥. 그냥요.

윤아 씨.

사코토 씨, 저희 아버지 말인데요. 젊은 시절에 연애도 하셨거든요. 할머니는 맨날 아버지가 저 때문에 여자도 안 만났다고 하는데 그거 거짓말이에요.

윤아 씨는 마음 상했어요, 아버지가 연애해서?

아뇨. 아니다, 솔직히 잘 모르겠어요. 그땐 좀 그랬던 적도 있고 반대로 좋았던 적도 있고요.

그렇구나.

사코토 씨, 아버지 이야기 더 해도 돼요?

네, 그럼요.

사코토 씨는 아버지에게 어떻게 식당을 넘길 생각을 하셨어요? 아버지를 아시면, 혹시 아버지에게 시위 때 무슨 일 있었는지도 아세요?

사코토 씨는 작은 나무들을 모아 능숙하게 한 묶음을 만들었다. 그러다 이쪽으로 가볼까요, 하며 앞질렀다. 무언가 말하기 곤란한 것일지도 모르겠다고 생각하며 나는 잠자코 사코토 씨를 따라갔다. 자리를 옮기니 아까보다 튼튼해 보이는 나뭇가지들이 흩어져 있었다.

윤아 씨, 옛날 산사람 이야기 하나 해줄까요? 수잔에게 들은 필리핀 나무꾼 이야기.

수잔의 이야기일까? 나는 가만히 고개를 끄덕였다. 사코토 씨는 나무를 고르며 이야기를 시작했다. 나무꾼이 어느 날 전쟁이 벌어진 마을로 내려갔다가요,라고 시작되는 이야기.

마을은 이미 전쟁으로 엉망이었대요. 그런데 일본이란 나라에서 온 이 군인들이 마을의 여자와 노인과 아이 들을 산 채로 잡은 거예요. 여자들은 성폭행하고 죽이고요. 산사람이 보니까 마을에 혼자 남은 임신부도 곧 죽게 생겼더래요. 그래서 얼른 굴을 파고 군인들을 피해 임신부를 숨겨줬대요. 입구를 단단히 막고요. 그런데 이 산사람도 돌아가다 군인들에게 잡히고 말아요. 며칠 동안이나요.

어, 그럼 임신부는……?

겨우 풀려난 산사람이 돌아가자마자 마을 동굴부터 가서 손으로 입구를 막아놓은 돌이며 흙이며 마구 파보았대요. 음식도 없는데, 하면서요.

나는 사코토 씨의 다음 이야기가 두려웠다. 이건 정말 있을 수도 있는 이야기. 나는 무이와 살면서 자연스레 아시아 역사에 대해 찾아보게 되었다. 필리핀도 일본군에 엄청난 피해를 입은 곳이었다. 필리핀에 들어온 일본 군인들은 마을 사람들의 인육까지 먹었다. 어떤 이야기가 사코토 씨의 입에서 더 나올지, 그저 무서울 뿐이었다.

임신부와 태아는 그곳에 없었어요. 거기에 숨기지 않았으면 살았을까요, 윤아 씨?

저, 사코토 씨.

하지만 숨기지 않았으면 일본군에게 잡아먹혔겠죠, 분명. 그랬겠죠.

그럼, 그 산사람은 어떻게……? 제가 이걸 물어도 되는지 모르겠지만……

사코토 씨는 나를 바라보았다.

미쳤지만 살아갔어요.

다 일본이 한 짓이죠. 사코토 씨는 미소를 지어 보였다. 윤아 씨, 윤아 씨 아버지는 내 남편을 시위대로부터 구해주려고 했대요. 작은 슈퍼의 아이스크림 냉동고에 잠시만 들어가 있으라고 했죠. 그게 작동되는 줄 몰랐던 거예요. 내 남편은 투입된 어린 경찰이었거든요. 나는 그때 막 임신을 했어요. 마산의 시위는 점점 극으로 가고 있었어요. 사실 시위대도 어쩔 수 없었죠. 경찰이 사람을 자꾸만 때리니까요. 그냥 시간이 없어서 밤에 시위를 했는데, 독재자 물러가라고 했다고 조직 폭력배 취급을 하고 그랬으니까요. 시위대도 경찰도 결국 이유도 모르고 서로를 때린 걸지도 몰라요. 그런데 그 독재자는 사과도 없이 죽어버렸고요.

저, 사코토 씨. 사코토 씨 남편분은…… 그러면 아이는……

윤아 씨. 아버지는 최선을 다했을 거예요.

그 언제였을까.

아, 기억이 난다. 대학 동기 한 명이 내게 자신이 쓴 희곡으로 만든 연극이라며 표를 보내준 적이 있다. 그 동기는 나를 외면하지 않은 몇 안 되는 사람이었기에 나는 무이와 연극을 보러 서울에 갔다. 그날 무이는 아무 말 없이 극을 끝까지 다 보았다. 그러나 나는 극이 끝날 때까지 내 발만 내려다보았다. 나는 베트남 여성을 강간하는 역할의 배우도 아니었고, 그 여성의 육체를 태우며 그것이 진혼이라는 말을 하는 극을 쓴 작가도 아니었다. 그럼에도 나는 무이 앞에서 움츠러든 고개를 들기가 어려웠다. 아니, 그래서 더 어려웠을지도 모른다.

하지만 그날, 나는 잠시 무이에 대한 이야기를 잊은 순간이 있었다. 15년 전 그 과대표 선배가 걸어오는 걸 본 순간, 그 모든 것이 하얗게 잊히는 것 같았다. 그래서 내가 말릴 새도 없이 무이가 과대표 선배를 향해 걸어갈 때도, 안녕하세요, 이렇게 말하는 무이의 발음이 평소와 다르다는 걸 느끼고도 무이를 제지하지 못했다. 과대표 선배는 나와 무이를 번갈아 바라보고는, 저, 그런데 혹 저를 아시는지…… 하며 웃어 보였다.

무이는 과대표 선배에게 잠시 귀를 빌리자는 듯 제스처를 취해 보였다. 과대표 선배는 어리둥절해하면서도 그런 무이에게 고개를 숙였고 그 순간 무이는 과대표 선배의 뺨을 후려

쳤다.

15년간 잘 살았어요? 잠 잘 왔어요? 무이는 뺨을 쉬지 않고 몇 대나 더 때리며 소리쳤다. 갑작스러운 무이의 행동에, 처음엔 맞고만 있던 과대표 선배는 이내 무이의 팔목을 잡고 완강하게 물었다. 뭔데, 아줌마! 뭔데요?

무이, 무이.

나는 그때 무이라고 했다. 겨우, 겨우 입을 뗀 내가 한 말은 "무이"였다. 아줌마 아니고 무이예요. 나는 다가가 무이의 어깨를 감싸 안았다. 그제야 무이가 그 과대표 선배의 옷자락을 놓았다. 나는 이윽고 표를 준 동기에게 다가가 고개를 숙여 인사했다. 준휘야, 표를 줘서 정말 고마워. 나를 초대해주어서. 난 너무 오래 글을 안 써서 잘은 몰라. 그런데 무이는 베트남에서 왔어. 무이의 엄마는 한국군에게 살해당하고 시체는 불태워졌어. 나는, 나는, 무이는, 나는……

그 뒤에 어떤 일이 더 있었더라. 뭐라고? 하는 표정으로 나를 보던 동기와 "너, 윤아였던가? 니가 윤아였지?" 하던 과대표 선배의 말. 그 말 속에 나도 무이도 없는 사람이었다. 그게 그날의 기억 전부다. 이윽고 내가 무이에게 얼른 집으로, 무이네로 가자고 했던 것이 더 남아 있을 뿐이다.

무이는 그때의 일을 기억할까? 기억할까요, 사코토 씨?

멀리 무이와 수잔, 그리고 준수가 탄 차가 집으로 진입하는 것이 보였다. 수잔이 "윤아 씨, 김치찌개 오늘은 제가 끓여봅니다" 하고 고기가 든 봉지를 흔들며 뛰어오다 내 눈에 어린 눈물을 보고 말없이 곁에 앉아 손수건을 건네던 그날, 내 손에 사탕을 쥐여주며 "윤아 이모, 엄마가 그러는데 눈물을 참으면 똥 참는 것처럼 배 아프대" 하는 준수를 끌어안고 한참을 울었던 그날. 그날 이후 나는 사코토 씨를 만난 적이 없다. 다만 그 기억은 내내 지속되었다.

아버지가 병원에 있는 게 일상으로 느껴질 정도가 되었을 무렵이었다. 아버지를 돌봐주시던 분께서 갑자기 며칠 자리를 비우게 되어 병원으로 간 무이 대신, 하루는 내가 아버지의 속옷이며 양말을 챙기러 집에 들렀다. 양말을 꺼내던 나는 아버지 양말의 짝이 맞지 않는다는 걸 알았다. 절반은 전부 어디에다 두셨을까. 그 생각 끝에, 이것도 전조 증상이었을까 싶어 마음이 어두워졌다. 한숨 뒤에 이번엔 무이의 서랍장을 열었다. 나는 한동안 가만히 있을 수밖에 없었다. 무이가 멀쩡한 자기 양말 대신 아버지의 양말 한 짝을 같이 포개둔 것이다. 나는 아버지와 무이의 서랍장을 나란히 연 채 조금은 망연히 서 있었다. 아버지가 죽었다는 연락을 받지 않았더라면 아마 계속 그렇게 있었을지도 모른다. 나는 양말들을 제자리에 넣었고 가만히 그것들을 바라보았다. 무이, 무이는 괜찮니?

아버지가 죽고 얼마 뒤 무이는 가방 하나를 두고 갑자기 며칠 동안 자취를 감췄다. 마흔에 가까운 내가 아버지가 죽고 새어머니가 사라졌다고 울기엔 참 애매하다고 생각했는데 며칠 후 무이는 아무 일도 없다는 듯 집으로 돌아왔다.

가방을 두고 갔더라고.

그게 다였다. 사실 아버지가 쓰러지고 얼마 후, 나는 무이가 결혼 비자를 발급받았기 때문에 애당초 쉽게 돌아갈 수가 없다는 걸 알게 되었다. 한국인 배우자의 갑작스러운 사망으로 남겨진 외국인은 마음대로 출국할 수는 있을지언정 되돌아올 수는 없다. 그제야 문득, 일전에 아버지가 무이가 다른 비자를 발급받을 수 있도록 알아보던 것이 떠올랐다. 더불어 무이는 사회주의 국가인 베트남 사람이라 민주주의에 대한 서약을 해야 했다. 고민 끝에 무이는 그것을 거부했다고 들었던 기억도 함께 떠올랐다. 이제 아버지가 없으니 무이는 마음대로 출국하면 돌아오기가 힘들었다. 그것 때문에 무이는 나와 그렇게 오래 머물렀을까? 글쎄. 아버지가 죽은 뒤 친척 어른 중 한 명이 무이와 함께 아버지의 식당에 있는 수잔

366

을 보고 내게 연락을 해왔다. 그렇게 식당 뺏기면 다른 것도 다 뺏긴다던 그 어른은 수잔이 트랜스젠더라는 걸 알고 왜인지 잠잠해졌다. 수잔이 다문화가정협회 대표가 되고 나서 겪었던 일화가 떠올라 나는 전화를 끊고 한참을 웃어버렸다. 왜 우리 고모할머니는 무이와 수잔이 사귄다고 생각했을까. 나는 이제 내가 무이의 곁에서 조금 떨어져야 할 때라는 생각이 들었다. 나는 무이에게 무이네에서 그만 퇴직해야겠다고 말했다.

응.

무이의 대답이었다. 무이는 한동안 전화도 문자도 하지 않았다. 다만 간혹 식당 사진을 보내주었다. '무이네'라고 씌어진 간판 옆에서 찍은 사진을 보냈고 통장에 매달 혼자 다 쓰기 어려운 금액의 돈을 입금했다. 한번은 〈6시 내고향〉 같은 프로그램에서 지역의 맛집,이라면서 무이네가 소개되기도 했다. 나는 인터넷으로 몇 번이나 그 프로그램을 다시 보며 무이가 나온 장면을 캡처해서 보내주기도 했다. 무이가 짧게나마 다시 나와 살았던 때는 수잔이 전남편에게 사기 결혼으로 고소를 당해 추방된 해였다. 사실 처음부터 수잔이 고발을 당한 건 아니었다. 협회 사람 중 한 명이 남편의 폭력을 견디다 못해 도망쳤다가 걸려서 강제 출국하게 되었고, 수잔이 진실을 규명하자고 나서면서 전남편에게 걸려든 거였다. 수잔은 경찰서에서 밤을 보내다 강제 출국을 당했고, 나는 수잔의 마지막 얼굴을 보지 못했다. 얼마 후 수잔의 전남편이라는 사람이 경찰을 앞세워 준수를 데리러 왔다. 내 배에 얼굴을 묻고 안간힘을 쓰던 준수의 입에서는 반복적으로 내 이름과 수잔의 이름이 나왔다. 나 또한 준수도, 준수의 짐도 못 내준다며 악착같이 버텼다. 그렇게 결국 나는 혼자가 되었다. 나는 몇 날은 수잔과 준수가 떠난 집에 앉아만 있었고, 또 몇 날은 수잔과 함께 살던 집에 들어가지 못하고 산책하듯 거리를 종일 떠돌았다. 큰 가방 안에 든 수잔의 짐을 여러 번 챙겼다 풀었다 했던 집엔 도저히 들어갈 자신이 없었다. 그러다 나는 골목길 음식물 더미 속에서 이치를 만나게 되었다. 인간들이 배를 채우기 위해 끝없이 만들고 버린 음식물 위에 저항 없이 앉아 있던 이치. 이치를 병원에 데려다주고도 나는 다시 몇 날을 떠돌고 나서야 시 보호소로 이치를 찾으러 갔다.

　너도 네 짐 가방이 생겼구나. 시 보호소에서 나오자마자 검진을 위해 다시 찾은 상화 원장님은 이치를 보며 자랑스럽다는 듯 중얼거렸다. "결국 구하는 것도 인간이에요. 아니, 다른 인간의 잘못은 또 다른 인간이라도 꼭 갚아야만 해요." 이치를 데려간 첫날, 상화 원장님의 그 말이 내 곁에 오래 머물렀다. 그날 원장님은 그래도 자주 보지는 말기로 해요, 하는 인사를 건넸다. 그렇게 이치가 오던 날, 무이 또한 나를 찾아왔다.

시대가 변한 줄 알았는데, 우리 때랑은 다를 줄 알았는데, 윤아.

무이네를 닫아걸고 커다란 가방을 들고 온 무이는 가방을 풀지도 않은 채 나를 안으며 말했다. 그러고 나서 이치를 안아 들고는 눈물 자국이 깊네, 하며 이치의 눈물 자국을 정성스럽게 닦아주었다. 무이는 앞이 보이지 않는 이치가 산책을 하다 헤매면 목줄을 잡고 뒤따라 걷다가 "이치, 이치야, 나여기 있네" 하며 한없이 이치를 기다려주곤 했다. 그런가 하면 이치가 배변 패드 바깥에 소변 실수를 할 때마다 재빠르게 이치의 발을 닦는 나에게는 "윤아, 이치는 동물이 아니야. 그냥 너와 사는 거야" 하고 말하기도 했다.

그렇게 나는 이치와의 삶을, 다시 누군가와의 삶을 시작하고 있었다.

하지만 수잔은 그해에도, 그리고 다음 해에도, 지금까지도 돌아오지 못하고 있다. 권리를 쟁취하기 위해 했던 시위는 불법 점거가 되어 수잔의 추방을 정당화했다. 어떻게 연락 한번 하지 않을 수 있을까, 싶었지만 애당초 수잔의 집은 휴대폰도 인터넷도 되지 않는 산골 깊은 곳이었고, 현재는 추방되었기에 주소지를 알 수 없었다. 기약 없는 이별. 이럴 때 많은 것을 포기하고 내게 와준 무이가 나는 참 고마웠고 끝없이 의지하고 싶기도 했다. 그러나 몇 주 후 나는 무이에게 "무이네 이제 장사 접었어?" 하고 농담 같은 작별 인사를 건넸다. 어렴풋하게 그런 생각이 들었다. 어떤 한 시절은 이미 지나갔고 나도 무이도 그때로 돌아갈 순 없었다. 무이가 다시 무이네로 돌아가던 날 나는 문득 그런 생각을 했다. 무이는 지금까지 같이 산 사람들에게 상처를 준 적이 있을까? 아마도 그랬겠지. 그리고 무이도 상처를 받았을 것이다. 나도 수잔에게, 무이에게, 준수에게 상처를 줬을 테고. 그랬겠지, 아마 그랬을 것이다. 그 뒤로도 무이는 간혹 커다란 가방을 들고 나와 이치가 사는 집에 왔다. 한번은 베트남에서 한국 식당 사업을 확장하네 마네 하면서, 공항에 가기 전에 묵은 적이 있다. 또 언젠가는 무슨 시인의 낭독회를 듣겠다며 가방에 가득 시집을 담아 온 적도 있다.

윤아, 내가 시 하나 들려줄까? 나 요즘 시 쓴다. 직접 써.

무이가 직접? 근데 나 아직 호 쑤언 흐엉이라는 사람이 썼다는 그 시도 못 들어봤는데⋯⋯

이제 나는 한국문학하고 사랑에 빠졌지. 황진이 알아? 나 문화센터에서 수업 듣는데 우리 선생님이 그러시더라. 호 쑤언 흐엉하고 황진이랑 비슷하대.

내가 미소를 띠며 잠자코 무이를 바라보자 무이는 목소리를 컹컹 다듬는 듯했다. 자, 들어봐. 서두르지 않고 천천히 호아 퐁을 건넌다. 흐름의 변화, 이 색조는 산에 따라 다르다. 아니, 무이. 그 시인 그렇게 점잖은 시 안 썼다고 했잖아. 내가 그랬어? 응, 무이가. 그래서 나한테 못 읽어준다고. 이런 이야기들이 더 오간 끝에 무이는 그러면 진짜 본격적으로 해본다면서 노트를 꺼내 들었다.

제 것은 깊이 감추었지만 여전히 울적해요. 그가 두꺼운 것으로 두드렸기 때문이에요. 누가 가서 타일러주세요. 살가죽은 누구나 다 같은 것 아니냐고요.

정말 여자들이 많이 맞았고 그래서 쓴 내용이야?

그렇다니까. 베트남 남존여비 오래되어서 그랬나 봐.

그렇구나. 그래도 이 사람 멋지네. 무이도 정말 멋져.

응, 근데 난 야한 시가 더 좋아.

응?

무이는 나의 집에서 떠나기 전날이면 항상 이치에게 잘 말린 고구마 같은 간식을 주었고, 평소보다 일찍 잠자리에 들었다. 그런 날 아침에는 언제나 무이의 가방만 거실에 있고 무이는 없었다.

이번에는 얼마나 있으려고 하는 걸까. 문득, 이제 이치가 없으니 무이가 조금 더 일찍 잠자리에 들고 더 일찍 집을 떠나가려나 싶었다. 나는 찌개를 두 그릇이나 비운 후, 거실에 서서 이치의 사진과 그 옆의 수잔과 준수의 사진을 오래 들여다보는 무이를 바라봤다. 무이가 가져온 커다란 가방이 무이 곁에 서 있었다. 무이의 가방 안에 뭐가 들었을까. 이번엔 오히려 오래 머물다 갈 수 있는 걸까. 그리고 또……

무이, 무이도 내가 무이를 따라가지 않겠다고 했을 때 이런 기분이었어? 수잔이 떠나고 이치가 떠나고 나는 항상 이치를, 그리고 수잔을 생각해. 함께 있지 않아도 늘 있는 것처럼.

다음 날 무이는 없었고 무이의 가방만이 여전히 거실 한 구석에 있었다. 막상 열어본 무이의 가방 안에는 강아지 사료와 간식, 말린 과일 같은 것들이 종류별로 들어 있을 뿐이었다.

윤아, 이치는 좋은 곳으로 갔을 거야. 내 가방 또 찾으러 갈게.

나는 가만히 무이가 식탁에 남겨놓은 쪽지를 읽다 이윽고 무이의 가방 옆에 수잔을 위해 챙겨둔 커다란 가방과 이치의 용품을 담은 작은 켄넬을 가져다 두었다. 언젠가 이 가방의 주인들이 모두 모여 각자의 가방에 대해 길게 이야기할 수 있도록 말이다.

여름잠

그즈음 나는 무언가를 안내하는 일에 집중하고 있었다. 37년여 만에 한국에 온 미국인 여성이 의뢰한 옛 극장 투어 안내였다. 극장 투어라니, 대체 어째서,라고 물으면 일단은 할 말이 없긴 하지만 또 왜냐고 물으면 나름 할 말이 있긴 했다. 우선은 한 사람의 부탁이 있었다.

　"무언가 딱 집어서 말하긴 어렵지만 뭔가 조금 까다로운 사람이 있는데……"

　몇 년 만에 연락을 해 온 대학원 선배는 이런 식으로 말을 흐리며 머뭇거렸다. 몇 년 전 나였다면 간만의 연락에 부탁 씩이나 하다니, 하고 모른 척했겠지만 당시의 나는 선배의 흐린 그 말투가 조금 신경이 쓰였다. 사실 이미 대학원을 그만

둔 지 꽤 되었기 때문에 그사이 선배가 어떤 삶을 살아왔는지는 알 수 없었다. 다만 나이가 들수록 누군가에게 부탁을 하는 것이 쉽지 않으면서도, 또 아예 부탁을 안 하고 살 수는 없다는 걸 느끼고 있었기 때문에 그런 머뭇거리는 말투를 쉬이지나치기가 어려웠던 거다. 게다가 나는 대학원을 나온 직후부터 단체 관광객 통역 일을 간간이 하고 있었다. 원래 하던번역 일이 영 시원찮아서 시작한 거였는데, 그래도 공과금 같은 걸 해결할 정도는 벌 수 있어서 꽤나 괜찮았다. 종종 재미있는 일도 있고 그랬다. 나 혼자라면 절대 겪어보지 못할 일들 같은 것. 가령 오래전 한국은행 건물 내부에 들어가 오랜시간 사진을 찍는다거나 평일에 부러 찾아가 숭례문 해설을듣는 일과 같은 것 말이다. 그러니까 한국에 살면 살수록 무심해지는 어떤 것들. 그런가 하면, 외국어를 하며 외국인들과 우르르 시장이나 식당엘 갈 때는 본의 아니게 '솔직한' 한국어도 듣게 된다. 그건 꼭 악의에 찬 것만은 아니고, 단지 상대방이 언어를 모른다고 생각하면 조심스럽게 더 솔직해지는 모습들에 가까웠다. 내가 일본인인 줄 알고 매운 양념을최대한 피해주려는 식당 주인들이나 미국에서 온 교포인 줄알고 자기들끼리 소리를 줄여 "내장을 먹느냐고 물어봐야지,싫어하서" 하고 말하는 사람들. 한국인으로는 거의 겪을 일

없는 호의로운 상황들. 나는 그런 일들이 조금 재미있었고, 한국에서 그래도 조금은 더 살아볼 만하다고 생각하기도 했다. 대학원을 나오고 얼마간은 집 안에서 꼼짝도 않던 나였기에 더욱 그랬다. 단지 돈 때문인 줄 알았는데, 관광지라곤 좋아하지 않는 줄 알았는데, 어느 순간 나는 이 일이 누군가의 여행에 기운을 주는 일일 뿐 아니라 나의 일상에도 도움을 주는 일임을 깨달았던 것이다. 그런데 코로나가 터지고는 거의 해고 상태에 놓이게 되었다. 징징거릴 틈도 없었다. 나에게 일을 주던 여행사는 장기간 폐업 상태였으니, 인생에선 누구의 잘못도 없이 이렇게 나가떨어지는 일이 생기는구나 하는 마음이 그제야 들기도 했다. 나는 해외에 나가고 싶다고 바라는 대신 남들이 한국에 들어오면 좋겠다는 생각을 하며 뉴스를 보곤 했다. 그러다가 최근에야 겨우 다시 국경이 열리는 참이었다. 조건을 떠나 무조건 일을 받으려던 생각이었는데 마침 선배가 연락을 해 온 것이다. 뭐, 그럼에도 궁금한 건 당연히 있었다. 그러니까 선배 말 속의 그것. 잔뜩 흐린 말투로 했던 그 말, 대체 '무언가 까다롭다'는 게 무엇이란 말인가.

"영화관을 찾아야 해."

관광지 말고 영화관 말이야. 선배는 덧붙였다. 그리 놀랄

일은 아니었다. 한류 열풍에 연예인의 소속사 건물을 찾는 안내도 해본 적 있으니까. 방송국 앞에서 줄을 선 것은 물론이고 콘서트 티케팅까지 대행해봤다. 그것이야말로 오로지 사랑이 목적인 관광, 신혼여행도 연애 여행도 아닌 그것이야말로. 그러니 이번에도 그런 유의, 사랑이 목적인 여행이 아닐까 싶기도 했다. 벌써 몇 년 전이지만 대학원 시절 나는 대한민국 초기 영화 산업 연구를 하며 곧잘 논문을 발표하기도 했다. 끝까지 못 한 것도 싫어서라기보다는…… 거기까지 생각하고 나는 고개를 저었다. 언제부터인가 나는 누가 묻지도 않았는데 내가 해내지 못한 일에 대해 스스로 변명하는 습관이 생겼다. 사실 인생 전체를 놓고 본다면 해내지 못한 일이 대부분일 테고, 그것은 그것대로 추억이나 기억을 충분히 남겼을 텐데 말이다. 어쨌거나 이쯤 되자 나는 더 묻지 않아도 왜 선배가 이 투어에 나를 떠올렸는지 알 것만 같았다. 하지만 진짜 영화관을 찾는 일이라면 내가 아니라 네이버나 카카오 맵이 더 빠르지 않을까? 이에 대해서도 역시, 선배는 처음보다 훨씬 명쾌히 답변해주었다.

"사라진 영화관들. 그걸 찾아야 해."

선배의 말투가 흐린 이유는 그거였다. 사라진 건 말 그대로 사라져서 이제는 눈에 보이지 않는 것인데 그걸 찾는다니,

나도 모르게 '확실히 선배도 확신의 인간에서 조금 달라졌군요?'라고 할 뻔했다. 내가 아는 선배는 그렇게 뜻이 상충되는 문장은 쓰지 말라고 했을 사람이니까. 나도 선배도 어느 순간엔 상충되는 문장을 쓸 수밖에 없음을 아는 사람이 된 것 같았다. 선배의 말에 곧장 그런 속내를 내비치지 않은 나도 마찬가지였으니 말이다. 나는 별다른 말 없이 휴대폰을 귀에 대고 고개만 가볍게 끄덕였다. 선배는 휴대폰 너머에서 나를 다 보고 있다는 듯 고맙다는 인사와 함께 사례비 이야기를 꺼냈고 그 외 주의 사항들을 조금씩 설명했다. 그러다 문득,

"아, 그런데 아란이 너는 그때 왜 대학원 그만둔다고 했지?"

이런 말을 섞기도 했는데 정말 궁금해서라기보다는 너무 자기 이야기만 하는 게 아닌가 싶어서 그런 거 같았다. 그리고 정말 궁금하지 않은 그 질문이 나를 좀 편하게 만들었다. 대답을 할 필요가 없어 보였으니까. 나는 잠자코 선배의 이런저런 이야기들을 듣다가 반드시 해야 할 질문이 남았다는 걸 깨달았다. 그런데요, 선배. 가만 듣고 있던 나는 선배를 잠에서 깨우듯 불러 세웠다.

"그분은 대체 왜 사라진 극장을 찾는 거예요?"

선배는 정말 잠이라도 자는 듯 한동안 말이 없었다. 내가 여러 차례 "선배, 선배 들려요?"라고 재촉한 후에야 선배는

무거운 돌문을 열어젖히듯 말문을 열었다.

"그게."

"네."

"잠을 찾아야 한대. 잃어버린 잠을."

이번엔 내 입에 돌문이 설치된 듯했다. 잠을, 극장에서요? 물론 나도 영화를 보다가 잠을 잔 적이 있다. 존 카사베츠의 「얼굴들」은 두 번 졸고 깨어도 여전히 영화가 상영되고 있어서 스스로에 대한 회의가 들기도 했다. 하지만 이건 내가 영화관에서 잠을 찾았다기보다는 그냥 영화관에서 졸았다는 게 맞는 거다. 잠을 자기 위해 영화관에 가는 사람이 과연 있을까. 내 질문에 아마도 선배는 휴대폰 너머에서 어깨를 으쓱한 모양이었다. 딱히 답을 알 수 없을 때 사람들은 그러고 마니까. 나는 잠시 입술을 말아 물고 생각에 잠겼지만 이내 알았다고 답했다. 그렇게 37년여 만에 한국에 온다는 미국인의 사라진 영화관 찾기 투어의 안내를 맡게 되었다. 그러니까 이게 안내인지 아니면 발굴인지, 기억인지, 수면 치료인지는 모르겠지만 말이다. 그렇다면 나는 안내자가 아니라 탐정이자 의사이고. 하긴 낯선 곳에서의 여행이란 원래 그런 건지도 모르겠다. 무언가를 찾아가고 발굴하고 또 치유되고.

잠을 찾아 37년여를 건너온 사람은 첫날, 종로3가 유니클로가 있던 자리에 서 있었다. 일본 제품 불매 운동 때도 꿋꿋했던 종로3가의 유니클로는 코로나를 기점으로 자취를 감추었다. 애국심보다 질병이네, 나는 이렇게 중얼거리며 내가 안내해야 할 사람을 찾아 나섰다. 휴대폰 번호를 받긴 했는데 그가 전날 나에게 메일을 보내 자신은 데이터를 쓰지 않을 셈,이라고 했다. 그 말은 호텔 밖으로 나와 와이파이가 불안정한 지역으로 가면 찾기가 어려워진다는 뜻이었다. 순전히 그가 말해준 인상착의를 더듬어가며 주위를 훑을 때였다. 나만큼이나 두리번거리는 한 사람을 발견할 수 있었다. 하지만 그와 내가 찾는 건 조금 달라 보였다. 나를 찾는 것인가 했던 그는 가만 보니 단성사를 찾고 있는 거였다. 그가 아닌 다른 사람이 그랬다면 그저 유달리 기억력이 좋군요, 할 수 있을지도 모르지만 그는 37년여 만에 한국에 들어와 사라진 옛 영화관들을 찾는 사람이었다. 괜히 내가 그의 흐름을 방해하게 될까 봐 나는 그를 곧장 부르지 못하고 잠시 주춤거렸다. 물론 직전에 선배에게 들은 또 다른 이야기가 떠오른 것도 있었다.

　"네가 안내를 맡은 퍼트리샤는 미국에서 흔치 않게 식민지 조선의 영화 산업을 공부하신 분이거든. 어떻게 보면 네 선배네.”

　부탁을 해 온 선배는 그에 대해 더 소개해보겠다며 이렇게 덧붙였다. 그와 내가 다른 점이 있다면 그는 미국에 돌아가서도 꾸준히 연구를 했고, 학교에 자리를 잡았다는 것 정도였다. 이것으로 다른 많은 것이 바뀌었다는 게 가장 큰 다른 점이겠지만. 그제야 나는 선배가 왜 그렇게 어려워했는지 조금은 더 알 수 있었다. 퍼트리샤는 선배의 지도교수와도 가까운 사이인 데다가 퇴직이 코앞이었다. 그렇다면 잠은 핑계고 막상 퇴직을 앞두고 보니 처음 연구를 시작했던 곳에 가보고 싶었던 게 아닐까. 사람들은 왜 항상 끝에서 시작을 그리워하는 걸까. 시작할 땐 끝을 염두에 두지 않는데. 심지어 영화를 볼 때도 그렇다. 저 세계가 영원히 지속될 것 같다는 생각이어서일까, 영화의 시작에선 끝을 생각하지 않으며 본다. 언젠가 반드시 끝나는 영화를 보면서도 말이다. 게다가 퍼트리샤처럼 승승장구한 사람이 37년여 동안 잠을 잘 못 잘 이유가 있었으려나 싶었다. 사실 나야말로 다른 의미로 잠을 잃은 적이 있다. 원하는 공부를 다 마치지 못한 채 대학원을 나온 직후, 나는 한동안 꿈에 취한 사람처럼 종일 잠만 잤다. 오래 매달려온 일을 잃어버린 나는 어쩌면 잠에서라도 그 꿈을 찾아보고 싶었는지도 모르겠다. 잠을 잃은 불면이나 꿈에 취한 잠이나 사람은 죽기 전에 그렇게 잠부터 잃어버리나 보다. 잠을 잘 수 없으니 죽음에 이르는 것, 그즈음 그런 생각이 들 정도였으니까. 하지만 내가 왜 대학원을 그만뒀는지 전혀 모르는 그 선배는 그저 지도교수의 이 까다로운 친구를 잘 모시려 했을 것이다. 그러니 그런 선배에게, 그가 왜 수십 년 전 굳이 한국에서 영화 산업을 공부했는지, 대체 그 잠이라는 게 무엇인지 이런 건 더 묻지 못했다. 내가 선배에게 들은 몇몇의 정보를 기억해내며 그에게 다가섰을 때였다. 한참이나 극장 자리를 보고 있던 그는 나를 알아본 듯 자연스레 말문을 열었다.

"저, 여기에 단성사라고 극장이 있었는데 말이에요. 이제 무엇보다 반짝이는 보석 가게가 된 듯하네요."

나는 그의 시선을 따라 롯데시네마 맞은편 단성사 빌딩을 바라봤다. 단성사가 기업체에 넘어간 2000년 이후에 생긴 건물이었다. 언젠가는 옛 단성사를 복원하겠다고 했지만 사실 대기업들이 영화관을 운영하는 지금의 구조로 봤을 땐 쉽지 않은 기약이었다. 내가 말없이 고개를 끄덕이자 그는 곧 자신의 입을 살짝 막는 듯한 모습을 보였다. 그러더니 이내 못 말리겠다는 듯 잠시 고개를 저었다.

"오, 내가 초면에 인사도 없이 이런 결례를. 뭔가에 집중하면 다른 걸 못 보는 이 버릇은 언제 고쳐질는지.”

　내가 작게, 괜찮아요, 하고 목례를 하자, 그는 메고 있던 에코 백을 두 손으로 맞잡으며 깊숙이 허리를 숙였다. 그는 자신이 어느 순간부터 사람을 만날 때마다 자주 이런 결례를 저지른다고 했다. 누군가를 만나면 영화 이야기를 한참이나 떠들어대는 통에 젊은 시절 친구들이 모두 사라졌다고도 했다. 나는 그저 웃어 보였지만, 나 또한 대학원을 다니던 시절엔 온통 내가 심취했던 어떤 것에 사로잡힌 사람이었다. 사로잡힌다는 것, 그건 아직 꿈을 잃지 않은 사람들에게 가능한 것이 아닐까. 그래서 나는 무엇엔가 사로잡힌 사람들이 부럽기도, 좋기도 했다. 나는 그에게 진심으로 정말 괜찮다고, 게다가 당신이 영화관을 찾고 싶어 서울에 온 것임을 들었다고 말해주었다.

　그는 내 말에 잠시 무언가를 생각하는 듯 입술을 달싹였지만, 이내 싱긋 웃으며 다시 극장에 대한 이야기를 꺼냈다. 이번엔 단성사가 아닌 명보극장이었다. 나는 그의 시선을 따라 길 건너를 살펴보았다. 명보극장이라면 중구청 사거리에서 종로로 넘어가는 길목에 위치한 극장을 말하는 것 같았다. 지나갈 때마다 간판을 보긴 했지만 정말 운영을 하는지 그건 알 수가 없었다. 그곳은 내게 극장이라기보다는 그저 하나의 지점이었다. 그곳에서 명동, 을지로 방향으로 조금만 더 걸으면, 냉면이 유명한데 서비스로 주는 닭무침도 맛있다는 평래옥이 나온다. 나의 전전 애인이 좋아하던 곳이다. 유독 야근이 잦았던 그는 냉면이 나오기 전 닭무침에 얼른 소주 두 잔을 마시고, 냉면이 나오면 소주 세 잔을 더 마셨다. 한 병에서 나오는 소주는 대략 일곱 잔이었고 나머지 두 잔은 내가 마셨던 것 같다. 나에게 미안한 마음 절반, 회사로 복귀해야 하는 무거운 마음 절반으로 조금은 다급하고 약간은 아쉬운 표정을 지으며 회사를 향해 걸어가던 뒷모습. 을지로에 회사를 둔 회사원이었던 그는 그런 식으로 나에게 을지로 이곳저곳에 흩어져 있는 맛있고 좁고 멋지고, 이제는 많이 사라져버린 음식점들을 부지런히 알려주었다. 평래옥은 그런 음식점 중 아직 사라지지 않은 곳이었고 나는 그 거리와 평래옥을 생각할 때마다 그가 떠올랐다. 공간을 보고 나만 아는 기억을 떠올리는 것. 어째서 이렇게 모든 건 다 개별적인 것일까. 나의 이런 생각을 제자리로 돌려준 건 이어지는 그의 이야기였다. 그만 아는 그의 영화관 이야기.

"거기 말이에요. 의자가 아주아주 좁아서…… 자, 보세요. 이렇게요. 이렇게 어깨를 조금 앞으로 구부리고…… 아, 구부정하게. 이게 맞죠? 네, 이렇게요. 이렇게 항상 겸손한 자세로 영화를 봐야 했습니다.”

목을 당기고 어깨를 한껏 움츠린 그의 모습에 나도 모르게 슬며시 미소가 올라왔다. 그는 그렇게 크지도 작지도 않은 체형을 가진 노년 여성이었다. 그런 그가 어깨를 잔뜩 움츠리고 목을 당겨 영화를 봐야 하는 극장이라니, 그런 크기의 영화관이 있던 시절을 나도 모르게 상상했다. 37년 이전의 사람들은 정말 조그마했던 걸까. 그러다 문득, 나는 상상도 무언가를 좀 알고 있을 때만 가능하다는 걸 깨달았다. 내가 태어나기 이전의 시기라 그런지 무언가를 떠올려보려고 해도 도통 그려지는 장면 같은 게 있지 않았다. 나는 애써, 그를 만나러 오기 전 유튜브에서 찾아보았던 「적도의 꽃」이나 「맨발의 청춘」과 같은 영화들을 떠올렸다. 유물처럼 내가 찾아본 그 영화들을 그는 극장에서 최신 개봉작으로 본 것일까. 그런 영화들이 오늘도 상영되고 내일도 상영되는 그런 시대의 서울은 어땠을까. 나는 그에게 혹 기억에 남는 일이 장소 외에는 더 없느냐고 물었지만 그는 희미하게 웃으며 어깨를 으쓱할 따름이었다. 그러더니 다시 극장 이야기를 이어갔다.

“뭐, 믿을 수 없겠지만 그때 극장에선 빵을 파는 소년들이나 부인들이 있었습니다. 낭만적으로 들릴지도 모르겠지만, 조금 절박한 표정들이었어요.”

그의 말에 의하면 그때는 영화가 비싸던 시절이라 상영 중 음식을 팔거나 영화를 중간에 끊고 광고를 내보내기도 했다고 한다. 역시나 그려지지도 않는 상상에 나는 그에게 그날은 무슨 영화를 봤는지 기억해줄 수 있느냐고 물었고, 그는 놀랍게도 영화 제목은 기억이 나지 않는다는 말을 하며 웃었다. 별로 재미있는 영화는 아니었던 것 같습니다, 하더니 그는 그 작품 안에서 여주인공이 단지 남자 때문에 삶이 망가지는 걸 보고는 자신도 모르게 "역시 남자는 여자를 잘 만나야 하고 여자는 남자를 잘 피해야 한다"라고 중얼거렸다는 이야기를 덧붙였다. 그의 중얼거림에 사람들이 웅성거리며 돌아봤는데, 자신의 얼굴을 보고는 설마 이 사람은 아니겠지 하고 다시 돌아앉아서 마음을 놓았다는 말에는 나도 좀 웃음이 나기도 했다.

"어느 날엔가는 영화를 보고 나왔는데 알던 시인이 다른 영화관에서 죽었다는 말도 들었지요."

아마도 내가 책으로만 보았던 그 시인의 사연인가 싶었다. 영화관 의자에서 생을 마감했다는 시인의 이야기 말이다. 허리우드극장에서 나오다가 사람들이 모두 머리에 비닐봉지를 하나씩 쓰고 지나가는 걸 본 적도 있다고 했다. 사람들에게 무슨 일이냐 물으니 최루탄 연기를 피하기 위해서라는 답이 돌아왔단다. 그때는 몰랐지만, 지나고 보니 한 독재자의 죽음을 목전에 두고 사람들이 저마다의 방식으로 투쟁하고 있던 것이라고 그가 말했다. 나는 아주 먼 나라에서 다른 먼 나라의 사건들을 모두 기억하고 사는 건 대체 어떤 기분일까 상상해보았다. 그건 외로움일까, 아니면 자신만이 아는 어떤 기억에서 오는 각별함일까.

"그런데 사실은, 그 극장엘 가보고 싶어요. 들었을지 모르지만 나는 이제 좀 쉬고 싶은 사람이거든요."

나는 선배에게 들었던 이야기를 떠올렸다. 잠을 찾기 위해 영화관을 찾는다는 이야기. 그런데 쉬고 싶다는 건 또 무슨 뜻인지, 혹 어딘가 아프다는 건지 염려스러웠다. 노인들은 원래 자주 아프니까. 하지만 선뜻 물어볼 용기는 나지 않아서 그저 어디든 갈 수 있으니 이야기하라고만 답했다. 확실히 그의 나이를 생각했을 때 이 모든 것이 그에게는 최후의 경험이 될지도 모른다는 생각까지 들었기 때문이다. 게다가 안내를 하기로 한 사람은 나인데 정작 여태 옛 서울에 관한 이야기들을 들은 건 그가 아니라 나였다. 나는 되도록 그가 가고자 하는 곳을 찾아주고 함께해주고 싶었다.

"그 영화관을 찾게 되면 나는 잠을 잘 수 있을 겁니다. 꿈을 꿀 수 있다는 건 행운이겠지요. 그것도 37년 만에 말이죠."

이번에도 나는 그에게 곧장 '대체 왜 그렇게 잠을 자지 못하신 건가요?' 묻지 못했다. 함께 그 극장에 가보면 그의 잠을 결국 찾을 수 있을 거란 생각이 들어서였을까. 그건 잘 모르겠다. 다만 다음 날 나는 그와 함께 다시 영화관을 찾아 나섰다. 아니, 어쩌면 꿈을 찾아 나선 건지도 모르겠다.

물론 그의 잠이, 그 꿈이 내가 아는 곳에 있을 줄은 몰랐다. 심지어 그곳은 어쩌면 나 또한 꿈을 꾸었는지도 모를 남쪽 도시의 극장이었다. 하지만 그곳은 사라지지 않았다. 여전히 영업 중이었고 여러 행사를 진행하기도 했다. 그는 그 극장이 사라진 줄 알고 있을까. 내가 조심스럽게 그 극장은 아직도 영업 중이며 내부 또한 그대로라고 말하자 그는 미소를 띠었다.

"네, 저도 항상 그 극장을 인터넷에서 찾아봤습니다. 영업 중이라는 것도 알았습니다. 그런데 어째서일까요. 그 극장이 영영 사라진 것처럼 느껴진 순간이 있었던 것 말입니다."

언제부터인가 나는 사람과 사람 사이에 말로는 다 하지 못할 순간들이 있다는 걸 알게 되었다. 타인을 속이기 위한 침묵이 아니라 설명 불가한 상태의 침묵, 무언가가 감정적으로 유실되었을 때 언어로는 도저히 표현하기 어려워 발생하는 침묵. 나는 오히려 그가 나에게 자신의 이야기를 하기 위해 애쓴다고 생각했다. 나는 그 극장을 검색한 화면이 떠 있는 휴대폰을 만지작거리다가 이내 가방에 집어넣었다.

"퍼트리샤 선생님, 그럼 역시나 직접 확인해보는 수밖에 없겠어요. 잠도 찾고 꿈도 찾아야지요."

그렇게 나는 다음 날 그와 서울에서 차로 세 시간가량 떨어진 남쪽 도시로 가기 위해 버스를 탔다. 아무리 되돌아가 보아도 그것은 순전히 극장 때문이었다. 남쪽 도심 한가운데 있는 오래된 극장, 겨울엔 난방이 되지 않아 담요를 나눠 주고 원두커피를 천 원에 파는 그 극장. 나는 꼭 네이버의 도움이 아니더라도 그 극장의 곳곳을 알고 있었다. 아니, 네이버가 극장의 외관을 알려준다면 나는 그 내부의 무언가를 잘 알고 있었다. 초등학교 시절부터 고등학교 졸업 때까지, 나는 그 도시의 그 극장에서 영화를 보았다. 「복수는 나의 것」은 '미성년자 관람 불가'였지만 몰래 들어갔던 기억이 있다. 그러니까 사람들이 흔히 말하는 고향이라는 것이 있다면 내게는 바로 그 남쪽 도시였다. 재미있는 사실은 고등학생 때까진 지금과 반대의 상황이 펼쳐졌다는 것이다. 지금은 극장을 찾아 서울에서 남쪽으로 내려가지만 그때는 방학 때마다 좋아하는 가수의 공개 방송을 보기 위해 모부님 몰래 서울행 버스를 타기도 했다.

그래, 이제는 서울에서 그 도시를 향해 가고 있다. 그것도 극장을 보기 위해. 누군가의 잠과 꿈을 찾기 위해. 잠과 꿈이야말로 잃어버리기 쉽다는 걸 아는 사람이 되어서 말이다. 공교롭게도 나는 잠과 꿈과 영화를 통해 그와 처음으로 공통된 기억을 나누게 되었다.

남쪽 도시에서 서울로 올라가기 위해 애썼던 시절엔 서울로 가는 길이 참 길게만 느껴졌다. 아무래도 나는 어렸고 길은 발달되지 않았으니 그랬을 거라 생각했는데, 오랜만에 남쪽 도시로 향하는 길이 여전히 멀게만 느껴져서 놀라웠다. 버스가 휴게소에 멈추었을 때 나는 배가 고프지 않았는데도 굳이 내려 호두과자를 한 봉지 사서 그에게 내밀었다. 그는 미국에서 이 정도는 아주 가까운 거리라며 내게 힘을 내라는 듯 어깨를 두드리고 허리를 펴는 시늉을 몇 번 하더니 건네받은 호두과자 한 알을 입에 넣고 오물거렸다.

"아란 씨에게 최초의 영화는 무엇인가요?"

내 대답을 기다리며 그가 "이거, 서울에서는 흰색이 들어 있었던 것 같은데"라고 중얼거리기도 했다. 아마 안국역 종로경찰서 출구 앞에서 파는 흰색 앙금의 호두과자를 말하는 모양이었다. 어린 시절 나는 그 '서울 호두과자'를 먹고 무척 놀랐던 기억이 있다. 팥앙금이 없는 호두과자는 내게 호두 없는 호두과자 느낌이었다. 지금은 앙금이 무엇인지 확인하 지도 않게 되었다. 당연한 것들이 너무 많아지면 재미가 없 어지는구나, 싶어서 나는 새삼, 그걸 알려준 그에게 고마움 을 느꼈다. 게다가 최초의 영화라…… 생각해보니 너무 오랜 만에 누군가에게 나에 대한 질문을 받은 거였다. 뭐 먹을래, 뭐 마실래, 이런 질문도 물론 좋긴 하다. 하지만 이렇게 오래 생각하게 만드는 질문은 아니니까. 문제는 최초로 본 영화가 제대로 떠오르지 않아 너무 오래 머뭇거리게 되었다는 점이 랄까. 나는 '최초'를 포기하고 처음 기억에 남은 영화를 말하 기로 했다. 물론 어떤 의미에선 그게 최초일 수도 있지만 말 이다.

"아, 어…… 이게 최초인지는 모르겠는데, 기억에 남아 있 는 거라면…… 그 왜, 유명한 영화인데요. 그 제목이, 아, 그 게 장국영이 나와서 탱고를 췄는데요."

그거라면 압니다. 그가 그렇게 말하며 호두과자 봉지를 내 미는 순간 나도 그 영화의 제목이 떠올랐다.

"「해피 투게더」."

우리는 동시에 호두과자를 입에 넣고 그 영화의 제목을 우물거렸다. 우물거릴수록 깊은 곳에서 떠오르는 기억을 따라가보니 그 영화의 끝에 아빠가 있었다.

그 영화는 열셋 무렵 아빠가 보여줬다. 극장이 많지 않았던 시절, 아이들이 들어갈 수 있는 극장은 더욱 흔할 리 만무했으니 그 영화를 본 곳은 극장이 아니었다. 아빠는 어디서 구했는지 조악한 비디오테이프의 먼지를 정성스레 닦아냈다. 그때 우리는 반지하 같은 1층에 살았으므로 두꺼운 커튼을 여미지 않아도 되었다.

아빠, 저 사람들은 서로 사랑하는 거야? 양조위와 장국영을 보며 내가 물었고 아빠는 응, 그럼, 하고 답했다.

응, 그럼.

잊히지 않는다. 정말로,
그런 것은.

평일의 텅 빈 버스 안에서 호두과자를 나눠 먹으며 그 도시에 살던 시절 나의 최초의 영화에 대해 떠올리자, 나는 문득 그 도시에 대해 무어라도 이야기하고 싶어졌다. 우리가 내리는 커다란 터미널에서 그 도시의 동쪽 끝으로 가면 인근 시골로 가는 작은 터미널이 하나 더 있고, 그 터미널에는 기다란 나무 의자와 탈지분유 맛이 나는 우유 자판기가 있으며, 고등학교를 졸업할 때까지 나는 그 주변에서 살았다고. 거기가 실상은 도청과 더 가깝고 아빠가 다니던 학교와 가깝고 또 이 극장과도 가깝다고. 그래서 나는 종종 시위대를 마주치고, 밤새 취한 사람들을 마주치고, 매해 5월이 되면 누군가를 찾는 듯한 음악들이 도심을 채우는 소리를 들었다고. 아빠는 그 도시 사람이 아니라 도를 넘어가면 있는 마산이라는 바닷가에서 온 사람인데, 5월의 그 음악을 들으며 그보다 1년 전인 1979년 가을에 자신의 도시에서 일어난 시위대 폭행 사건에 대해 말하기도 했다고. 마산에서는 주로 밤에 노동자들이 시위를 했으며, 경찰들이 그들의 머리를 때려 정신을 잃게 만들었고, 아빠도 밤늦게 집으로 돌아가는 길에 공연히 머리를 얻어맞은 적이 있었다고 말이다. 그런 일이 있은 지 얼마 지나지 않아 아빠는 이 도시에서 또 다른 폭력을 목격했고, 어째서 폭력이 그렇게 연결되는지 모르겠다고 괴로워하기도 했다고. 그리고 그 극장과 조금 떨어진 곳에는 그 극장보다는 조금 덜 오래된 극장이 있었는데, 그 덜 오래된 극장에서는 매해 마지막 날 밤새 영화를 틀어두고 버티는 관객에 한해서 소정의 선물을 주기도 했으며, 수능이 끝났던 2003년 마지

396

막 날엔 나 또한 그 극장에서 밤새 영화를 보는 데 도전했고, 그해 봤던 영화가 무엇인지는 기억이 나지 않지만 결국 끝까지 보지 못하고 중간에 밖으로 나와야 했다는 이런 이야기들 말이다.

"영화 중간에요?"

그랬다. 나는 그날 영화를 다 보지 못하고 밖으로 나왔다. 영화를 좋아하니까 몇 편 이어 보는 건 아무렇지 않을 줄 알았는데 두 편이 넘어가자 허리가 뻐근해오기 시작했다. 연말 가요 프로그램에서 내가 좋아하는 가수가 몇 번째로 나왔을지 궁금하기도 했다(그건 팬들 간의 자존심이었다). 시계를 보니 새벽 3시였다. 나는 그대로 로비에 앉아 시간을 좀더 흘려보낸 뒤 첫차를 타러 갔다. 도청 앞에선 신년 행사를 마치고 사람들이 덕담을 나누고 있었다. 문득 내가 보던 영화가 지나간 해 최후의 영화인 건지, 아니면 그해 최초의 영화라고 해야 할지 모르겠다는 생각에 이상한 기분이 들었다. 시간이라는 것, 기억이라는 것, 내가 정말 정확히 알고 있는 걸까. 하지만 그건 영화를 너무 많이 봐서 떠오른 질문이 아닐까 하면서 나는 집으로 돌아왔다. 집에 도착해서는 밤새 나를 기다리고 있던 엄마에게 등짝을 몇 대 맞았다. 이제 서울로 가면 이 집엔 절대 안 올 거야! 그러다가 몇 대를 더 맞았던 것 같기도 하다. 그래, 조금 우스운 말처럼 들리겠지만 그땐 정말 서울로만 가면 모든 게 해결될 줄 알았다. 우리 모두 '인 서울'이라는 단어를 입에 달고 살았다. 동료 강사가 당한 성추행 사실을 고발했다가 끝내 강사 자리에서마저 해고되고 대학원을 그만두게 되어서야, 그 배경에 특정 지방 출신 여성이라는 조건이 자리하고 있었다는 걸 확인하고 나서야 나는 '인 서울'이 만사는 아니었음을 인정할 수밖에 없었지만…… 그때 나를 도와주려 했던 다른 여자 선배마저도 해고되었다. 그 여자 선배는 벌써 10년째 시간강사로 살고 있다.

"아란, 혹시 용산 참사 기억해? 2009년에 사람들이 화재 속에서 죽어갔던."

나는 그 사건을 알고 있었다. 철거가 끝나지 않은 상가에 남은 사람들을 강제로 진압하는 과정에서 불이 붙었고, 빠져나오지 못한 주민들이 거기서 죽임을 당했다. 얼마 되지도 않은 일인데 그곳엔 이미 아모레퍼시픽 건물이 들어서서 밝은 빛을 내고 있었다.

"그때 내 대학원 동기가 실종됐어. 동기의 오빠가 아직도 그 아일 찾아다녀. 아무도 도와주지 않는 이곳에서."

선배는 도움이 못 되어서 미안하다고 했다. 나는 누구라도 그 부당함을 고발하기 위해 힘을 합쳐주길 바랐지만 현실은 나와 그 선배가 강의를 그만두는 거였다. 그러게, 나는 항상 선명한 삶을 원했지만 그건 이렇게 일을 그만두고 나서야 가능하다는 걸 전혀 알지 못했다. 나는 영화를 좋아했지만 배우가 되거나 만드는 사람은 되지 못할 거 같아서 영화 공부를 선택했다. 아름다운 영화로 식민지 조선 사람들의 시선을 분산시키고 제국의 사상을 주입시키려 했던 그 시기 일본과 조선에 대해 공부하며, 나는 이런 공부를 할 수 있다는 자체에 어떤 뿌듯함을 느끼기도 했다. 어렴풋하게나마, 세상이 나아졌다고 생각했던 것이다. 그런데 그 모든 것은 내가 겪은 그 일과 함께 호되게 깨어졌다. 그래도 나는 그렇게 서울로 갔던 내 자신에 대해선 전혀 후회하지 않는다. 그건 내 잘못이 아니니까. 이걸 깨닫게 될 때까지 수많은 잠과 꿈을 잃어버린 채였다. 사실 서울에서 출발하기 전 인스타그램에서 밤새 영화를 보았던 그 극장을 찾아보았다. 그곳은 이제 CGV가 되어 있었다.

"단성사가 보석 가게가 된 것과 비슷한 겁니까? 그래도 영화관이니 다행입니까?"

나는 어깨를 으쓱하며 그의 말에 "물론 이제 다른 곳이 되었다고 해서 그 극장이 그곳에 없었던 건 아니지만요"라고 덧붙였을 뿐이었다. 덧붙이는 나와 고개를 끄덕이는 그. 참 이상한 일이었다. 나는 이제 어딘가에 갈 수 있는 시간이 주어지면 이 남쪽 도시보다 도쿄나 타이베이와 같은 도시를 가볼까 더 자주 생각했고, 그러므로 이 도시에 대해 딱히 떠오르는 기억이 없을 것이라 생각했는데 말이다. 잠시 창밖을 내다보는 나를 바라보는 듯하던 그가 이런 이야기를 건넸다.

"그게, 이 도시 말이에요. 내가 처음으로 서울을 벗어나 여행을 간 곳이었습니다. 아, 물론 교수님을 따라서 부산이나 마산에 간 적은 있었습니다. 시위대를 본 적도 많았습니다. 부산 MBC 앞에서도 봤습니다. 초량이라는 지역 곳곳에서도요. 하지만 혼자 간 건 처음이었습니다."

그가 처음 내려 마주한 건물은 옛 도청이었다. 극장을 찾아갈 생각이었는데 지금처럼 인터넷이 있는 것도 아니고 영어 표기가 잘된 시기도 아니어서 그저 두리번거릴 수밖에 없었다.

"한창 고개를 빼고 이리저리 둘러보는데 교복을 입은 여학생이 다가오더군요. 여학생에게 저곳이 도청이 맞느냐고 물었지요."

그렇게 말하며 퍼트리샤는 쪽지 모양으로 접은 호두과자 봉지를 내게 건네왔다. 나는 이걸 빈 호두과자 봉지라고 해야 할지 쪽지라고 해야 할지 조금 망설여졌다.

"지나고 나서야 알게 되었는데 사람들이 죽어간 그해 5월, 그 도청에서 일어난 일이었습니다."

여학생은 도청을 가리키며 극장이라고 말했다. 하지만 퍼트리샤 눈에는 아무리 봐도 그 건물이 극장 같지가 않았다. 퍼트리샤가 고개를 갸웃하며 "하지만 지도에는 도청이라고 씌어져 있던걸요? 제가 봐도 저건 오피스 같아요. 아닌가요?" 하자 여학생은 이번에 지도에 표기된 극장 쪽을 가리키면서 그곳이 도청이라고 했다. 여학생은 이윽고 퍼트리샤를 똑바로 쳐다보며 이렇게 중얼거렸다.

"저는 이곳에 오래 살았어요. 그리고 잠시 도시를 떠났을 때가 있었죠. 하지만 5월 그날의 소식을 듣고 다시 왔어요. 그렇게 제가 그날 이 앞에서 모든 걸 다 봤는데 그건 다 거짓말이래요. 텔레비전에서, 극장에서, 모든 곳에서, 말할 수 있는 모든 곳에서 그 사람이 그건 다 거짓이라고 말해요."

그때의 퍼트리샤는 아직 한국어가 완벽하지 않았다. 읽는 건 그럭저럭이었지만 듣는 건 여전히 어려웠다. 게다가 서울 사람들이 쓰는 말과 여학생이 쓰는 억양이 조금 달라서 한 박자씩 뒤늦게 의미를 생각해내야만 했다. 그래서 처음엔 그 여학생이 하는 말이 무슨 뜻인지 알 수가 없었다.

"전 단지 극장을 찾고 있습니다. 이 도시에서 가장 오래된 극장이요. 저는 서울에서 한국의 옛날 극장들을 공부하는 학생입니다."

퍼트리샤가 갸웃하며 다시 말했으나 여학생은 단호히 고개를 저으며 울부짖듯 말했다.

"잊으래요, 그런 거. 그런 기억, 다 잊으라고요. 그건 다 꿈이었다고."

퍼트리샤는 여학생을 진정시켜야겠다는 생각이 들어 손을 뻗었다. 하지만 여학생은 고개를 저었다.

"그러면 그 군인은 내 꿈까지 빼앗아간 거예요. 내 꿈은 우리 가족들이, 내 친구들이 행복하게 함께 오래 사는 거였는데."

"왜, 지금은 못 삽니까?"

퍼트리샤의 조심스러운 질문에 여학생은 다시 도청을 가리켰다.

"저는 여기서 죽었어요."

퍼트리샤는 자신의 한국어 듣기 실력을 의심하며 눈을 가늘게 떴다. 여학생은 그런 건 개의치 않는다는 듯 다시 입을 열었다.

"저는 임신 중에 여기서 총을 맞았어요. 아마 이 옷은 누군가 저에게 입혀준 옷 같아요. 여학생들이 끌려가 강간을 당하는 걸 봤거든요. 제 아이는, 그리고 제 아이는 어떻게 되었을까요. 전 그 아이를 낳았을까요? 그 아이의 얼굴이라도 봤다면, 그랬다면 좋았을 텐데."

퍼트리샤는 자신도 모르게 입을 막았다. 그 순간만큼은 자신이 정말 한국어를 몰랐으면 했다. 그런데 서울에 사는 자신이 그런 뉴스를 본 적이 있던가? 이 도시에서 사람들이 무수하게 죽었다고? 군인에게 죽임을 당했다면 한국군이 한국인을 죽인 건가? 그해 봄, 부산과 마산에서 대학생들이 시위를 하다가 잡혀갔다는 이야기를 들은 적이 있었다. 이 도시에는 잠시 계엄령이 내려졌다는 말도 들었지만 그건 북한군의 소행이라고 했다. 모든 것이 곧 진정되었는지 부산도, 마산도 그리고 이 도시의 일도 더 이상 들려오지 않았다. 만약 그런 일이 있었다면 누군가 증언하지 않았을까. 정말 다 죽지 않은 이상 그런 일이 숨겨질 수가 있을까. 죽음에 가까운 공포를 느끼지 않는 이상. 물론 퍼트리샤는 그때까지 몰랐다. 미국 국적의 백인인 자신이 알 수 없는 공포가 도처에 있다는 것을, 식민지 영화 산업을 공부하면서도 실제 그런 공포를 맞닥뜨려본 적은 없다는 것을, 자신의 나라는 항상 어디선가 전쟁을 수행 중이지만 정작 내부에선 한 번도 그런 상황을 경험한 적이 없다는 것을 말이다. 단지 그때의 퍼트리샤는 그 가엾은 여학생을 위로하고 싶을 뿐이었다. 한 여성으로서, 비슷한 또래의 사람으로서. 그런 생각을 하며 숨을 삼키는 사이, 여학생은 어깨를 늘어뜨리고 모든 걸 포기한 사람처럼 중얼거렸다.

"잠을 잘 수가 없어요. 사람은 죽으면 영원히 잠든다던데, 나는 잠도 죽음도 삶도 잃어버렸어요."

퍼트리샤는 그 여학생의 가슴께에 매달려 있던 명찰에 '혜자'라고 씌어진 이름을 얼핏 보았다. 하지만 이름을 제대로 물을 새도 없이 그 여학생은 퍼트리샤를 지나쳐 앞으로 걸어 나아갔다. 여학생은 곧 그를 통과했지만 시위가 빈번한 시기였으므로 혹 여학생이 총을 든 진짜 군인들을 마주칠까 그는 자꾸만 뒤를 돌아 확인해야 했다. 그러니까 꿈을 빼앗기고 잠을 잃었다는 여학생을 말이다.

퍼트리샤는 그날, 찾고 찾았던 도시의 오래된 극장에서 영화를 한 편 보았다.

당신이 본 것은 무엇이죠? 히로시마. 이렇게 중얼거리는 배우를 담은 스크린은 평평하고 넓었으며 좌석 또한 비좁지 않았다. 고개를 죽 빼거나 어깨를 웅크리지 않아도 됐다. 조선인들은 영화를 좋아했지만 일본의 영화는 거의 보지 않았다고 했다. 대신 유럽 영화와 조선 영화를 즐겨 봤다고 했다. 그는 조선인들이 자신의 나라 영화도 보았을까 문득 궁금해졌다. 그래서, 당신이 본 것은 무엇이죠? 히로시마.

그 대사가 나오는 화면을 보며 퍼트리샤는 잠시간 더 생각에 잠겼지만 이윽고 스크린을 등지고 극장을 나섰다. 다시 도청 쪽으로 걸어가면서 그는 우체국 앞에서 사람들이 누군가를 기다리다가 반갑게 서로를 향해 인사하는 모습을 보았다. 식당을 지나면서는 상추튀김 있어요,라는 말에 잠시 상추를 통째로 기름에 넣는 상상을 했다. 극장에서 도청까지는 그다지 멀지 않았다. 하지만 그는 자꾸만 뒤를 돌아보았다.

"나는 대체로 평온하게 살았습니다. 운이 좋아 학교에 남았고 질병에도 걸리지 않았어요. 그 시절 여성이, 저는 백인 여성이긴 하지만 그래도 여성이 임용을 받는 일은 흔치 않았는데 말이죠. 물론 제 실력에 대한 이야기는 아니에요. 저는 일생 동안 제 학문에 충실했거든요. 아시겠지만, 내 나라의 여성 노동자들은 2차 세계대전 때 불꽃이 튀는 위험한 공장에 실크 스타킹을 신고 나가 일을 해야 했어요. 누구도 안전을 걱정해주지 않았죠. 그래도 열심히 일을 해서 포탄을 만들고 배를 띄웠어요. 남성뿐만 아니에요. 여성들은 국가를 위해 헌신했고 아이들을 위해 도시락을 만드는 일도 소홀히

하지 않았어요. 심지어 그럴 수 없었죠. 새벽부터 공장에 나가야 했지만 가정 일을 신경 쓰지 않는 여성이란 여전히 손가락질의 대상이었으니까요. 그럼에도 전쟁이 끝난 후 남성들이 돌아오자 일자리를 잃었어요. 여성들은 숙련 노동자였지만 아무도 여성들을 써주지 않았어요. 그러니까 저는 어떤 제도와 관습, 폭력과 편견에 대한 이야기를 하려는 거지요. 분명히 있었던 그런 폭력과 슬픔이요. 그리고 또 슬픈 일이 있다면 딸아이가 작은 교통사고를 당했던 거죠. 다행히 크게 다치지 않았어요. 역시나 전 운이 나쁘지 않았어요. 사실 그렇게 사는 동안 이 남쪽 도시에 대해서는 길게 생각해본 적이 거의 없습니다."

실제 그는 학업을 마치고 미국으로 돌아갈 때까지 이 남쪽 도시에는 다시 방문하지 않았다. 아니, 이상하게 다시 돌아볼 어떤 마음이 굳건하지 못했다. 자꾸만 마음속에 그 여학생의 모습이 담기기만 했다.

그런 그가 그 여학생을 꺼내볼 마음을 먹은 건 그 일과 전혀 상관없는 다른 일 때문이었다.

"딸아이의 파트너는 아시아인이에요. 아이들은 조그맣게 장사를 시작했는데 한인 타운이었어요."

퍼트리샤의 딸이 그의 파트너와 함께 운영하던 가게는 힘

오주의자들에게 공격을 당했다. 평소 아시아인을 혐오하던 그들은 퍼트리샤의 딸과 파트너가 동성애 관계라는 것을 알자 무차별적인 폭력을 휘둘렀다고 했다. 딸과 그의 파트너는 벽돌로 린치를 당했고 특히 아시아인이었던 딸의 파트너는 거의 죽음의 순간에 이르렀다.

"너무나 추악하게도, 나는 그 순간조차 내 딸아이가 그래도 그만큼은 다치지 않아 다행이란 마음이 들기도 했단 겁니다. 내 딸의 정신이 어떻게 망가져버렸는지는 생각도 하지 못한 채, 내 딸아이가 사랑하는 사람이 어떻게 되었는지 생각도 못한 채 말입니다. 다만 그제야 아주 조금 알게 된 겁니다. 내 딸을 폭력으로 몰고 간 게 무엇인지. 그때가 되고 나서야 그해 남쪽 도시에서 만난 그 여학생이 떠오르더군요. 도서관에 가서 동아시아 코너를 서성였습니다. 여느 때랑 비슷하다고 할지 모르지만 그때 내가 관심을 둔 건 1980년 그 시기였습니다. 그러다가 그 사건에 대한 회고록을 보았죠. 오랫동안 여러 나라가 은폐했던 그 사건에 관한 기록을요."

흐릿하긴 했지만 기록물엔 그 여학생으로 추정되는 사람의 모습이 담긴 사진이 있었다. 물론 모를 일이었다. 여학생은 교복을 입고 있었으므로 퍼트리샤가 다른 여학생을 착각한 것일 수도 있다. 게다가 기록물 속 여학생은 실종자 명단에 있었다. 퍼트리샤는 분명 그 여학생을 1981년 어느 날 마주쳤는데. 퍼트리샤는 혹 자신의 증언이 필요한 곳이 있지 않을까 관련 연구자들을 찾아 백방으로 움직여보기도 했다. 하지만 의외로 한국에서 그 연구를 하는 사람은 많지 않았다. 김대중 정부가 들어서고야 그런 움직임이 일기 시작했지만 그때 퍼트리샤는 이미 나서서 무언가를 하는 것이 쉽지 않을 정도로 많은 걸 이룬 나이였다. 그러나 여전히 한국에 대해 생각하면 다른 어떤 일보다 그날이 유독 선명하게 떠올랐다.

"이제 그 사람에게 잠을 돌려주고 싶습니다. 꿈을요. 잠을요."

내가 들은 것을 모두 말할 생각이에요. 기억이 나는 그대로요. 그렇게 말하며 퍼트리샤는 내게 미소를 보였다. 그것은 어깨를 으쓱하며 지어 보였던 이전의 미소와는 조금 다르게 느껴졌다. 나는 잠시 입술을 말아 물었다. 그때, 대학원을 그만둘 때 누군가 나에게, 혹은 그 선배에게 자신들이 본 것을 솔직히만 말해주었다면 아니, 선배의 대학원 동기 오빠에게 그 누구라도 진실을 숨기지 않고 정확하게 말해주었더라면 나는 꿈도 잠도 잃지 않았을까. 그 선배도, 그 선배의 대학원 동기 오빠라는 사람도 온전한 마음으로 무언가를, 누군가를 떠나보낼 수 있지 않았을까. 그래도 나는 그곳에서 나올 수밖에 없었겠지만. 나는 퍼트리샤의 눈을 보며 이렇게 말했다.

"그분은, 그 여학생은 아마 그동안 꿈꾸고 있었을 거예요. 퍼트리샤가 기억하는 동안에요. 기억하고 있었으니까요."

퍼트리샤는 문득 무언가에서 깨어난 사람처럼 나를 오래 바라보았다. 퍼트리샤의 뒤로 하나, 둘 건물이 나타나고 있었다. 퍼트리샤는 옅게 미소를 지었다.

"그래요, 아란 씨. 그리고 그렇다면 이제, 나도 좀 잘 수 있 겠죠. 그 봄을 통과한 무더운 여름잠을요."

우리는 그날 극장으로 가기 위해 남쪽 도시의 터미널에 내 렸다. 일찍 나서서 그런가요, 저 극장에서 영화 시작하면 졸 지도 모르겠어요. 내 말에 퍼트리샤가 자신은 이미 잘 준비 중이라는 농담을 건네왔다. 나는 퍼트리샤가 잠시라도 눈을 붙이길 바랐다. 그리고 퍼트리샤가 마주친 그 여학생도, 혜 자라는 그 사람도 이젠 영면에 이르기를 바랐다. 부디 삶도 잠도 죽음도 모두 용서해주기를, 그녀의 아이가 어디선가 꿈 꾸고 있기를 말이다. 그런 생각 끝에 나는 조금씩 몸이 나른 해지는 걸 느꼈고, 퍼트리샤의 머리가 조금씩 내 어깨 쪽으 로 기울어진다는 생각을 했다. 조금 이른 여름이 온 남쪽 도 시에서 까무룩 잠이 쏟아지려 했다.

연어와 소설가, 그리고 판매원과
노래하는 소녀의 일기

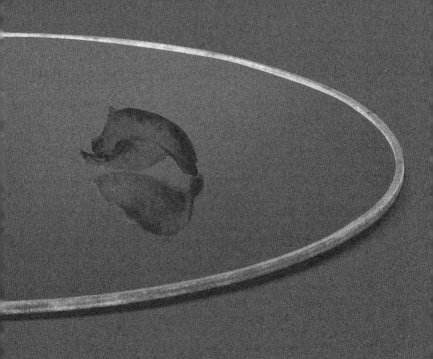

연어는 내가 알고 있는 사람들 가운데 가장 우울한 눈매를 가진 뉴질랜드인이었다. 물론 그는 워킹홀리데이 사기를 당한 불행한 이민자도 아니었고 허가증이 없는 난민도 아니었다. 그는 '키위'라고 불리는 스코틀랜드 출신의 뉴질랜드인이었다. 게다가 그의 아버지는 베이징에서 컴퓨터 AS업체를 운영하는 프로그래머였고 누나는 오클랜드에 위치한 대형 로펌의 변호사였다. 그는 이들로부터 생활비를 받고 있었으므로 나 같은 가난한 예비 유학생은 참 이해하기 힘든 우울을 가지고 있었다. 대체 왜 연어는 그런 눈빛을 하고 다녔는가?

이 이야기를 하려면 내가 처음 뉴질랜드에 갔던 해를 떠올려야 한다. 당시 나는 박사과정에 입학한 지 10여 년 만에 대학원에서 겨우 박사학위를 받을 수 있었다. 강의와 지원 사업 같은 일로 먹고살다 보니 시간이 그렇게 흘러가 있었다. 박사학위를 받으면 연구원 자리라도 얻으려나 하던 희망은 현실이 되고 보니 역시 실현이 요원했다. 나는 박사 논문으로 한국전쟁 당시 부산과 미국의 연관성에 관해 썼다. 조금 멀리 가서 보면 한때 부마민주항쟁과 3월 부산 미 문화원 및 MBC 방화 관련한 연구를 조금 하긴 했지만, 사실 호주나 뉴질랜드 같은 오세아니아와는 전혀 관련이 없는 연구였다. 무슨 소리냐면, 박사를 졸업하고 내가 뜬금없이 자료 조사를 하겠다며 뉴질랜드의 수도 웰링턴으로 향하는 비행기에 올랐다는 것이다. 물론 진짜 이유는 따로 있었다. 혹 생활의 장소가 바뀌면 나의 무엇인가도 함께 바뀌지 않을까 하는 막연한 기대감. 게다가 나를 아는 사람이 없는 곳으로 간다면 내 처지에 대해 변명 같은 핑계를 대며 사람들을 피해 다닐 이유가 없어질 거란 기대도 있었다. 나는 태어나서 그때까지 부산을 벗어나본 적이 없는 사람이었다. 5·18민주화운동을 조사할 때 광주에서 한 학기 정도 머문 적이 있었을 뿐이다. 심지어 마산까지는 기차를 타면 금방이니 부산을 군이 벗어날 필요가 없었던 거다. 나는 부산역 앞을 지나다가 전단지 한 장을 받았다. 어학원 비용이 저렴했고 미국 달러 환율에 비해 뉴질랜드화 환율은 그럭저럭 저렴한 편이었다. 나중에 보니 어학원 비용 옆에는 조그마한 글씨로 택스 미포함이라고 적혀 있었지만. 나는 전단지 속 뉴질랜드를 보고 뜬금없이 한 사람을 떠올렸다. 바로 6개월 동안 광주에서 머물 때 인터뷰에도 응해주고 여러 사람을 소개시켜주기도 했던 신동일 교수님이었다. 그는 1980년 즈음 광주 소재 어학원의 강사로 호주에서 왔다가 5·18민주화운동을 경험한 외국인 목격자였다. 신동일이라는 이름도 원래의 이름인 데이비드 셰이퍼에서 한국으로 귀화하며 바꾼 거였다. 어쨌거나 뭐든 스스로를 합리화할 이유를 만들고 싶었던 나는 아무 상관없는 그와 나의 뉴질랜드행을 연결시켰다(호주로 가기엔 돈이 없었다). 뭐 그렇게 인생에 변화를 주고자 했던 의지 자체는 좋은 거였다, 그게 너무 막연해서 문제였지. 나는 이 막연함에 걸맞게 어학원 택스도 내고 더불어 아주 비싼 집값을 지불하며 웰링턴 시내 중심가 윌리스 거리에 집을 구하게 되었다. 그러고는 그걸 갚아가느라 주 7일 아르바이트로 시간을 보내는 중이었다. 한국에서라면 박사학위 핑계를 대며 과외 같은 걸 했을지도 모르겠지만 당연히 뉴질랜드에서 내 박사학위는 아무 쓸모가 없었다. 하지만 생각해보면 웰링턴에서 내가 살던 집이 아무리 비싸다 해도 한국보다는 저렴했다. 게다가 평일

저녁 7시만 되면 웰링턴에서 가장 큰 마트인 뉴월드마트조차 영업을 하지 않을 정도로 그곳 사람들의 삶은 고요함 그 자체였다. 이런 적막을 못 견디는 한국인도 많았지만 나는 그게 나쁘지 않았다. 나고 자란 곳이 부산 한가운데, 일제강점기 때부터 공장이니 뭐니 빽빽했던 초량이어서 그런 건지도 모르겠다. 어린 시절부터 아역 배우로 주목받는 삶이 그러했을까. 심지어 조선시대 때도 왜구 때문에 항상 시끄러웠고 한국전쟁 때는 말할 것도 없이 중심가였던 부산, 거기서 오래된 인구 밀집 지역인 초량. 조용할 리가 없었다. 이제는 전형적인 오래된 관광지화가 진행되는 곳인데 그런 곳에서 태어난 사람들이 견뎌야만 하는 게 바로 시도 때도 없이 치고 들어오는 관광객의 사진 세례와 자고 일어나면 바뀌어 있는 가게, 그리고 주폭들의 주사 소리였다. 그래, 집값은 고요와 평화를 얻는 데 지불한 셈 치자. 그런데 이렇게 값비싼 나의 고요와 평화를 깬 사람이 있었으니 그가 바로 연어였다. 연어가 누구인가? 그것은 이 이야기에서부터 시작해야 한다. 어느 새벽, 연어는 2시가 넘어선 시간 내게 전화를 걸어왔다.

연어라니, 이 시간에. 어째서?

당시 나와 연어는 그저 어학원의 수강생과 아르바이트 선생 정도의 사이였다. 약간의 짜증이 섞인 기분으로 침대 끝에 걸터앉아 발끝을 내려다보고 있을 때였다. 연어는 이렇다 할 인사도 생략한 채 다짜고짜 자신의 사랑이 끝났다고 말했다. 아니, 새벽 2시에 사랑이 끝났다고 전화를 하다니. 새벽 2시에 전화하는 사람이 사귈 때 특히 별로였던 전 남친들 말고 또 있었구나, 짜증이 솟구쳤지만 마리화나가 합법인 뉴질랜드이기에 나는 혹 연어가 마리화나를 잔뜩 하고 내게 전화를 걸었을지 모른다는 생각을 했다. 그러자 짜증은 두려움으로 바뀌었다. 대체 왜 나인가 말이다. 물론 그는 마리화나를 하지 않았으며 그 전화의 대상이 나여야 했던 이유도 그다음 대사에서 좀더 명확해졌다.

"이름은 준이고 한국인이야. 고향은 부산이라고 했고 초량이라는 곳에서 왔어. 그런데 그가 갑자기 사라졌어. 그는 체류 비자도 넉넉지 않아."

그제야 내가 어학원 수업 첫날 자기소개 시간에 부산 초량에서 왔다는 말을 했다는 게 기억이 났다. 하지만 연어야, 부산은 무척 큰 도시야. 물론 이 말을 하진 못했다. 웰링턴은 수도이긴 하지만 고작 인구 18만의 도시였다. 한 다리 건너면 겹치는 지인을 보는 게 문제가 아니라 아침에 버스를 타면 총리가 내 옆에서 멍 때리는 것도 볼 수 있는 곳이었다. 나야 아르바이트로 정신이 없지만 이곳 한국인들끼리는 서로 꽤

아는 모양이기도 했다. 어떻게 이런 이야기를 해야 할까. 결국 나는 연어에게 준이 설사 부산 초량에서 왔다고 해도 알긴 어렵다는 말을 하진 못했다. 한국은 인구의 절반이 서울에, 나머지는 광역시라는 곳에 사는데 그건 한국의 경제개발기와 관련이 있다, 이런 와중에 지방이란 말을 쓸 때 부산과 중소 도시를 같이 묶어 쓰는 것도 문제다, 사라진 애인을 찾는 뉴질랜드인을 두고서 이런 말을 할 순 없지 않은가. 연어는 내가 그런 생각을 하는 동안에도 준에 관한 이야기를 꺼냈기에 나는 본 적 없는 준이라는 사람에 대해 최선을 다하지 못한 것 같아서 연어에게 미안한 기분까지 들 지경이었다. 다음 날 학원에 도착하자마자 오후의 아르바이트도 잊은 채 연어를 힐끔거렸다. 그러나 내 걱정이 무색하게도 연어는 아주 멀쩡한 얼굴로 누구든 마주치기만 하면 별로 대수로운 일이 아니라는 듯 "그가 정말 떠나버렸어" 하고 준과의 이별을 떠벌리곤 했다.

"연어가 왜 저러는지 알아?"

문법과 단어를 아는 대신에 말을 할 줄 모르는 게 한국인들의 영어였다. 나는 다행인지 불행인지 한국의 영어 교육을 제대로 못 받은 까닭에 말은 잘하는 편이었으므로 어학원에서 약간의 잡담이 가능했다. 늘 나와 스피킹 파트너를 해주

418

는 마오리족 친구 링크는 연어를 빤히 보는 나를 보더니 뭔가 눈치를 챘는지 그렇게 물었고, 뭐라고 해야 할지 난감해진 내가 그저 고개를 갸웃하자 대뜸 이런 말을 꺼냈다.

"연어라는 이름, 준이 지어줬대. 연어. 준이 가장 좋아하던 것이래. 한국어라던데 너 무슨 뜻인지 알아? 나 너에게 항상 그게 묻고 싶었는데."

설마 그 연어가 정말 내가 아는 그 연어일 줄이야. 한국어를 한국어라고 생각하지 않고 들었을 때 한국어는 한국어가 아니었고 그래서 나는 연어를 부를 때 진지할 수 있었다. 그때부터 나는 조금 다른 비통함에 젖어 말을 잇지 못했다.

"뭐, 말 안 해줘도 돼, 심각한 뜻이라면. 아, 나 전부터 너에게 묻고 싶었는데, 왜 한국은 동성애가 금지야?"

나는 다시 링크를 바라봤다. 그는 진심으로 궁금하다는 표정이었다. 사랑을 어떻게 금지하지? 준과 연어가 헤어진 이유는 그런 것일지도 몰라. 나는 링크의 말에 그저 다시 고개를 끄덕일 수밖에 없었다. 한국은 금지된 게 많은 나라였으니까, 뉴질랜드처럼 다양한 문화와 환경이 섞인 나라에서 들으면 놀라울 만한 것이 참 많았으니까. 나는 그때 연어가, 아니 연어든 그 어떤 이름이든 그가 그저 실연의 상처에서 얼른 회복되기만을 바랐다. 왜냐면 연어가 곧 수강생 모두에게 준이라는 이름을 붙여 불러대기 시작했기 때문이다. 아무리 뉴질랜드라지만 수강생 이름마저 변경해버리는 선생이었던 연어는 학원에서 해고되었고, 나는 그렇게 연어를 잊어가는 듯했다. 연어는 자기 집으로 거슬러 갔나 봐, 나는 이탈했지만. 어디선가 보았던 연어의 회귀 본능을 떠올리며 나는 그렇게 중얼거렸다. 하긴, 연어는 우리와 다른 사람이었으니까. 일을 전혀 하지 않아도 되는 사람 말이다. 사람들은 동성 연인인 준이 한국에서 왔다는 점을 근거 삼아 둘이 헤어진 이유를 추측했지만 나는 조금 다른 생각을 했다. 준도 나처럼 돈을 벌지 않아도 되는 연어와는 영 다른 세계 사람이 아니었을까? 그러니까 연어보다는 나와 가까운 세계에 사는 사람. 어디선가 일을 하느라 연어가 저렇게 회귀하고 있는 줄은 꿈에도 모를 수 있는 준. 나는 그런 생각들을 좀 했을 뿐이었다. 연어를 다시 만난 곳은 강의 상류도, 어느 말끔한 타워의 아쿠아리움도 아니었다. 그해 크리스마스 시즌의 은행 창구 앞에서였다. 종일 꽁치 눈을 제거하고 받은 돈을 입금하기 위해 은행 입구에 줄을 섰을 때였다. 어쩐지 등이 따갑다는 생각을 하며 뒤를 돌았는데 그곳에 연어가 있었다.

"연어가 상류로 돌아간 게 아니었구나."

연어는 어깨를 으쓱해 보였다. 연어 곁에는 단발머리의 남성이 서 있었는데 한눈에 봐도 한국인이었다. 연어와 나는 서로의 안부를 물었고 잠시 침묵이 이어졌다. 그러더니 연어가 뜬금없이 나를 크리스마스 파티에 초대했다. 두 명 정도 더 올 거야, 그날. 혼자가 아니니까 낯설어하지 않아도 돼. 나는 연어의 곁에 있는 남성을 바라보았다. 그는 슬쩍 연어의 팔짱을 꼈지만 자신은 그 파티에 가지 않는다고 했다.

"이 사람이 준이니?"

내 질문에 단발머리 남성의 눈이 의아함으로 물들었을 때, 비로소 내가 실수했다는 것을 알아챘다. 정작 연어는 아무렇지 않은 모양이었다.

"아니, 그 아이는 정말 부산으로 간 모양이야. 항상 나에게 부산은 재밌는 곳이라고 했거든. 특별히 초량이라는 곳 말이야. 준은 항상 자극을 원하니까."

나와 연어의 이야기를 듣던 단발머리 남성은 부산이라는 단어에 눈을 빤짝이며 반응했다. 자신은 서울 출신이지만 부산을 정말 좋아한다는 거였다.

"부산 국제영화제엔 매번 가요. 거기 유명한 중국집에서 만두도 먹고요. 부산역에서 내리면 거기가 초량인가요? 초량이라는 지명은 처음 듣네요."

단발머리 남성이 조금 빠르게, 두서없이 흘리듯 말했고 말 그대로 초량 토박이인 나는 뭐 딱히 덧붙일 말이 없어서 그냥 고개만 끄덕였다. 서울 사람들의 초량 감상은 대체로 비슷했고 그게 나쁜 건 아니었다. 준이 아니었구나, 내겐 이게 더 중요했다. 그렇게 연어와 헤어지고 나서야 엉겁결에 연어의 크리스마스 파티 초대에 응했다는 사실을 깨달았다. 대체 파티는 왜 간다고 했나. 갑작스러운 연어의 제안에 당황한 것도 있었지만 사실 정신이 완전히 다른 데 팔려 있어서이기도 했다. 당시에 내 모든 관심사는 나 자신에 집중되어 있었다. 다른 이야기를 곰곰이 생각할 틈이 없었던 거다. 1년 정도의 웰링턴 생활 끝에 나는 장소의 변화가 반드시 생활의 변화로 이어지는 건 아니라는 걸 깨닫고 있었다. 꽁치 공장에서 빛을 보지 못한 채 종일 일을 하는 것도, 모두 비슷한 발음으로 영어를 하는 학원에 나가는 것도 계속할 자신이 없었다. 요즘과 같은 시대에 생산적인 활동은 아닐지 몰라도 부산항이나 부산역 같은 곳을 어슬렁거리며 내 연구와 관련한 것들을 눈으로 보면서 생각을 집중해보고 싶었다. 하지만 웰링턴의 이 지독한 평온만큼은 좋았다. 하루에도 몇 번씩 싸움이 날 것처럼 목청을 높이는 거리의 사람들, 부산의 엄청난 교통 체증, 바다 좀 볼까 하고 해운대와 광안리에 나가면 들려오는 자질구레한 고성. 게다가 초량은 내 인생 전반에 걸쳐 공사를 반복하는 동네이기도 했다. 어른들 말을 들어보니 내가 태어나기 전엔 더 했다고 한다. 초기 도심의 중심가답게 일제 때부터 북적이던 극장이 많은 동네라서 그랬는지 물어보면, 오히려 그런 유의 북적거림이 좋았다고 한다. 온갖 멋쟁이들이 다 모이고 예술가들이 흘러넘칠 땐, 어휴 꼴값이다, 싶은 장면들이 있긴 해도 약간은 즐거웠다고. 나름 연구를 해서 과거 자료들을 모아 보는 나도 할머니가 기억하는 시기의 초량은 잘 모르는 부분이 있었다. 전쟁이 끝나고 가난한 사람들이 부산항이니 역이니 나가기 좋아서 몰려 살았던 것 같은데, 도시 재정비를 앞두고 큰불이 나서 거기 살던 가난한 사람들이 갑자기 사라졌다는 거다. 왜 하필 나라에서 발표한 도시 재정비 기간에 그런 일이 있었을까? 나는 할머니가 답을 안다고 생각했다. 그런가 하면 아빠가 기억하는 초량은 하천 복개 공사로 땅을 몇 번 갈아엎고 큰물이 들었다가 나갔다가 한 동네였다. 할아버지가 기억하는 초량은 또 달랐다. 공장이 많았고 그래서 할아버지도 흘러들어왔지만, 노동자에게 좋은 기억으로만 남긴 어려운 동네였다. 한평생 초량에 살았던 할아버지에게, 그곳은 몇십 년이 흘러도 지독한 노동의 동네였다. 내가 다니던 단골 미용실 이모의 기억에 그곳은 택시 기사들이 불고기를 먹으러 오는 동네이기도 했다.

부산에 국밥만 있는 게 아니거든. 초량엔 불고기가 유명하잖아. 미용실 이모는 항상 머리를 말면서 맛집 몇 군데를 내게 추천해줬다. 관광객이 아닌데도 그랬다. 그렇다면 내가 기억하는 초량은? 그냥 가난한 동네. 구도심. 미국과 부산의 연관성 공부를 하려면 반드시 봐야 하는 동네. 그래서 언젠가 살짝 들춰볼까 싶기도 했지만 내가 살아온 곳이라 그런지 공부로까지 연결하고 싶진 않았다. 거기까지 갔을 때 나는 그만 생각을 멈췄는데, 한국을 떠올리자 다시 머리가 아파왔기 때문이다. 물론 이런 고민이 가벼운 마음으로 연어의 크리스마스 파티에 가게 해준 것도 사실이었다. 더 생각해서 나을 것이 없는 일에 몰두하는 것은 너무 피로했다. 일단 회피하자는 마음이 들자 그때부터 나는 연어의 집에 무얼 가지고 갈까, 이런 생각을 떠올리기 시작했고 그러면서 조금 더 부지런히 걸었다. 적어도 머리는 조금 덜 아픈 것 같았다.

"어떤 도시에서 길을 잘 모른다는 것은 별일이 아니지. 낯선 곳이기 때문이야."

지도를 보고도 여러 번이나 근교 도시인 로어허트를 빙글빙글 헤맨 뒤에야 나는 연어의 집 앞에 도착할 수 있었다. 로어허트는 근교라서 크리스마스라고 사람이 붐비는 것도 아니었는데 그편이 길 찾기는 더 어려웠다. 도무지 물어볼 사람이 없었다. 뉴질랜드는 지나치게 평온해서 근교엔 문을 열어두고 사는 사람도 많다던데, 그러면 뭐 하나 싶었다. 젊은 사람들은 호주로 나가고, 말 그대로 사람조차 없었으니까. 연어는 나름대로 내가 길을 잃을 거란 생각을 했던 것 같다. 문을 열자마자 인사 대신 저런 말을 하며 나를 맞아주었으니까. 나는 헛기침을 몇 번 한 후 길을 잃은 게 아니며 단지 생각할 것이 있어 산책 중이었다고 대꾸했다. 그러자 연어는 방금 했던 말은 발터 벤야민의 『1900년경 베를린의 유년 시절─베를린 연대기』에 나온 구절일 뿐이라고 덧붙이며 웃어 보였다. 그 대답에 오히려 내가 어리둥절한 표정을 지어 보이자 그는 무언가에 쫓기는 사람처럼 서둘러 처음 보는 두 사람을 내 앞에 서게 했다. 한 명은 미국에서 온 친구로 책을 한 권 출간한 뒤 쉬고 있다는 소설가였고, 또 다른 한 명은 홍콩에서 택시 운전을 하다가 뉴질랜드로 건너와 마트에서 키위를 판다는 판매원이었다. 이번에도 연어는 참 알 수가 없었다. 소개해준 사람들 사이에 공통점이라고는 없었으니까.

연어와 소설가와 판매원.

이들이 만난 이유를 간략하게 듣고 나서야 나는 연어가 왜 갑자기 벤야민 이야기를 꺼냈는지 알 수 있었다. 이들은 한국문학 수업을 같이 듣는다고 했다. 연어야 이전에 본 적이 있지만, 소설가와 판매원은 처음이었기에 나는 깍듯하게 악수를 청했고 그들 역시 고개를 숙이거나 모자를 벗어 들었다. 인사를 나눈 후엔 약속이나 한 듯, 우리 셋은 빈 상자와 에코 백을 챙겨 뉴월드마켓으로 향했다. 마트로 향하며 들어 보니 나를 제외한 두 사람도 연어가 일방적으로 초대한 것 같았다. 소설가가 어색함을 깨려는 듯 말을 시작했다.

"이번 주는 헤르타 뮐러를 읽는 시간이었거든, 이사벨 아옌데와. 그런데 갑자기 연어가 다가와서 다짜고짜 크리스마스 이야기를 꺼냈어. 소설 이야기가 아니라."

수용소의 경험을 아름다운 글로 풀어낸 헤르타 뮐러와 칠레 독재 정권하의 상황을 환상적 서사로 담아낸 이사벨 아옌데. 소설가와 판매원은 나에게 이런저런 말을 했던 것 같다. 나는 다 모르는 이야기였다. 그러나 거기까지 듣던 나는 퍼뜩 깨어난 사람처럼 그들에게 되물었다.

"한국문학 수업 듣는다며?"

이들은 마치 한 사람인 듯 고개를 끄덕이며 이렇게 답했다.

"한국문학도 제3세계 문학으로 분류되어 있어서 말이야. 언어 때문일지도 모르지. 영어가 아니니까."

마트에 도착하고 나서는 그 이야기를 길게 하시 못했다.

우리는 심사숙고 끝에 스파게티면 한 봉지와 전자레인지에 데우기만 하면 되는 피쉬 앤드 칩스 세 봉지, 그리고 마운트 쿡 근처의 광활한 농지에서 재배했다는 키위 한 상자를 샀다. 키위는 날지도 못하는데 이 키위는 전 세계를 돌아다니는 것 같아, 판매원은 그렇게 말하며 자신이 일하는 곳은 작은 마트라 이렇게 키위를 많이 들여다 놓지 않는다는 말을 하기도 했다. 식품들을 나눠 들고 다시 연어의 집으로 향하는 길은 대체로 한산했다. 전날 술을 잔뜩 마신 젊은이들은 모두 집 안에 틀어박힌 모양이었다. 여기는 평화가 일상보다 흔하다고 하더라. 판매원의 말에 나와 소설가가 돌아보았다. 뭐, 겉으로 보면 미국도 평화로운 나라야. 아니, 평화를 지킨다고 장담하는 나라지. 자꾸 그런 식으로 포장하니까 쓸 말이 없는 나라이기도 하고. 소설가의 말에 나와 판매원은 잠시 할 말을 찾아야 했다. 한국이나 홍콩이나 평화라는 말이 귀했으니까. 판매원이 중얼거리듯 "홍콩의 거리를 생각하면 마음이 아파" 말하긴 했지만 이내 고개를 저었다. 잠시 그를 보던 나는 지금쯤 부산은 어떨까, 이런 생각이 들기도 했지만 나 역시 곧 고개를 저어 그 생각을 멀리 보내버렸다. 크리스마스 시즌이라 식료품을 구하는 것이 문을 여는 병원을 찾는 것만큼이나 어렵기 때문에 우리는 연어가 크게 기뻐할 거라 생각했다. 그러나 현관에 들어서자마자 우리는 그 예측이 완벽히 빗나갔음을 확신했다. 부엌에서 뒷모습을 보인 채 양파를 썰고 있는 연어는 분명 울고 있었다. 우리가 온 줄 몰랐던 것일까. 그가 울면서 나지막이 부르던 이름은 분명 준이었다. 그 모습을 보고도 우리가 돌아가겠다고 할 수 없었던 건, 연어가 갑자기 달려 나와 파티 준비가 거의 끝났으니 조금만 기다려달라고 했기 때문이다. 어떤 반응을 보여야 하나, 조금은 멍하게 서 있을 때였다. 키위 상자를 물끄러미 내려다보던 판매원이 무언가 생각난 듯 크리스마스엔 북적이는 게 낫지 않겠느냐며 텔레비전을 켜자고 했다. 텔레비전을 켜고 주위가 어느 정도 소음으로 채워지자 비로소 긴장이 풀리기 시작했다. 그리고 그제야 뉴월드마켓에서 키위에 대해 이런저런 것을 묻던 판매원의 모습이 떠올랐다. 키위새에 대해, 나만 신기한가요? 이렇게 묻던 판매원에게 소설가는 으쓱해 보였다. 한 번도 궁금한 적이 없던 사람의 반응이었다. 나도 뭐 딱히. 키위새에 대해 아는 것이라곤 뉴질랜드에서만 서식하는 뉴질랜드의 국조이며 겁이 많아서 밤에만 돌아다니느라 천적이 없어져서 날개도 같이 퇴화됐다는 것 정도였다. 아, 또 하나. 평생 단 하나의 파트너 관계만 인정한다. 이게 전부랄까. 나까지 키위새 생각에 골몰하자 소설가도 말을 보탰다. 그의 말에 따르면, 키위새의 야행성 때문에 15세기 유럽에서는 키위새가 드라큘라라는 소문이 파다하게 퍼졌다고 한다. 겁에 질린 사람들은 저녁 외출을 삼가게 되었는데, 문제는 저녁 기도회조차 발길을 끊기 시작한 것이었다. 결국 교황이 직접 개입하여 키위새에게 마늘을 뿌려댔다고 하더군요. 처음 듣는 이야기였다. 엥, 키위새가 유럽에 서식한 적이 있었던가?

"변한다는 게 언제나 나쁜 것만은 아닌 모양입니다."

소설가의 그 말에 별다른 질문을 할 수 없었던 건, 내용이야 어떻든 결말이 그럴싸하게 느껴져서이기도 했고, 그가 내게 시를 쓰는지 아니면 소설을 쓰는지 물어왔기 때문이기도 했다. 아무래도 연어와 아는 사이라고 하니 나 또한 문학을 공부하거나 쓰는 줄 알았던 것이다. 나는 고개를 저었다. 나는 소설이나 시를 잘 몰랐다. 그나마 아는 것이라곤 증거가 있어서 팩트를 확인할 수 있는 역사 정도였다. 물론 증거 없이 존재하는 것도 분명 있지만. 곁에서 나와 소설가의 이야기를 듣던 판매원이 그런 말을 했다.

"역사를 제대로 알 수 있다니, 정말 부럽습니다. 홍콩은 요 몇 년 정말 기억하기 힘든 역사가 반복되는 것 같거든요."

소설가는 그 말에 다시 나를 돌아보았다. 한국도 마찬가지 아니냐는 눈빛이었는데 그는 자신의 할아버지가 한국전쟁에 참전했고, 부산이라는 곳에 머물렀다고 말했다. 군의관이었는데 부산 초량 앞바다에 군의선을 띄워놓고 사람을 치료했다는 것이었다. 내 고향이 초량이라는 말을 연어가 혹시 이들에게 한 것일까? 또 준에 대해 이야기하다가? 나는 그저 초량 앞바다에 그런 큰 배도 들어왔었군, 하긴 한국전쟁 때인데 병원을 짓기도 어려웠을 거야, 이런 생각에 고개만 끄덕였다.

뉴질랜드의 크리스마스는 여름이었다. 하지만 계절을 제외하면 특별할 건 없었다. 케이블 채널에선 성탄 특집 영화 몇 편이 방송되고 있었고 정규 채널에선 유명 연예인들이 가족들과 함께 나와 장기자랑을 선보이고 있었다. 소설가와 판매원과 나는 연어가 준비한 케이크를 가운데 두고 각자의 방식으로 고마움을 표하느라 애쓰고 있었다. 막상 연어는 우리의 이야기를 듣는지 마는지 골똘한 표정이 되어 이렇게 중얼거렸다.

"분명 뭔가 움직였어."

우린 처음에 그 말을 잘못 알아들었다. 소설가는 연어가 언어를 조금 이상하게 늘여 쓴다고 말하며 "전혀 아냐. 케이크 맛은 그대로이고 아주 훌륭해"라고 답했다. 나는 연어의 말에 뭐라 답하지 못했는데, 소설가의 확신에 찬 대답 때문만은 아니었다. 어색하게 이어지던 대화를 자연스레 멈추게 했던 것은 판매원이 튼 음악이었다. 판매원의 휴대폰에서는 쇼스타코비치가 음악감독으로 참여했던 영화 「아이즈 와이드 셧」의 주제 음악이 흘러나왔다. 음악을 절반가량 들었을 때였다. 소설가는 케이크를 바라보다 누구에게 묻는지 모를 정도의 작은 목소리로 이렇게 물었다.

 "이 영화 마지막이 어떻게 되었더라?"

 연어는 그제야 무언가 자꾸 움직인다는 생각에서 벗어난 모양이었다.

 "미완성이잖아. 나는 예술가라면 자기 작품에 책임을 가져야 한다고 생각하는데 말이야."

 연어의 그 말에 잠시 케이크를 더 바라보던 소설가가 미소를 띠며 이렇게 말했다.

 "그래도 가치 없지는 않을 거야. 뭐, 첫번째 소설이 평단의 악평을 들은 후엔 내 소설도 더 이상 완성은 아니니까."

 가벼운 말투였지만 소설가의 말에 모두가 다시 침묵에 돌입했다. 이번엔 음악이 진정시켜놓은 침묵이 아니었다. 나는 슬쩍 판매원을 돌아보았다. 하지만 판매원은 이렇게만 대답했다. 어쩌면 요즘의 홍콩에선 이 영화도 볼 수 없을지도 몰라요. 선택권이 없을지도 몰라요. 또다시 침묵. 나는 뭐라고 하면 좋을지 몰랐다. 나는 부산에서 사람들과 함께 홍콩의 시위에 대해서 참 많이 생각하고 토론하고 분노했다고 생각했는데, 정작 당사자 앞에선 뭐라고 해야 그가 상처를 안 받을지 정확하게 알 수가 없었다. 다만 다른 기억이 하나 떠올랐다. 언젠가 엄마가 자신의 젊은 시절 이야기를 꺼낸 일이었다. 엄마는 부산 국제영화제 시즌이 되면 이런 이야기를 했다. 초량은, 그런 행사로 관광객이 많아지면 유명한 영화를 찍은 중국집에 사람들이 몰려와 군만두를 먹는 곳 정도로 알려졌지만, 원래는 극장이 참 많았던 곳이라고 했다. 엄마 젊은 시절엔 그러고도 막상 볼 수 있는 영화가 많지 않았다고 한다. 하지만 이제 한국에서 그런 일은 없다. 아니, 그것도 잘 모르겠다. 적어도 내가 속한 세계에서는 영화를 못 보거나 소설을 완성하지 못하는 일은 없다. 아니, 그것도 잘 모르겠다. 내가 속한 세계가 대체 어디를 말하는 걸까. 모부님에게는 박사 후 과정을 위해 자료 조사도 하고 영어 공부도 한다고 말했지만, 실상은 종일 공장노동자로 일하고 있는 이곳 웰링턴일까. 나마저 이런 생각에 휩싸여 침묵하기 시작했고 그 덕분에 집 안 가득 음악만이 울려 퍼지게 되었을 때였다.

"한곳에 너무 오래 있었어. 몸이 근질근질했다고."

저 말을 듣고 우리 넷은 서로를 바라보았다.

"네가 말한 거니?" 연어는 나를 보고 물었고, "아니, 나는 소설 대사인 줄 알았는데요?" 그러면서 나는 소설가를 보았다. 소설가의 미국식 영어가 영국식 영어를 쓰는 뉴질랜드에선 조금 어렵게 느껴질 수 있으니까. 그러나 소설가는 곧 판매원을 바라봤고 판매원은 전혀,라는 듯 팔을 내저어 보였다. 침입자인가 유령인가. 차라리 유령이면 좋겠다고 나는 생각했다. 세상에서 가장 무서운 건 인간이니까. 하지만 저 말의 주인공은 유령도 침입자도 아니었다. 저 말과 함께 상자 속에서 튀어나온 건 한 마리의 키위새였다. 재미있는 건 우리 모두의 표정이었다.

"영감의 상징이군." 이것은 소설가의 말이었다. "새해 행운의 시작이군요." 이것은 판매원의 말이었다. "어, 키위새를 실제로 본 건 처음이에요. 정말 존재하는 새였군요." 물론 이건 나의 말이었다. 돌아본 연어는 약간 굳어 있는 것만 같았다. 연어는 "키위새가 날개가 있다는 건 있을 수 없는 일이야" 이렇게 쉬지 않고 중얼댔다. 정작 키위새는 이런저런 반응에도 별 동요가 없었다. 그저 날개를 몇 번 파닥인 후 소파에 자리를 잡고 앉았다. 키위새는 판매원에게 다시 한번 쇼스타코비치의 음악을 틀어줄 수 있는지를 물었고 배가 고프다고 했다. 남은 건 키위와 와인뿐이라서. 내 말에 키위새는 어쩔 수 없다는 듯 와인 잔에 부리를 넣으며 발로는 리듬을 맞췄다. 이윽고 다시 음악이 시작되자 날개를 펴고 빙글빙글 방 안을 돌던 키위새는 소설가, 판매원 그리고 나와 번갈아 춤을 추기 시작했다. 첫번째는 소설가, 두번째는 나, 세번째는 판매원. 그리고 마침내 연어 차례였다. 처음엔 눈치만 보았지만 어느 정도 시간이 흐르자 우리는 모두 키위새와 함께 춤을 추기 시작했다. 특별할 건 없었다. 서로 마주 보다 등을 보이며 한 바퀴 돌기도 했고, 가면을 바꿔 쓰고 손을 맞잡기도 했다. 모두들 흠뻑 땀에 젖어 바닥에 드러누웠을 때였다. 문득 연어가 이렇게 물었다.

"아까 움직인 게 당신이었나요?"

그제야 우리는 연어가 중얼거리던 말이 생각났다. 무언가 자꾸 움직인다는 말. 하지만 날개가 없으신데. 소설가가 끼어들었고, 그 말도 일리가 있었다. 키위새는 날개가 퇴화했고 그래서 걸어 다니는데 원래 조류인 데다가 다리도 짧아서 오래 걷지도 못한다.

"상상력들이 없군. 그러니 지도나 들고 다니지, 인간들. 아무것도 예측할 수 없는 삶에서 길을 잃지 않겠다는 게 얼마나 허황된 일이냐 말이야."

키위새가 정말 유럽에 있었나, 그래서 벤야민을 공부라도 한 걸까. 키위새는 길을 잃는 걸 좋아했다던 벤야민과 유사한 이야기를 했다. 내가 넋을 빼고 있는데 그제야 연어도 박수를 치며 "아, 벤야민?"이라고 호응했다.

키위새는 고개를 살짝 끄덕여줬다. 대체 벤야민 이야기를 왜 하는 거야. 술기운 때문인지 소설가는 조금 용기가 차오른 모양이었다. 그러자 이번엔 판매원이 나섰다. 그는 문학 수업 때 배운 적이 있다며, 벤야민의 삶은 극적이라고 치켜세웠다. 그는 벤야민의 자세가 고귀했기 때문에 유명한 학자이면서도 유대인이라 2차 세계대전 당시 스페인 국경에서 죽었다는 거였다. 그래도 능동적인 사람이었던 거지. 내가 중얼거리자 이번엔 소설가가 끼어들었다.

"그런데 그게 지금 상황에서 대체 왜 나온 이야기지?"

소설가의 말에 나와 판매원은 동시에 도통 모르겠다는 듯 고개를 저었다.

"제가 여기에 있는 게 뭔가 한심해 보이는 걸까요? 뭐, 홍콩 상황도 안 좋은데 다른 나라 와서 이러는 제 모습이 안 좋아 보이는 건지."

판매원이 침울한 표정으로 말하자 소설가는 전혀 아닐 거라는 듯 그의 어깨를 좀 두드려주었다.

"뭐, 그럼 미국은 몇십 년째 전쟁 중인데. 하긴, 미국 한심하지."

복잡한 사정이라면 한국도 미국과 홍콩에 뒤지지 않을 자신이 있었기에 나는 비장한 한마디를 던졌다.

"아, 한국은 그럼 휴전 중인데?"

나와 소설가와 판매원은 동시에 웃음을 터뜨렸다. 분명 우리 셋은 취해 있었다. 판매원은 자신이 크리스마스 파티에 있을 수 있는 건 그저 자신이 판매를 맡은 곳이 일찌감치 크리스마스 시즌에 팔 물건을 다 팔아버려서 가능한 것이라고 말했다.

"정치적인 게 아니라 개인적인 이유죠."

그 말에 소설가가 자신이 소설을 쓰지 못하는 소설가라 여기에 있을 수 있다고 했기에 나와 판매원은 표정 관리를 어떻게 해야 할지 조금 난감한 기분이 되기도 했다. 그럼 나는? 부산으로 돌아갈 것인가 말 것인가, 이 생각을 하기 싫어서야. 둘은 동시에 이해된다는 듯 그저 깊게 고개만 끄덕였다.

"아, 전에 들으니까 연어의 전 연인도 부산 사람이라고?"

소설가와 판매원이 생각났다는 듯 말하며 내게 그 전 연인을 아느냐고 물어왔다. 혹 미국도 홍콩도 한 다리 건너면 다 아는 사이인 걸까. 설사 안다고 해도 요즘처럼 바쁜 시대에 이별의 이유를 말하거나 들어줄 사람은 많지 않을 것이다. 나는 잠시 팔짱을 낀 채 생각에 잠겨 있다가 불쑥 이렇게 말을 했다.

"잘은 모르지만, 그 준이라는 사람은 부산을 좋아했대. 그래서 부산으로 돌아갔나 보지."

판매원은 잠시 침묵하다가 나에게 부산을 좋아하느냐고 물어왔다. 나는 글쎄, 하고는 어깨를 으쓱했다. 좋아한다기보다 잘 안다는 게 맞겠지. 그러자 이번엔 소설가가 미소를 머금은 채 이런 말을 했다.

"좋아해서가 아니라 좋아해야만 하는 곳이라서 그런 건 아닐까. 그래도 도망치는 타입은 아닌가 보네, 준은."

순간 나는 소설가의 말에 큰 숨을 한번 들이마셔야 했다. 그러게, 나는 정말 부산을 잘 아나? 좋아해야만 하는 곳에서도 도망치는 게, 누구에게도 피해 안 주고 사라지는 게 대단한 건가. 그러다 나는 문득 연어가 무얼 하는지 궁금해졌다. 아까부터 우리 이야기에 끼어들지도 않고 잠잠했다. 하지만 돌아본 곳에 연어는 없었고 바닥에 조금 어지럽게 놓인 키위 상자만 비어 있는 채였다.

아무래도 그날 우리가 너무 많이 마셨던 걸까. 모르겠다. 언제나 그렇다. 술을 마시는 도중엔 늘 멀쩡하다고 생각한다. 다음 날 깨어보면 기억은 제멋대로 조각나 있다. 그런 경우 전날 일은 그저 좋게만 생각해버린다. 연어를 찾아 헤매던 우리 셋은 연어가 주방 끝에 서서 누군가와 통화하는 뒷모습을 보았다. 언뜻, 부산은 어때? 거긴 살아갈 만해? 너는 이곳이 너무 정체되어 있다고 했잖아. 조금 어지럽지만 부산이 좋다고, 그곳의 이야기를 기록할 거라고 했잖아, 하고 말했던 것도 같다. 그러나 정확한 기억은 아니다. 다음 날 눈을 떠보니 모두 각자 편한 위치에서 졸고 있었다. 어느새 크리스마스는 지나갔고 또 아침이었다.

"메리 크리스마스, 모두에게 각자의 평화와 축복을."

대충 집 안을 정리한 뒤 나와 소설가와 판매원이 막 현관을 나서려 할 즈음이었다. 연어는 잠시 기다리라고 하더니 방으로 가서 엽서 세 장을 가지고 나왔다. 인생을 움직일 수 있는 힘을 주기를, 메리 크리스마스. 엽서의 앞면엔 키위새가 서 있는 사진이 프린트되어 있었다. 분명 날개가 없었다. 움직이기 힘든 키위새, 그래서 아무 일도 일어나지 않는 키위새. 우리 셋은 엽서를 들고 한동안 움직이지 않았다. 그러자 가만히 우릴 바라보던 연어가 이렇게 말했다. "그런데 어제 움직인 거 말이야.” 그는 입술을 몇 번 달싹였지만 이내 웃음을 터뜨리며 고개를 저었다. 그러더니 좀 자야겠다며 이번엔 오히려 그가 서둘러 작별 인사를 건네왔다. 연어의 집에서 나와 걷는 웰링턴의 시내는 전날과 크게 다르지 않았다. 크리스마스가 지났지만 시내는 변함이 없었다. 아침잠 없는 노인 몇몇만이 식어 빠진 베이글을 앞에 둔 채 졸고 있었다.

시내인 쿠바 거리 광장에는 아침 일찍부터 음식을 파는 수레가 나오곤 했다. 우리는 걸은 김에 그곳에서 함께 아침을 해결하기로 하고 자리를 잡았다. 뜨끈한 국물이 그리웠던 나는 카레락사를 주문했고, 소설가는 태국식 볶음밥인 나시고렝을, 판매원은 빵을 두유에 찍어먹는 대만식 아침 식사를 주문했다. 이야기의 흐름이 바뀐 것은 소설가가 품 안에서 연어에게 받은 크리스마스카드를 꺼낸 직후였다.

“키위새가 뉴욕에서 태어났으면 날개가 퇴화하지 않았을 거야. 죽지 않았을 거야. 일단 무한 경쟁이잖아. 죽을 시간이나 있겠어? 몇십 년 전에 태어나도 마찬가지지. 세계 곳곳에 미국이 벌여놓은 전쟁에 참여하느라 날개가 세 배는 커졌을 거야. 미야자키 하야오의 애니메이션에 나오는 날개들을 봐. 흑화되었을 때 엄청나게 커지던 날개들, 전쟁에 참여하잖아. 그렇게 되었겠지. 아, 그럼 부산에도 갔겠군.”

소설가의 말에 나는 맞장구를 놓았다.

"부산에서 다양한 음식을 경험했을 거예요. 유튜버가 돼서 돈을 좀 벌었을 거예요. 한국은 밤에 여는 식당도 많아요."

나의 말에 소설가는 크게 웃었고 판매원은 고개를 끄덕였다.

"그러게요, 홍콩이라면 일단 사는 게 문제긴 하겠네요. 집도 작고 물가는 비싸고. 게다가 요즘엔 시위하다 사람이 죽으니까. 한국도 그랬죠?"

소설가와 나는 웃음을 멈춘 뒤 판매원을 바라봤다. 요즘은 한국에 정말 사람 죽는 일이 없을까? 여전히 나는 그 말에 답을 할 수가 없었다. 내가 떠나온 초량이라는 곳만 해도 그렇다. 일제부터 북적이던 그곳은 이후에도 모두에게 요긴한 공간이었다. 하지만 할머니가 그랬듯 1970년대가 되자 갑자기 가난한 사람들은 나가라는 듯 이상하게 큰불이 났고 그 뒤 어떤 사람들은 아예 사라져버렸다. 그러니까 극장만큼이나 그 뒤에 숨겨진 가난도 많았던 동네. 대통령 부인은 엑스포를 유치한다며 프랑스에서 부산의 예술가들을 재현한다고 행사를 했다는데, 그들이 어떻게 밀려났는지는 말하지 않았다. 하긴, 그게 꼭 초량에만 국한된 일도 아니었다. 너무 오랫동안 반복해서, 그러니까 대한민국이라는 나라가 생긴 후로 계속

된 일. 전쟁 전에는 보도연맹 사건이 부산, 마산, 진주 일대를 휩쓸었고 1970~80년대엔 부마민주항쟁이나 5·18민주화운동 외에도 너무 많은 일들 속에서 사람이 죽어갔다. 대부분 너무 가난하거나 약한 사람들이라 기록도 되지 않았을 뿐. 그러니 한국이 좋은 나라이고 이제는 그런 일이 일어나지 않는다고 확신하며 말할 수가 없었다. 사실 지금 이 순간에도 무슨 일이 어떻게 일어나고 있는지는 모를 일이었다. 누군가 이런 것도 기록해놓으면 좋았을 텐데, 나처럼 연구 목적이 아니라 그저, 그냥. 그렇다면 정말 연어의 연인이었다던 준은 그런 일을 하러 다시 돌아간 걸까? 내가 이런 생각을 하는데 판매원이 문득 이야기를 시작했다.

"홍콩에 있을 때 택시 운전을 했어요, 저는. 아, 아. 그렇게 주목해주시니까 좀 쑥스러운데……"

소설가와 나는 곧장 땅바닥을 보는 시늉을 했고 우리 셋은 다 함께 곧 웃음을 터뜨렸다. 내가 다시 이어서 이야기를 해보라는 듯 두 손으로 손짓을 하자 소설가도 끼어들어서 미안, 하는 입 모양을 해 보였다. 그렇게 판매원의 이야기는 다시 시작되었다. 평소보다 대기하는 시간이 길었던 어느 날 밤, 그의 택시로 여자 손님 한 명이 황급하게 뛰어 들어왔다. 그 즈음 시위를 과잉 진압하는 일이 잦았고 관광객들은 위험 때문에 홍콩에 거의 들어오지 않았다. 손님인 그 자체로 좋았는데, 문득 그는 백미러에 비친 사내 둘을 보았다. 공안 경찰 같았다. 그는 그날 밤 자신이 어디로 가는지도 모른 채 무작정 달리기 시작했다. 처음 느끼는 공포였다. 택시가 멈춘 뒤에야 현금이 없다는 걸 깨달은 여자 손님이 몹시 미안해하며 이름과 연락처를 남기겠다고 했고, 그는 한사코 고개를 저었다. 그리고 그날 이후 그는 손님을 태우고 달리는 대신 시위대가 보이는 길에 택시를 세워두고 시간을 보내기 시작했다. 결국 그는 운전대를 놓을 수밖에 없었다. 그리고 뉴질랜드로 왔다. 뉴질랜드는 평화로운 나라라서 그런 일은 겪지 않을 거라 생각했죠. 판매원은 그러면서 내게 고향이라고 했던 부산을 좋아하느냐고 물었다. 자신도 부산에 가고 싶다는 말을 덧붙였는데 나는 여전히 아무런 말도 할 수가 없었다. 다만 모두 각자의 이유가 있었지만 결국 우리 셋은 떠나온 게 아니라 어딘가에 묶여 있는 사람들 같다는 생각만이 선명해졌을 뿐이다. 그렇게 아침을 먹은 뒤 우리는 간단한 인사를 주고받으며 각자의 방향으로 흩어졌다. 몇 달 뒤, 연어가 나에게 전화를 걸어 판매원은 그날로 곧장 홍콩행 비행기에 올랐는데 이후 그의 소식을 듣지 못했다고 말했다. 그의 진짜 이름이나 홍콩의 연락처라도 알아뒀어야 했는데. 이렇게 말하는 연어의 말투는 분명 아쉬움이 가득했지만 기이하게도 슬퍼하는 것 같진 않았다.

　판매원 때문은 아니지만 얼마 지나지 않아 소설가도 미국으로 돌아간다고 했다. "기대는 없지만 정권이 바뀌었으니까. 코로나도 심각해졌고." 그를 배웅하던 날, 나는 공항에서 틀어놓은 뉴스에서 크라이스트처치에서 발생한 큰 지진으로 동물원에서 코끼리와 기린, 사자 등이 탈출하여 도심을 질주했다는 소식을 보았다. "원래 자신의 길을 간 것일지도 몰라." 동물을 인간이 만든 우리에 가둬두고 구경을 하다니, 무수한 문학가의 말이 아니더라도 정말 이상한 일이잖아. 소설가의 말에 가만히 고개를 끄덕이던 나는 다시 이렇게 물었다.

　"그런데 키위새는 어떻게 된 걸까?" 내 질문에 소설가는 이렇게 대답했다. "내가 들은 바라면, 그대로 죽었대. 동물원에 갇힌 키위새 말이야. 날 수가 없었으니까." 거기까지 대답한 소설가는 보딩 패스를 챙겼다. 그가 원래 통과해야 하는 게이트가 아닌 다른 게이트로 들어가려 하는 걸 깨달은 내가 그의 이름을 불렀을 때였다.

　"길을 헤매고 있다는 건 어쩌면 길을 찾는 중이라는 거겠지?"

　그는 웃었지만 방향을 바꾸진 않았다. 작별 인사였다. 그렇게 소설가가 미국으로 돌아가고 나 또한 한국으로 돌아갈 비행기표의 날짜가 얼마 남지 않았을 무렵이었다. 오래 쉰 까닭에 논문을 쓸 때의 괴로움을 잊은 것인지 문득 논문이 쓰고 싶기도 했고 읽고 싶기도 했고, 또 부산을 걷고 싶기도 했다. 하지만 여전히 먹고살 일에 대한 걱정과 나를 둘러싼 주변에서 들려올 말이 김새게 만들기도 했다. 돌아간다면 이번엔 서울에라도 가서 다시 박사 후 과정을 시작해야 하는 게 아닌가? 그런데 내 연구 주제는 부산인데. 이런 생각까지 하며 김해공항으로 되어 있는 표를 인천으로 바꿀까 말까를 고민하던 나는 뜬금없이 피지행 비행기표를 끊었다. 뉴질랜드까지 갔으니 피지 정도는 가봐야 하지 않겠느냐는 생각도 있긴 했지만 표값이 고작 35달러라는 것도 주요한 이유였다. 챙길 짐이 별로 없어 고민하던 중 연어에게서 연락이 왔다. 이번엔 그의 차례인 모양이었다. 연어는 태어나서 처음으로 뉴질랜드를 떠나 모부님이 계신 베이징에서 살아볼 결심을 했다고 전해왔다. 준이 있는 부산이 아니고? 물론 이 말을 하진 못했다. 그사이 연어는 갑자기 내게 뉴질랜드 사람들의 사망 원인 1위가 무언지 아느냐고 물었다. 피부암인가? 오존층 구멍 때문에. 그건 3위쯤에도 못 낀다며 코웃음을 치던 그는 별안간 진지한 말투가 되었다.

"죽고 싶지 않으니 움직여야지."

하지만 연어야, 세계에서 가장 평화로운 나라 중에 하나가 뉴질랜드야. 그렇게 대꾸해주려던 내게 연어는 조금은 쓸쓸한 말투로 자신은 한국문학을 공부하고 싶었던 게 아니라 그냥 살아 있음을 느끼고 싶었던 거 같다는 말을 건네왔다.

"한국은 다이내믹하니까. 준은 이런 내 말을 좋아하지 않았지만 말이야."

나는 그런 연어에게 왜 준이 그 말을 좋아하지 않았는지 아느냐고 물었고 연어는 조금도 망설임 없이 그다음 이야기를 이어나갔다.

"그래, 준도 너와 같은 반응이었어. 한국이 얼마나 힘든 곳인지 아느냐는 말을 많이 했지. 그럼에도 그곳으로 돌아갔지만 말이야."

연어의 말을 듣던 나는 생각했다. 연어는 한국을 좋아하는 걸까, 아니면 준을 빼앗아가서 화가 난 걸까. 그것도 아니면 뉴질랜드에서 그저 준을 기다려야 하는 자신에게 분노한 걸까. 게다가 한국은 실제로 분주했다. 그런데 연어는 정말 준이 말해주기 전까진 전혀 몰랐을까. 그러니까 호주와 뉴질랜드는 한국전쟁 최대 참전국 중에 한 나라인데 그 분주함이 어디서 기인한 것인지를 말이다. 살아남기 위해, 그곳은 살아남기 위해 발버둥 치는 곳이다. 천연자원도 없고 풍부한 육지도 없는 곳. 왜 그랬는지 모르겠지만 나는 그날 연어에게 그런 말을 했다.

"그래. 누군가가 기록을 해야 한다고 생각해. 조금은 사적인 기록도 말이야. 그럼 그 공간도 영원할 수 있으니까. 뭐, 그 사람이 네 말대로 준일 수도 있고. 그런데 말이야, 연어야. 나 여기 와서 뭐 하나를 알았어."

"응? 무슨?"

"그냥 뭐랄까. 연어 너는 한국의 분주함이 좋아 보인다고 했지만, 나는 가끔 한국인들이 편안해졌으면 해. 그냥 두는 것도 있었으면 해. 부산도, 한국도 너무 자주 바뀌는 것 같거든. 바뀌는 게 다 나쁘다는 건 아니야. 나는 무조건 옛날 것이 좋다는 주의도 아니야. 심지어 레트로도 별로 좋아하지 않는걸? 하지만 그래, 그냥 이런 느낌이야. 언젠가 준이라는 그 사람이 기록해두는 게 있다면 나도 보고 싶다, 이런 거."

수화기 너머의 연어는 잠잠했다. 물론 평온해서 우울하다는 뉴질랜드인들의 정신적 고통을 낮춰 말하는 건 아니었다. 그저, 나도 설명할 수 없지만 각자의 고통이 있는 거 같다고, 그런 말을 하고 싶었던 것 같다. 연어는 잠시, "우리가 동성 연인이라 헤어지게 된 것도 사실이야. 하지만 나는 자꾸 준

이 다른 이야기를 한다고 느꼈어. 그에게 중요한 것이 나와
는 달랐다는 느낌……" 하고 말을 흐렸지만 이어가진 않았
다. 잠자코 듣던 나는 다시 말문을 열었다. 내가 뭐라고 더
말했을까. 연어가 준에 대해서는 또 뭐라고 말했던가. 그리
고 이런저런 사정에도 나는 웰링턴의 평화가 여전히 조금 부
럽다는 말도, 잊지 않고 덧붙였다. 연어 역시 한국의, 부산의
그 활기가 부럽다는 말도 잊지 않았다.

에필로그

　피지에서는 역시 예상대로 아무 일도 일어나지 않았다. 해
변에 나갔더니 스위스에서 왔다는 여학생이 혼자서 물구나
무서기를 하고 있었다. 나는 그저 그 옆에 햇빛을 막을 요량
으로 챙겨 나온 우산을 꽂아두었다. 비수기라 허니문 리조트
도 모두 빈 채였다. 나는 섬 가운데 있는 산에 올라 주변을 돌
아봤다. 뉴질랜드와 달리 피지는 지진도 없는 곳이었다. 한
국이 어느 쪽에 있더라? 한국을 떠난 뒤 처음으로 위치를 가
늠해보며 주위를 둘러보았고, 그것도 한 10분이면 충분했기
에 이내 다시 걸었다. 우산을 꽂아놓은 해변에 갔더니 여전

히 스위스에서 온 여학생이 물구나무서기를 하고 있었다. 나는 못 본 척 곧장 숙소로 돌아와 나도 모르게 잠들었던 같다. 한참 뒤 누군가가 나를 지켜보는 느낌이 들어 눈을 뜨니 원주민 소녀가 서비스에 포함된 것이라며 피지 원주민의 노래를 부르고 있었다. 앞에는 각종 과일과 빵이 담긴 카트가 있었다. 그게 피지에 온 첫날의 일이었다. 다음 날 밤에도 원주민 소녀는 자신의 일을 하러 방문을 두드렸고 나는 열심히 박수를 치며 노래를 따라 부르고 카메라를 꺼내 사진도 찍었다. 물론 며칠이 지나자 그때는 기력조차 남지 않게 되었다. 나는 소녀에게 서비스는 이미 충분히 제공된 것 같다고 전하며 이 시간에 쉬는 건 어떤지 물었다. 소녀가 이건 자신의 일이고 끝까지 해내고 싶다는 말을 했기 때문에 나는 더 이상 그에 대해 말하지 못했다. 다음 날 아침이 되었을 때 나는 전날 소녀의 말을 떠올리며 해변을 걸었다. 그러다 그곳에서 여전히 물구나무서기를 하고 있는 스위스 여학생을 보았고 반가움에 그에게로 달려갔다. 내가 다가가자 그는 물구나무서기를 멈추고 자리에 앉아 바나나를 까먹으며 이런 말을 건넸다.

"한 달이면 얼마나 많은 피지 사람이 저곳으로 가는 줄 아니?"

나는 그녀가 가리키는 망망대해를 바라봤다. 파도조차 없는 저 바다가 사실은 끝없이 움직이고 있다는 것이 믿기지 않았다.

　"이 사람들은 태어나자마자 줄곧 아름다운 자연 속에서 행복한 사람들만 보며 살아가야 하지."

　그렇게 말하는 그녀의 얼굴은 직전에 비해 열기가 많이 가라앉은 것 같았다. 나는 피지 사람들은 언제나 행복하기만 할 거라고 생각했어. 그렇게 말하는 그녀의 얼굴은 창백해 보이기까지 했다.

　"나는 저곳으로 가고 싶지 않아. 그래서 이곳을 떠날 거야. 태어나면 죽기를 기다려야 하는 건 모두가 다 마찬가지겠지만 말이야."

　스위스라면 천국의 나라라고 불리는데 그곳에서 온 사람이라고 모두 그런 평온함을 좋아하는 건 아닌 모양이었다. 나는 그에게 고개를 끄덕여주는 대신 굿바이 인사를 했고, 곧 숙소로 돌아와 노래를 불러주는 원주민 소녀를 기다렸다. 그리고 조심스럽게 스위스에서 온 그녀에게서 들은 말을 꺼냈다. 원주민 소녀는 갑자기 싱긋 웃음을 지어 보였다. 내가 고개를 갸웃하자 이런 말을 건네왔다.

　"하지만 저는 피지도 좋고 이 일도 좋아요. 한곳에서 오래 살다 보니 더 알아가는 것도 많고요. 각자의 생각이죠. 누군가는 우울할 수도 있고요. 작년부터는 이곳을 홍보하기 위해 인스타그램도 시작했어요. 인터넷이 좀 느리지만, 그래도 곧 여기도 빨라질 테죠. 그러면 유튜브도 하고 싶어요. 몸은 어느 한곳에 있어도 할 수 있는 것은 많다고 봐요. 당신은 어때요? 당신이 떠나온 곳이 한국의 부산이랬죠? 서울에서 왔다는 게 한국에서 왔다는 말인 거죠? 당신은 그곳을 좋아하나요? 당신의 나라 말이에요."

나는 그곳을 좋아하는지 여전히 말할 순 없었지만 원주민 소녀의 웃는 얼굴을 바라보다 이내 함께 미소를 지을 수는 있었다. 좋아하는 노래를 해주세요, 이렇게 청한 후에는 함께 노래를 부르기도 했다. 노래를 부르면서는 베이징으로 떠난 언어와 홍콩으로 돌아간 판매원, 그리고 이번에야말로 소설을 쓰겠다던 소설가를 떠올렸다. 초량에 대해 기록하고 있을 준이라는 사람에 대해서도 상상했다. 그리고 왜였을까. 그 순간 나는 한국을 떠나온 후 처음으로, 오래전 만났던 신동일 교수님을 다시 떠올렸다. 광주에 대해 이야기하던 그의 기억은 광주에서 나고 자란 다른 사람들보다 정확한 것이 많았다. 나는 문득 그에게 편지를 써야겠다고 생각했다. 물론 이미 그가 죽은 지 꽤 시간이 흘렀기 때문에 편지는 그의 두 딸에게 도착할 것이다. 그렇다면 또 그들이 기억하는 그의 이야기를 듣게 될 테고 그것으로 충분할 것도 같았다. 나또한 그곳으로 돌아가면 이번엔 그들에게 내가 공부했던 부산에 대해, 부산에서 바라봤던 광주에 대해 말해볼까 싶었다. 뉴질랜드에서 기억하는 한국의 시간에 대해 말하고 싶었다. 그렇게 시간이 좀더 흐른 뒤엔 누군가에게 뉴질랜드에 대해, 그리고 피지에 대해 말하고 싶어질 것 같았다. 다음 날 나는 신동일, 아니 그의 두 딸에게 편지를 썼고 계획보다 조금 이르게 뉴질랜드로 돌아왔다. 그리고 다시 한국행 비행기표를 끊었다. 이제는 망설이지 않았다.

소설의 사유에 도움을 준 자료들

「아돌프와 알베르트의 언어」

니컬러스 에번스, 『아무도 모르는 사이에 죽다: 사라지는 언어에 대한 가슴 아픈 탐사 보고서』, 김기혁·호정은 옮김, 글항아리, 2012.

「쿄코와 쿄지」

고정희, 『이 시대의 아벨』, 문학과지성사, 2019(개정판).

권김현영 외, 『남성성과 젠더』, 자음과모음, 2011.

노영기, 『그들의 5·18: 정치군인들은 어떻게 움직였나』, 푸른역사, 2020.

미즈노 루리코, 『헨젤과 그레텔의 섬』, 정수윤 옮김, 읻다, 2016.

박진경·미야지마 요코, 「카페의 식민지근대, 식민지근대의 카페: 재조일본인 사회, 카페/여급, 경성」, 『한국여성학』 제36권 제3호, 한국여성학회, 2020.

송혜경, 「일제강점기 재조일본인 여성의 위상과 식민지주의: 조선 간행 일본어 잡지에서의 간사이(韓妻) 등장과 일본어 문학」, 『일본사상』 제33호, 한국일본사상사학회, 2017.

스티븐 로우즈·리처드 르윈틴·레온 J.·카민, 『우리 유전자 안에 없다: 생물학·이념·인간의 본성』, 이상원 옮김, 한울, 2009.

쓰루미 슌스케, 『다케우치 요시미: 어느 방법의 전기』, 윤여일 옮김, 에디투스, 2019.

우치다 준, 『제국의 브로커들: 일제강점기의 일본 정착민 식민주의 1876~1945』, 한승동 옮김, 길, 2020.

유경남, 「사회운동 관점에서 본 광주YMCA·YWCA와 5·18항쟁」, 『한국기

독교와 역사』 제53호, 한국기독교역사연구소, 2020.

윤선자, 「한국천주교회의 5·18 광주민중항쟁 기억·증언·기념」, 『민주주의와 인권』 제12권 제2호, 전남대학교 5·18연구소, 2012.

이선윤, 「제국과 '여성 혐오(misogyny)'의 시선: 재조일본인 가타오카 기사부로(片岡喜三郎)의 예를 통해」, 『일본연구』 제39권, 중앙대학교 일본연구소, 2015.

정호기, 「천주교회의 '5월운동'과 사회참여: 1980년대 전남지역의 활동을 중심으로」, 『신학전망』 제182호, 광주가톨릭대학교 신학연구소, 2013.

최승자, 「나의 詩가 되고 싶지 않은 나의 詩」, 『이 시대의 사랑』, 문학과지성사, 1981.

코델리아 파인, 『젠더, 만들어진 성: 뇌과학이 만든 섹시즘에 관한 환상과 거짓말』, 이지윤 옮김, 휴먼사이언스, 2014.

Baudewijntje P. C. Kreukels & Antonio Guillamon, "Neuroimaging studies in people with gender incongruence", *International Review of Psychiatry* 28(1), Gender Dysphoria and Gender Incongruence, 2016, pp. 120~28(DOI: 10.3109/09540261.2015.1113163).

Dick F. Swaab, "Neuropeptides in Hypothalamic Neuronal Disorders", *International Review of Cytology* vol. 240, Elsevier Academic Press, 2004, pp. 305~75.

Giancarlo Spizzirri et al., "Grey and white matter volumes either in treatment-naïve or hormone-treated transgender women: a voxel-based morphometry study", *Scientific Reports*, 8. 2018(https://doi.org/10.1038/s41598-017-17563-z6).

Mairead Enright et al., "POSITION PAPER on The Updated General Scheme of the Health (Regulation of Termination of Pregnancy) Bill 2018"(https://lawyers4choice.files.wordpress.com/2018/08/position-paper-1.pdf).

Timothy Cavanaugh, "Sexual Health History: Talking Sex with Gender Non-Conforming & Trans Patients"(https://fenwayhealth. org/wp-content/uploads/Taking-a-Sexual-Health-History-Cavana-ugh-1.pdf).

「리틀 시즌」

이나영, 「성매매 : 여성주의 성정치학을 위한 시론」, 『한국여성학』 제21권 제1호, 한국여성학회, 2005.

토드 A. 헨리, 『퀴어 코리아: 주변화된 성적 주체들의 한국 근현대사』, 성소수자 대학원생/신진연구자 네트워크 옮김, 산처럼, 2023.

「지금부터는 우리의 입장」

김백영, 「1990년대 수도권 형성과 한국 도시성의 전환」, 『사회와 역사』 제127권, 한국사회사학회, 2020.

김윤희, 「정이현 소설 연구 : 후기 자본주의 사회에서 여성의 욕망을 중심으로」, 한국교원대학교 교육대학원 석사학위 논문, 2013.

김정탁, 「'알 권리'보다는 '살 권리'가: 삼풍백화점 붕괴사고에 대한 언론의 보도」, 『저널리즘 비평』 16호, 한국언론학회, 1995.

메모리인[人]서울프로젝트 기억수집가, 『1995년 서울, 삼풍: 사회적 기억을 위한 삼풍백화점 참사 기록』, 서울문화재단 기획, 동아시아, 2016.

이민수·차지현·곽동일·이준상, 「삼풍 사고 생존자들에서 정신과적 증상의 심각도에 영향을 미치는 요인」, 『정신신체의학』 제4권 제2호, 한국정신신체의학회, 1996.

홍성태, 「붕괴사고와 사고사회: 와우아파트와 삼풍백화점을 중심으로」, 『사회와 역사』 제87권, 한국사회사학회, 2010.

「90년부터 北(북)조종받은 韓總聯(한총련)」, 『경향신문』 1994년 7월 27일자.

「노동자에 主思(주사) 교육 북부勞聯(노련) 4명 구속」, 『조선일보』 1990년 3월 11일 자.

「백화점 붕괴참사 실종자 3백여명 누구인가, 20대 여성 40퍼센트 넘어」, 『한겨레신문』 1995년 7월 5일 자.

「부상자는 서럽다, 무관심 속 치료비 부담」, 『한겨레신문』 1995년 7월 15일 자.

「'삼풍'은 어떤곳인가 89년 문 연 대표적 고급백화점」, 『한겨레신문』 1995년 6월 30일 자.

「삼풍「좀도둑」3명 "죄질나쁘다"重刑(중형)」, 『조선일보』 1995년 9월 4일 자.

「"생존 절망적…屍身(시신)이나 제대로…"」, 『동아일보』 1995년 7월 5일 자.

「屍身(시신)없는「발굴」통보」, 『동아일보』 1995년 7월 14일 자.

「운동권 학생 비방 만화 배포」, 『한겨레신문』 1990년 9월 22일 자.

「참사현장의「좀도둑」」, 1995년 7월 2일 자.

「결혼식 멤버結婚式のメンバー」

김무송, 「다문화와 결혼이주여성: 한국과 일본의 정책비교」, 서울시립대학교 일반대학원 학위 논문, 2014.

김혜선·박희성·柚井孝子, 「한국과 일본 대학생의 결혼관과 배우자 선택에 관한 연구」, 대한가정학회 2001년도 제54차 춘계학술대회, 대한가정학회, 2001.

임동번·요코 요시다·슈친 그레이스 쿠오·도 띠 메이 한·골다 마라 로마·텝 펀루, 『아시아 내 국제결혼 관련법과 제도: 한국, 대만, 일본, 필리핀, 베트남, 캄보디아』 이민정책 연구총서 4, 조영희 편저, IOM 이민정책연구원, 2013.

전희경, 「1960~80년대 젠더-나이체제와 '여성' 범주의 생산」, 『한국여성학』 제29권 제3호, 한국여성학회, 2013.

쿠보 미오, 「한국 내 일본인 여성결혼이민자의 문화적응과 정신건강」, 상명
　　대학교 대학원 학위 논문, 2015.
황예랑, 「도시빈민의 사회이동과 젠더: 1980년대 "사당동 사람들"의 생애
　　경험에 대한 "두터운 기술"」, 중앙대학교 대학원 학위 논문, 2020.

「나의 아나키스트 여자친구」
구리하라 야스시, 『마을을 불살라 백치가 되어라: 백 년 전 여성 아나키스
　　트의 삶과 죽음』, 번역공동체 〈잇다〉 옮김, 논형, 2019.
리키 윌친스, 『퀴어, 젠더, 트랜스: 정체성 정치를 넘어서는 퀴어이론, 젠더
　　이론의 시작』, 시우 옮김 오월의봄, 2021, 05.
박이은실, 『양성애: 열두 개의 퀴어 이야기』, 여이연, 2017.
희정, 『퀴어는 당신 옆에서 일하고 있다: 당신이 모르는, 그러나 이미 알고
　　있는 사람들』, 오월의봄, 2019.

「다만 지구의 아침」
박래군, 「'여기, 사람이 있다'는 외침으로 남은 용산참사」, 『복지동향』 제
　　148호, 참여연대사회복지위원회, 2011.
이경래·이광석 「동시대 '대항기억'의 기록화: 용산참사 사례를 중심으로」,
　　『기록학연구』 제53호, 한국기록학회, 2017.
이명원, 「약탈과 추방, 그리고 유령화: 용산참사가 남긴 것」, 『황해문화』
　　2010년 봄호.
김인국, 「〔용산 참사〕 소작농, 철거민과 해고 노동자」, 『사목정보』 제3권 제
　　1호, 미래사목연구소, 2010.
이진수, 「용산 참사 사건의 본질과 투쟁의 방향성에 대해」, 『정세와노동』 제
　　43호, 노동사회과학연구소, 2009.
이철, 「사회적 외상(Social Trauma)의 문화적 차원에 대한 문화사회학적
　　연구: '용산 참사' 사건을 중심으로」, 『신학사상』 제149호, 한신대학교 신
　　학사상연구소, 2010.

「〔규탄 성명〕 용산참사 편향/왜곡, 이병호 국정원장 내정 철회하라!」, 『정세와노동』 제110호, 노동사회과학연구소, 2015.

「"설문참여 보고하라"…MB경찰의 '용산참사' 여론조작 지시」, 〈노컷뉴스〉 2018년 09월 27일 자.

「무이네」

김선미, 「1970년대 후반 부산지역 학생운동과 부마항쟁: 부산대 시위를 중심으로」, 『한국민족문화』 제67호, 부산대학교 한국민족문화연구소, 2018.

김원, 「부마항쟁과 도시하층민 : '대중독재론'의 쟁점을 중심으로」, 『한국학』 제29권 제2호, 한국학중앙연구원, 2006.

류은영·조숙정, 「다문화가정 가정폭력 피해 경험 실태분석과 함의」, 『Crisisonomy』 제17권 제2호, (사)위기관리이론과실천, 2021.

서익진, 「박정희 공업화 발전모델의 위기와 부마항쟁」, 『사회경제평론』 제62권 제2호, 한국사회경제학회, 2020.

이재빈·팜흐우쭝, 「한국 황진이와 베트남 호춘향의 여류시인 비교 연구」, 『문화와융합』 제43권 3호, 한국문화융합회, 2021.

이주여성인권포럼, 『우리 모두 조금 낯선 사람들: 공존을 위한 다문화』, 오월의봄, 2013.

임미리, 「부마항쟁, 도시하층민들의 해방구: 부마항쟁의 주체 및 성격에 관한 연구」, 『기억과 전망』 2021년 여름호.

이한숙, 「이주 인권가이드라인 재구축을 위한 연구」, 국가인권위원회 발간자료, 2017.

전명길, 「다문화가정의 가정폭력에 관한 연구」, 『법이론실무연구』 제5권 제3호, 한국법이론실무학회, 2017.

차성환, 「유신체제와 부마항쟁: 지배와 저항의 사회심리적 기제를 중심으로」, 『역사연구』 제23호, 역사학연구소, 2012.

처귀묵, 「호춘향(胡春香, 호 쑤언 흐엉)의 생애와 작품의 여성형상(女性形象)」, 『외국문학연구』 제33호, 한국외국어대학교 외국문학연구소, 2009.

John Balaban, *Spring Essence: The Poetry of Ho Xuan Huong*, Copper Canyon Press, 2000.

「다시 쓰는 부마항쟁 보고서 2 〈3〉 그날의 불씨를 댕긴 사람들: 가발 제조 업체 여공 187명의 농성, 유신독재체제 종말 도화선이 되다」, 『국제신문』 2019년 9월 10일 자.
「마산의 어제, 오늘 그리고 내일」, 『경남도민일보』 2013년 3월 8일 자.
「'스토리' 입힌 홍콩빠·요정거리… 쇠락한 도시, 르네상스 꿈꾸다」, 『문화일보』 2016년 2월 24일 자.

「여름잠」

김대현, 「1980~90년대 게이 하위문화와 대안가족의 구성: 제도적 이성 애와의 관계를 중심으로」, 『구술사연구』 제12권 제1호, 한국구술사학회, 2021.
송영구, 「1980년 이전 영화관의 장소적 기억의 지속에 관한 연구: 서울 종로구의 파고다극장을 중심으로」, 경희대학교 대학원 학위 논문, 2013.
유승환, 「「냉동어」의 기호들: 1940년 경성의 문화적 경계」, 『민족문학사연 구』 제48권, 민족문학사연구소, 2012.
장두식, 「성(聖)과 속(俗)의 혼잡한 조화: 종로 3가와 4가 사이」, 『국토연 구』 제233호, 국토연구원, 2001.
한상언, 「서울시네마타운 연구」, 『현대영화연구』 제28권 제3호, 한양대학교 현대영화연구소, 2017.

「'그것이 알고싶다' 5·18 계엄군 성폭행 피해자 "차 뛰어들고 자살 시도도"」, 〈미디어펜〉 2018년 5월 13일 자.

「'그것이 알고 싶다' 군인에 강간 당한 광주 소녀들의 비극(종합)」, 〈뉴스엔〉 2018년 5월 13일 자.

「'그것이 알고싶다' 여고생들 성폭행 계엄군, 7·11공수 소속?... 피해자 분신 자살까지」, 『아주경제신문』 2018년 5월 13일 자.

「〔남수경 칼럼〕 38년 만에 5·18 계엄군 성폭력을 끄집어낸 미투운동」, 『뉴스민』 2018년 5월 14일 자.

「연어와 소설가, 그리고 판매원과 노래하는 소녀의 일기」

발터 벤야민, 『1900년경 베를린의 유년시절/베를린 연대기』, 윤미애 옮김, 길, 2007.

하은지, 『초량산보』, 플랜비문화예술협동조합, 2021.

역사를 상상하고 이야기를 연구하는 사람들

강도희

(문학평론가)

이해하지 못하는 현재와
설명하지 못하는 과거가

한정현의 소설들에는 타인의 행로를 되돌아가는 사람들이 등장한다. 이들은 대상이 되는 인물들의 삶을 추적하고 자기가 모르는 영역이 밝혀지기를 기대한다. 단순히 사실관계를 되짚어보는 게 아니다. 이들은 인물들이 있었던 공간에 가고, 인물들이 만났던 이를 만나고, 인물들이 겪었던 사건을 자신의 기억으로 만드는 등 과거가 재연되는 물질적인 환경 속에 자신을 던져놓는다. 이 과정은 예측 불가하고 때로는 고통스럽다. 시간과 노력이 드는 것은 차치하고 트라우마가 내게 전이되거나 대상에 대한 기존의 인식이 통째로 바뀔 위험을 감수해야 한다.

이들은 왜 이토록 치열하게 다른 사람의 과거로 돌아가려 하는가. 전작인 『마고』(현대문학, 2022)나 『나를 마릴린 먼로라고 하자』(문학과지성사, 2022)에서는 탐정형 인물들이 다소 우연한 계기에 의해 낯설지만 왠지 모르게 익숙한 인물들의 과거를 추적하는 사건에 착수했다면, 『쿄코와 쿄지』에서는 가까운 이들의 익숙하면서도 낯선 모습에 혼란을 느끼고 이해의 필요성을 절감하는 인물들이 유독 돋보인다. 가족과 연인, 반려동물을 이해하고자 끊임없이 연구하고 질문하는 인물들은 현재와 과거의 상호 관계, '진실'에 대한 책임이 후세대로 이어지는 문제를 환기한다.

복원을 넘어서 이해가 목적일 때 방법론은 더 복잡해진다. 타자를 이해하는 가장 빠른 길은 역시 직접 묻는 것이다. "엄마는 왜 경자가 되었어?"(p. 46). 「쿄코와 쿄지」에서 여섯 살의 영소는 엄마에게 이름의 유래를 묻는다. 그 질문은 이름을 비롯해 '나', 김경자를 규정하는 조건들을 경자가 인식하고 설명하게끔 만든다. 그러나 경자는 자신의 삶을 온전히 설명하는 데 어려움을 겪는다. 이름부터 이야기하자면, 광주에서 어린 시절을 함께 보낸 세 친구, 혜숙, 미선, 영성과 '피보다 진한' 우정을 맹세하기 위해 이름 끝을 모두 똑같은 글자로 바꾼 것이었다. 경녀였던 경자까지 네 사람은 자신들을 억압한 이성애규범적 가부장 권력을 전유해 최종적으로 스스로 해방되기 위해서 똑같이 이름의 끝 자에 자(子), 아니 자(自)를 넣는다. 그러나 네 사람의 억압적 상황이 정확히 어떻게 같고 달랐는지, 각자를 규정하고 서술하는 일은 쉽지 않다. 처음 질문을 던졌던 영소를 통해 후속 세대가 '연대'나 '미러링' 같은 단어들을 더해주지만, 그것은 당시의 맥락 속에서 '나'들이 한 실천적 행위를 정확히 지칭한다기보다는 후대에 이뤄지는 번역에 가깝다. 여기엔 자의적인 해석과 왜곡의 위험성이 언제나 있기 마련이다.

　의미를 온전히 전달하지 못하는 언어의 취약성에 대한 고민은 프롤로그인 「아돌프와 알베르트의 언어」에서부터 나타난다. 언어학자 데이비드 셰이퍼는 자신이 공부해온 언어들을 평생 완벽하게 알 수가 없었다. 호주에 살던 어린 시절, 어머니의 고향인 원주민 마을에서 그는 '모어'인 이와이자어를 전혀 알아들을 수 없었다. 소수 언어를 연구하고 무리 없이 구사했던 아버지마저도 "알아들을 수 있다고 해서 모두 완벽히 이해할 수 있는 건 아니"(p. 21)라고 말한다. 셰이퍼는 훗날 한국에 와서 한국어를 배우고 한국 여성과 결혼했지만, 그녀가 죽을 때까지도 자신이 아내와 충분한 대화를 하지 못했고 그녀를 안 적이 없었다고 느낀다. 낯선 언어를 배우며 아내의 삶을 이해하려 했던 두 남자는 언어가 현실을 설명하기에 부족하다는 결론에 다다른다.

그러나 사용 언어의 차이에서 발생하는 미지(未知)보다 더 심각한 것은 언어 자체의 소멸이다. 이해의 수단이 불완전한 게 아니라 이해할 대상이 사라진 이 상태는 앞으로도 영원히 알 수 없는 무지(無知)의 상태다. 이와이자어가 공식어인 영어의 영향력에 잠식되고, 셰이퍼의 박사 논문 주제였던 호주의 소수 언어 카야르딜드어가 마지막 화자의 죽음과 함께 소멸돼 연구 가치를 잃은 것처럼 말이다. 그는 1980년대 광주의 언어도 비슷하게 일종의 부재에 있음을 느낀다. "말하지 말아야 할 것을 말하는 자를 목격했을 때의 침묵, 강요된 복종을 거부하는 자를 바라볼 때의 침묵, 부당한 것에 대한 억울함보다는 공포가 더 선명하게 보일 때의 침묵"(p. 27). 이러한 언어의 비활성화는 소설에서 '침묵'으로 설명된다. 발화 주체의 감정과 생각을 드러내지 못하는 언어는 존재하지만 존재하지 않는 것과 같다. 침묵은 크게 두 가지 양상으로 나타난다. 과거에 대해 말하기를 위법한 것, 수치스러운 것, 사소한 것으로 규정짓는 권력이 감행한 강제적 침묵이 하나라면, 또 다른 하나는 트라우마적 기억으로 고통받는 증언자 스스로의 침묵이다. 민주화운동 중 사망한 동생의 이야기를 더는 할 수 없는 옥희의 침묵이 전자라면, 딸인 영소에게 광주 이야기를 끝내 하지 못한 경자의 침묵은 후자에 가깝다. 물론 두 가지 침묵 모두 폭력적 권력이 안팎에서 작용하고 있기에 강제/자발이 분명하게 나뉘지는 않는다. 당시 계엄군으로 차출됐던 영성의 기억은 이중 억압의 '말할 수 없음' 속에 놓여 있었으며 결국 그는 자살하고 만다.

한정현의 소설들은 "현실을 설명하기엔 확실치 않"(p. 9)은 '수학 법칙'과도 같은 언어의 한계, 그리고 "내가 누구인지 알 수 없"(p. 10)다며 설명을 중단하는 증언자(물론 히틀러와 국가 폭력 희생자들에게 이 망각의 진위는 각각 다르게 물어져야 할 것이다) 앞에서 청취자는 무엇을 할 것인가를 묻는다. 소설의 인물들은 당사자의 언어가 취약하거나 침묵 속으로 사라지는 순간에도 좌절하지 않는다. 다만 그 순간은 듣는 이가 자신의 무지와 고립을 아프게 깨닫는 계기가 된다. 「리틀 시즌」에서 엄마의 장례를 치른 영소는 엄마와 함께 살던 오키나와를 떠나 한국으로 온다.

엄마는 내게 죽음이 삶의 종료가 아닌 시작점이 될 수도 있다는 걸 알려주려 한 것인지도 모른다. 어떤 질문의 시작점 말이다. (p. 119)

침묵은 이제 세번째 의미, 공식 언어로 매끄럽게 서사화된 피해 당사자들의 경험이 미처 경험해보지 않은 자들을 설득하길 바라는 강압적 기대를 거부하는 수행으로 남는다. "타인을 속이기 위한 침묵이 아니라 설명 불가한 상태의 침묵"(p. 391)을 메울 책임은 남은 이들에게 주어진다. 영소는 5·18 연구자가 되고, 자신과 같은 트라우마 피해자들을 돌보는 미자 이모로부터 그 시절 광주 이야기를 전해 듣는다. 새로운 인연들도 찾아온다. 번식장에서 구출한 개 '자자', 일본인 연구자 류스케, 제주에서 여성사를 연구하는 한주는 또 다른 이해의 영역을 여는 한편, 각자 가진 질문들을 계속 탐색할 수 있는 동력이 된다.

참사 현장에 그들도 있었다,라고 말하는 것

민족주의, 가부장제, 이성애규범성이 함께 맞물려 작동하는 국가와 가족 중심의 공식 역사에서 누락되었던 외국인, 여성과 LGBTI를 재현하고 그 정치성을 상상해온 한정현의 작업은 이번 소설집에서도 계속된다. 인터섹스, 레즈비언, 게이, MTF(Male to Female) 트랜스젠더, FTM 트랜스젠더, 무성애자 등 쏟아지는 퀴어 인물들을 두고 혹자는 과도한 정체성 정치가 아닌지, 혹은 역사적 실증이 더 필요한 건 아닌지 물을지도 모르겠다. 그러나 한정현의 이러한 가시화는 문학적 상상력을 통해 역사를 퀴어링하는 동시에 2010년대 후반부터 부상한 한국 퀴어 문학의 무대를 역사화하려는 이중 작업에서 채택된 것으로 봐야 한다. 여성과 퀴어 들을 5·18광주민주화운동, 부마민주항쟁, 삼풍백화점 붕괴 참사, 용산 참사 등 국가나 자본의 전횡에 시민들이 희생됐던 역사적 현장에 배치하는 일은 단순히 피해자 집단의 규모를 키우고 그 구성원들을 다원화하려는 전략이 아니라 피해와 기억의 젠더화된 구조를 드러내기 위함이다. 「쿄코와 쿄지」에서 영성은 인터섹스로 태어나 남성 성별을 지정받았지만 스스로 여성으로 정체화한다. '아들 노릇'을 바라는 가정이나 군대 등 남성성이 과잉 요구되는 공간에서 영성은 주체화에 어려움을 겪고, 죽은 뒤에도 공식적으로는 누군가의 아들로서만 기억된다. 한편 혜숙과 같은 저학력 여성은 엄연한 운동의 주체

였음에도 남성 학생운동가나 투사 뒤에 가려진다.

「지금부터는 우리의 입장」의 두자 이모 또한 여대 학생회장이 될 만큼 학생운동에 적극적이었다가 1990년대에 백화점 노동자로 '위장 취업'을 한다. 1995년 6월, 이모는 강남의 백화점 지하 1층에서 일하고 있었다. 건너편의 삼풍백화점에서 일하던 선화 씨에게 로맨틱한 감정을 느꼈던 이모는 참사 현장에서 생존한 선화 씨를 이후 다시 만나지 못한다. 고도성장과 부실 공사가 낳은 삼풍백화점 붕괴 참사의 많은 피해자가 여성 점원들이었음에도 참사는 여성 소비자의 사치 풍조를 비난하는 방향으로 역사화된다. 개별 가족 중심으로 희생자·생존자에 대한 기억과 애도가 이뤄지면서 가족제도 바깥의 관계에서 애도는 더 지난하고 외로운 일이다.

「여름잠」에서 아란은 대학원에서 영화 연구를 했다는 이유로, 사라진 한국의 영화관들을 찾는 미국인 연구자 퍼트리샤의 안내를 맡는다. 서울과 광주의 옛 극장들을 재조명하는 두 사람의 작업은 자연스레 한국 근대 문화사에서 주변적이었던 게이나 지역의 문화를 다시 보는 시도로 연결된다.[*] 반

---

[*] 소설에서 자세히 서술되진 않으나 1970~80년대 단성사, 명보극장 등이 있었던 종로 일대는 명동극장과 파고다극장으로 대표되는 게이들의 크루징 장소가 있던 곳이기도 하다. 한국 게이들의 게토로 기능한

복되는 폭력의 역사는 시공간을 뛰어넘는 기억의 연결 고리를 만든다. 아란에게 처음 영화 「해피투게더」를 보여줬던 아빠는 1979년 부마민주항쟁 당시 고향인 마산에서 경찰들의 무차별적인 강제 진압을 겪고, 1년 뒤 광주에서 비슷한 폭력이 다른 독재자에 의해 실행되는 것을 보며 "어째서 폭력이 그렇게 연결되는지 모르겠다고"(p. 396) 괴로워한다. 1981년 한국에 있었던 퍼트리샤 역시 광주 도청 앞에서 한 여학생을 만난다. 여학생은 출산을 앞두고 총을 맞았던 자신과 군인에게 강간당한 여성들을 증언하며 잠을 잘 수 없다고 말한다. 여성이라는 이유로 가중된 폭력에의 기억은 훗날 퍼트리샤의 딸과 그 애인이 동성애자이자 아시아인이라는 이유로 받은 혐오 공격 앞에서 재차 상기된다. 묻혀 있던 5·18의 기록을 뒤지며 퍼트리샤는 한 사람이 과도하게 짊어진 기억의 책임을 나눠 갖고자 한다.

「무이네」는 부마민주항쟁과 다른 아시아 지역의 전쟁 기

극장들의 간략한 역사에 대해서는 이송희일, 「연재1—극장의 역사: 서 있는 사람들」, 〈친구사이〉 2003년 10월 22일 자(2023년 8월 18일 접속, https://chingusai.net/xe/newsletter/125014). 참고로 소설에서 '나'가 말하는 시인은 1989년 파고다극장에서 숨진 채 발견된 시인 기형도이다.

억을 엮고 있다. 구두수선공이었던 윤아의 아버지는 1979년 10월 부산에서 시위를 진압하던 경찰에게 폭행을 당했다. 아버지는 오랫동안 그날 일을 얘기하지 않았고 20년이 지나서야 이뤄진 진상 조사에서도 기억은 좀처럼 언어화되지 못한다. 한편 무이는 1979년 베트남에서 한국으로 왔다. 마산의 공장에 들어간 무이는 언제든 추방될 수 있는 외국인 노동자였지만 1970년대 말 한국의 노동환경과 노동운동에 관해 중요한 증언들을 남긴다. 같은 시공간을 다른 방식으로 기억하는 두 사람은 아버지가 마산에 식당을 차리면서 주인과 종업원으로 만나 함께 살게 된다. 소설에서 인종과 국적은 역사적 폭력의 가해자 민족 대 희생자 민족의 이분법을 복잡하게 만드는 데 한몫한다. 무이의 고향인 베트남 빈호아에는 베트남전 당시 한국군이 자행한 학살을 기억하는 한국군 '증오의 탑'이 있다. 무이는 베트남전 지원 간호사였던 어머니를 한국군에 의해 잃었지만 그 사실이 한국으로 이주해 한국인과 결혼한 무이의 '행복'을 부정하지는 못한다. 아버지에게 식당을 넘긴 전 식당 주인 사코토는 어떤가. 일본인 사코토는 태평양전쟁 당시 일본군이 필리핀 여성들, 노인들, 아이들에게 어떤 폭력을 저질렀는지 잘 알고 있다. 그런 한편 사코토 본인은 부마민주항쟁 때 경찰로 투입된 한국인 남편을 비극적인 사고로 잃었다. 사코토의 위치와 경험은 규범적 피해자의 '피해자다움'과 거리가 멀지만 그녀가 국가 폭력의 희생자가 아니라고 할 수는 없다.

피해자들의 집단적 동일성(identity)과 어긋나는 개인의 경험은 여성들 간의, 혹은 퀴어와 여성 간의 연대가 어려운 이유이기도 하다. 원정 결혼 온 베트남 여성들을 수동적으로 재현하는 방식에 익숙한 윤아에게 자신의 결혼을 종속이 아닌 '선택'으로 여기는 무이는 아버지만큼이나 난감하다. 필리핀 여성 수잔은 트랜스젠더 남성으로 수술한 뒤 자신이 다른 '엄마'들, 다문화가정협회의 여성 동료들과 매끄럽게 어울릴 수 없다는 것을 인정한다. 그러나 성별이나 폭력의 기억이 같다고 연대가 반드시 성공하는 것도 아니며, 오히려 그것을 초과하는 공통의 지대를 발견할 때 집단 기억은 확장되고 새로운 동일시의 관계가 가능해진다.

가령 「나의 아나키스트 여자친구」는 남자친구였던 수호가 성전환 수술로 여성이 되는 과정을 지켜본 '나'의 서술로 이뤄진다. 수호가 여성이 되면서 어떤 것은 달라지고 어떤 것은 달라지지 않는다. '나'를 사랑하는 수호의 마음은 같지만 그 사랑을 지칭하는 이름(동성애)이 바뀐다. (동성 커플은 신혼부부 주택 정책에서 배제되기에) 그것은 '나'가 그렸던 수호와 함께 사는 미래에 영향을 끼치고 결국 수호를 사랑했던 '나'의 마음도 바꾸고 만다. 아나키스트의 길을 선택한 페미니스트 이토 노에처럼 스스로 "남성과 여성 모두에게서 불편한 존재가"(p. 218) 된 수호에게 '나'는 걱정과 서운함을 모두 느낀다. 그러나 사랑을 빙자한 보호와 교정이 경계를 이탈한 이방인들에 대한 혐오와 맞닿아 있음을 아는 '나'는 "나의 수호"를 다시, 처음부터 받아들이고 사랑하기로 다짐한다.

「쿄코와 쿄지」의 혜자, 경자, 영자, 영소 그리고 미자로 이어지는 돌봄 공동체, 「무이네」의 윤아와 무이, 수잔, 수잔의 아들 준수가 짧게나마 이뤘던 가족 형태가 이성애 결혼과 혈연 중심의 정상가족 규범성에 던지는 질문은 「결혼식 멤버結婚式のメンバー」에서도 계속된다. 나나는 동거하는 애인과 결혼을 앞두고 있다. 그러나 그녀는 이 결혼이 과연 그를 사랑하는 마음에서 비롯된 것인지, 서른여섯 살 여성이 갖는 규범적 생애에 대한 압박과 초조함 때문인지를 고민한다. 주변을 둘러봐도 가족 내 가부장적 권력과 성차별은 여전히 공고하게 작동하고 있고, 실제로 여성들은 오랫동안 가사 노동과 출산을 통해 국가의 가족제도를 유지하는 수단으로 여겨져왔다. 한편 나나가 어릴 때 아버지와 이혼한 뒤 일본으로 간 어머니는 동성 파트너와 결혼식을 올리기로 했다는 소식을 전

한다. 일본은 지방자치단체에 따라 동반자법이 가능하기 때문이다. 정상적인 가족을 꾸려야 한다는 압박을 거부하고 스스로 택한 길을 걸어간 여성으로서 어머니의 삶은 나나에게 하나의 각본이 된다. 나나는 애인과의 결혼을 파기하고 '셀프 결혼식'에 어머니를 초대함으로써 스스로 내린 결정을 응원받고자 한다.

흔들리는 연구자와 이어지는 자리들

한정현의 소설에 나타나는 여성 연구자들은 작가 본인의 페르소나이자 과거를 번역·전달하는 사람으로서 중요한 역할을 한다. 이들이 주로 현장 연구와 구술사 연구를 통해 구성하는 지식은 타자의 불완전한 언어를 통과한 것이고, 사실적 진실이 아닌 서사적 진실을 추구한다는 점에서 역사와 문학의 경계를 오간다. 경계에 놓인 연구자로서 스스로에 대한 정체화도 불안정하다. "그러니까 이게 안내인지 아니면 발굴인지, 기억인지, 수면 치료인지는 모르겠지만 말이다"(p. 382). 안내자와 탐정, 의사를 자처하는 연구자들은 대상에 따라 자신의 역할을 유동적으로 조정해야 하기 때문에 언제나 자신의 위치성을 자각하고 있어야 한다.

소설 속 여성 연구자들의 연구가 지연되거나 중단되는 데에는 다른 외적인 조건들도 존재한다. 「리틀 시즌」의 한주는 자신을 폭행했던 남성 연구자가 교수가 되고 젠더 이슈로 칼럼을 쓴다는 이야기를 들으며 연구에 회의를 느낀다. 자신이 연구하는 제주 4·3 사건 피해자 여성들의 증언을 모욕하고 무력화하는 세력들을 지켜보며 절망감은 가중된다. 「결혼식 멤버結婚式のメンバー」에서 나나의 어머니가 한국에서 사귄 남자들은 공부에 대한 그녀의 욕망이 육아에 방해가 되면 어떡하느냐고 묻는다. 가정과 아이를 돌보는 일이 온전히 어머니의 것이 아님에도 남성 연구자는 그런 질문을 받지 않는다. 나나의 아버지는 연구자로서 어머니를 존중하기보다는 가정 내 어머니 역할을 강요하며 폭력을 휘두르기까지 한다. 그 역시 연구자인 나나는 그런 아버지를 '가정적인 남편'이 되고 싶다고 한 애인과 자꾸만 겹쳐 보게 된다. 어머니와 나나는 연구를 포기하게 하는 정상가족의 명령을 과감히 거부하지만, 여성은 과연 가정과 연구를 병행할 수 없는지에 대한 질문은 우리에게 계속 남는다.

「다만 지구의 아침」은 2009년 1월 용산의 한 불법 건축물 강제 철거에 맞서 농성하던 철거민들을 경찰이 무력 진압하는 과정에서 원인 불명의 불이 나 철거민 5명과 경찰 1명이 사망했던 용산 참사의 현장에 젊은 카페 아르바이트생 명희를 세워놓는 상상에서 출발한다. 대학 학력에 대한 자의식과 학벌 콤플렉스가 심한 아버지는 학력이 낮은 명선과 어머니를 무시하는 동시에 자신을 올바르게 비판하는 명희를 못마땅해했다. 타인을 침묵시키고 우열한 자기 지위를 획득하는 지식-권력으로서 아버지의 학력과 대비되어 명희의 지식은 타인을 이해하려는 욕망에서 출발한다. "오빠, 난 궁금한 게 많아. 멀리 가지 않고 엄마만 해도 그래. 나는 엄마를 좀 이해해보고 싶어"(p. 289). 명희에게 지식-권력은 엄마나 오빠와 같은 주변의 약자들을 이해하고 '약함'의 조건을 바꾸는 사회적 정의 실현의 수단이다. 그러나 역설적으로 사회적 약자나 저소득 청년의 전문 지식 습득에는 많은 제약이 따른다. 대학원 학비를 벌기 위해 아르바이트를 시작했던 명희는 매일같이 용역과 경찰이 폭력을 휘두르는 현장을 생생하게 목격한다. 하지만 화재로 죽은 뒤 명희는 근로계약서도, 시신도, 흔적 하나 남아 있지 않은 "어디에도 없는 사람"(p. 314)이 되어버린다. 뉴스에 나오는 시위대를 보며 "나도 가난하지만 돈 욕심이 사람 망쳐"(p. 313)라고 했던 아버지는 정부 합의금을 받고 명희의 이름을 더 이상 꺼내지 않는다.

그러나 언어를 침묵시키는 지식-권력은 비언어의 힘을 알지 못한다. 아버지가 틀어놓은 화성 탐사 다큐멘터리에서 정작 보이는 것은 평범한 '지구인'을 위축시키는 과학의 위대함이 아니라 모래 구덩이 속에 처박힌 로봇의 처량함이다. 오랫동안 부르지 못했던 명희의 이름을 명선과 어머니는 몸으로, 무의식으로 부르기 시작한다.

에필로그 「연어와 소설가, 그리고 판매원과 노래하는 소녀의 일기」는 그럼에도 이야기가 중단된 곳으로 돌아가 기록을 계속해보려는 이들이 나온다. '나'는 지방의 한 대학에서 부산사(釜山史) 연구로 학위를 받았지만 연구자로서 취직은 요원하고 결국 뉴질랜드 꽁치 공장의 노동자가 된다. 뉴질랜드에서도 그는 고민에 빠진다. 당장은 비정규직 강사 신분으로 계속 지역사 연구를 할 수 있을지에 대한 고민이지만, 장기적으로는 자신이 자라온 부산 초량 지역의 풍경과 사람들, 그들이 전하는 이야기들을 잘 역사화할 수 있을지에 대한 고민이기도 하다. 어느 날 어학원의 선생님 연어가 '나'를 한여름 크리스마스 파티에 초대한다. 연어의 파티에서는 미국에서 온 소설가, 홍콩 출신의 마트 판매원, 한국인 연구자 '나'가 모여 자신들이 왜 그곳을 떠나 이곳에 있는지를 이야기한다. 이야기는 자꾸 떠나온 그곳의 현재와 이어지고, 이들은 자신들이

"떠나온 게 아니라 어딘가에 묶여 있는 사람들"(p. 442)임을 깨닫고 왔던 길을 되돌아간다.

과거의 시공간을 떠났다고 해서 현재의 기억과 기록의 책임이 사라지는 게 아니라면, 미완성인 이야기를 이어나갈 이유가 우리에게 있다. 듣는 이의 기억 속에 자리를 잡았던 타인의 이야기는 그것이 유동적이고 불완전하기 때문에 외려 듣는 이 자신의 경험과 동화될 수 있고, 이는 또 다른 타인에게 전달 가능한 형태를 갖춘다. 그런 점에서 한정현의 '되돌아가는' 인물들은 벤야민이 말한 이야기꾼에 가깝다.[*] 소설과 뉴스에 자리를 뺏겼던 이야기꾼들은 이제 소설가와 정보 전달자를 겸임한다. 타인과의 만남으로부터 발생하는 이해의 격차는 이제 나를 더 정확하게 설명하고 싶은 마음을 낳는다. 그리하여 완성되는 이 이야기는 또 다른 타자의 질문과 이야기를 기다릴 것이다.

---

[*] 발터 벤야민, 『서사(敍事)·기억·비평의 자리: 발터 벤야민 선집 9』, 최성만 옮김, 길, 2012, p. 429.

작가의 말

  기이한 일이다. 항상 과거의 일부터 소환하게 된다. 무슨 말이냐 하면, 두번째 소설집을 내려고 보니 첫번째 소설집을 묶을 때의 내 기분을 떠올리게 된다는 뜻이다. 2020년에 첫번째 소설집을 냈으니 요즘 속도로는 빠른 편이 아닌 것 같다. 다만 그사이에 장편을 두 편이나 썼다는 게…… 쓰는 인간의 삶을 살게 되어 감사하다.

  사실 최근 세번째 소설집의 첫 소설을 계간지에 투고했고 다행히 발표할 수 있게 되었다. 세번째 소설집도 나름의 세계관을 짜두었고 거기에 맞춰 진행될 예정인데, 솔직히 말하면 지금 이 두번째 소설집의 세계를 잘 마무리지었나 돌이켜보면 조금은 스스로에게 아쉬운 부분이 있다. 애당초 이 두번째 소설집은 「쿄코와 쿄지」에 등장하는 네 명의 친구, 그들과 관계된 이들이 시대사의 흐름에 따라 각자의 삶을 살아내는 이야기로 짜두었다. 현대사에서 내가 주요 거점이라고 생각하는 강남과 용산, 지방의 광주와 부산, 마산 일대에 초점을 두었다. 다만, 첫번째 소설집에 비해 배경이 현대이기 때문에 역사적 사건보다는 개인사에 더 비중을 두었다. 그러다 보니 화자를 당사자가 아닌 비켜선 인물로 설정했다. 개인적인 의견이지만, 이제 한국 현대사 또한 당사자 이후 세대의 과제이며 그들의 몫이 중요하게 작용할 것이라 생각한다. 한국 현대사 질곡의 순간을 경험한 피해 당사자가 고령으로 죽거나 죽음을 목전에 둔 경우가 굉장히 많아진 데다가, 아쉽게도 그들의 피해 사실이 이제야 밝혀지고 있는 추세이기 때문이다. 가령 부마민주항쟁 같은 경우는 문재인 정부에 들어서서 처음으로 민주항쟁으로 인정되었는데, 그 시절 그 시위에 참여한 사람들은 그때껏 자신들이 국가 폭력 피해자인지도 모르는 경우가 많았다. 5·18민주화운동의 경우 현대사의 굵직한 국가 폭력 중에는 그나마 많은 연구 성과가 있는 편이지만, 이 사건의 피해 범위에 비하면 극히 일부일 것이다. 이미 잘 알려졌다시피 한국 현대사 연구는 독재 정권들의 많은 방해 속에서 실질적으로 이뤄진 지 얼마 되지 않았기 때문이다. 게다가 피해 당사자가 극한 트라우마에 시달리거나 현장에서 사살되었을 경우 제대로 된 피해 사실 확보가 어렵다.

그러니 피해 당사자의 구술 증언을 확보하는 것만큼이나 중요한 또 다른 과제는 아마도 이후의 세대가 이것을 어떻게 인지해야 하는 것인가, 그럼에도 불구하고 왜 우리는 그 사건에 슬픔과 애도를 표하나, 이것이 아닐까 싶었다. 이것이 나의 두번째 소설집에서 다루고자 했던 첫번째 이야기이며 나의 지속적인 관심사이기도 하다.

『마고』의 '작가의 말'에 이야기했지만, 나는 공적인 역사를 부인하지 않는다. 다만 그 공적인 역사만 존재하는 건 아니라고 생각하는 입장이다. 무척 당연하게도 나는 역사가에 전혀 미치지 못하는 자질과 지식을 가졌으나 적어도 역사를 사랑하는 입장에서 역사가에 대해 생각해보면…… 가치판단을 하는 자가 아니라 응시하는 자,라는 말에 적극 동조한다. 그러니까, 응시. 침묵으로의 언어 찾기.

이것이 이 소설집에서 내가 관심을 기울였던 두번째 이야기다. 지금껏 내 소설에서 최후까지 살아남은 자는 모두 '쓰는 자'였고(『줄리아나 도쿄』의 한주, 「소녀 연예인 이보나」의 '나', 『나를 마릴린 먼로라고 하자』의 설영, 『마고』의 송화) 이것은 등단작부터 지속된 나의 세계관의 가장 공고한 구성 요소 중 하나이다. 「아돌프와 알베르트의 언어」에서 데이비드 셰이퍼는 가장 사랑하는 이를 '자신의 언어'라고 명명한다. 그만큼 내게 쓰는 일과 언어로써 기억하기는 중요한 관심사인데 소설 쓰기와 공부를 지속할수록 '음성언어화되지 못한' '침묵'의 언어가 있다는 생각을 많이 했다. 침묵을 향한 내 태도에 대한 생각을 쓰고자 한 소설집이기도 하다.

소설 속 시간대는 1970~80년대에서 1990년대까지를 아우른다. 아마 세번째 소설집에는 이후 시간대와 개인적으로 한국 현대 산업사의 중추라고 생각되는 지역들이 등장할 것 같다. 어디까지나 계획이지만 이렇게 말해놓으면 대부분 어쩔 수 없이(?) 지키고 있는 나를 발견하기 때문에.

이 소설집을 묶으며 등단작인 「아돌프와 알베르트의 언어」에 관한, 개인적으론 재밌는 기억이 있다. 사실 첫번째 소설집 『소녀 연예인 이보나』를 묶으면서 등단작을 넣지 않았던 건 내 세계관이 「괴수 아키코」 이후 바뀌었다고 생각했기 때문이다. 물론 등단작을 아예 버려둘 생각은 없었던 데다가 『쿄코와 쿄지』를 기획하며 두번째 소설집엔 등단작을 프롤로그로 넣어야겠다고 생각해두었다. '진작'에 기획했던 일이긴 했지만, 솔직히 다시 읽어보기 전까지는 스스로도 확신할 수 없었다. 나 자신을 믿기 어려웠던 거다. 아무래도 등단작이니 혹 모난 표현이 있지는 않을지 여러모로 걱정스러웠다. 그러다 하루는 동료 작가 K의 집에 놀러 갔는데 그가 그런 말을 하는 거였다. "등단작 이번엔 나와요? 그거, 누가 봐도 한정현의 소설이던데요? 이름 가려도 알겠던데요?" 솔직히 이 한마디에 웃음과 안도가 터졌다. 그 말에 힘을 얻어 그 소설을 다시 읽었는데 조금 당황스러우면서도 재밌었던 건, 등단작이 단순히 소재적인 측면에서 『쿄코와 쿄지』의 작품들과 유사성을 띠는 게 아니었단 점이다. 전혀 수정하지 않았는데 『쿄코와 쿄지』의 세계관과 연결되어 있어서 뭔가…… 스스로는 '환승 인간'이라고 말하지만 적어도 소설에서는 지독한 '소나무 인간'인 나를 돌아보게 되었다는 뜻이다. 어쨌거나 등단작을 책으로 묶을 수 있는 날이 실제로 오게 되어 너무나 기쁘다. 언제까지일지 몰라도 이 쓰는 삶에 항상 감사하는 마음으로 살아가고 싶다. 해설을 맡아주신 강도희 평론가님께 무척 감사드린다. 이 두꺼운 소설집의 편집을 맡아주신 김필균 편집자님께도 진심으로 감사드린다. 쉽지도 않고, 역사적인 사건을 다루다 보니 필연적인 비극으로 끝나게 되는 내 소설을 사랑해주시는 독자님들께 가장 큰 감사를 보낸다.

2023년 9월
한정현

수록 작품 발표 지면

아돌프와 알베르트의 언어『동아일보』2015년 1월 1일 자 신춘문예
　　당선작

쿄코와 쿄지『문학과사회』2021년 봄호

리틀 시즌『악스트』2021년 11/12월호

지금부터는 우리의 입장『사물들(랜드마크)』, 아침달, 2022

나의 아나키스트 여자친구『언니밖에 없네』, 큐큐출판사, 2020

결혼식 멤버結婚式のメンバー『엄마에 대하여』, 다산북스, 2021

다만 지구의 아침『문학사상』2022년 6월호

무이네『백조』2022년 여름호

여름잠『캐스팅─영화관 소설집』, 돌베개, 2022

연어와 소설가, 그리고 판매원과 노래하는 소녀의 일기『안으머업힌』,
　　곳간, 2022